엘러리 퀸 *Eller*

KB057468

20세기 미스터리를 대표하는 거장. ＿＿＿＿＿＿
잡지 발행인으로 잘 알려져 있다. 또한 '엘러리 퀸'은 그의 작품 속에 등장하는 탐정 이름이기도 한데, 셜록 홈스와 명성을 나란히 하는 금세기 최고의 명탐정이다.

엘러리 퀸은 한 사람의 이름이 아니라 만프레드 리(Manfred Bennington Lee, 1905~1971)와 프레더릭 다네이(Frederic Dannay, 1905~1982), 이 두 사촌 형제의 필명이다. 둘은 뉴욕 브루클린 출신으로 각각 광고 회사와 영화사에서 일하던 중, 당시 최고 인기 작가였던 밴 다인(S. S. Van Dine)의 성공에 자극받아 미스터리 소설에 도전하기로 마음먹는다. 그들의 계획을 현실로 만든 것은 〈맥클루어스〉 잡지사의 소설 공모였다. 탐정의 이름만 기억될 뿐 작가의 이름은 쉽게 잊힌다고 생각한 그들은, '엘러리 퀸'이라는 공동 필명을 탐정의 이름으로 삼았다. 그들이 응모한 작품은 1등으로 당선됐으나, 공교롭게도 잡지사가 파산하고 상속인이 바뀌어 수상이 무산된다. 하지만 스토크스 출판사에 의해 작품은 빛을 보게 되는데, 이것이 바로 엘러리 퀸의 역사적인 첫 작품 《로마 모자 미스터리》(1929)였다.

이후 엘러리 퀸은 논리와 기교를 중시하는 초기작부터 인간의 본성을 꿰뚫는 후기작까지, 미스터리 장르의 발전을 이끌며 역사에 길이 남을 걸작들을 생산해냈다. 대표작은 셀 수 없을 정도이나, 그가 버너비 로스 명의로 발표한 《Y의 비극》(1932)은 '세계 3대 미스터리'로 불릴 만큼 높은 평가를 받고 있으며 중편 〈신의 등불〉(1935)은 '세계 최고의 중편'이라는 별칭을 가지고 있다. 이외 《그리스 관 미스터리》(1932), 《이집트 십자가 미스터리》(1932), 《X의 비극》(1932), 《재앙의 거리》(1942), 《열흘간의 불가사의》(1948) 등은 미스터리 장르에서 언제나 거론되는 걸작들이다. '독자에의 도전'을 비롯해 그가 작품에서 보여준 형식과 아이디어는 거의 모든 후대 작가들에게 영향을 미쳤으며 특히 일본의 본격, 신본격 미스터리의 기반이 됐다.

작품 외에도 엘러리 퀸은 미스터리 장르의 전 영역에 걸쳐 두각을 나타냈다. 비평서, 범죄 논픽션, 영화 시나리오, 라디오 드라마 등에서도 활동했으며, 미국미스터리작가협회 회장을 역임했다. 또 현재에도 발간 중인 〈EQMM 엘러리 퀸 미스터리 매거진〉(1941년 시작됨)을 발간해 앤솔러지 등을 출간하며 수많은 후배 작가를 발굴하기도 했다. 미국미스터리작가협회는 이런 엘러리 퀸의 공을 기려 1969년 '《로마 모자 미스터리》 발간 40주년 기념 부문'을 제정하기도 했으며, 1983년부터는 미스터리 분야에서 두각을 나타낸 공동 작업에 '엘러리 퀸 상'을 수여하고 있다.

SIGONGSA *design* 윤정우
photo ⓒ *Eric Schaal*

Ellery Queen Collection

폭스가의 살인

The Murderer is a Fox by Ellery Queen

The Murderer is a Fox ©1945 Little Brown & Co.,
Copyright renewed by Ellery Queen.
All rights reserved.

Korean Translation Copyright ©2014 by Sigongsa Co., Ltd.

This Korean translation edition is published by arrangement with
The Frederic Danny Literary Property Trust and
The Manfred B. Lee Family Literary Property Trust c/o JackTime.

· 이 책의 한국어판 저작권은 JackTime을 통해 The Frederic Danny Literary
  Property Trust와 The Manfred B. Lee Family Literary Property Trust와
  독점 계약한 ㈜시공사에 있습니다.
· 저작권법에 의해 한국 내에서 보호를 받는 저작물이므로 무단 전재와 무단 복제를
  금합니다.

폭스가의 살인

엘러리 퀸 지음
이종인 옮김

검은숲

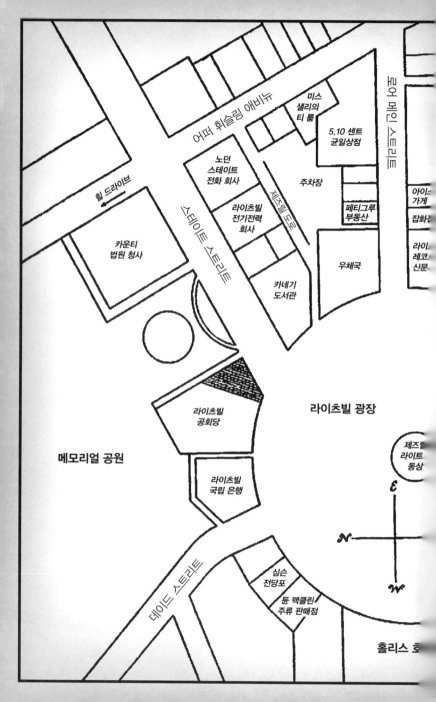

차례

제1부

제2부

제1부

1
폭스가의 어린아이들

"여보, 지금 몇 시예요?" 에밀리 폭스가 남편에게 마치 전에는 물어보지 않았던 것처럼 또다시 물었다.

"또 물어보는군, 에밀리." 탤보트 폭스가 말했다. "애틀랜틱 스테이트 급행열차는 10분 정도 더 있어야 들어올 거야."

린다는 특별 행사용 차량에서 양부모 사이의 비좁은 틈에 끼어 앉아 있었다. 그 차는 라이츠빌 환영 위원회가 그날의 행사를 위해 린다 가족에게 내준 것이었다. 린다의 하얀 달걀형 얼굴에는 환한 미소가 어려 있었다. 그 미소는 폭스 집 안 거실의 소형 그랜드 피아노 위에 올려놓은 탤보트 폭스의 외증조모 사진 속 미소와 아주 비슷했다. 하지만 린다는 속으로는 전혀 환한 기분이 아니었다. 그녀는 마치 수술을 기다리는 환자처럼 마음이 떨렸다.

어떻게 보면 그녀는 그와 비슷한 것을 기다리고 있는지도 몰랐다.

언제나 협조적인 태양은 단층의 아담한 라이츠빌 역사(驛舍) 근처를 이리저리 돌아다니는 사람들의 몸을 따뜻하게 간질여주었다……. 린다의 평범하고 자그마한 세계는 바로 이 순간에 모든 것이 맞추어져 있었다. 어머니 에밀리 탤보트는 라이츠빌 꽃가게의 앤디 비로바티안이 보내온 어린 난초로 만든 꽃 장식을 만지작거리고 있었다. 앤디는 홀리스 호텔의 그랜드 볼룸에서 벌어질 공식 환영 오찬 행사장에 들어갈 꽃 장식도 모두 준비했다. 아버지 탤보트는 손목시계를 내려다보지 않으려고 애를 썼다. 말끔한 옷차림의 마을 행정 위원들은 정치, 작물 현황, 환율 등에 대해 잡담을 나누었다. 재향군인회 밴드는 드라이클리닝을 한 제복을 입고서 주위에 대기 중이었다. 그들의 은빛 헬멧이 슬로컴에서 열린 박람회에 나온 황소들처럼 햇빛을 반사하며 반짝거렸다. 이가 하나밖에 없는 개비 워럼은 역장 사무실의 문턱에 서서, 흙 묻은 발로 손수레 주위를 뛰어다니며 왁자지껄하게 떠들어대는 아이들에게 조용하라고 고함을 질러댔다. 마을 행사 위원회의 위원장이자 처녀적 이름이 퍼트리샤 라이트인 브래드퍼드 부인은 승강장 아래로 급히 걸어 내려가며 좌우의 사람들에게 건성으로 인사를 했다. 그녀는 시가행진의 순서를 최종적으로 바꾸기 위해 담당 관리나 관련자를 찾으러 가는 길이었다. 카네기 도서관 관장이자 라이츠빌에 최초로 정착한 가문들의 비공식 족보 연구자인 미스 돌로레스 에이킨은 승강장 가장자리에 발끝으로 서 있었다. 그녀는 손에 필기구와 종이를 들고서 귀환 영웅의 기차가 곧 나타날 라이츠빌 교차로 쪽을 가만히 응시했다. 라이츠빌 유지들의 어린 자녀들에게 무용과 연극을 가르치면서 생활비를 벌어들이는 에멀린 뒤프레는 마치 소풍을 온 것처럼 이 그룹에서 저 그룹으로 바쁘게 돌아다니고 있었다. 프랭크 로이드가 발행하는 〈라이츠빌 레코드〉의 사회부 기자 글래디스 헤밍워스는 늘 가지고 다니는 연필을 높이 흔들어대면서, 1702년에 라이츠빌을

창건한 제즈릴 라이트의 후손인 존 라이트의 아내이자 행사 위원회 위원장인 헐마이니 라이트의 시선을 끌어보려 애를 쓰고 있었다.

앤더슨 영감은 두 개의 자그마한 성조기를 흔들면서 역사 옆에 있는 필 식당의 문 앞까지 천천히 걸어갔다.

이들은 모두 데이비를 환영하기 위해 나온 사람들이었다.

린다의 머리 바로 위에 걸린 기다란 현수막은 역사 처마에서 선로를 가로질러 건너편 급수탑까지 뻗어 있었다.

데이비 폭스 대위, 귀향을 환영합니다!
라이츠빌은 당신을 자랑스럽게 생각합니다!

정말 그런가?

시대가 정말 많이 바뀌었구나.

데이비 폭스는 과거에는 영웅이 아니었다. 로우 빌리지의 거리 모퉁이나 힐 지역의 여느 대저택에서 흔히 볼 수 있는 '모범적'인 라이츠빌 소년은 아니었고, 영웅과는 거리가 멀었다. 그때 마을 사람들은 데이비를 위한 위원회 따위는 구성하지 않았다……. 환영 위원회 같은 것은 더더욱 없었다.

그녀 주위의 풍경은 과거를 상기시키게 만드는 분위기가 있었고 린다의 생각은 자연스럽게 과거로 돌아갔다.

그 당시 데이비 폭스는 탤보트 폭스의 집에서 살지 않았다. 데이비는 바로 옆집에 살고 있었다. 나중이 되어서야, 그러니까 결코 잊을 수 없는 그날부터, 데이비 폭스는 탤보트의 집에서 살게 되었다. 그날 어머니 에밀리는 침실에 들어박혀 나오지 않았고 아버지 탤보트는 무언가에 쫓기는 사람처럼 초조한 표정을 지으며 집 주위를 어슬렁거렸으며, 린다는 놀이방 밖으로 나오지 말라는 지시를 받았다. 데이비가 큰아버지 집에서 살게 된 것은 그날부터였다. 린다는 5년 전 탤보트가 슬로컴 고아원에서 입양한 어린 딸이었다.

찢어진 바지를 입은 열 살 소년은 큰아버지의 손을 잡고서 두 개의 잔디밭을 건너 탤보트 집으로 왔다. 그렇게 걸어오는 동안 라이츠빌 사람들은 힐 지역의 더러운 보도에 서서 적대적 침묵 속에 그 광경을 지켜보았다. 그것은 달에서 떠나온 여행 같았다. 소년은 두렵고 겁이 났으며, 눈물을 흘리지 않으려고 입을 꼭 다물고 있었다. 그는 정말이지 순종적이고 말이 없는, 내성적인 아이였다. 그러나 큰아버지의 집에 들어와 사람들의 적대적인 시선을 벗어나고 큰어머니 에밀리의 포옹을 받는 순간 오래 억누른 공포가 터져 나오며 소년은 울음을 터트렸다. 데이비는 그날 발을 쿵쿵 구르고 발길질을 하고 물건을 다 때려 부수고 싶었지만, 에밀리가 양팔로 그를 감싸 안아 눈물을 흘리게 하는 바람에 아쉽게도 그 계획이 틀어졌다고 조소하듯 말하곤 했다.

개비 워럼이 역장 사무실에서 소리쳤다. "기차는 정시에 도착합니다!" 사람들 사이에 와아 하는 함성이 퍼져나갔고 재향군인회 밴드는 느리고 기다란 군악대 가락을 뿜어냈다.

그 사건에 대해 말하는 것은 철저하게 금지되어 있었다. 그렇지만 어린 데이비와 린다는 때때로 그 터부를 위반했다. 탤보트 부부가 아래층 안방에서 깊은 잠에 빠진 동안 그들은 자지 않고 각자의 어린이 침실을 오가며 그 사건에 대하여 속삭였다. 하지만 자주 그 얘기를 하지는 못했다. 그건 너무 거대하고 또 너무 끔찍한 어른들의 비밀이었다. 그래서 날마다 말할 수 있는 얘기는 아니었고, 시간이 흘러가자 곧 사람들의 기억 속에서도 사라져버렸다. 그 사건이 마을에서 거의 잊혔다고 해도 옆집은 언제나 거기 있었다. 그 황폐하고 음침한 집은 세월이 흐를수록 더욱 깊은 적막 속으로 가라앉았다. 린다는 나이를 더해가는 그 치욕의 집을 생각하면 곧 죽을 것처럼 무서웠다. 그 집에는 눈알 없는 달걀귀신 같은 위협이 도사리고 있었다. 데이비는 그 집 근처는 아예 가지 않으려 했다. 아니, 그 집을 쳐다보려고 하지도 않았다.

"안녕하세요, 린다!" 라이츠빌 고등학교 대표단은 승강장 한쪽 구석에서 그들만의 환영 공간을 확보하려고 애를 쓰고 있었다. 그들은 빗자루 손잡이에 꽂은 플래카드를 흔들었다. '데이비, 당신은 그들에게 쿤밍을 기억하게 만들었습니다! 폭격기 조종사인 당신은 그곳을 쑥대밭으로 만들었습니다! 라이츠빌 고교의 영웅……. 정말 대단해요!' 린다는 미소를 지으며 손을 흔들었다.

데이비는 조롱하던 아이들이 정말로 싫었다. 그들이 그 사건을 알고 있었기 때문이다. 온 마을 사람이 다 알았다. 하이 빌리지의 아이들과 점원들, 컨트리클럽 사람들, 토요일이면 차를 타고 짐을 실으러 오는 얼굴이 거친 농부들, 심지어 로우 빌리지 공장에서 일하는 헝가리 놈들과 프랑스계 캐나다 놈들도 알고 있었다. 공작기계 회사인 '베이어드와 탤보트 폭스'에서 일하는 공원들은 말할 것도 없었다. 어느 날, 공장 벽 옆면에 적힌 '베이어드와 탤보트 폭스'에서 '베이어드와'라는 글자가 사라지고 그 자리에 하얀 페인트 칠만 남았다. 그것은 마치 상처 위에 붙인 반창고처럼 보였다. 그런데도 공원들은 계속해서 비웃었다. 그 공장은 데이비가 애써 피해 다니는 고향 라이츠빌 의 한 부분이었다.

그는 아이들보다 어른들을 더 증오했다. 아이들은 두 주먹을 불끈 쥐고 때려주거나 아니면 그들이 원하는 행동을 충실히 수 행하면서 겁을 줄 수도 있었다. 그 행동이란 어린 데이비가 "그 래, 난 우리 아버지 아들이야"라고 소리치는 것이었다. 그렇게 함으로써 몇 년 동안 데이비는 아이들을 때려주거나 아니면 반 대로 얻어맞기도 했다. 그런데 이제 그 아이들이 플래카드를 흔들면서 동창생에게 아홉 기관차* 환영을 해주려고 법석이다. 마치 미식축구에서 라이츠빌 고등학교가 슬로컴 고등학교를 이겼을 때처럼.

"여보, 지금 몇 시예요?" 에밀리 폭스가 물었다.

"또 물어보는군, 에밀리." 탤보트 폭스가 짜증 섞인 목소리 로 대답했다. "아직도 7분이나 남았어."

사람들은 3마일 위쪽의 라이츠빌 교차로 쪽으로 뻗어 있는 두 줄의 철로를 빤히 응시했다. 그렇게 하면 빛을 구부려서 커 브를 넘어서고, 이어 배수구와 숲을 지나 교차로를 볼 수라도 있다는 듯이.

1만여 명의 주민이 살고 있는 라이츠빌에서는 시대에 따라 다양한 스캔들이 벌어졌다. 이름에 j와 z가 가득한 저 폴란드 가정. 그들은 로우 빌리지에 있는 방 두 개짜리 판잣집에서 가 스를 틀어놓고 자살했다. 엄마, 아버지, 여덟 명의 지저분한 아

---

* 증기기관차처럼 차차 속도를 빠르게 하는 조직적 응원

이들이 모두 죽었다. 아무도 그 이유를 알지 못했다. 짐 하이트 사건에는 마을의 유지인 라이트 가문도 연루되었다. 오늘날 퍼트리샤 라이트는 형부를 살인범으로 기소한 검사와 결혼해서 산다. 이 사실은 에멀린 뒤프레 같은 소수의 마을 사람들을 빼놓고는 아무도 기억하지 못한다. 그리고 롤라 라이트는 육군 소령과 바람이 나서 도망을 쳤다. 뚱뚱한 보험회사 세일즈맨 윌리엄 케첨은 그레이시 집안의 '질 나쁜' 막내딸과 주 경계선을 넘었다가 체포되었다. 라이츠빌의 세계는 데이비 폭스를 벗어나서 또 데이비가 성인이 될 때까지 늘 느끼며 살아야 했던 그 그림자를 뛰어넘어 계속 앞으로 나아가고 있다. 린다는 차에 앉아서 네 살 때부터 알아온 마을 사람들에게 미소를 보냈다. 그들은 이제 잊어버렸다. 혹은 잊어버린 것 같다.

"에밀리, 이제 5분 남았소." 탤보트 폭스가 초조하게 말했다.

"아, 기차가 빨리 들어왔으면 좋겠어요." 그의 아내가 안달했다. "그래야 이 행사를 빨리 끝내고, 데이비를 집으로 데려가서 우리끼리 오붓이 지낼 거 아니에요. 그런데 음, 왠지 예감이 안 좋아요."

"데이비에 대해서? 무슨 말이야, 에밀리." 탤보트가 웃음을 터트렸다. 하지만 그도 불안한 표정이었다.

"어머니, 예감이 안 좋다고요?" 린다가 얼굴을 약간 찡그리며 말했다. "무슨 말씀이세요?"

"글쎄, 그냥 그런 느낌이 든다, 리니."

"하지만 그이한테는 아무 일도 없잖아요? 조금 피로한 것과 풍토병 이외에는 아무 문제도 없다고 했는데요……. 어머니, 혹시 제가 모르는 걸 알고 계세요?"

"아니다, 애야. 그런 건 없어." 에밀리 폭스가 황급히 말했다.

"에밀리, 당신은 너무 걱정이 많아." 그녀의 남편이 씩씩거렸다. "예감이라고! 데이비가 플로리다에 내렸을 때, 우리 모두 그 애와 통화를 했잖아."

린다는 안심이 되었다. 하지만 아버지 탤보트의 목소리가 좀 이상하다는 느낌을 받았다.

"이 많은 사람이 데이비를 보러 나왔다니 정말 놀라워요." 에밀리가 말했다.

"또 그의 어린 아내를 보러 나왔지! 안 그러니, 애야?" 탤보트 폭스가 린다의 손을 토닥였다.

"린다야, 네 코가 좀 번들거리는구나." 에밀리는 도널드 맥켄지 부인의 들창코를 내려다보며 미소 지었다. 도널드 맥켄지는 라이츠빌에서 개인 금융회사를 운영하고 있었다.

데이비의 어린 아내, 린다는 콤팩트를 꺼내려고 손가방을 뒤지면서 생각했다. 그가 지난번 마지막 휴가를 나왔을 때…… 둘은 파인 그로브로 소풍을 나갔다. 그는 탤보트 부부의 조카였고 그녀는 부부의 양딸이었다. 그 일은 소풍을 즐기던 중에 벌어졌다. 마요네즈가 그의 제복 상의에 떨어졌고, 그녀는 그 얼룩을 닦아내려고 했다. 그녀는 그런 일이 언젠가 벌어지리라고 예상했지만 그렇게 우스꽝스럽게 일어나리라고는 상상하지 못했다. 두 사람의 유대 관계는 혈연 이상으로 강했다. 그것은 떠도는 사람들의 유대 관계, 비밀이 가득할 뿐만 아니라 신비스럽기까지 한 애정의 유대였다. 그녀는 그의 품에 안겼고 데이비는 무서울 정도로 열정적으로 그녀에게 키스했다. 많은 것을 말해주는 키스였다. 그는 말이 아니라 행동으로 의사를 표현했다. 마치 말하기가 두렵다는 듯이. 말은 나중에, 두 사람이 손을 꼭 잡고 그로브의 풀밭에 나란히 누워 소나무 우듬지를 올려다볼 때에야 나왔다. 하지만 그 말도 사랑의 속삭임과는 거리가 멀었다.

"큰아버지와 큰어머니께는 뭐라고 말하지?" 데이비가 물었다. "리니, 그분들은 이렇게 되는 걸 좋아하지 않을 거야."

"좋아하지 않는다고요? 데이비, 무슨 말을 하는 거예요? 그분들은 당신을 사랑해요!"

"그건 그래. 하지만 넌 두 분의 외동딸이고, 또 내가 어떤 사람인지 잘 알잖아."

"당신은 나의 소중한 데이비예요." 린다는 데이비드의 속마음을 눈치채고 시무룩하게 일어나 앉았다. "내 말 좀 들어봐요, 데이비 폭스. 첫째, 나는 입양해 와서 폭스 가문의 사람이 되었어요. 그리고 당신은 그 집안 피잖아요."

"그 집안 피라." 데이비가 약간 비틀린 미소를 지으며 말했다. "말 한번 잘 했네, 예쁜 아가씨."

"둘째, 당신이 아주 어린아이였을 때 벌어진 일은…… 그래요, 사람들이 11년 전에 벌어진 일이 당신 탓이라고 생각하는 건 그들 자유예요! 하지만 생각해보세요. 어린애가 부모님의 일 때문에 고통을 당해서는 안 되는 거예요. 나를 보세요. 나는 진짜 아버지 어머니가 누구인지도 몰라요. 살아 계신지 어디에 있는지 아무것도 몰라요."

"그건 달라. 너는 부모님이 어떤 분인지 아예 몰라. 하지만 우리 부모님은 너무 잘 알려져서 그게 문제야."

린다는 서서히 화가 났다. 갑자기 무서워졌기 때문이었다.
"데이비 폭스, 당신 자신을 그토록 불쌍하게 생각하고 또 그
게…… 우리의 앞길을 가로막게 내버려두면서 함께 살아갈 생
각이라면, 차라리 당신 혼자서 살아가는 게 나을 거예요!"

데이비는 비참한 목소리로 "자, 린다……"하고 말했다. 탤보
트가 에밀리를 부를 때 "자, 에밀리……"라고 말하는 것과 닮
아 있었다.

"데이비, 이렇게 하기로 해요. 지금 즉시 집으로 가서 어머
니 아버지께 이 사실을 말씀드리는 거예요. 만약 승낙을 해주
시면 모든 게 순조로울 거고 우리 모두는 전보다 더 행복해질
거예요. 하지만 부모님이 이 문제에 대해 까다롭게 나오신다
면……"

"그래도 나와 결혼할 거야?"

데이비가 그 단어를 말한 것은 그때가 처음이었다.

린다는 자기 눈에 어리는 두려움의 빛을 감추기 위해 얼른
고개를 숙이고 그의 손등에 키스했다. 그녀는 한참 있다가 그
를 밀어내며 일어나 앉았다. 그녀는 약간 숨을 헐떡였다. "나의
소중한 데이비. 가서 부모님께 말씀드리기로 해요. 시간이……
별로 없어요."

그녀는 데이비만 생각하면 언제나 두려웠다. 그날도 두려웠
고 지금 역사에 나와 있는 이 순간도 두려웠다. 역사에는 밝게
빛나는 현수막이 걸려 있었고 일요일에 입는 최고 좋은 옷을
걸친 라이츠빌 주민 전원이 데이비의 귀향을 환영하기 위해 승
강장에 나와 있었다.

"내일?" 탤보트 폭스가 천천히 말했다. "내일이라고 했니?"

"원래는 오늘 하려고 했어요." 린다가 말했다. "그런데 허가서를 발급받고 감리교회의 두리틀 목사님을 모시고 식을 올리는 데 시간이 좀 걸려서 내일로⋯⋯."

"결혼을 한다고?" 에밀리 폭스가 말했다. 그녀는 약간 겁 먹은 표정으로 남편을 쳐다보았다. 키가 크고 머리카락이 반백인 탤보트는 그들과 약간 떨어진 피아노 근처에 서 있었다. 린다는 몸집이 약간 통통한 양어머니가 그 순간 희미하게 웃으면서 무슨 생각을 하는지 잘 알고 있었다. 에밀리는 탤보트가 겉으로는 강하게 보이지만 어떤 때는 한없이 약해지는 남자라고 생각했다.

"그러니까 반대하시는 거군요, 큰아버지." 데이비가 싸울 듯한 기세로 말했다.

"글쎄, 데이비, 이건 좀 복잡한 문제라서."

"봐, 리니, 내가 말한 대로잖아."

"데이비, 좀 기다려봐. 그렇게 화만 내지 말고." 탤보트는 어떤 말을 해야 할지 어려워하고 있었다. "데이비⋯⋯ 너희는 둘 다 너무 어려. 스물한 살과 스무 살이야. 정말 어린 나이라고."

"어머니와 아버지는 더 어릴 때 결혼하셨잖아요." 린다가 반박했다.

"그래요, 탤보트." 에밀리 폭스가 긴장된 목소리로 말했다. "우린 쟤들보다 더 어렸지요."

"게다가 시대가 바뀌었어요." 린다가 계속 말했다. "우리는 모든 게 빠르게 변하는 세상에 살고 있어요. 데이비는 전투기

조종사인데 그런 사람을 너무 어리다고 할 수는 없어요. 아버지, 스무 살이나 되는 처녀를 어린아이라고 부르는 것도 좀 그래요."

"린다." 데이비가 입을 열었다. 그의 결연한 목소리에 가슴이 서늘해진 린다가 말을 멈추었다. "큰아버지, 그건 핑계에 지나지 않아요. 그렇다는 걸 큰아버지도 잘 아실 거예요. 그러니 속마음을 시원하게 말씀해보세요."

"아니, 지금 무슨 소리를 하는 거냐?" 탤버트 폭스가 으르렁거렸다.

"큰아버지, 솔직하게 말씀해주세요. 제 말뜻을 아시잖아요." 데이비가 말했다.

"좋아." 탤보트가 턱에 힘을 주며 말했다. "데이비, 넌 과거를 잊어버리지 못할 거다."

"내 이럴 줄 알았어!" 데이비가 소리쳤다.

린다가 그의 옆구리를 세게 찔렀다.

하지만 데이비는 계속 밀어붙였다. "큰아버지는 사람들이 말하고 다닐 것이, 스캔들이 겁나는 거예요."

"데이비, 내가 스캔들을 두려워했다면 11년 전에 너를 우리집에 데리고 왔을 거라고 생각하니? 너를 내 자식처럼 키웠을 것 같아?"

"그렇게 말하는 건 네 큰아버지나 내게 아주 공정하지 못한 일이야." 에밀리가 떨리는 목소리로 끼어들었다.

데이비는 부끄러운 표정이었다. "죄송합니다, 큰어머니. 그렇지만……."

"데이비, 나는 린다만 생각하는 게 아니다." 탤보트가 조용한 목소리로 계속 말했다. "네 생각도 하고 있어. 난 너를 찬찬히 살펴봐왔어. 너는 아주 민감한 아이야. 11년 전에 벌어진 일은 당연히 네게 상처를 남겼어. 그것도 아주 나쁜."

피아노 옆에 서 있는 키 큰 남자를 바라보는 에밀리의 눈이 휘둥그레졌다. 그렇게 여러 해 동안 부부로 살아왔으면서도 그녀는 아직도 남편의 말과 행동에 놀라는 때가 있었다.

"데이비, 넌 그걸 잊어버리지 못할 거다. 지금까지도 그러지 못했어. 다른 애라면 잊어버리거나 극복했을 거다. 하지만 넌 그걸 가슴속 깊이 간직했지. 만약 너와 리니가 결혼한다면 그게 밖으로 튀어나오지 않을까 걱정이 된다. 데이비, 내가 망설이는 이유는 그것뿐이야. 정말 그거 하나야."

그것만으로도 충분한 이유가 되는데 마치 그렇지 않다는 듯한 투였다.

데이비는 고집스럽게 턱을 앞으로 내밀었다. "만약 라이츠빌의 수다꾼들이 떠들어대는 말이 그토록 겁나신다면 린다와 저는 전쟁이 끝나면 다른 곳으로 이사를 갈게요. 아예 다른 데 가서 집을 얻어 살겠다고요. 고향 밖에서는 우릴 건드릴 사람이 없을 테니까요!"

"데이비, 난 너를 잘 알아. 넌 시카고나 뉴욕으로 간다고 해도 그걸 쉽게 극복하지 못할 거야. 저 멀리 피지 제도로 간다고 해도 마찬가지일 거다. 난 정말 네가 극복하기를 간절히 바라고 있어."

이제 내가 끼어들 시간이야, 하고 린다는 생각했다.

"아버지." 그녀가 침착하게 말했다. "한 가지 사실을 잊고 계신 것 같아요." 그러는 그녀도 실은 과거에 대해서는 눈을 감아버리고 싶었다.

"그게 뭐니?"

"사흘만 지나면 데이비는 복귀해요."

"사흘 후에 복귀?" 에밀리가 희미한 목소리로 말했다.

"그래요." 데이비가 일종의 씁쓸한 만족감을 느끼며 대답했다. "어쩌면 못 돌아올지도 몰라요."

그의 큰어머니가 신음했다. "데이비, 그런 끔찍한 소리는 하지도 마라!"

"잠깐만." 탤보트가 말했다. "데이비의 말이 맞는다고 생각해봐라. 데이비가 정말로 돌아오지 않는다면 어떻게 할 거지, 린니?"

린다는 그 순간 덩치 큰 반백의 남자에게 증오심이 일었다. 그런 말을 하는 것은 정말 야비한 짓이었다. 맞는 말이기 때문에 더욱 야비하게 들렸다.

"만약 데이비가 돌아오지 않는다면 차라리 네가 이 일을 좀 더 뒤로……."

"그런 말씀 마세요!" 린다가 거세게 항의했다. "차라리 지금 이 순간 우리가 어떤 생각인지 말씀드리는 게 낫겠어요. 우리는 어머니 아버지의 승낙을 받고 싶어요. 하지만 승낙해주지 않으신다면 데이비와 나는 내일 두리틀 목사님께 주례를 부탁하고 두 분 허락없이 결혼하고 말 거예요." 그녀의 턱이 덜덜 떨렸다. "그런 식으로 우리를 어르고 달래서 이틀을 낭비하게 만들지 마세요. 어쩌면 이 이틀이 우리에게 남은 유일한……."

그녀는 갑자기 양팔로 데이비를 껴안았다.

"그렇습니다. 큰아버지." 데이비가 그녀의 머리 위에서 싱긋 웃었다.

"그래?" 탤보트 폭스도 따라서 웃었다. "그렇다면 우리도 할 말이 별로 없을 것 같구나. 여보, 당신은 어떻게 생각해?"

에밀리는 얼굴을 붉혔다. 어떤 상황의 주인공이 되는 경우에 그녀가 내보이는 반응이었다. 하지만 그녀의 목소리는 아주 침착했다. "사랑하는 데이비, 이 일이 벌어지지 않았었다면 좋았을 텐데. 나도 네 큰아버지와 동감이야. 언제 어디선가 그 일이…… 떠올라서 너의 행복을 가로막을 거야. 이렇게 말하는 우리가 이기적일지도 몰라. 하지만 린다의 인생과 나아가 너의 인생이 망쳐지는 것을 우리가 이 세상을 떠나기 전……." 그러다가 에밀리는 어쩔 수 없다는 듯이 머리를 흔들었다. "내 말이 엉망진창이 되었구나. 난 너희 둘을 너무나 사랑한단다. 애들아, 너희들이 결혼해서 행복할 것 같다면, 나는 하느님이 너희를 축복해주시기를 빌겠다."

"그 애가 어떤 모습일지 궁금해요." 에밀리 폭스가 긴장된 얼굴로 말했다.

린다 옆에 앉아 있는 탤보트 폭스가 몸을 흔들며 중얼거렸다. "여보, 그 애가 전선으로 나간 지는 꼭 1년이 되었고, 그동안 중국 남부에서 출격 비행을 많이 했어. 그러니 안 변했기를 바라지는 말아."

양아버지의 목소리에서 뭔가 불안한 기색을 느낀 린다가 백일몽에서 깨어났다. 그녀가 막 입을 열어 물어보려는데 양아버지가 먼저 소리쳤다.

"리니, 온갖 질문으로 나를 괴롭히지 말아다오."

린다는 얼굴이 창백해졌다. 에밀리 폭스는 근심 가득한 표정으로 남편을 쳐다보았다.

"하지만 데이비는 몸 건강히 잘 있다고 말씀하셨잖아요." 린다는 자신의 말이 아득한 메아리처럼 들린다고 느꼈다.

"난 연극배우 노릇하기는 틀린 사람이야." 탤보트가 중얼거렸다. "너하고 에밀리한테 몇 주 전에 말했어야 하는데…… 어쩌면 이런 환영 행사를 미리 막았어야 하는지도 몰라……."

그의 아내가 겁에 질린 목소리로 말했다. "여보, 도대체 무슨 말을 하려는 거예요?"

"선트 피터스버그 회복 센터의 군의관과 전화 통화를 했어." 탤보트가 씁쓸하게 말했다. "데이비가 인도의 병원에서 그곳으로 옮겨져 왔다는 말을 들었을 때 말이야. 그 아이는 뭔가…… 좀…… 안 좋은 것 같아. 그러니까 군대로 복귀할 때와 똑같은 상황은 아닌가봐. 내 말은……."

"그이는…… 온전치…… 않군요." 린다가 겁 먹은 어조로 말했다.

"아니, 아니, 그런 게 아니야!" 그녀의 양아버지가 소리쳤다. "그 애의 몸은 온전해. 무슨 터무니없는 생각을 하는 거냐? 내 말은, 정신에 약간…… 군의관이 그러는데 신경이 좀 쇠약해졌다는구나. 뭐, 심각한 것은 아니고. 고향집에 돌아와서 아내와 큰어머니가 해준 밥을 몇 달 먹으면 못 고칠 것도 없지!" 탤보트 폭스는 아주 열성적으로 두 여자를 안심시켰다.

그는 권위적인 느낌을 주는 안경을 벗고, 약간 얼굴이 상기된 채 한쪽 렌즈를 열심히 닦았다.

린다는 마치 멀리서 들려오는 것 같은 사람들의 왁자지껄한 목소리들을 들었다. 이어서 애틀랜틱 스테이트 급행열차의 우렁찬 기적 소리가 들려왔다.

그녀에게는 이 모든 것이 꿈같았다. 오히려 박공이 허물어진 황폐한 집, 신비의 문을 걸어 나오는 찢어진 바지를 입은 소년…… 겁먹은 채 당황하고 있다가 따뜻한 품안에 안기자 왈칵 울음을 터트리는 소년, 그 오래전의 광경이 현실처럼 보였다.

2
전투 비행사 폭스

저놈의 꼬리를 쫓아가야 해. 그런 다음 저놈에게 한 방 먹여야 해. 저놈의 꼬리를 쫓아가야 해. 그런 다음 저놈에게 한 방 먹여야 해. 저놈의 꼬리를……

"아주 멋진 고장이지요, 대위님?"

친숙한 고향 풍경을 차창 밖으로 내다보던 데이비 폭스는 미소를 지으며 고개를 돌렸다. 기차의 특별 사교 차량에 같이 탄, 구겨진 상의를 입은 뚱뚱한 남자가 데이비에게 환히 웃고 있었다.

"그렇군요." 데이비가 말했다.

그는 다시 차창으로 고개를 돌렸다. 저놈의 꼬리를……

"전원 풍경이 마음에 드시는가봅니다." 뚱뚱한 남자가 말했다. "정말, 평화롭죠? 대위님 얼굴에 미소가 떠오르는군요."

젠장. 그놈의 입 좀 닥쳐.

"중국, 버마, 인도 전역(戰域)이었습니까? 저도 그 지역은 좀 압니다. 제14전투비행단이었나요? 아니면 제10전단? 일본 놈들을 얼마나 해치웠습니까? 젊은 양반이 훈장이 아주 많군요. 고향 사람들에게 말해줄 흥미진진한 얘기가 아주 많겠는데요……"

　어떤 흥미진진한 얘기? 냄새나는 중국 논에 떨어져 허우적거리고 있는데 일본의 제로센들이 하늘을 낮게 날며 나를 추적했던 얘기? 낡은 P-40 전투기를 간신히 논에 불시착시키고 태아처럼 쪼그리고 있던 마이어스를 조종석에서 힘겹게 꺼낸 얘기? 쿤밍 근처에서 일본 비행기들을 격추시켰는데 그때 추락해 사망한 일본 비행사들의 시체가 배고픈 황인종들 사이에서 신비롭게도 사라져버린 얘기? 나의 눈을 찔러대던 날파리들, 주위 모든 것에서 솟아오르던 악취, 사람의 진을 빼버리는 중국의 뜨거운 햇빛, 중국인들의 커다란 솥에서 빠져나와 몸을 떨며 황급히 달아나던 똥개들? 비행기가 고장이 나서 산적들이 우글거리는 지역의 험준한 절벽에 착륙한 일? 믿을 만한 친구였던 루 빙크스의 군화가 불붙은 납처럼 떨어져 내리고, 그가 낙하산으로 뛰어내리는 것을 볼 수밖에 없었던 일? 그러자 일본 놈들이 그의 주위로 예광탄을 마구 쏘아대어 하늘을 훤하게 수놓던 일? 빙크스를 등에 업고 겨드랑이에는 톰슨 기관단총을 끼고 허리에는 두 개의 탄약통을 찬 채 일본 점령 지역을 165마일이나 걸어간 일? ……빙크스는 부상을 당해 두 다리가 뼈 없는 오징어처럼 흐물거렸지. 잿빛 암벽 지대에 갇혀서 끊임없이 기침을 하며 생명을 서서히 소진시키는 빙크스의 잿빛 얼굴을 쳐다봤어. 왜소한 일본 놈들이 들이닥쳤을 때 나는 빙크스와 나 중에서 누가 더 운이 좋은 놈일까 하고 생각했지……. 그래요, 아저씨, 흥미진진한 얘기들이 많았지요.

　"그곳에 얼마나 있었나요, 대위님?"

　"한 1년. 잘 모르겠습니다."

　"그동안 가족은 통 보지 못했겠군요. 이야, 지금 심정을 충분히 이해합니다. 결혼했습니까?"

"네." 결혼했지요.

"그거 참 잘 됐군요. 고향으로 돌아가는 길인 데다 어린 아내
는 당신을 기다리고. 젊은 양반, 당신이 부럽습니다."

이봐, 당신 이제 입을 닥치는……

그녀는 나를 기다리면 안 돼. 나는 기다릴 만한 인간이 못 되
니까. 그녀는 귀 뒤에 피가 마르지도 않은, 엄마 젖꼭지를 향해
코를 비벼대는 그런 애송이를 기대하고 있겠지. 하지만 이제
그녀는 아주 엄청난 영웅을 맞이하게 되었어. 살인자, 플라잉
폭스, 훈장을 엄청나게 많이 받은 전투 비행사.

난 그녀에게 말해야만 해. 뚱뚱한 남자가 계속 지껄이는 동
안 데이비는 멍하니 그런 생각을 했다. 그녀는 자기가 돌려받
는 물건이 어떤 물건인지 알아야 해.

그는 차창 밖을 내다보며 음울한 미소를 지었다.

나는 군대에 복귀하기 전에도 이미 정신 상태가 좋지 않았
어. 중국 남부 지역에서 P-38 전투기를 조종하는 것이 그런 상
태를 더 나쁘게 만들었다는 걸 그녀에게 어떻게 이해시킬 수
있을까? 총을 쏘아대고 사람을 죽이는 것, 그건 나의 정신에서
뭔가를 빼버리는 것이 아니라 더 많은 것을 집어넣었어.

"고향집, 즐거운 고향집, 그런 심정이지요, 대위님?"

많은 사람들은 아마도 그런 심정이리라. 복잡한 문제가 없는
친구들. 아내 혹은 애인을 사랑하고, 신체 내부에 그들의 마음
을 잡아먹는 암세포 따위는 없는 친구들.

"이제 전쟁이 끝나고 평화 체제로 전환하고 있으니까……."

그날 그는 제로센 한 대를 격추시키고 한 대를 다시 추격하

는 임무를 끝마친 뒤 암갈색의 쿤밍 비행장에다 구멍이 숭숭 뚫린 비행기를 안착시켰다……. 그는 혓바닥에 여전히 죽음의 냄새를 느끼면서 뻣뻣한 걸음걸이로 전투 비행사 대기실로 걸어 들어갔다. 거기에는 집에서 보낸 여섯 통의 편지가 그를 기다리고 있었다. 라이츠빌 소인이 찍힌 한 봉투에서 몇 장의 신문 스크랩이 쏟아져 나왔다. 단지 스크랩뿐이었고 발신인의 이름은 없었다. 스크랩의 출처는 〈라이츠빌 레코드〉였다. 그중 하나는 가십란에서 오려낸 것으로 눈에 익은 이름이 보였다.

상공회의소 적십자 모임에 참석한 사람들. 도날드 맥켄지 부부, 헬럼 럭 부부, 존 라이트 부부, 카터 브래드퍼드 상원의원 부부, 닥터 마일로 윌러비, 엘리 마틴 판사와 부인, 앨빈 케인과 팔짱을 낀 데이비 폭스 부인, 기술 상사 모튼 F. 댄지그의 에스코트를 받고 들어온 미스 낸시 로건…….

'팔짱을 낀'이라는 글자에 빨간 색연필로 밑줄이 그어져 있었다.

손이 후들거리는 채로, 데이비는 다른 스크랩을 뒤져보았다. '토요일 밤 16번 도로에 위치한 핫 스팟에 41세의 약사와 함께 등장한 힐 사교계의 유명한 젊은 전쟁 신부는 누구?' '그로브의 댄스랜드에서 벌어진 전쟁 국채(國債) 무도회의 2등상. 룸바를 춘 린다 폭스와 앨빈 케인.' 그런 종류의 스크랩이 두세 건 더 있었다.

그때 가려움을 동반한 수전증이 데이비의 손을 덮쳐왔다. 작전 장교가 그를 날카롭게 쳐다보았다. 데이비는 얼른 손을 가렸다. 리니, 그렇게 철석같이 기다리겠다고 약속해놓고! 저 느글느글하고, 유들유들하고, 허풍만 치는 케인! 그자는 린다가 라이츠빌 고등학교 2학년일 때부터 그녀를 쫓아다녔다. 그리고 고교 졸업식 날 밤에는……. 내가 중국에서 피 흘리는 전쟁 영웅이 되어가는 동안, 저 41세의 약사 케인이란 놈은 여자와 뒹굴 건초 더미를 만들고 있구나. 린다는 그런 자를 상대로…….

데이비는 속이 미친 듯이 타오르는 상태로 또 다른 편지를 집어 들고 개봉했다. 린다에게서 온 것이었다. 내 소중한 사람…… 너무 보고 싶어요……. 당신에게서 통 소식이 없어서…… 거긴 말라리아가 유행하나요? 앨빈 케인…… 그 이름이 데이비의 시선을 찌르고는 다시 초점을 맞추게 했다.

여보, 아주 우스운 일이 있었어요. 앨빈 케인 기억하죠? 내가 그 사람을 아주 싫어한다는 것도? 그런데 그 앨빈이 사람이 확 바뀌었어요. 정말이에요. 지금 당신이 그를 만나면 몰라볼 거예요. 나는 얼마 전 적십자사 모임에서 그 사람을 우연히 만났어요. 예전의 앨빈과는 너무나 다르고 점잖아서 그와 함께 영화를 보러 가도 괜찮겠다는 생각이 들었어요. 물론 패티와 카트 브래트퍼드, 카멜 페티그루와 해군 병사들이랑 함께요. 카멜은 최근에 이 마을에 나타난 여자예요! 난 당신이 신경 쓰지 않으리라 생각해요. 아무튼 내 소중한 남편, 당신이 나를 '버리고' 간 이후에 나는 외출을 전혀 하지 않았답니다!

아무튼 그래서 우리 모두 함께 가게 되었죠. 적십자 모임이 있고 그다음 주 토요일에요. 영화가 끝난 후 우리는 맥주를 마시기 위해 핫 스팟에 들러서, 서로 찢어져서 다른 테이블에 앉았어요. 앨빈과

나는 당신 얘기만 했어요, 나의 소중한 데이비. 앨빈은 당신을 정말로 자랑스럽게 생각한답니다. 그때 이후로는 그를 두 번 더 보았어요. 부모님과 함께 파인 그로브에서 개최된 전쟁 국채 무도회에 갔는데(전쟁 국채를 사야만 입장할 수 있더라고요), 많은 사람이 왔고 앨빈도 거기 참석했어요. 그는 어머니에게 다가와 댄스 경연에서 나를 파트너로 삼아도 되겠느냐고 물었어요. 걱정 많은 어머니는 근심스러워했지요. 어머니가 엄청 새침데기라는 것은 당신도 잘 알잖아요! 아버지는 헛기침을 몇 번 하더니 경연에 나간다고 누슨 해가 되셨느냐고 말씀하셨어요……. 그런데 네이비, 황당한 건…… '사람들이' 거기에 대해 떠들어대면서 내가 그런 요청을 거절했어야 한다고 수군거리는 거예요. 아마 현명하지 못한 일이었나봐요. 당신도 라이츠빌의 소문 공장에 대해서는 잘 알죠!

〈라이츠빌 레코드〉 가십란에 지저분한 공격 기사가 한두 번 실렸어요. 물론 마을의 나팔수인 에밀리 뒤프레가 기다란 혀를 제멋대로 마구 놀린 거죠……. 나는 〈라이츠빌 레코드〉의 광고란을 사서 이렇게 광고하고 싶어요. "라이츠빌 여러분. 그건 사실이 아닙니다!"라고요. 말도 안 되는 얘기죠. 이 세상 많은 사람들 중에서 앨빈 케인이라니! 그런데 그 불쌍한 최신 유행복 애용자는 나한테 살짝 혼이 빠진 것 같아요. 그는 내게 여러 번 전화했어요. 물론 기분 나쁘지 않게 전화는 받아주었지요. 그의 허세에도 불구하고 그는 외로운 사람 같아요. 그가 그토록 친구가 되려고 애쓰는 걸 보면 애처롭기까지 해요. 그래도 나는 자연스럽게 그를 멀리 밀쳐내지요. 오, 내 사랑 데이비, 전화벨이 울리거나 전보가 올 때마다 내 심장이 얼마나 두근거리는지 당신은 모를 거예요. 아, 여보, 여보, 여보, 내가 얼마나 당신을 사랑하고 있는지. 어서 전쟁을 빨리 끝내고 당신의 아내 린다에게 돌아와주세요.

　나도 당신을 사랑해, 리니. 사랑한다고. 하지만 당신은 이제 나를 알지 못해. 내 마음에 무슨 일이 벌어졌는지 모를 거라고. 나는 당신을 사랑해. 잠시 당신을 의심하다니 난 정말 비열한 놈이야. 하지만 난 좋지 않아. 좋지 않다고……

　맹렬한 분노가 격렬하게 다시 솟구쳤다. 그는 무슨 단서가 없을까 하는 마음에 편지 봉투와 신문 스크랩을 샅샅이 뒤졌지만 헛수고였다. 마침내 그는 발신인이 에멀린 뒤프레일 거라고 결론 내렸다. 이 모든 것이 그 음흉한 여자의 수법이다! 그렇게 분노는 서서히 사라졌고 다시 가려움증을 동반한 수전증이 찾아왔다.

"폭스 대위님."

　차장이었다.

"대위님, 지금 막 라이츠빌 교차로를 지났습니다. 앞으로 2분 내에 역에 도착합니다."

"아, 감사합니다."

　데이비는 가방을 내리려고 의자에서 일어섰다.

　뚱뚱한 남자의 턱이 쫙 벌어졌다. "뭐라고요? 당신이 내가 신문에서 읽은 저 유명한 플라잉 폭스입니까? 하늘에서 일본 비행기를 모조리 격추시키고, 땅에서는 일본 놈들의 포위를 받고서도 기관단총으로 그들을 싹 쓸어버린 저 유명한 라이츠빌 영웅! 그렇게 필사적으로 분투하고 있을 때 중국군이 와서 당신을 구출해주었죠. 정부에서는 당신에게 의회 명예 훈장을 수

여했고. 야, 정말 대단한……." 살찐 남자는 갑자기 근심스러운 표정이 되었다. "대위님, 어디 아픕니까? 기분이 안 좋습니까? 손을 떨고 있군요. 자, 짐 내리는 것을 도와드리겠습니다. 아니, 아니, 수고는 무슨. 이렇게 도와드릴 수 있어서 정말 영광스럽게……."

데이비는 기차의 흔들림에 맞서서 몸의 균형을 잡고는 양손을 내려다보았다. 정말 떨리고 있었다. 또 다시 가려움증을 동반한 수전증이 찾아온 것이다. 1백만 개의 바늘이 제멋대로 움직이며 손등을 찔러대는 느낌. 혹은 소다수의 기포가 양손 밑에서 분출하여 손등의 가죽을 뚫고 튀어나오는 느낌. "폭스 대위, 그건 모두 당신 마음속에서 벌어지는 겁니다." 군의관은 말했었다. "일본군 점령 지대를 걸어서 통과하면서 당신이 느꼈던 고통이 신경 반응이 되어 나타나는 거예요." 쿤밍의 비행 담당 상사도 데이비에게 같은 말을 했다. 하지만 그는 비행 담당 상사나 카라치의 군의관이나 다른 의사들에게 그 가려움증이 언제 주로 나타나는지는 말하지 않았다. 그건 그의 생각이 12년 전 라이츠빌로 되돌아갈 때면 어김없이 나타나는 증상이었다……. 찢어진 반바지를 입은 소년에게 벌어졌던 그 끔찍한 사건.

뚱뚱한 남자는 여전히 짐 가방과 씨름하는 중이었다.

데이비는 크게 말했다. "잘 알았습니다." 데이비는 그렇게 말하면서 언제나 잊지 않고 아주 화사한 미소를 지어 보였다. 그 미소는 군의관들을 당황하게 만들었다.

애틀랜틱 스테이트 급행열차가 그를 내려주기 위해 라이츠빌 역사로 들어서자, 데이비는 별생각 없이 역사 주위를 내다보았다. 깃발을 흔들며 웃고 있는 많은 사람들, 반짝거리는 악기를 든 한 무리의 악대가 얼굴이 빨개질 때까지 불어대는 악기 소리, 차량, 현수막, 플래카드, 깡충깡충 뛰어다니는 어린아이들. 모두 일요일에 입는 최고로 좋은 나들이옷을 입고 있었다. 데이비는 그날이 평일인 것을 알고 있었지만, 혹시 자신이 날짜를 착각한 게 아닐까 하는 생각이 들었다. 아니면 혹시 오늘이 독립기념일인가? 사람들은 엄청나게 떠들어대고 있었다.

곧 열차가 멈춰 섰고 그는 철로를 가로지르며 걸려 있는 그의 이름이 쓰여진 대형 현수막을 보았다.

그리고 다음 순간 그는 린다를 보았다.

"리니, 리니……."

"여보, 아무 말도 하지 말아요. 그냥 당신을 꼭 끌어안게 해주세요."

도서관 관장이자 족보학자인 미스 에이킨은 보라색 모자를 약간 비스듬히 쓴 채 차문 안으로 몸을 기울이며 소리쳤다. "대위님! 폭스 대위님! 여기다가 서명을 좀 해주시겠어요? 부탁드려요."

그녀는 두꺼운 종이 한 장을 내밀었다, 흔들리는 손에는 만년필을 들고 있었다.

"애야, 미스 에이킨이다." 에밀리 폭스가 손수건을 만지작거리며 말했다.

"미스 에이킨, 서명 컬렉션입니까?" 탤보트 폭스가 큰 소리로 말했다. "데이비, 너는 남자들만 행세하는 이 마을에서 정말로 성공했구나. 기분이 어떠냐? 어서 서명해주렴."

"뭐라고요?" 주위의 소음이 너무 심해서 데이비는 멍한 상태였다. 게다가 무슨 이유에서인지 주변 풍경이 잘 보이지 않았다.

"여보, 미스 에이킨은 유명한 라이츠빌 인사들의 서명을 수집하고 있어요." 린다가 그의 귀에다 대고 설명했다. "벌써 여러 해에 걸쳐 해오고 있어요."

"대위님?" 미스 에이킨이 다시 소리쳤다.

"하지만 난 별로……."

"꼭 해주셔야 해요!"

"여보, 제발." 린다가 말했다.

데이비는 미스 에이킨의 앙상한 손에서 만년필을 받아들었다. 모든 게 꿈속 같았다. 그는 아주 조심스럽게 서명했다. '데이비 폭스, 미 공군 대위.'

차량 행렬은 로우 빌리지의 작은 집들을 지나 보무당당하게 나아갔다. 그 집들은 모두 색지(色紙)로 장식되었고 국기를 내걸고 있었다. 사람들은 창문 밖을 내다보며 종이 가루를 내던졌다. 재향군인회 밴드는 영웅의 차량 앞에서 우렁차게 취주곡을 불어댔다. 데이비는 무개 차량에 서서 미소를 지으며 손을 흔들었다.

린다의 손가락이 그의 왼쪽 다리를 꽉 움켜쥐면서 쇠약해진 근육을 파고들었다. 그 고통은 극심했지만 그래도 그런 손길이 고마웠다.

쿤밍 들판의 진흙 바닥에 누워 있는 죽은 마이어스가 그를 향해 빙그레 웃으며 조롱했다. 자네는 맹렬한 조종사야. 훈장을 받고 축하 행사를 받겠지.

우리 엄마에게 안부를 전해줘. 카라치 야전병원 침상에 누운

빙크스의 핏기 없는 회색 입술이 달막거렸다. 엄마는 오하이오
주 캔턴에 살고 있어. 자네는 피 묻은 전쟁 영웅이야.

알았어, 빙크스. 알았다고. 제발.

슬로컴과 워싱턴 모퉁이. 여기서 돌면…….

로건스 마켓. '잘 다져진 정육. 금방 잡은 닭고기.' 로건의 푸
주한 앞치마에 피가 묻어 있었다. 그는 문턱에 서서 손을 흔들
었다.

푸줏간 로건 영감. 예전과 똑같군. 달라진 게 하나도 없어.

정말 믿어지지 않아.

자네는 피 묻은 전쟁 영웅이야.

오케이, 빙크스. 알았다구. 걱정 붙들어 매.

이 행사는 곧 끝날 거고 그러면 사람들은 나를 잊어버릴 거
야. 난 정말 그렇게 되었으면 좋겠어.

"린, 난 할 수 없어. 정말 할 수 없다고!" 데이비는 린다의 품에
안겨서 몸부림쳤다. 그들은 환영 위원회가 폭스 부부를 위해
예약해준 홀리스 호텔의 스위트룸 침대 위에 누워 있었다. 거
기서 하룻밤을 묵고 그다음 날 공식 오찬회에 참석할 예정이었
다.

"여보, 당신은 해야만 돼요." 린다가 부드럽게 구슬렸다.

"하지만…… 오찬회! 게다가 연설이라니!"

"데이비, 주지사도 참석한대요."

"난 연설은 못해!"

"여보, 생각나는 대로 몇 마디만 하면 되는 거예요."

"내 마음속의 말을 그대로 다 해버린다면 저들은 나를 감옥

에다 처넣을 거야! 리니, 빙크스는 구조되지 않으려 했어! 내가 그를 업고 남부 중국을 절반쯤이나 헤매는 것을 원하지 않았어. 그는 일본 놈들이 그를 격추시킨 그 자리에서 죽고 싶어 했어……."

"데이비……."

"그는 자신의 임무를 완수했고 자신이 끝났다는 것을 알고 있었어. 그래서 '구조'되어 집으로 돌아가겠다는 생각은 하지 않았어. 리니! 빙크스는 전쟁통에 자신이 괴물 같은 존재가 되었다는 것을 알고서 너무나 무서워했어. 난 우리 모두가……."

"데이비, 알았어요. 더 이상 말하지 말아요."

"빙크스는 내가 괜히 그를 구조했다며 화를 냈어. 쿤밍에서 카라치 야전병원으로 후송되었을 때 우리는 이어지는 침상에 나란히 누워 있었어. 리니, 그는 죽기 직전에 침상에서 벌떡 일어나더니 내게…… 욕을 퍼부었어. 그의 말이 맞았어! 사람은 자기 마음대로 죽을 권리가 있는 거야. 부상을 입어서 온몸이 갈가리 찢어지고 아무 쓸모없는 사람이 되었는데 귀국한다는 건 너무 두려웠을 거야……."

그가 얼굴이 흙빛이 되어 떠오르는 말을 계속 내뱉으려고 하자 그녀가 달려들어 그에게 키스를 해댔다. 그의 온 얼굴에 거듭 키스하는 바람에 그녀는 남편이 하는 말을 거의 알아듣지 못했다.

"리니, 내 말 듣고 있어? 난 무섭다고!"

"데이비, 무서워할 거 없어요. 이제는."

"이제는? 아니야, 이제 시작이야! 리니, 내 말 못 알아들어? 난 당신이 결혼했던 그 남자가 아니야. 나는 피 묻은 손을 가지

고 있어. 나는 사람을 죽인다는 게 뭔지 알아. 나는……." 그러
다가 그가 갑자기 말을 멈추었다. 린다는 놀란 눈으로 그를 쳐
다보았다.

"무슨 일이에요, 데이비?"

"오, 리니. 난 당신이 너무 보고 싶었어."

"데이비, 나도 당신이 너무 그리웠어요."

하지만 그건 그가 말하려고 했던 것이 아니었다. 린다는 겁
먹은 표정으로 약간 물러서서 그의 얼굴을 살폈다. 이제 그는
미소를 짓고 있었다. 뭔가 멍하면서도 부드러운 미소였다. 그
녀는 그가 기차의 승강구 맨 밑 계단에 서서 수많은 사람들과
악수를 할 때에도 남편의 입술에 그런 기이한 미소가 어리는
것을 보았었다.

그녀는 남편을 가슴 쪽으로 세게 끌어당겼다. 잠시 뒤 그는
갑작스러운 잠에 빠져들었다.

린다는 그를 가볍게 안고 있었다. 그녀는 감히 움직일 생각
을 하지 못했다.

오, 데이비, 데이비, 당신의 몸에는 남아 있는 게 거의 없군
요. 당신은 그저 뼈만 남았군요. 당신의 피부는 너무 건조하고
갈색인 데다 곧 찢어질 것 같아요. 아버지가 뒷베란다에 내다
버린 저 낡은 가죽 의자 같아요. 당신의 두 눈은 한때 심층수처
럼 푸른 빛깔이었는데, 이제는 병색 완연한 붉은 핏발이 가득
해요. 두 눈은 마치 노인처럼 안으로 쑥 들어가버렸어요.

그리고 당신의 머리카락. 예전에는 반짝거리는 검은 빛깔이
었는데, 지금은 온통 회색이에요.

남편은 이제 겨우 스물두 살이야. 린다는 생각했다. 스물두

살!

　전장에서 겪은 것만으로는 이렇게 될 수가 없어. 뭔가 다른 이유가 있을 거야. 그건 뭔가 오래된…… 어떤 거야.

　하지만 그 순간 린다는 재빨리 자신의 마음을 닫아버렸다.

3
병든 폭스

린다의 당초 계획은 라이츠빌의 새로운 주택 지구에다 신혼집을 차리는 것이었다. 전쟁이 거의 끝나서 데이비가 돌아오리라는 것을 알게 된 그 순간부터 세운 계획이었다. 아주 깨끗한 소형 뉴잉글랜드 타입의 주택을 골라 집 주위에 화단을 만들 생각이었다. 그녀는 꽃 피는 관목들, 체리나무와 사과나무, 장미와 포도나무를 심고, 약초와 야채를 채마밭에서 키우고 싶었다. 린다는 마음속으로 그 자그마한 집의 꼭대기에서 바닥까지, 그리고 아기방까지 다 설계를 끝냈다. 아기방은 특히 골칫거리였다. 갖추어놓을 수 없는 물건이 너무나 많았다! 그것은 기묘하면서도 달콤한 만족이었다. 아직 있지도 않은 집에, 아직 태어나려면 멀고 먼 아이를 위한 아기방의 물건이 마땅치 않아서 화를 내다니. 린다가 아무리 원해도 그 아이는 영원히 존재하지 않을 수도 있었다.

하지만 그것은 데이비가 귀국하기 전의 이야기였다……. 앞으로 몇 달 이내에 데이비 폭스 대위가 '신경증 환자'로서 미 공군에서 명예제대를 하게 된다는 것을 확실히 알기 전의 이야기였다.

즐겁게 공상하던 스위트 홈이 가뭇없이 사라져서 그녀의 내

면이 공허하고 씁쓸해졌다고 하더라도 린다는 그것을 내색하지 않았다.

"물론 그건 어리석은 공상이었어요." 린다가 데이비가 귀향한 날 밤에 밝은 목소리로 에밀리에게 말했다. "우리는 데이비가 여기 사정에 익숙해질 기회를 주어야 해요. 그러니까…… 먼저 건강을 완전히 회복해야 돼요."

"그럼, 그럼, 물론이지." 에밀리가 살짝 얼굴을 찌푸리며 말했다. "내가 오늘 밤 네 아빠와 얘기해보마."

그다음 날 아침 식사 때, 에밀리가 쾌활한 목소리로 선언했다. "애들아, 모든 게 다 정리가 됐어. 탤보트와 내가 지난밤 결정했단다. 그렇지 않아요, 여보?"

"무엇이 정리됐는데요?" 데이비가 천천히 물었다.

"데이비, 너와 린다는 둘만의 행복한 시간을 보내게 될 거야. 이 축복받은 일에 대해 걱정할 필요가 없다는 얘기야. 그렇죠, 탤보트?"

탤보트가 환히 웃었다. "그렇고 말고. 데이비, 우린 네가 이렇게 일찍 귀국할 줄 몰랐어. 알았다면 너를 위해 모든 것을 미리 준비해두었을 텐데. 리니, 너와 이 젊은 전쟁 영웅은 우리 집 2층 전체를 사용해도 좋아. 오늘부로 당장. 누가 이 제안을 재청할 겁니까?"

"아, 아버지." 린다가 소리쳤다. "데이비, 아버지 말씀 들었어요? 정말 너무 멋지지 않아요?"

"그래, 정말 멋지군." 데이비가 우물거렸다.

"살림살이를 지금 즉시 마련할 생각이라면, 리니." 탤보트가 계속 말했다. "내가 클린트 포스딕 가게에서 주방 도구와 기구를 사오마. 2층의 북쪽 예비 공간을 금방 주방으로 개조할 수 있을 거다."

"아니에요, 탤보트." 에밀리가 단호하게 말했다. "린다를 벌써부터 뜨거운 난로와 음식 준비로 괴롭힐 필요는 없다고 생각해요. 아이들이 호텔에 투숙한 것처럼 해주고 싶어요. 정말이에요. 진짜 허니문! 얘들아, 너희들이 싫증날 때까지 그렇게 하도록 해. 그렇게 할 거죠, 탤보트?"

"물론이지." 탤보트가 씩씩하게 말했다. "참…… 데이비, 앞으로 무슨 일을 할지 생각해보았니?"

"일이요?" 데이비는 식사 그릇에서 고개를 쳐들었다.

"대학으로 돌아가서 공학부를 졸업할 거냐, 아니면 곧바로 나와 함께 공장 일을 할 거냐?"

"아." 데이비는 핫케이크를 만지작거리면서 생각에 잠겼다. 마침내 그가 말했다. "큰아버지가 괜찮으시다면 둘 다 하지 않을 생각입니다."

"아버지, 왜 그러세요?" 린다가 재빨리 끼어들었다. "데이비가 앞으로 뭘 할지 모르겠다고 말하는 건 너무나 당연해요! 그런 결정을 내리려면 충분한 시간이 있어야 한다고요……."

"그러게! 여보, 너무 성급해요. 웃음이 나오는구나." 에밀리가 남편을 노려보며 콧방귀를 뀌었다.

"아, 그렇지." 탤보트 폭스가 당황하면서도 재빨리 눈치를 보며 대답했다. "데이비, 지금 당장 하라는 얘기는 아니야. 물론 네가 충분히 준비를 끝냈을 때 얘기지."

"고마워요, 큰아버지." 데이비가 다시 고개를 쳐들었다. "하지만 저는 부랑자처럼 큰아버지 밥을 공짜로 먹을 수는 없어요."

"데이비 폭스, 무슨 말을 그렇게 섭섭하게 하니?" 큰어머니
가 소리쳤다.

"자, 에밀리." 이제 다시 평상심을 회복한 탤보트가 말했다.
"물론 데이비는 그런 느낌이 들 거야. 하지만 네가 한 가지 잊
어버린 것이 있다. 너는 장교 훈련을 받을 때 성년이 되었어.
그래서 내가 대신 관리해준 신탁 기금, 그러니까 네 아버지의
기금이 이제 온전히 네 것이 되었단다, 데이비."

그때 데이비가 포크를 떨어뜨리는 바람에 약간 날카로운 소
리가 났다.

"아, 그래요." 그가 목이 멘 목소리로 말했다. "그게 그렇게
되었군요." 이어 그는 낙담한 얼굴로 다시 의자에 주저앉았다.
"린······ 당신은 어떻게 생각해?" 데이비는 퀭한 눈으로 호
소했다.

"여보, 당신이 하자는 대로 할게요. 당신의 뜻대로."

"난 지금으로선 뭔가를 할 수 있을 것 같지가 않아······. 린,
우리가 이 집에 계속 머무른다면 큰아버지와 큰어머니에게 집
세를 내야겠지. 내 신탁 기금에서."

"집세라고!" 에밀리가 울기 시작했다.

"자, 에밀리." 그녀의 남편이 노려보았다. "데이비가 남자답
게 용기를 냈다고 해서 그렇게 갑자기 눈물을 보이면 어떻게
해! 데이비, 네 심정은 이해한다. 네 방식대로 해보자꾸나. 그
신탁 기금을 네 명의로 돌려놓도록 하마."

데이비는 그 말에 위축되었다. "큰아버지가 계속 제 대신 관
리해주세요. 저는 돈에 대해서는 아무것도 모릅니다."

"넌 훌륭한 사업 파트너가 될 거야." 탤보트 폭스가 큰 소리로 말했다. 그 소리에 데이비는 빙그레 웃었고 그래서 린다, 에밀리, 탤보트도 활짝 웃었다. 그들은 일종의 도취된 분위기 속에서 아침 식사를 끝냈다.

그렇게 하여 린다의 신혼집은 방 네 개짜리 거대한 저택의 2층이 되었다. 그녀가 네 살 때 어머니 에밀리의 품에 안겨 슬로컴 고아원에서 나와 아버지 탤보트의 낡은 스테이션왜건을 타고서 비포장도로를 털털거리며 도착했던 바로 그 집이었다.

데이비는 아팠다. 그건 틀림없었다. 린다와 그녀의 양부모를 곤혹스럽게 만든 것은, 그 증세가 노의사 윌러비 박사가 진단을 내릴 수 있는 그런 종류가 아니라는 것이었다. 엑스레이 사진으로 판독하거나 체액을 약병에 넣어 라이츠빌 종합병원에 실험 분석용으로 보낼 수 있는 그런 것도 아니었다. 린다의 주도면밀한 보살핌과 큰어머니가 주방에서 계속 만들어내는 '데이비가 좋아하는 것들' 덕분에 그는 겉모습이 좋아지기 시작했다.

그렇다. 데이비를 괴롭히는 증세는 신체적인 것이 아니었다.

그렇다고 정신에 관계된 것도 아니었다. 적어도 라이츠빌 사람들이 정신병에 대해서 갖고 있는 견해에 따르면 그랬다. 가령, 카네기 도서관 관장 미스 에이킨의 맏언니인 에스트렐리타 에이킨 같은 경우가 정말로 '정신병'이다. 그녀는 40대 후반이던 어느 날, 오찬 정장 차림으로 쌍둥이 언덕 공동묘지의 묘비석들 사이에서 춤을 추다가 발견되었고, 곧바로 슬로컴 주립병원의 정신병동에 수용되었다. 이에 비하면 데이비는 정신이 아주 말짱했다. 어느 편인가 하면 너무 말짱해서 문제였다. 그는 전쟁에서 돌아온 이후 이래 모든 사물을 종말론적 명료함 속에서 바라보았다. 마치 그는 중국에 1년 머물면서 메시아의 왕국에 갔다 온 듯했다. 그는 모든 화제를 그 본질까지 까놓고 보는 반(反) 사회적 능력을 개발했다. 그와 잡담을 한다든가 〈라이츠빌 레코드〉 사설란의 크고 작은 진실들에 대해 토론하는 것은 불가능했다. 데이비는 음산한 미소를 지으며 말없이 앉아 대화에 통 끼려고 하지 않거나, 아니면 갑자기 신경질을 내면서 가족들에게 공격적인 언사를 내뱉었다.

정말 사람을 돌아버리게 만드는 태도였다. 어느 날에는 어떤 화제에 흥미를 가지고 정력적으로 이야기를 하며 협조적으로 나왔고 쾌활하기까지 했다. 하지만 그다음 날에는 아주 깊은 우울증에 빠져버려서, 심지어 린다조차 그를 어떻게 해볼 수가 없었다. 이런 날에 그는 옆에서 보기에 오싹할 정도의 분위기를 풍기며 혼자 있기를 좋아했다. 그는 양손을 주머니에 찔러 넣고 날씨와는 상관없이 하루 종일 폭스 저택 뒤에 있는 숲 속을 헤매고 다녔다. 어느 날, 린다는 파인 그로브 호수 근처의 풀들이 웃자란 잡초 밭에서 잠들어 있는 데이비를 발견했다. 그녀는 스파이처럼 나무 뒤에 숨어서 그를 관찰했다. 그가 이윽고 잠에서 깨어나 휘청거리는 걸음걸이로 서늘한 숲 쪽으로 걸어가자 그녀는 눈물 가득한 눈으로 그의 뒤를 쫓아갔다. 이어 그녀는 눈물을 털어내고 파우더로 코를 탁탁 두드린 뒤 반대 방향에서 열심히 달려가 그를 '우연히 만난 것처럼' 꾸몄다.

"여보, 여기서 뭐 하고 있는 거예요?"

"아무것도 안 해."

"바지에 풀물이 들었네요."

"아, 그래. 호수 근처에서 잠시 잠이 들었나봐."

"당연한 일이에요." 린다는 억지로 웃었다. "당신은 지난밤에 거의 한숨도 자지 못했으니까."

"그걸…… 어떻게 알았지? 당신은 꿈나라에 가 있었는데."

"데이비 폭스, 남편을 사랑하는 여자는 아주 많은 것을 알고 있어요."

데이비는 그녀를 이상하다는 눈빛으로 쳐다보았고, 이어 그들은 팔짱을 낀 채 아무 말도 하지 않고 집까지 걸어갔다.

린다는 남편에게 아무것도 물어보지 않겠다고 이미 혼자 결심하고 있었다. 그러나 침묵하며 힘들게 힐 언덕을 다 올라갔을 때 그녀의 목구멍에 뭔가가 울컥하고 올라왔다. 그녀는 자기도 모르게 소리치고 말았다.

"데이비, 제발 말해줘요. 도대체 뭐가 잘못된 거예요?"

그녀는 그의 몸이 굳어지는 것을 느꼈다. 그녀는 울고 싶은 심정이었다. 이렇게 해야 하는 자기 자신에게 너무 화가 났다.

"뭐가 잘못됐느냐고?" 데이비의 입술에 린다가 그토록 두려워하고 싫어하는 음산한 미소가 떠올랐다.

뭔가가 그녀를 앞으로 밀어붙였다. 그녀는 더 이상 참을 수가 없었다.

"뭐가 잘못된 거예요? 데이비, 당신은 나를 더 이상 사랑하지 않나요?"

그녀는 피할 수 없었다. 언제든 튀어나오게 되어 있었다. 그녀는 남편의 증세가 그것 때문인지…… 혹은 다른 어떤 것 때문인지 알아내야만 했다.

"사랑하지 않느냐고, 리니? 물론 사랑하지. 앞으로도 영원히 그럴 거고."

"오, 데이비!"

"린, 당신이 왜 나를 이토록 참아주고 있는지 이해할 수가 없어. 난 당신에게 좋은 남편이 못 돼. 난 고향에 돌아온 그날 당신에게 말해주려 했어. 나는 군대에 복귀했을 당시의 그 사람이 아니라고 말이야. 아니, 어쩌면 복귀했을 때의 그 사람인지도 몰라. 내 안에 있던 특징이 더 분명하게 드러난 것일 수도 있어. 어쨌든 그게 다 무슨 소용이야? 당신을 걱정만 시키는데."

"데이비." 린다가 절망스러운 목소리로 말했다. "데이비, 잠깐만요! 데이비, 당신은 그런 말을 해서는 안 돼요. 아니, 그런 생각을 해서는 안 돼요. 여보, 왜 내게 비밀을 털어놓지 않아요? 아내가 뭐겠어요? 데이비, 난 당신을 도와줄 수 있어요. 도대체 뭐가 문제예요?"

"아무 문제도 없어. 단지 내 신경이 좀…… 난 신경쇠약에 걸렸어."

"그건 알아요. 정말 그것 말고 다른 건 없어요? 내게 감추려 하지 말아요. 그걸 말해줘요. 어쩌면…… 그건 당신 마음속에 있는 생각 때문인지도 몰라요. 당신이 그런 생각을 내게 털어놓으면…… 모든 게 정상으로 돌아갈 거예요."

데이비는 아무 말 없이 걸었다. 잠시 린다는 그가 자기 말을 듣고 있지 않는다고 생각했다. 하지만 그가 곧 우물거리면서 대답했다. "리니, 난 곧 괜찮아질 거야."

그게 린다가 얻어낸 대답의 전부였고, 그녀는 그 화제를 다시 꺼내지 않았다. 그들은 점점 틀에 박힌 행동을 하기 시작했다……. 그녀가 어느 한적한 곳까지 그를 추적해 가서 '우연한' 만남을 가장하고, 갑갑한 침묵 속에서 집까지 걸어 돌아오고, 각자 방에 들어가서는 엄청난 긴장과 상심을 느끼는 것이었다. 그런 산책길에서, 린다는 남편이 아주 멍한 상태가 아니라면 그의 손을 잡고서 가볍게 흔들어주었다. 그는 눈에 띄게 고마워했고 그러면 린다도 발걸음이 한결 가벼웠다.

이런 빵 부스러기를 먹으면서 린다 폭스는 석 달을 버텼다.

어느 날 밤, 절망에 빠진 린다가 영화를 보러 가자고 제안했다.

"우리 모두 함께 가요." 그녀가 말했다. "데이비, 기분전환으로 영화를 보러 가는 거예요. 어때요?"

"리니, 영화 보러 가고 싶어?" 그는 불안해했다.

"아니, 아니에요." 린다가 재빨리 대답했다. "당신이 안 내키면 안 가도 돼요."

"무슨 영화를 하고 있는데?"

"〈의혹〉이라는 영화의 리메이크예요. 캐리 그랜트와 다른 배우들이 나왔던……."

"싫어!" 데이비가 소리쳤다. 가족은 약간 놀라 그를 쳐다보았다. 그는 곧바로 얼굴을 붉히더니 중얼거렸다. "내 말은, 그렇게 오랜 시간 조용히 앉아 있는 건 힘들 것 같아. 리니, 그냥 큰아버지와 큰어머니를 모시고 다녀와."

"당신을 여기 혼자 놔두고? 그건 싫어요." 린다가 눈을 깜빡이며 말했다. "하지만 두 분은 몇 달 동안 밤에 외출을 안 하셨으니, 한번 다녀오세요."

"갈 생각 있어요, 텔보트?" 에밀리는 조금 슬픈 목소리로 남편에게 물었다. 어쩔 수 없었다. 데이비의 귀향과 그의 이해할 수 없는 행동은 가족 모두를 서글프게 만들었다.

"오늘 정오에 마을 광장에서 루이 카한을 만났어." 탤보트가 약간 머뭇거리는 어조로 말했다. "루이가 오늘부터 재미있는 디즈니 만화 영화를 상영할 거라더군……."

결국 에밀리와 탤보트는 비주 극장에 갔다.

부부만 남게 되자 린다가 조용히 물었다. "데이비, 왜 〈의혹〉을 보려고 하지 않는 거예요?"

"이미 봤어. 중국인가 인도에서. 어쩌면 다른 곳일 수도 있고. 어디인지는 잊어버렸어."

"데이비, 그것 때문이 아니잖아요."

"그것 때문이야!"

"알았어요, 데이비, 알았어요."

그들은 아무 말도 하지 않고 거실에 앉아 있었다. 린다는 데이비의 양말을 기웠고 데이비는 묵은 《라이프》 잡지의 페이지를 넘겼다. 그러나 페이지는 너무 빨리 넘어갔다.

린다는 거기 앉아 바늘을 놀리고 실을 이빨로 물어 끊으면서 자신이 이 복잡하고 숨 막히는 관계에서 오는 스트레스를 얼마나 오래 견딜 수 있을지 생각해보았다. 무슨 일이든 벌어질 것 같았다. 무슨 사고가 나도 날 것 같았다. 그러면……. 그러나 린다는 무슨 일이 벌어질지 애써 생각하지 않으려 했다. 여러 주 동안 그녀는 생각을 하지 않으려고 무척 애를 썼다.

그때 현관문의 초인종이 울렸다.

데이비가 놀라서 펄쩍 뛰었다. 무릎에서 잡지가 떨어졌다.

린다가 웃었다. "어머나, 데이비, 당신은 헝커 영감의 노처녀

딸 베시처럼 긴장을 잘 하는군요.”

“누구지, 대체 누구야?” 데이비가 중얼거렸다.

“내가 어떻게 알겠어요? 아버지가 지갑이나 사소한 물건을 놔두고 갔다가 다시 돌아오신 거겠죠. 데이비, 가서 누군지 좀 봐요.”

“동네를 기웃거리며 돌아다니는 사람일 거야. 난 그런 사람은 꼴도 보기 싫어, 린!”

“그런 어린애 같은 소리 말아요.” 린다가 차분하게 말했다. “사람들을 만나서 얘기하는 건 당신에게 도움이 될 거예요. 당신이 돌아온 이후에 우리는 은자처럼 살았어요. 자, 가서 대답을 하세요, 데이비.”

데이비는 고개를 끄덕이더니 발을 질질 끌며 걸어갔다.

린다는 바느질을 멈추고 귀를 기울였다. 어쩌면 패티 브래드퍼드와 카터일 수도 있었다. 그렇다면 얼마나 좋을까. 패티가 여러 번 전화를 했었지만 그때마다 린다는 별로 내키지 않는다는 듯 대답했다. 그녀는 린다의 태도를 아주 이상하다고 생각했을 것이다. 어쩌면 그녀가 남편 카터와 함께 린다의 상황을 살펴보러 온 것인지도 몰랐다. 그건 패티다운 행동이었다……. 그래, 나는 좀 이상했지. 그래 맞아!

린다는 눈물을 꾹 참으며 다시 바느질로 돌아갔다.

이어 그녀는 현관 쪽에서 나는 목소리들을 들었다. 데이비가 칸막이 커튼 사이로 다시 나타났을 때 린다는 미소를 지었다.

데이비도 미소를 지었다. 린다는 재빨리 남편의 어깨 너머를 쳐다보았다.

에멀린 뒤프레와 미스 에이킨이었다.

"어머, 반가워요!" 린다가 자리에서 일어나며 소리쳤다. 골치 아픈 일이었다. 에멀린 뒤프레가 염탐을 하고 돌아다니면 그곳엔 언제나 유혈과 혼란이 있었다.

"정말 그렇지?" 데이비가 미소 지었다. "진정한 이웃이야. 어서 앉으세요, 뒤프레 씨, 여기 이 편안한 안락의자에." 그는 약간 겁 먹은 듯한 미스 에이킨에게는 신경도 쓰지 않았다.

"대위님, 아주 건강해 보이네요. 큰어머니의 요리 덕분이겠지요." 에멀린 뒤프레가 말했다. 그녀의 반짝거리는 작은 눈은 린다의 날렵한 몸매를 한번 쓱 훑어보았다. "그리고 린다, 당신은 몸무게가 좀 늘어나지 않았나요? 허리 쪽에."

"뒤프레, 임신했느냐고 물어보시는 거라면, 유감스럽게도 아직 아니랍니다." 린다가 대답했다.

두 여자는 쑥덕거렸다. 린다의 두 뺨에 홍조가 떠올랐다. 그녀는 입술을 꼭 깨물며 감정을 조절했다. 린다, 침착해야 돼. 저 여자는 아직 용건을 말하지 않았잖아.

"미스 에이킨과 지나가는 길에 들렀어요……." 뒤프레가 말문을 열었다.

미스 에이킨은 긴장하는 표정으로 고개를 끄덕였다.

"오, 그렇게 말하실 필요 없습니다. 뒤프레 씨, 당신이 우리 집에 들러주어서 기뻐요." 데이비가 반짝거리는 작은 눈을 가진 뼈만 앙상한 여자에게 말했다. "아직도 오래된 신문 스크랩을 가지고 계시진 않겠지요?"

"신문 스크랩?" 뒤프레가 의아하다는 듯이 말을 멈췄다. "대위님, 무슨 말씀이신지?"

데이비가 노골적으로 말했다. "중국 쿤밍으로 보내준 그 신문 스크랩들은 별로 반갑지 않았습니다."

그 여자의 건조한 회색 피부는 조금도 바뀌지 않았다. 단지 그녀의 눈동자만이 본심을 드러냈다. 그녀의 두 눈은 뱀처럼 한 번 번들거리더니 곧 비밀을 덮어버리는 커튼이 내려왔다.

"무슨 말인지 못 알아듣겠군요. 내가 신문 스크랩을 보냈다고요?"

"젠장, 시치미 떼기는." 데이비가 말했다. 그의 흥미는 갑자기 사라져버렸다. 그는 도서관 관장에게 말했다. "미스 에이킨, 실례하겠습니다. 중요한 기사를 읽고 있던 중이라서요." 그는 거실의 한쪽 구석으로 걸어가서 잡지를 집어 들고 그 앞에 등을 둥그렇게 말고 앉았다.

뒤프레는 미스 에이킨을 슬쩍 쳐다보았다. 그 눈빛은 이렇게 말하고 있었다. 봤어요? 저 사람이 괴상한 행동을 한다고 말했잖아요.

"데이비." 린다가 남편을 불렀다. 하지만 그는 아내에게 미소를 지어보였을 뿐 그 자리에서 꼼짝도 하지 않았다. 린다는 두 여자에게 고개를 돌렸다. "두 분이 이렇게 저희 집에 들러주시다니 고마워요. 하지만 데이비는 중국에서 온 지 얼마 안 되어 완전히 회복이 되지 않은 상태라……."

"잘 압니다." 미스 에이킨이 황급히 말했다. "린다, 볼일이 없었더라면 이렇게 황급히 찾아오지는 않았을 거예요. 볼일이란 건……."

"미스 에이킨의 말은, 린다." 에멀린 뒤프레가 끼어들었다. "우린 어떤 목적이 있어서 찾아왔다는 거예요."

그랬겠지요. 린다는 울적한 마음으로 생각했다.

"린다, 미스 에이킨은 당신의 조력이 필요해요." 뒤프레는
도움이라는 말을 써도 되는 때에도 일부러 조력이라는 어려운
단어를 사용했다.

"제 도움이요?" 린다가 얼굴을 찌푸렸다.

"서명 수집과 관련된 거예요." 도서관장이 열띤 목소리로 말
했다. "에멀린이 생각하기로는……."

"돌로레스, 내가 대신 말해줄게요." 에멀린이 말했다. "린
다, 미스 에이킨이 라이츠빌 유명인들의 자필 서명을 수집한
다는 건 잘 알지요?" 린다는 고개를 끄덕였지만 시간이 갈수
록 무슨 용건인지 더욱 아리송해졌다. "그녀의 수집 컬렉션에
는 1700년대 초반 제즈릴 라이트의 서명을 비롯해서 모든 라
이트 가문 사람들의 서명이 들어 있어요……."

"그건 내 컬렉션 중 핵심이지요." 미스 에이킨이 경건한 목
소리로 말했다.

"아무튼 미스 에이킨의 라이트 가문 컬렉션은 단 하나의 서
명만 빼놓고 완벽해요." 미스 뒤프레가 뱀 같은 얼굴을 앞으로
내밀었다. 그러자 가죽뿐인 목덜미가 따라서 꿈틀거렸다. "쇼
클리 라이트의 서명, 딱 하나만 빠져 있어요." 그녀가 쉭쉭거리
며 말했다.

아니, 용건이란 게 겨우 그거야? 린다는 웃음이 나오려 했
다. 그리고 동시에 커다란 안도감을 느꼈다. 미스 에이킨이 그
지루한 컬렉션에 쇼클리 라이트의 진짜 서명을 넣으려고 애쓰
는 것은 라이츠빌에서는 이미 전설적인 이야기였다. 그녀는 지
난 몇 년 동안 그 서명을 얻으려고 백방으로 노력했으나 성공
을 거두지 못했다. 존 라이트와 헐마이니 라이트 부부도 큰 도

움이 되지 못했다. 쇼클리 라이트는 존 라이트의 작은아버지, 플레이보이인 데다가 도깨비 같은 사람이었고, 본인 말로는 화가요, 남들 말로는 난봉꾼이었다. 조상의 얼이 빛나는 이 마을에서 사는 동안 쇼클리는 무모할 정도로 붉은 색깔의 붓질을 해대다가, 예순이 훨씬 넘은 어느 겨울날 한밤중에 화물열차에 몰래 올라타고 마을에서 내빼버렸다. 그 이유는 카운티 경찰이 신성한 법 집행 업무를 수행하는 것을 사전에 방지하기 위해서였다고 사람들은 숙덕댔다. 그 후 쇼클리의 소식은 끊어졌고 라이트 가문은 적지 않게 안도의 한숨을 내쉬었다.

쇼클리 라이트가 인생 전반기에 허랑방탕한 세월을 보내느라 생애 후반에 이르기까지 펜글씨 기술을 배울 생각을 하지 않은 것은 분명 미스 에이킨에게 불운한 일이었다. 그리고 그가 남긴 몇 안 되는 서명은 그의 현명한 줄행랑 이후에 헐마이니 라이트가 모두 불태워버렸다.

그렇지만 절망의 어둠이 가장 깊은 시간에 미스 에이킨은 기적적으로 그 서명을 입수할 단서를 알아내게 되었다.

그건 2년 전의 일이었다. 분명하게 드러난 자료들을 모두 뒤져도 성공을 거두지 못한 미스 에이킨은 라이츠빌의 오래된 직인(職人)들을 수소문하기 시작했다. 마침내 그녀는 마을 광장에 있는 하이 빌리지 약국의 주인인 마이런 가백을 찾아가게 되었다. 그리고 마이런 가백은 서명을 하나 갖고 있었다! 여러 해 전에 쇼클리 라이트는 처방전을 갱신하기 위하여 약국에 들렀다. 그 약에는 강력한 수면제 성분이 들어 있었기 때문에 약사는 쇼클리에게 장부에 서명을 새롭게 해달라고 요구했다. "내 기록 장부에 말입니다"라고 가백은 말했다. 미스 에이킨은 그 얘기를 듣는 순간 거의 졸도할 뻔했다. 하지만 그녀는 간신히 고개를 빳빳이 들었다. "그 서명을 제가 가져도 될까요?" 그녀는 대가는 얼마든지 주겠다고 말했다. 마이런 가백은 빙그레 웃었다. 그는 그 서명은 약사에게 아무런 소용도 없으니 미스 에이킨에게 경의를 표시하며 무상 기증하겠다고 말했다. 하지만 그걸 찾아내려면 서류를 상당히 오래 뒤져야 했다. 약사는 쇼클리가 서명한 연도를 명확하게 기억하지 못했기 때문에 20여 년 동안의 기록들을 모두 찾아봐야 했다. 약사는 장부를 주말에 집에 가져가서 모두 뒤져본 다음 쇼클리 라이트의 서명을 찾아내어 깨끗하게 오려서 다음 주 월요일에 미스 에이킨에게 증정하겠다고 말했다.

그러나 그 주 토요일에 마이런 가백은 약국의 조제실에서 심장마비로 쓰러져 즉사했다.

미스 에이킨은 충격으로 제정신이 아니었다. 비록 중요한 일이기는 하지만 상중인 과부에게 대신 좀 찾아달라고 할 수는 없는 일이었다. 미스 에이킨은 고통스럽게 어느 정도 시간이 지나가기를 기다렸다. 그리고 마침내 그녀가 그 귀중한 서명을 얻기 위해 약국으로 가백 부인을 찾아갔을 때, 과부가 그 약국을 죽은 남편의 조수였던 앨빈 케인에게 팔아버리고 캘리포니아로 이사를 갔다는 것을 알게 되었다.

미스 에이킨은 이빨을 뿌드득거리며 린다에게 말했다. "그 남자, 그 앨빈 케인이라는 남자에게 말이에요!"

"그거 알아요? 그는 그 서명을 미스 에이킨에게 건네주지 않으려 했어요." 에멀린 뒤프레가 말했다. "대놓고 거절했다고요."

린다는 오싹한 느낌이 들었다. 그녀는 데이비 쪽을 흘끗 쳐다보았다. 그는 그 지루한 얘기를 거의 듣고 있지 않았으나 '앨빈 케인'이라는 이름이 나오자 발딱 일어나 앉았다.

"무슨 말인지 잘 모르겠군요……." 린다가 말했다. "내 말은 내가 무슨 도움을……."

"나는 앨빈 케인의 마음을 바꾸려고 오랫동안 노력했어요." 미스 에이킨이 황급히 말했다. "하지만 그는 내가 어떤 호소를 해도 야비하게 굴어요! 겉으로는 '직업상의 신의'를 들먹거리면서 말이에요. 다 헛소리예요! 결국 나는 에멀린에게 도움을 좀 줄 수 없겠느냐고 부탁했죠."

"나는 그런 부탁을 거절하지 못해요." 뒤프레가 위엄 어린 목소리로 말했다. "린다, 당신도 잘 알겠지만 이건 정말 중요한 일이에요. 라이트 컬렉션은 완성되어야 해요. 그래서 내가 앨빈 케인을 설득하려고 무진 노력했는데 나한테는 예의를 차리려는 생각조차 안 하더군요. 지난번에는 나보고 노골적으로 약국에서 나가달라고 했어요. 그러다가 나는 한 가지 생각이 떠올랐어요." 그녀는 데이비를 교활하게 쳐다보았다. "나는 미스 에이킨에게 말했죠. 우리 마을에서 앨빈 케인으로부터 뭔가 얻어낼 수 있는 사람이 있다면, 그건 린다 폭스라고 말이에요."

그때 데이비가 격분한 목소리로 말했다. "여기서 나가."

벌떡 일어선 그의 두 손이 떨리고 있었다.

"어머, 저런." 미스 에이킨이 넋 나간 목소리로 말했다. 그녀는 손가방을 움켜쥐며 일어섰다. "에미, 우리 어서 여기서 나가는 게……."

"아니, 그래도 어떻게." 에멀린 뒤프레가 끼어들었다. "전쟁 영웅이든 아니든 이건 아주 중요한 마지막 서명 건인데…….”

“어서 나가, 늙은 박쥐 같은 여자야!”

“가시는 게 좋겠어요.” 린다가 나지막한 목소리로 말했다.

“좋아요. 알겠어요.” 뒤프레가 고개를 홱 돌리며 말했다. “하지만 이런 속담을 알아두세요. 양심에 죄책감을 느끼는 사람은…….”

“내 말을 아직도 못 알아들었어?” 데이비가 차가운 목소리로 소리쳤다.

두 여자는 놀라서 달아났다.

“데이비.”

그의 얼굴이 붉게 달아올라 있었다. “저 빌어먹을 늙은 마녀가 무슨 허튼 수작을 부리는 거야? 리니, 마음에 안 들어. 저 따위 얘기는 듣고 싶지 않아!”

“당신 질투하는군요.” 린다가 살짝 웃으며 말했다.

“그래. 내가 중국에 있는 동안…….”

린다가 차분하게 말했다. “자, 데이비, 당신이 그 어리석은 얘기를 되풀이한다면 나는 침실로 가버리겠어요.”

데이비는 제자리에 서서 턱을 덜덜 떨었다. 마침내 그가 중얼거렸다. “미안해, 리니.”

린다는 남편에게 키스해주었다. 그녀는 그의 입술이 아주 차갑고 단단하다고 느꼈다.

바로 그다음 날 저녁, 린다와 데이비, 에밀리와 탤보트 폭스가 현관 앞 계단에 앉아서 무더운 대낮의 끝자락에 힐 지역으로 불어오는 이슬 묻은 시원한 저녁 바람을 쐬고 있을 때였다. 앨빈 케인이 저택 진입로를 재빠르게 걸어 올라오는 모습이 보였다.

제일 먼저 그를 알아본 린다의 심장이 빠르게 뛰기 시작했다. 왜인지는 몰랐다. 데이비는 그의 방문을 그리 심각하게 생각하지 않을 수도 있었다……. 그럼에도 그녀의 심장은 마구 방망이질하듯 뛰었다. 그녀는 두 뺨이 뜨거워지는 것을 느꼈다. 이제 거의 어둠이 되어가는 석양이 고마울 지경이었다.

이어 데이비가 케인을 쳐다보았다. 남편이 격렬한 분노의 반응을 보이자 린다는 두 눈을 감아버렸다.

하지만 그녀는 곧 눈을 뜨고서 말했다. "안녕하세요, 앨빈 씨." 그녀는 가능한 한 아무렇지도 않은 목소리로 말하려고 애썼다.

"하필이면 많은 사람들 중에 저 사람이." 에밀리 폭스는 뜨개질 거리를 무릎 위에 내려놓고 불안한 표정으로 조카를 쳐다보았다.

"헬로, 헬로, 헬로." 앨빈 케인이 말했다.

그는 얼굴이 검고 몸이 옆으로 퍼진 사람이었다. 넓은 머리, 넓은 어깨, 넓은 허리…… 너무나 땅딸막하여 마치 머리를 세게 눌러 찌부러트린 것 같았다. 하지만 그의 이목구비는 그리 보기 흉하진 않았다. 검은 곱슬머리는 정수리 부분이 빠지고 있었으나, 작은 두 눈은 날카롭게 빛났고 가지런한 이빨에 오뚝한 콧날은 보기 좋았다. 그가 빙그레 웃으면 두터운 턱에 보조개가 파였다.

케인은 우아하게 옷을 차려입고 있었다. 라이츠빌의 심미적 기준인 솔 가우디 양복점의 주인 솔 가우디는 그를 '마을에서 가장 옷 잘 입는 사람'이라고 불렀다. 게다가 케인은 그 양복점의 가장 큰 고객이었다. 완벽하게 넥타이를 매지 않았거나, 상의를 입지 않았거나, 지저분한 구두를 신은 케인을 본 사람은 아무도 없었다.

"오, 데이비. 아니, 대위님이라고 불러야 하나? 우리 모두가 자네를 아주 자랑스럽게 여긴다는 말을 지금껏 해줄 기회가 없었네. 자네가 아주 건강한 것을 보니 정말 기분이 좋군. 사람들이 잘 대해주었나보지?" 케인은 린다의 손을 잡으면서 보조개를 드러내 보였다. "예쁜 리니, 남편이 돌아오니 너무 좋지?" 그는 에밀리와 탤보트에게도 목례를 보냈다. "폭스 부인, 폭스 씨……."

긴장한 에밀리가 인사를 중얼거렸고 탤보트는 뭐라고 말하더니 베란다의 라디오 쪽으로 걸어가서 스피커에다 귀를 기울였다.

"어떻게 지내시는지 궁금해서 이렇게 찾아왔습니다." 케인이 환한 미소를 고루 뿌리면서 말했다. "라이츠빌 사람들은 폭스 가족이 구멍에 틀어박혀 모두 죽었다고 말하고 있어요."

린다가 말했다. "글쎄, 그건, 앨빈 씨도 알다시피…… 아, 죄송해요. 여기 좀 앉으시겠어요?"

"감사합니다. 잠깐 인사를 드리려고 들렀습니다." 앨빈은 가슴 주머니에 꽂힌 손수건을 꺼내 현관 앞의 맨 위쪽 계단에 깔고 그 위에 가볍게 앉았다. "날이 더워지죠? 린, 지난 9월 무도회 밤처럼 무덥군. 당신과 내가 촌뜨기들에게 룸바를 추는 요령을 가르쳐주었지. 그때 춤추고 난 후 땀을 식히느라 애를 먹었는데……. 아무튼 데이비, 전쟁 영웅이 되어 무사히 귀향하다니 정말 멋진 일이라고 생각하네."

"나도 그 룸바 경연에 대해 잘 알아요." 데이비가 말했다.

린다가 재빨리 끼어들었다. "내가 데이비에게 편지를 써 보냈거든요."

"그랬나?" 앨빈의 잘생긴 코는 그 정보를 맡고 불쾌해진 듯했다. 하지만 그는 곧 웃음을 터트렸다. "충실한 아내로군. 이것 봐, 둘 다 집에만 붙어 있지 말고 나와 함께 드라이브를 나가는 게 어떻겠나? 콧바람을 좀 쐬라고. 어때? 차에 기름도 충분히 넣어 왔어." 그는 윙크를 했다.

"나는 여기서도 충분히 콧바람을 쐴 수 있어요." 데이비가 말했다.

"아, 전쟁 영웅은 아직도 촌뜨기들과는 어울리려 하지 않는군." 케인은 데이비를 향해 윙크를 했다. 이어 그는 린다를 쳐다보았다. "린, 당신은 어때? 자동차 운전대에서 손을 떼지 않겠다고 약속할게."

"감사해요, 앨빈 씨. 하지만 나는 별로 생각이……."

"아, 난 전혀 위험하지 않아." 앨빈 케인이 다시 데이비에게 윙크하며 말했다. "동네 아가씨들한테 한번 물어보라고. 아니, 모든 여자에게 물어봐."

데이비가 일어섰다.

"이제 그만해, 케인." 그가 말했다.

"다들 목이 마른 것 같은데." 에밀리가 펄쩍 뛰듯 일어서며 말했다. "린다, 가서 냉장고에서 포도주스 펀치를 좀 내오렴."

"케인, 내 말 안 들려?" 데이비가 말했다. "여기서 꺼져."

케인이 입을 벌리고 멍하니 그를 쳐다보았다.

"앨빈 씨, 가는 게 좋겠어요." 린다가 숨죽인 목소리로 말했다. "데이비는 상태가 안 좋아서 손님을 대접할 수가 없어요."

"하지만 …… 나에게 지금 모욕적인 말을……." 앨빈은 말을 더듬었고 검은 피부는 보라색이 되었다. 이어 그는 걸쭉한 목소리로 말했다. "내가 지금 뭘 하고 싶은지 알아?"

"뭐라고?" 데이비가 약사 앞으로 한 발 다가서며 으르렁거렸다. 이어 그는 발걸음을 멈추고 양손을 내려다보았다.

두 손이 계단 앞 고광나무의 잎사귀처럼 부들부들 떨리고 있었다.

탤보트 폭스까지 일어섰다.

앨빈 케인은 데이비 폭스 대위를 험상궂은 눈빛으로 쳐다보았다.

그는 복수를 다짐하는 이탈리아 사람처럼 맹렬한 분노로 얼굴이 일그러진 채, 진입로를 달려 내려가 그의 차로 갔다.

"데이비, 내 사랑." 린다가 애원했다.

데이비는 집 안으로 들어갔다.

"잠깐만, 린다." 에밀리가 긴장된 목소리로 말했다. "탤보트, 그 라디오 좀 꺼봐요."

평소 같으면 항의했겠지만 탤보트는 아무런 이의 없이 라디오를 껐다.

"이제 이 문제를 직면해야 될 때예요." 에밀리가 차분한 목소리로 말했다. "더 이상 아무 일 없는 척할 수는 없어요. 우리 데이비를 어떻게 해야 하죠?"

린다는 현관 기둥에 양팔을 두르고 달빛 내린 잔디밭의 오래된 사과나무를 멍하니 쳐다보았다. 그 나무는 그녀와 데이비가 어린아이였을 때 서로 비밀을 주고받던 장소였다.

"저 애는 분명 병이 들었어." 탤보트가 머리를 흔들면서 말했다. "나는 데이비가 곧 회복할 거라고 생각했어. 그러나 날이 갈수록 더 심해지는 것 같아. 나도 어떻게 해야 할지 모르겠어, 에밀리."

"나는 데이비가…… 뭔가를 감추는 듯한 느낌이 들어요." 에밀리가 얼굴을 찌푸리며 말했다.

남편은 그녀를 빤히 쳐다보았다. "정말 그런 것 같아!"

린다가 몸을 홱 돌리며 물었다. "그게 뭐죠?"

"그 아이를 오랫동안 괴롭혀온 고민거리야. 방금 그런 생각이 들었어. 내가 말했었지. 데이비가 집에 돌아온 이후 베이어드의 집을 멍하니 쳐다보는 걸 자주 봤단다. 그곳을 보며 깊은 생각에 잠기는 것 같았어." 탤보트가 말했다.

"베이어드의…… 집?" 에밀리가 몸을 떨면서 옆집을 재빨리 쳐다보았다. 저 비어 있는 집. 탤보트가 12년 전 어린 데이비를 데리고 나왔던 집.

"나는 린과 데이비가 결혼한 것이 잘못이라고 언제나 말했어." 탤보트가 무거운 목소리로 말을 이었다. "데이비가 과거를 극복하지 못하리라는 걸 알았어……."

"그건 사실이 아니에요!" 린다가 소리쳤다. 그녀의 얼굴이 백지장처럼 창백했다.

"그럼 그것 말고 무슨 고민이……." 탤보트가 눈을 깜빡거렸다.

"탤보트, 탤보트." 에밀리가 신음했다.

"더 이상 그 얘기는 하고 싶지 않아요!" 린다는 집 안으로 홱 들어가버렸다.

4
잠이 든 폭스

그는 토마토주스처럼 걸쭉하고 붉은 강에서 헤엄을 치고 있었다. 그는 힘차게 팔을 돌리며 재빨리 헤엄을 쳤고 그의 목구멍에는 즐거움이 가득했다. 그러다가 곧 분노가 치밀어 올라왔다. 그가 아무리 빨리 수영을 해도 그녀는 춤추듯이 그의 손가락으로부터 달아났다. 그가 그녀에게 소리치기 위해 입을 벌리자 강물이 입속으로 흘러들어왔다. 그러나 그것은 토마토주스가 아니라 짜고 맵고 얼얼하고 불타는 듯한 액체였다.

이어 류 빙크스가 데이비의 다리 사이에서 기침을 했고 숲속에서 기관총을 가진 수백 명의 일본군들이 고함을 쳐대며 그들이 은신해 있는 바위를 향해 일제 사격을 했다. 바위에 맞은 총알은 무수한 돌가루를 피워 올렸다. 데이비는 갑자기 한 일본군이 일어나서 바위로 걸어오는 것을 보았다. 그자는 야비한 미소를 짓고 쾌활하게 고개를 까닥거리며 총을 허리에 댄 채 마구 쏘아대고 있었다. 데이비는 일어나서 그자를 향해 돌을 던졌다. 돌은 그자의 몸을 관통했으나 그래도 그자는 계속 걸어왔다. 그자가 가까이 다가왔을 때 데이비는 일본군의 얼굴이 갑자기 앨빈 케인의 얼굴로 바뀐 것을 보았다. 케인은 미소를 띤 채 삐걱거리며 총을 쏘면서 점점 더 가까이 다가왔다. 그리

고 데이비의 양손은 가려움을 느끼면서 떨리기 시작했다. 그리
고…….

데이비는 눈을 떴다.

그는 감옥 속에 있었다. 은제 가로막대가 그의 위에 걸려 있
었다.

그는 침대에서 일어나 앉아 얼굴을 비벼대며 잠을 쫓아냈다.
베네치아풍 블라인드 사이로 끈적한 바람이 불어와 블라인드
를 흔들어댔고, 천장의 은제 가로막대는 잠시 흔들렸다가 멈추
었다.

그는 자신의 양손을 통제할 수가 없었다. 아주 거세게 떨렸
다. 기포가 가득했다.

그는 이불이 몸에 뜨겁게 달라붙는 것을 느끼며 침대 위에
쭈그리고 앉았다. 그의 두 뺨, 가슴, 등으로 땀이 천천히 흘러
내렸다.

그는 두 손을 내려다보았다.

잠시 뒤 그는 두 손을 사납게 허벅지 사이에 쑤셔 넣었다.

하지만 양손의 진동은 이제 그의 양팔을 타고 올라왔다. 그
의 이두박근도 그 진동에 사로잡혀 흔들거렸다.

데이비는 혀로 입술을 핥으면서 생각을 하려고 애썼다. 하지
만 그의 두뇌는 젖은 솜 같았다. 저놈의 꼬리에 바싹 달라붙어
서…….

그는 신음 소리를 듣고 재빨리 고개를 돌렸다.

린다.

저쪽 편 침대에 누워 있는 아내.

그녀의 목덜미에는 달빛이 어려 있었다.

그녀는 등을 대고 누워 있었다. 양팔과 다리는 무더위 때문에 제멋대로 벌어져 있었고 눈은 감긴 채였다.

그녀의 목덜미.

달빛 속에서 그 목덜미는 은빛으로 부드럽고 생생하게 빛났다. 그리고 스스로의 박자에 따라 가볍게 솟아올랐다가 가라앉고 있었다.

피와 빙크스와 바위와 비명 소리와 일본군과 앨빈 케인의 얼굴.

그녀 목덜미의 박자.

그의 양다리는 따끔거렸고 두 손은 허벅지에서 벗어나 자유롭게 되었다.

그는 트윈 베드 사이에 있는 색 바랜 깔개 위에 올라서서 달빛 젖은 그 맨살을 내려다보았다.

그는 양손에 기포가 솟구치는 듯한 가려움을 느끼며 앞으로 나아갔다. 손은 떨리고 있었지만 명확한 목적 아래 움직였다. 그 손은 그녀의 목덜미를 향해 다가갔다. 그 목덜미를 만지고, 떨리는 손을 그 목 안에 박아 넣어 가려움을 동반한 수전증과 젖은 솜 같은 두뇌의 고통을 없애버리려는 것이었다.

그때 린다가 눈을 떴다.

"데이비?"

데이비는 움찔하며 그 자리에 섰다. 온몸이 차갑고, 긴장되고, 그러면서도 명료했다.

"여보, 무슨 일이에요?" 그녀가 하품을 했다.

하품을 하자 그녀의 가지런한 치열이 드러났다. 그와 함께 노출된 목덜미의 곡선은, 너무나 부드럽고 순진무구하고 또 아무런 방비가 없었다.

"아무것도 아니야, 리니." 데이비가 중얼거렸다. "잠이 안 와서. 당신한테 키스하려고 했어."

그녀는 미소를 지으며 베개 속으로 파고들었다.

"당신은 천사군요."

데이비는 허리를 숙이고서 그녀의 입술에 키스했다. "여보, 다시 자도록 해."

"사랑해요, 데이비."

린다는 숨을 내쉬고 미소를 지으며 눈을 감더니 베개에 좀 더 깊게 파고들었다.

데이비는 가만히 서서 잠자는 아내를 내려다보았다.

로우 빌리지에 있는 교회 종소리가 바람에 실려 블라인드를 비집고 들어오면서 세상의 시간을 알려주었다.

갑자기 그는 몸을 떨기 시작했다. 그는 떨고 또 떨었다. 온몸이 얼음에 싸여 있는 것 같았다.

그는 자신의 침대로 뛰어들어 이불을 목덜미까지 끌어당겼다. 그리고 온몸을 떨면서 끝없이 공허한 어둠을 응시하며 기도를 올렸다.

5
목 조르는 폭스

데이비는 그다음날 밤부터 그의 양손을 간지럽게 하고, 떨게 하고, 움직이게 만드는 그 충동을 속여 넘겨야겠다고 결심했다.

그것은 언제나 똑같은 방식으로 시작되었다. 피, 추격, 죽음, 위험이 등장하는 선명한 꿈. 그런 뒤 땀에 흠뻑 젖어 깨어보면 사람을 질식시키는 어두운 밤이 그를 노려보았다. 그의 양손은 잠에서 깨는 동시에 떨려왔고 린다는 언제나 바로 옆의 침대에서 축 처진 채 여름잠에 빠져 있었다.

그러면서 그 게임이 시작되었다.

그는 침대에 그대로 누워 있으려 했고 야수 같은 충동은 그를 일으켜 세우려 했다.

그는 침대에 그대로 누워 있으려고 필사적으로 노력했다. 다섯 손가락을 덮쳐오는 저 살인적인 간지러움과 따끔거림에 굴복하여 반대편 침대로 건너가지 않으려고 혼신의 힘을 다했다.

그는 아무런 소리도 내지 않고 그 충동과 맞서 싸웠다. 그래야 린다가 알지 못할 테니까.

때때로 그의 두뇌는 텅 빈 계곡으로 둔갑하여 골짜기 사이로 엄청난 강풍이 소리 없이 불어오는 것 같았다. 이 소리 없는 폭풍 속에서 그의 생각은 뚜렷한 이미지를 만들어내지 못했다. 린다는 피와 살을 가진 여자라기보다 혐오스러운 추상적 존재였다. 하지만 이런 생각조차 데이비에게는 끔찍스러운 것이었다. 왜냐하면 그의 마음속에 있는 어떤 조용한 방에서는 린다가 아직도 피와 살을 가진 생생한 여자이고, 정절을 지키고 사랑을 주며 또 기꺼이 사랑을 받아들이는 아름다운 여자이기 때문이었다. 하지만 그 방은 깊이 파묻힌 상태였다. 마치 해저의 동굴 속으로 쑥 들어가버린 것처럼. 마음의 표면에서는 엄청난 폭풍이 불어와 파도에 이리저리 떠다니는 표류물처럼 데이비를 흔들어댔다. 그 폭풍은 온몸을 떨게 만들었지만 특히 두 손의 손가락들을 더욱 떨리게 했다.

앨빈 케인은 이 드라마에서 진정한 등장인물이 아니었다. 데이비는 어두운 거울을 통하여 보듯이 이것을 알고 있었다. 거울에 비친 그림은 흐릿했지만, 일종의 원시적 직감이 작동하여 그 흐릿한 이미지를 걷어내고 사태의 본질에 도달하게 만들었다. 앨빈 케인은 구실에 지나지 않았다. 그렇다, 그가 진정으로 혐오하는 것은 케인이 아니라 린다였다. 이런 증오심이 너무나도 황당무계해서 데이비는 그에 맞서 싸우겠다는 의지를 발동했다. 그는 무수한 밤을, 밤이면 밤마다 그 자신의 내부가 붕괴되는 것을 느끼면서 야수적 충동과 맞서 싸웠다. 그동안 린다는 잠들어 있거나 아니면 몸을 뒤척이면서 하얀 목덜미를 드러냈다. 데이비의 온몸에 힘이 완전히 빠져야만 겨우 잠이 찾아왔다. 새벽이 되면 방 안은 너무나 추웠고 종종 생굴처럼 짙은 회색이 되어버렸다. 그러면 데이비는 힘든 싸움에 간신히 이기고서 젖은 솜처럼 무의식 속으로 떨어지는 것이었다.

그러나 장기간에 걸친 이 투쟁과 힘겨운 승리에도 불구하고 데이비는 정말이지 끔찍한 공포를 느끼지 않을 수 없었다. 그는 조만간 자신의 의지가 그 끝없는 싸움에 지쳐 나가떨어질 것임을, 조만간 침대에서 일어나 반대편 침대로 가려는 충동을 억누르는 싸움에서 자신이 패자가 되고 말 것임을 잘 알고 있었다.

그날 밤의 공기는 너무나 무거웠다. 그 아래에서는 아무것도 움직이지 않는 것 같았다. 조금만 몸을 움직여도 땀이 비 오듯 쏟아졌다. 조금만 건드리면 신경질이 터져 나올 듯한 불쾌지수 높은 날이었다.

그들은 숨을 헐떡이며 현관 앞의 마당에 앉아 있었다.

"비가 올 것 같구나." 탤보트가 목덜미의 땀을 닦아내며 말했다. "한바탕 쏟아질 것 같군. 그렇지 않나, 조종사?"

"그럴 것 같네요." 데이비가 하늘을 멍하니 쳐다보며 말했다. 무질서하게 흩어진 구름들이 재빨리 지나가고 있었다.

린다가 신음 소리를 냈다. "무쇠 고리로 머리를 꽉 누르는 것처럼 띵해요. 데이비, 우리 2층으로 올라가요."

"린, 난 졸리지 않아. 당신 먼저 올라가."

"당신이 안 가면 나도 안 갈래요."

오늘밤은 뭔가 심상치 않아, 하고 데이비는 생각했다. 이런 밤에는 모험을 하지 않는 게 좋다. 나는 자지 않고 밤을 새울 거야. 그러면 아내는 문제가 있다는 걸 모를 거야.

그는 해먹에서 일어나 그녀에게로 다가갔다.

"자, 고집 피우는 마누라가 되지 말고."

　그녀가 고개를 4분의 1쯤 돌리며 그를 빤히 보았다. 그녀의 두 눈 밑에는 커다란 보라색 서클이 드리워져 있었다. 아내도 알고 있구나. 그는 갑자기 그런 생각이 들었다. 아니야, 알 리가 없어!

　"우리 둘 다 잠을 자지 않을 필요는 없어. 어서 올라가. 빨리 올라가라니까." 그래 이렇게 하는 거야. 태연하게 굴어야 돼.

　"당신이 안 가면 나도 안 가요."

　"참 고집도 세지, 리니……."

　"자, 자, 그만해두렴." 에밀리가 끼어들었다. "정말 오늘 밤은 공기가 무겁구나! 숨을 쉴 수가 없어."

　"데이비는 휴식이 필요해요." 린다가 고집스레 말했다. "어머니, 저이를 좀 보세요. 살이 자꾸 빠지고 있잖아요. 손님 없는 일요일을 지낸 다음 날의 악마 같아 보여요.*"

　"린다 폭스, 그런 감상적인 말은 그만둬." 데이비가 비아냥거렸다.

　린다가 일어섰다. "나를 얼러서 혼자 올라가게 할 생각은 말아요. 성공하지 못할 테니까. 자, 지금 당장 나와 함께 침실로 가도록 해요."

　나는 아내를 속여 넘길 수 있을 거야. 서로의 허리를 안은 채 2층으로 올라가는 동안 데이비는 간절히 생각했다. 반드시 그렇게 해야 돼. 그런 다음 침실에서 나오는 거지. 그리고 방에 안 들어가는 거야. 특히 오늘 같은 밤에는.

　"린, 나는 책을 좀 읽어도 될까?" 그가 구두끈을 만지작거리

* '악마는 일요일에 교회에 가지 않는 사람을 잡아먹고 살이 찐다'는 미국의 속담에서 비롯된 말. 마을 사람들이 착실히 교회에 가서 악마가 살이 빠진 모양처럼 데이비가 비쩍 말랐다는 뜻.

며 무심한 듯 물었다.

린다는 옷을 벗으면서 말했다. "독서보다 자는 편이 좋지 않아요, 여보?"

"아까 안 졸린다고 했잖아." 목소리를 조심해.

"좋아요, 그럼." 린다가 말했다. "내게 큰 소리로 읽어줘요."

데이비는 고향에 돌아온 이후 처음 여러 주 동안 큰 소리로 린다에게 책을 읽어주곤 했다. 그건 데이비에게 뭔가 유익한 일거리를 제공했다. 린다는 침대에 누워 그의 양말을 깁거나 셔츠에 단추를 달면서 그의 낭랑한 목소리를 듣는 것을 좋아했다.

"몇 주 동안 읽어주지 않았잖아요." 린다가 계속 말했다. "데이비, 어때요? 멋진 아이디어죠?"

"좋아." 그가 일어섰다. 아무런 희망도 없이.

"그런데 왜 구두를 벗지 않죠?" 그녀가 물었다. "옷을 벗어요, 장군!"

그는 아무 말 없이 고개를 끄덕였다.

그가 욕실에서 나오니 린다는 그의 침대에 누워 있었다.

오, 안 돼, 그는 생각했다. 안 돼.

그는 하품을 했다. "우리가 읽으려던 책 어디 있지?"

"바로 코앞에 있잖아요." 린다가 중얼거렸다. 그녀는 등을 대고 누워서 은밀한 미소를 지으며 천장을 올려다보았다. 양뺨은 붉은색이었고 눈빛은 요 며칠 중 가장 반짝거렸다. 그녀는 시폰 잠옷과 어울리는 연두색 리본으로 금발 머리카락을 묶고 있었다. "티 테이블 바로 위에 있어요, 여보."

"그렇군!" 데이비가 어색하게 웃었다. 그는 《아치와 메히타

벨의 생애와 시대》를 집어 들고, 읽다 만 곳에 책갈피 대신 끼워 넣은 낡은 사진을 빼냈다. 그와 린다가 사과나무 앞에서 찍은 사진이었다. 그는 침실을 걸어 다니면서 커다란 목소리로 재빨리 책을 읽어 내려갔다.

린다가 침대에서 약간 일어나면서 말했다. "데이비, 계속 그렇게 방 안을 돌아다니며 책을 읽을 건 아니죠?"

데이비의 손은 떨리기 시작했다. 바보 같아 보였다.

"글쎄…… 알았어."

그는 창문 가까이 놓아둔 흔들의자로 가서 앉았고, 꿈꾸는 듯한 목소리로 메히타벨과 코요테에 관한 이야기를 읽었다.

린다가 그를 빤히 바라보았다.

"'늘 즐겁게 지내자'라는 것이 내 좌우명이에요."

그러고는 갑자기 그녀는 창백한 얼굴을 찡그리고 그의 침대에서 빠져나와 자신의 침대로 건너갔다.

"괜찮아요, 데이비. 난…… 잠이나 자야겠어요."

데이비는 읽기를 멈추었다.

그래, 아내는 즐겁게 살아야 한다는 생각을 하고 있었구나.

린다는 양손을 얼굴에 올려놓고 베개 속으로 파고들었다. 그는 아내의 양손이 떨리는 것을 보았다. 그는 천천히 자신의 손을 내려다보았다. 역시 떨리고 있었다.

그는 양손을 재빨리 잠옷 호주머니 속에 집어넣었다.

린다가 울다가 잠들자 데이비는 흔들의자에서 일어섰다. 그는 마치 그녀가 거기 없는 것처럼 아내의 침대를 지나쳤다. 그러고는 아주 조심스럽게 자신의 침대 가장자리에 엉덩이를 내려놓았다. 그의 두 손은 아직도 잠옷 호주머니 속에 있었다. 그는 손을 빼지 않았다. 심지어 두 다리를 번쩍 들어 침대 위에 몸을 눕힐 때에도 여전히 그 자세를 유지했다.

전등.

전등불이 아직도 켜져 있었다.

하지만 그는 감히 움직일 수가 없었다.

그는 침대에 누워 린다의 힘겨워하는 숨소리를 들었다. 바람이 불어와 커튼을 때리고 그 커튼이 다시 방충망을 치는 소리를 들었다. 아니, 그는 멍하니 있었을 뿐 실은 듣지 않았다.

그리고 기나긴 밤이 시작되었다.

폭풍우가 닥쳐온 시간은 린다의 화장대 위에 놓인 자그마한 녹옥 시계에 의하면 2시 11분이었다.

데이비는 내면과 싸우느라 완전히 지친 채로 침대에 누워서 비가 내리는 소리를 들었다. 처음에 빗소리는 그에게 아무런 의미도 없었다. 그러다가 멀리 밤하늘을 가르는 대포처럼 번쩍거리는 빛과 함께 일련의 천둥소리가 들려왔다. 그 요란하게 우르릉거리는 천둥소리 때문에 그는 침대에 일어나 앉았다.

그가 앉아 있는 동안 빗줄기가 점점 더 거세졌다. 번개, 천둥, 비 순으로 계속 강타가 이어졌다.

린다가 신음 소리를 냈다. 그녀가 침대에서 돌아눕자 침대의 스프링이 삐걱거렸다. 데이비는 조심스럽게 몸을 돌려 그녀를 쳐다보았다. 그녀의 뺨은 화가 난 것처럼 붉은색이었고 관자놀이께의 금발 머리카락은 축축하고 지저분하게 흩어져 있었다.

그는 시선을 거둬들이기 위해 엄청난 의지를 발동해야 했다. 천둥소리는 그때마다 그의 두뇌 속에서 반향하며 메아리를 일으켰다. 내려치는 번개는 그때마다 두뇌의 텅 빈 계곡에 불을 놓았다.

커튼은 미친 듯이 흔들거렸다.

비가 들이쳤다.

데이비는 후드득거리는 빗방울 소리를 들었다.

에밀리의 큰어머니의 친정어머니가 1893년에 손으로 직접 짠 깔개 위에도 빗방울이 떨어졌다. 린다는 에밀리에게 받은 그 깔개를 아주 소중하게 여겼다.

깔개에 물이 배기 시작했다.

어서 일어나. 침대에서 내려서서 저 창문을 닫아.

그래, 아주 간단하군.

하지만 너무 간단하잖아.

그게 속임수인 거야. 데이비는 경멸하듯이 혼자 중얼거렸다. 그건 빌어먹을 속임수이고 난 그걸 꿰뚫어봤어. 그는 마음속 깊이 웃음을 터트렸다. 네놈도 상당히 약았군. 하지만 난 그 허튼 수작을 다 꿰뚫어봤다고.

그는 움직이지 않았다.

그렇지만 리니는 화를 낼 것이다. 아마 저 깔개는 쭈그러들 겠지. 아내가 아침에 일어나서 저놈의 물건을 쳐다보았는데 우표 크기로 줄어들어 있다면 얼마나 웃기겠어. 그 생각은 다시 한 번 그를 마음속 깊이 웃게 했고, 그 웃음은 곧 살벌한 으르렁거림으로 바뀌었다. 그는 침대에서 곧바로 내려와 갈고리 같은 손가락을 앞세우며 아내의 몸 위로 허리를 숙였다.

그는 생각하지 않았다.

그에게는 이제 의지가 없었다.

그의 신체는 엄청난 에너지를 가진 외부의 힘에 의해 제압되었다.

그는 양손을 앞으로 내뻗었다. 두 손이 마치 남의 손인 것처럼 느껴졌다. 그는 멍하니 양손을 내려다보았다.

린다가 바로 잠에서 깼다.

그녀의 눈꺼풀이 올라갔고 두 눈은 그를 노려보았다. 그녀는 두 손을 목으로 가져가서 그의 두 손을 떼어내려 애썼다.

커튼은 탁탁거렸고 비는 쉭쉭거리는 소리를 냈다. 린다는 남편의 손을 떼어내려 애쓰면서 온몸을 좌우로 도리깨질 쳤다.

그녀의 입이 크게 벌어지고 두 뺨은 붉은색에서 탁한 보라색으로 바뀌면서 호흡이 거칠어졌다. 두 눈은 얇은 막이 덮인 것처럼 흐릿해졌다.

거친 숨소리는 약하게 걸걸거리는 소리로 잦아들었다.

그녀의 콧구멍은 바싹 마른 잎사귀가 찢어지려는 것처럼 가늘게 떨렸다.

그녀의 두 손에는 이제 거의 힘이 남아 있지 않았다. 그녀의 신체는 발작적으로 움직였고 고무처럼 휘어졌다.

그때 방 안에 번갯불이 번쩍였다. 살인을 꿈꾸는 절망적인 어둠과 생명이 정지해버린 질식의 상태 속으로 그 빛이 흘러들었다. 그것은 데이비의 시각을 강하게 후려쳤다. 그것은 눈에 들어오는 것에 그치지 않고 네이비에게 깊은 생각을 안겨주는 빛이었다. 아무리 강력한 살인적 충동이라도 충분히 흔들어놓으며 만류할 수 있는 빛이었다.

그것은 실제로 그를 흔들어놓았다.

방 안에 오존 냄새가 났다.

데이비는 이성적으로 사고하려고 애썼다. 그의 두 손은 이제 아내의 목덜미에서 떨어져 내렸다.

이어 그는 린다를 보았다. 그녀는 침대에 조용히 누워 있었고 양손을 여전히 목에다 대고 있었다. 그녀는 그를 쳐다보았다. 그녀의 숨결은 여전히 가빴지만 눈빛은 원상태를 회복해 있었다. 그녀는 두려워하지 않았다. 단지 체념했을 뿐이었다.

그녀는 죽을 것이라고 생각했다.

그는 자신이 무슨 짓을 하려 했는지 기억하고, 비틀거리며 자기 침대로 가서 그 위에 쓰러졌다. 그는 아내를 멍하니 바라보았다.

린다의 입술이 벌어졌다. 그녀는 뭔가 말하려 했으나 갈라진 소리만 나왔다. 그녀는 얼굴을 찌푸리며 침을 삼켰다.

잠시 뒤 그녀는 간신히 말할 수 있었다. "데이비, 당신은 나를 죽이려 했어요."

그는 그녀의 목소리를 알아들을 수가 없었다.

데이비는 그녀를 빤히 바라보았다.

"데이비……."

그는 혀로 입술을 핥았다.

"당신은 나를 죽이려 했어요."

"그랬던 것 같아."

그는 고개를 저었으나 무의미한 동작이었다. 그러나 일단 고개를 저으니 그 동작을 멈출 수가 없었다. 그는 거기 앉아 계속 머리를 흔들어댔다. 그는 두 뺨에 차가운 두 손을 느끼고 깜짝 놀랐다. 그녀가 그의 앞에서 무릎을 꿇고 앉아 있었다. 머리는 산발이었고 얼굴에는 연민의 정이 가득했다. 그녀의 목은 보라색으로 부어올라 있었다. 그는 아픈 사람처럼 끔찍한 소리를

내더니 고개를 뒤로 빼내려 했다. 하지만 그녀가 두 손으로 그
의 얼굴을 꽉 잡았다.

"데이비……."

린다가 벌떡 일어섰다. 누군가가 그들의 침실 문에 노크를
하고 있었다.

그녀는 재빨리 여러 번 마른침을 삼켰다.

"네?" 그녀가 대답했다. 그녀는 또 다시 침을 삼켰다.

"두 사람 다 괜찮니?" 탤보트 폭스가 불안한 목소리로 물었
다.

"네, 아버지."

"하느님 감사합니다. 번개가 굴뚝을 내리쳤어. 리니, 둘 다
괜찮은 거지?"

"그럼요, 약간 겁먹긴 했지만 이젠 괜찮아요."

"살펴보니 벽돌 몇 장 떨어진 것 외에는 피해가 없는 것 같구
나. 우린 아주 운이 좋았어. 네 엄마는 엄청 놀랐지. 그런데 얘
야, 네 목소리가 왜 그러냐?"

"아무것도 아니에요. 약간 목이 쉬었어요. 감기에 걸렸나봐
요. 비가 들어와서요. 데이비와 저는 걱정하지 마세요." 내일
아침에는 목에 난 자국을 가리기 위해 스카프를 해야겠어. 목
감기라고 하면서. "안녕히 주무세요."

"너희들도 잘 자라."

부부는 그의 무거운 발걸음이 계단을 내려가는 소리를 들었
다.

"데이비."

"왜 말하지 않았어?"

"아까 왜 그런 거예요?"

"나도 모르겠어. 왜 큰아버지에게 말하지 않았어?"

"당신이 모르겠다니 말이 돼요?"

"난 당신이 내 말을 믿어주리라고 생각하지 않아." 그는 한 마디 한 마디를 아주 힘들게 내뱉었다. 그의 말에는 도무지 생기라곤 없었다. 단조롭고 기계적이었다.

린다는 힘차게 얼굴을 흔들었다. "데이비, 나를 봐요! 당신은 알아야만 해요. 나를 그렇게 미워하는 거예요?"

"당신을 사랑해."

"그런데 왜……."

"나는 매일 밤 그 충동과 싸워왔어……. 얼마나 오래 됐는지 몰라, 리니. 그건 내 손에, 내 손가락에 들어 있어. 그게 나한테 엄습해오면 나는 혼신의 힘을 다해 싸워야 했어. 그리고 모든 게 뒤죽박죽이 되었지. 난 정말 어떻게 된 건지도 몰라. 오늘 밤에는 열기와 폭풍우와…… 그러다가 갑자기 그 충동이 나를 덮쳤어. 리니……." 데이비는 충혈된 눈으로 눈물을 흘리며 그녀를 쳐다보았다. "내가 그런 짓을 하려 했다니 나도 믿을 수가 없어."

"오, 데이비, 어떻게 그럴 수 있죠?"

"모르겠어. 그런 일이 벌어질 때 나는 계속 아픈 상태였어. 그리고 나 자신을 억제할 수가 없었어……. 그런 눈으로 나를 보지 마! 카라치에서 류 빙크스가 나를 보던 시선과 똑같아!" 그는 뒤로 물러나려 했다. 하지만 린다는 그의 어깨에 양팔을 둘렀다.

"여보, 나는 당신을 비난하려고 하는 게 아니에요. 단지 당신이 무엇 때문에 그러는지 정확하게 알아내려고 당신을 보는 거예요. 데이비, 더 이상 나를 상대로 싸우려고 하지 마세요. 이제 말로 해결해요. 여보, 제발. 제가 당신을 도와줄게요."

데이비는 그녀를 멍하니 쳐다보았다. "당신은 이런 상황에서도 여전히 나를······."

"그래요, 여전히 사랑해요, 데이비. 어쩌면 나는 바보인지도 몰라요. 하지만······ 나는 당신이 정말로 원해서 그랬다고는 생각하지 않아요."

그는 고개를 흔들어댔다.

그녀는 남편의 머리카락을 쓰다듬으며 그가 진정하기를 기다렸다.

"오래된 고민 때문에 그런 거죠." 그녀가 부드럽게 말했다. "그렇죠?"

그녀는 그가 말하기도 전에 그 눈빛에서 대답을 읽었다. 그는 이제 해방의 폭풍 속에서, 마치 엄마의 품 안에 안긴 겁먹은 아이처럼 말을 쏟아냈다. "리니, 난 그게 죽어서 땅속에 묻힌 줄 알았어. 하지만 중국에서 되살아났어. 그래서 내가 아까 말한 것처럼 모든 게 뒤죽박죽이 된 거야. 지난 몇 주 동안 혼란이 계속됐어. 아마도 전쟁을 겪은 게 이 증상과 관련이 있는 것 같아. 어쨌든 내 머리는 온갖 생각으로 빙글빙글 돌았어. 빙크스, 유혈이 낭자한 꿈, 저 빌어먹을 케인, 그리고······ 맙소사, 리니, 당신은 내가 미쳤다고 생각하지?"

그는 마침내 그녀의 두 손에서 벗어났고 자신이 마치 그녀를 오염시킬까봐 두려워하는 사람처럼 멀찍이 뒤로 물러났다.

"데이비, 만약 당신에게 문제가 있었다면, 정신과 군의관이 그걸 발견했을 거예요."

"그래, 맞아." 그는 방 안을 무작정 서성거렸다. "그들은 나에게 정신이상은 아니라고 했어. 군 병원에서는 '불안신경증'이라는 말을 하더군."

"그래요, 바로 그거예요." 그녀가 침대에서 내려와 힘들게 일어나서 그의 어깨를 다시 양팔로 둘렀다. "그렇다면 적어도 우리는 그 원인을 알고 있는 거예요."

"원인을 아는 게 무슨 소용이야?" 그가 소리쳤다. "정신과 의사들은 내게 온갖 짓을 다 했어. 내면 깊이 파고들어야 한다면서. 나는 그들에게 허튼 수작은 그만 집어치우라고 소리쳤지."

"데이비, 원인을 아는 것은 치료의 첫 걸음이에요."

"내 경우에는 아니야, 린! 처음엔 나도 그들에게 적극적으로 협조했어. 그들은 내게 온갖 종류의 '치료'를 했어. 심지어 나한테 뜨개질을 시켰다고. 뜨개질을! 그게 내 신경을 안정시킬 거라면서 말이야. 그래서 뜨개질 잘한다는 여자들과 함께 뜨개질을 했지." 그는 쓸쓸하게 말했다. "하지만 도움이 되지 않았어. 아무것도 도움이 안 됐어. 그건 저주와 같은 거야. 나는 어린애 때부터 저주를 내 몸 안에 안고 살아왔어. 내가 아이였을 때 우리 아버지는……." 데이비가 말을 멈추었다. 이어 그는 조용히 말했다. "리니, 나는 당신과 떨어져 지내야겠어. 진작 이렇게 해야 했어. 이젠 더 이상 그런 충동과 싸우면서 보내고 싶지 않아. 다음번에는 내 행동을 멈추게 할 번개가 내리치지 않을지도 모르니까."

린다의 양팔이 그의 어깨에서 툭 떨어져 내렸다. 그녀는 갑자기 엄습해온 한기 속에서 몸을 와들와들 떨었다. 그녀는 자기 침대의 가장자리에 앉으면서 팔짱을 꼈다.

데이비가 맹렬하게 말했다. "자, 왜 뭔가 말하지 않는 거지? 지금 뭘 생각하고 있는 거야?"

"'늘 즐겁게 지내자'요, 데이비, '늘 즐겁게 지내자'라는 좌우명을 생각했어요."

"뭐?"

"데이비, 나는 이런 생각이 들어요." 그녀는 남편을 쳐다보며 말했다. "우리는 외부의 도움이 필요해요. 그것도 지금 당장."

"오, 마법사라면 우릴 도울 수 있겠지, 아마도!"

"자, 데이비." 린다가 침착하게 말했다. "당신 자신을 그렇게 연극적 존재로 만드는 것은 우리에게 아무 도움도 안 돼요. 난 당신이 도움을 받을 수 있다고 생각해요. 어떻게 해야 하는지 그 방법도 알고 있어요. 그 생각이 며칠 동안 내 머릿속에서 맴돌았어요. 며칠 전만 해도 이런 얘기를 꺼내기가 쑥스러웠어요. 하지만 이런 상황이 벌어지고 보니……."

순간적으로 뭔가를 갈구하는 듯한 눈빛이 어렸다. 그것은 허기진 희망 같은 것이었다. 하지만 곧 그는 이렇게 중얼거렸다. "아무도 나를 도와줄 수 없어."

"데이비, 도와줄 수 있는 사람을 알아요."

"난 의사한테는 가지 않을 거야!"

"의사가 아니에요."

"아니라고?" 데이비는 의심하는 눈치였다. "그럼 도대체 누구……."

"데이비, 몇 년 전 패티 브래드퍼드의 집에서 벌어진 사건을 기억해요?"

"존 라이트 집안 말이야? 짐 하이트와 패티의 언니 노라의 이야기를 하는 거야?"

"그래요."

"그 작가!" 데이비가 노려보았다.

"데이비, 그분은 작가 이상의 존재예요. 탐정이라고요."

"그래서 어쨌다는 거야, 리니?"

"그는 지난번에 라이츠빌에 와서 곤경에 빠진 라이트 집안을 구해주었죠. 그는 늘 사람들을 도와줘요. 어쩌면 우리도 도와줄 수 있을 거예요."

"그렇지만 탐정이 내 증상과 무슨 상관이 있다는 거지, 리니?" 데이비가 소리쳤다. "12년 전이라면 도움이 되었을지도 모르지만. 지금에 와서?"

"데이비, 머리 좀 흔들지 마요. 나는 그가 어떤 도움을 줄 수 있는지 잘 알아요." 그녀가 단호하게 말했다. "어쩌면 황당하고 아이 같은 생각일 수도 있어요. 하지만 머리를 쥐어짜며 생각한 방법이에요. 그리고 지금껏 시도해보지 않은 유일한 방법이고요. 데이비 폭스, 나는 엘러리 퀸에게 편지를 보내 만날 시간을 정할 거예요."

6
폭스 가문의 이야기

엘러리는 그들을 퀸 집안의 거실에 앉히고서 린다에게는 브리스톨 크림을 한 잔 따라주었고 데이비와 그 자신을 위해서는 스카치 앤 소다를 만들었다.

그가 말했다. "물론, 라이츠빌 분들을 다시 만나게 되어서 아주 기쁩니다. 나는 여러분의 고향 마을을 아주 좋아하거든요. 패트리셔 라이트는 어떻게 지내죠? 아, 패트리셔 브래드퍼드 말입니다."

"잘 지내요." 린다가 말했다. "예전의 패티 그대로지요. 그녀와 카터는 행복하게 잘 지내고 있어요. 아주 행복해요, 퀸 씨."

데이비는 어색함을 느끼는 소년처럼 양손을 무릎 위에 올려놓고 앉아서 방 안을 둘러보았다. 엘러리는 그에게는 별로 신경을 쓰지 않았다.

"그럼 패티의 아이는요?"

"아, 어린 노라는 이제 다 큰 숙녀가 됐어요. 패티는 이제 두 아이의 엄마랍니다. 지난해 아주 잘생긴 아들이 태어났죠."

"카터가 어떻게 행동하고 있을지 상상이 되는군요." 엘러리가 껄껄 웃으며 말했다. "패티에게서 편지를 받았어요. 폭스 부인, 당신이 보낸 우편물과 함께 도착했지요. 당신과 당신의 남편을 아주 높게 평가하더군요."

"패티라면 그랬을 거예요. 나는…… 퀸 씨한테 편지를 쓰기 전에 패티와 통화를 했어요. 데이비와 나를 무척 걱정했죠. 그녀가 당신에게 쪽지를 보내주겠다고 하더군요."

"여보." 데이비가 말했다. "그녀는 우리와 가깝게 살지도 않잖아."

"패티가 전화를 여러 번 했었어요." 린다가 조용히 말했다. "데이비, 패티는 다정한 사람이에요."

그녀의 남편은 얼굴을 붉혔다.

"패티나 카터는 당신이 겪고 있는 어려움을 알고 있습니까?"

"아니, 몰라요, 퀸 씨!" 린다가 재빨리 말했다. "아무도 몰라요. 부모님께도 말하지 않았어요……. 비바람 치던 그날 밤에 벌어진 일 말이에요. 우리는 부모님이…… 이해해줄 거라고 생각하지 않았어요."

"언젠가는 얘기해야 될 겁니다." 엘러리가 얼굴을 찌푸리며 말했다. "자, 대위. 당신은 아주 미안한 마음으로 여기 앉아 있지요?" 데이비는 깜짝 놀랐다. "얘기를 하기 전에 먼저 이 점을 말해두고 싶군요. 나는 아내를 목 조르려 했던 남편을 연민하며 시간 낭비하는 사람이 아닙니다. 당신 자신을 위해 어떤 변명을 하고 싶습니까?"

데이비는 얼굴이 진홍색으로 변했다.

"퀸 씨, 이해하지 못하실 거예요." 린다가 불안한 시선으로 데이비를 흘깃 쳐다보며 말했다. "데이비 잘못이 아니에요. 정말이에요. 그건 남편이 감당할 수 없을 정도로 강력한 충동이었어요. 누구라도 감당할 수 없었을 거예요."

"폭스 부인, 당신 남편이 직접 해명하는 것이 더 좋겠습니다." 엘러리가 은색 눈으로 찬찬히 데이비를 살펴보며 말했다. "자, 대위? 왜 당신 아내를 죽이려 했습니까?"

데이비는 엘러리를 노려보았다. 이어 시선을 떨구더니 술잔을 집어 들고 벌컥벌컥 마셨다.

그는 아주 절망적인 목소리로 말했다. "왜냐하면 나의 아버지가 그의 아내를 죽이려 했기 때문입니다."

엘러리는 그것이 모든 걸 설명해준다는 듯이 고개를 끄덕였다. "당신의 아버지가 어머니를 살해했군요."

"그렇습니다!"

"자, 당신 술잔을 다시 채워드리죠." 엘러리는 얼음과 소다수를 챙겨주더니 아주 사무적인 어조로 말했다. "물론, 나는 당신이 봉투에 넣어 보낸 신문 스크랩들을 다 읽어보았습니다. 하지만 별로 정보가 많지는 않았어요. 12년 전의 일이죠?"

"그래요, 퀸 씨." 린다가 말했다.

엘러리는 근엄한 눈빛으로 그녀에게 경고를 했다. "자, 대위, 계속 말해보세요." 그가 격려하듯이 말했다. "그 사건의 모든 것을 내게 말해주세요."

데이비는 맥없는 목소리로 말했다. "당시 나는 열 살이었고 린다는 아홉 살이었습니다.

나의 아버지 베이어드 폭스는 탤보트 폭스의 동생입니다.

두 분은 라이츠빌에서 베이어드 앤 탤보트 폭스 공작기계 회사를 운영했습니다. 큰아버지와 에밀리 큰어머니 그리고 리니는 지금 살고 있는 집에서 살았고, 나는 그 바로 옆집에서 부모님과 함께 살았습니다. 집은 힐 지역에 있었죠. 그 사건이 벌어진 후 큰아버지는 나를 당신의 집으로 데려갔고, 내가 살던 집은 굳게 잠겼습니다. 그리고 자물쇠를 잠겄지요. 그 집은 아직도 거기 그대로이고, 안팎으로 아무도 손을 대지 않았습니다. 아무도 그 집을 임대하거나 사려고 하지 않았어요. 모두가 그 사건을 알고 있기 때문이죠. 라이츠빌은 미신적이라고 할 정도로 그런 일을 꺼립니다."

엘러리는 여러 해 전에 짐과 노라 하이트가 살았던 작고 깨끗한 집을 기억하며 고개를 끄덕였다.

"아버지는 체포되어 재판을 받았고 유죄 선고를 받았습니다. 그 사건은 모든 사람을 흥분시켰습니다. 언론이 대서특필했고 나의 아버지를 '라이츠빌의 폭스'라고 부르면서 마구 깔아뭉갰습니다. 아버지는 종신형을 선고받고 주립 교도소에 수감되었습니다. 그리고 아직도 거기에 있어요. 아버지의 유죄 혐의는 너무나 명백해서 한 점의 의혹도 없습니다. 여러 가지 사실들을 종합해볼 때, 아버지가 어머니를 독살한 유일한 용의자입니다. 아무튼 모든 사람들이 그렇게 말했습니다.

나는 어머니를 사랑했습니다. 모든 아이들은 어머니를 사랑하지요. 마음 깊은 곳에서부터 말입니다. 하지만 나는 아버지도 사랑했습니다. 약간 종류가 다른 방식이긴 하지만요. 아버지는 나에게 영웅이었습니다. 나를 낚시에 데려갔고 주말이면 마호가니 산으로 캠핑을 가기도 했습니다. 아버지는 늘 내게 뭔가를 가르쳐주려 했습니다. 숲, 동물과 새들, 나무와 식물과 이끼와 곤충 등에 대해서 알려주었지요. 나는 아버지가 어디서 그런 지식을 얻었는지 궁금했습니다. 아버지는 다소 외로운 분이었고 언제나 약간 슬픈 표정이었습니다. 아버지는 나와 단둘이서 떠나는 여행에서 큰 자극을 받았고 또 흥분을 느꼈습니다. 물론 아버지와 함께 하는 외출은 내게 신나는 일이었습니다. 하지만 자주 가지는 못했습니다. 아픈 어머니를 혼자 내버려둘 수 없었기 때문이지요. 그래도 우리가 여행을 떠날 수 있었던 것은 우리 집 바로 옆에 살았던 탤보트 큰아버지와 에밀리 큰어머니 덕분이었지요. 우리가 캠핑을 떠나면 두 분이 언제나 어머니를 돌봐주었습니다."

데이비는 퀸의 집 거실의 벽난로를 응시하며 두 번째 스카치소다를 쭉 들이켰다.

"이미 말했지만 당시 나는 열 살이었어요. 사람들이 내게 아버지가 어머니를 죽였다는 얘기를 하면 나는 코너에 몰린 고양이처럼 싸우고 또 으르렁거렸어요. 나는 믿지 않았어요. 아니, 믿을 수 없었어요. 아버지는 그럴 분이 아니라고 생각했으니까요. 나는 재판에 참석하지 않았고 그게 정확히 무엇을 위한 것인지도 몰랐어요. 재판이 끝난 후 큰아버지와 큰어머니가 대강 말해주자 그저 죽고 싶었죠. 내 마음은 온통 뒤죽박죽 엉킨 상태였어요. 그 후에는 그 어떤 것도 또 그 어떤 사람도 믿지 않았어요. 열 살짜리 소년이 온전히 감당할 수 있는 충격이 아니었고 당연히 심한 후유증을 남겼죠."

엘러리는 고개를 끄덕였다.

"내게 벌어진 일들 중 한 가지는 도무지 아버지를 보고 싶지 않다는 것이었어요. 아니, 볼 수가 없었어요. 나는 그가 나의 아버지였다는 사실을 잊으려 했고 또 베이어드 폭스라는 사람이 나와 혈연관계라는 것을 부정하려 했어요. 아버지는 탤보트

큰아버지를 나의 보호자로 지정하는 서류에 서명했고 또 공장
지분을 포함한 전 재산을 내게 넘겨주었어요. 내가 성년이 될
때까지 큰아버지에게 신탁하는 형태로 말입니다. 마치 사망 후
에 상속 재산을 남기듯이. 감옥에 들어갔으니 자신을 죽은 몸
이나 다름없다고 생각한 것 같습니다."

데이비는 음산한 미소를 지었고 린다는 두 눈을 질끈 감았다.
"어머니의 이름은 제시카였습니다. 퀸 씨, 나는 어머니가 살
해된 후 오랫동안 내가 살인자의 자식이라는 생각을 떨쳐낼 수
가 없었습니다.

그건 푸른 눈, 검은 머리, 많은 주근깨를 가지고 있는 것과
비슷하다는 기이한 생각이 들었습니다. 아버지가 그런 것들을
가지고 있으면 자식도 따라서 가지게 되는 거지요. 내가 신체
적으로 아버지를 그대로 빼다 박은 것은 사실입니다. 탤보트
큰아버지는 나와 아버지가 내 나이만 할 때의 모습이 똑같다고
했습니다. 하지만 나는 아버지보다 키가 더 크고 단단한 체격
이지요…….

서서히 나는 엄청난 두려움에 휩싸이기 시작했습니다."
"두려움이요?" 엘러리가 물었다.
"나도 커서 살인자가 되는 것이 아닐까 하는 두려움 말입니
다."

린다는 데이비의 손을 잡았다. 엘러리는 데이비와 린다를 찬
찬히 바라보다가 "계속하세요"라고 말했다.
"청소년기에 대해서는 말하지 않겠습니다. 그때는 정말이지
울적했습니다. 폭스라는 이름 혹은 나의 '과거'로부터 벗어날
수가 없었습니다. 라이츠빌 애들은 노골적으로 그 얘기를 했어

요. 그들의 부모라고 해서 나을 것도 없었어요. 아이들이 내 앞
에서 공격하는 반면, 어른들은 손으로 얼굴을 가리고 그 뒤에
서 킥킥거렸지요. 그러나 나는 고집이 센 놈이었고 그것을 버
텨냈어요. 날마다 애들하고 주먹다짐을 해야 됐지만 그 애들이
무서워서 도망치지는 않았지요. 나는 점점 거만하고 성마르고
의심 많고 방어적인 아이가 되어갔습니다. 마음속으로 언제나
어릴 때 생긴 그 두려움과 은밀하게 싸워야 했지요. 다시 말해
나는 내가 '병자'고, 내 몸에는 아버지로부터 물려받은 살인자
의 병균이 있다고 생각했습니다.

  퀸 씨, 말이 안 된다고 생각하시죠?"

  "온갖 의미로 말이 되는군요, 대위"라고 엘러리가 말했다.

  "1차 대전 직전 한동안은 그 두려움이 사라진 듯 보였습니
다. 당시 린과 나는 서로의 사랑을 확인했습니다. 아주 오래전
부터 그랬었죠. 지난번 마지막 휴가를 나왔을 때, 군대로 복귀
하기 전에 우리는 결혼하기로 결심했습니다. 그 사실을 나의
큰아버지이자 리니의 양아버지께 말씀드렸더니 완강히 반대하
더군요. 나도 크게 화를 냈습니다. 하지만 탤보트 큰아버지는
어떤 일이 벌어지리라는 것을 정확히 예견한 거였어요. 에밀리
큰어머니도 과거를 두려워했지요. 결국 두 분은 나보다 나 자
신에 대해서 더 잘 알고 있었던 셈입니다. 어쩌면 가족의 본능
같은 것일지도 모르죠. 아무튼 리니와 나는 두 분에게 압력을
가하여 승낙을 받아냈습니다.

  나는 얼마 지나지 않아 두 분의 예감이 정확했음을 알게 되
었습니다. 퀸 씨…… 중국에서 일본 놈들과 싸우면서 말입니
다. 나는 류 빙크스와 비행기에서 추락해 산간지대에서 7주를

보내야 했습니다. 일본 정찰대원들을 피하고 음식을 조달해 오면서 빙크스를 업고 가야 했지요. 그의 두 다리는 총알을 맞아 걸을 수가 없었습니다. 마침내 우리는 커다란 바위 절벽까지 내몰렸습니다. 그들은 내가 기관단총을 계속 쏴대는데도 몰려 왔지요. 일본 놈들이 내 총 앞에서 낙엽처럼 쓰러졌습니다. 그리고 그 모든 것들이 나를 깊은 구렁텅이로 몰아넣었습니다. 중국과 인도의 야전병원을 거치고, 빙크스의 죽음을 겪고, 미국으로 후송되는 동안, 나는 오로지 살인만을 생각했습니다. 나는 P-38을 타고 일본 비행기의 후미에 따라붙어 기관총으로 비행기를 격추시켰고, 그 죽음의 추락으로부터 검은 그림자가 올라오는 것을 봤어요. 나는 암석 절벽을 기어 올라오는 사람들에게 기관단총을 계속 쏘아댔습니다. 45구경 총과 빙크스의 총으로 계속 사람들을 죽여댔지요. 이렇게 줄창 죽이기만 하다 보니 꿈에서도 죽이게 되었습니다. 끝이 없었지요. 그냥 죽이고 또 죽이는 것이었습니다. 그 무엇도 나를 멈출 수 없었습니다. 모든 것이 내 앞에서 쓰러져 갔고, 나는 나 자신에게 엄청난 공포를 느꼈습니다. 그것은 내 몸 속에 아버지의 피가 흐르고 있다는 것을 결정적으로 확인시켜주었습니다. 나는 타고난 살인자였습니다.

　귀국을 해서도 계속 그런 생각이 들었습니다. '타고난 살인자'라는 막연한 생각, 특정한 누군가를 죽이는 것이 아니라 그냥 마구잡이식 살인을 저지르는 자라는 생각이 들었습니다. 퀸 씨, 그런 심리 상태를 어떻게 달리 설명할 수가 없군요."

　엘러리는 고개를 끄덕였다.

　"집에 돌아온 지 얼마 지나지 않아 좀 더 구체적으로 살인을 생각하기 시작했습니다. 나는 리니를 죽이는…… 생각을 했습니다."

이제 데이비는 일어나 있었다. 린다는 거실의 벽난로 앞 양탄자에 서서 말없이 눈물을 흘렸다.

"나는 그 충동과 밤마다 싸웠습니다. 하지만 조만간 내가 그 싸움에서 지리라는 것을 알아요. 내가 그 일을 저지르고 말리라는 것을 알아요! 퀸 씨, 이미 말했지만 말이 안 되는 일입니다. 내가 리니를 사랑한다는 건 하느님이 알고 계세요. 그녀는 내게 이 세상 전부입니다. 그녀 이외에는 다른 사람도 다른 어떤 것도 있을 수 없어요. 언제나 그랬습니다. 과거부터 지금까지 조금도 변하지 않았어요. 원인은 린다가 아닙니다. 린다가 한 어떤 행동 혹은 하지 않은 어떤 행동 탓이 아니에요. 아, 물론 앨빈 케인 건이 있습니다. 그는 리니가 고교생일 때부터 쫓아다녔어요. 그리고 내가 중국에 있을 때 누군가가 지저분한 가십 기사의 스크랩을 보내왔습니다. 나는 그자에 대한 꿈을 많이 꿨지요. 물론 좋은 꿈은 아니었습니다. 나는 린이 나를 사랑하고 또 남을 속이는 여자가 아니라는 걸 알아요. 설사 그녀가 나를 속인대도 케인 같은 자와 사귀지는 않으리라는 것도요. 그러기에는 아내의 취미가 너무 고상합니다. 그래요, 린다는 원인이 아닙니다. 나는 린다의 머리카락 한 올이라도 건드릴 바에는 차라리 일본군에게 생포되어 죽는 쪽을 선택하겠습니다……. 내가 제정신이라면 말입니다.

나 자신을 억제할 수가 없습니다. 내 안에 있는 어떤 것, 부패하고, 살인적이고, 지옥의 악마처럼 완악한 것, 그것이 결국은 어느 날 밤 튀어나와 나로 하여금 아내를 죽이게 할 겁니다.

내 아버지가 어머니를 죽인 것처럼 말입니다.

그리고 며칠 전 밤에 진짜 그 일이 벌어지고 말았습니다.

퀸 씨, 그건 내가 아니었어요! 그건 다른 사람이었습니다. 나는 한쪽 곁에 물러서서 그자를 지켜보며 그자가 하려는 행동에 구역질을 느꼈습니다. 그러나 나는 그자를 제지할 수가 없었습니다. 퀸 씨, 내 말을 믿어주세요. 나는 제지할 수가 없었어요."

데이비는 창 쪽으로 걸어가 웨스트 87번가를 내려다보았다. 그의 손은 창문 고리를 잡고 있었다.

"퀸 씨, 우리를 도와주세요." 린다가 흐느꼈다. "꼭 도와주셔야 해요! 데이비는 분별력을 찾아야 해요. 우리 부부의 평생이 걸려 있어요. 우리가 낳게 될 아이와도……."

"린다의 목숨이 걸려 있습니다." 데이비가 고개를 돌리지 않은 채 건조한 목소리로 말했다. "어떤 것도 받아들일 준비가 되어 있습니다."

엘러리는 차갑게 식어버린 난로 안의 장작 받침쇠에다 파이프를 탁탁 내리쳤다.

엘러리가 부드러운 목소리로 말했다. "내 생각에는, 당신이 '타고난 살인자'라고 느꼈던 중국에서의 강박증은 좀 과장된 것 같아요. 그건 11년 간에 걸친 심리적 준비 기간 끝에 자연스럽게 클라이맥스가 온 것뿐입니다. 청소년기에 당신이 살인자의 아들이라고 생각했던 것의 후폭풍이죠.

중요한 것은 귀국 후 그 강박증이 더욱 견고해졌다는 겁니다. 그건 아마 무의식 깊은 곳에 아버지를 닮았을지도 모른다는 두려움이 숨어 있었는데, 전쟁을 통해 자극을 받고 표면으

로 튀어나온 것 같습니다. 그저 내 짐작일 뿐이지만, 아버지에
대한 집착과 어머니에 대한 증오가 합쳐져서 린다에 대한 증오
로 전이되었을 겁니다……. 다시 말해 린다는 살해 환상의 진
정한 목적이 아니고, 린다가 표상하는 당신의 어머니가 진정한
대상이라고 볼 수 있죠."

"내 어머니!" 데이비는 숨이 막히는 듯 말을 더듬었다. 눈물
젖은 린다의 얼굴에 안도의 기색이 나타났다.

엘러리가 말을 이었다. "아무튼 이런 것들은 나의 전문 분야
가 아닙니다. 아무리 두 사람을 도와주고 싶더라도 말입니다.
폭스 대위, 당신의 얘기를 다 듣고 나니, 당신이 편지에서 밝힌
것처럼 정신과 의사들도 실패한 것을 내가 어떻게 도와줄 수
있을지 의문이 드는군요."

린다가 발딱 일어섰다. "퀸 씨, 방법이 있어요. 퀸 씨가 방금
말한 것에 비추어볼 때 그런 방법이 있으리라 확신해요. 우리
를 도와줄 수 있어요!"

엘러리가 그녀를 찬찬히 쳐다보았다. "방법이 있다고요, 린
다? 어떻게?"

"사건을 다시 수사하는 거예요!"

"사건? 어떤 사건?"

"데이비 부모님의 사건 말이에요!"

"무슨 소리인지 잘……."

"퀸 씨, 당신은 데이비의 아버지가 무죄라는 것을 입증할 수
있어요." 린다가 열띤 목소리로 말했다. "만약 베이어드 폭스
가 제시카 폭스를 살해하지 않았다면, 베이어드 폭스는 살인자
가 아니고, 따라서 데이비도 살인자의 아들이 아니에요. 그렇

다면 '타고난 살인자'라든가 피 속에 들어 있는 '아버지의 피'
따위는 다 헛소리죠. 그런 말들은 연기처럼 사라져버리는 거예
요, 퀸 씨! 제 말을 이해하시겠죠? 데이비의 아버지가 어머니
제시카를 죽이지 않았다는 것을 입증하면 남편의 병은 씻은 듯
이 사라질 거예요. 그건 이 세상 어떤 의사도 할 수 없는 일이
에요!"

엘러리는 그녀를 빤히 쳐다보았다.

"친애하는 린다." 엘러리가 이윽고 말했다. "남편을 정말로
사랑하는 아내만이 그렇게 영리하면서도 멋진 해결안을 생각
해낼 겁니다. 하지만······." 그는 머리를 흔들었다. "당신이 보
내준 재판 관련 스크랩과 지금 여기서 데이비가 한 말을 종합
해보면 당신의 말에는 근거가 없어요. 각종 증거가 베이어드
폭스가 유죄라는 것을 입증하고 있는데 어떻게 내가······ 아
니, 그 어떤 사람이라도······ 무죄를 입증할 수 있겠습니까? 혹
시······." 여기서 그는 눈을 가늘게 떴다. "베이어드 폭스가 무
죄라고 믿을 만한 확실한 근거가 있다면 모를까. 린다, 당신에
게 그런 근거가 있습니까?"

린다의 환한 얼굴이 약간 어두워졌다. "글쎄요······. 데이비,
퀸 씨에게 어서 말해봐요."

데이비는 창가에서 돌아와 빈 술잔을 집어 들고 만지작거렸
다. "아버지의 말 이외에는 다른 근거가 없습니다."

"알았습니다. 앉아요, 두 사람 모두." 그들은 소파에 앉아
서 흥미로운 놀이를 구경하는 사람처럼 엘러리를 쳐다보았다.
"좀 더 구체적으로 말해보세요. 재판 당시 베이어드 폭스는 어
떤 태도를 취했나요?"

린다가 말했다. "부모님은 내가 함께 있지 않을 때면 그 사건에 대해 말하곤 했어요. 두 분은 데이비의 아버지가 재판 내내 자신이 죽이지 않았다고 고집한 것이 정말 이상하다고 말했어요."

"흔히 있는 일이죠." 엘러리가 초조한 기색을 보이며 말했다. "그가 일관되게 범행을 부인했습니까?"

데이비는 어깨를 한 번 들썩했다. "감옥에 들어간 후 2년 동안 아버지는 가족과 변호사에게 계속 편지를 보냈습니다. 자신은 무고하다는 내용이었지요. 그러니까 죄 없는 사람을 감옥에 집어넣었다는 호소였어요. 아버지는 치열하게 싸웠습니다. 법적으로 할 수 있는 것은 다 했지요. 그러다가 아무 소용이 없자 포기한 것 같더군요. 아무튼 결국에는 사람들에게 호소하기를 그만두었습니다.

리니와 결혼한 후, 군대로 복귀하기 전에 주립 형무소로 아버지를 면회하러 갔습니다. 배를 타고 해외로 나가기 전에 그렇게 해야 한다는 의무감을 느꼈거든요. 그런 시기에는 그런 느낌이 들곤 하지요.

열 살 때 아버지가 투옥된 이후 처음 만나는 것이었습니다.

아주 힘든 생활을 하는 것 같았습니다. 퀸 씨. 아버지는 쉰둘인데 일흔은 되어 보였어요." 데이비는 입술을 깨물며 얼굴을 찌푸렸다. "내가 면회를 와서 기쁜 듯한 얼굴이었죠. 서로 할 말은 별로 없었어요. 우리는 그냥 그렇게 앉아 있었습니다. 나는 아버지를 거의 알아보지 못했고, 아버지도 면회객이 누구라는 얘기를 듣지 못했더라면 나를 알아보지 못했을 겁니다. 우리는 상대방이 눈길을 다른 곳에 줄 때만 상대의 얼굴을 바라보았습니다.

　내가 면회를 마치고 일어서려는데 아버지가 갑자기 내 손을 잡고 말했습니다. '데이비, 너는 내가 네 엄마를 죽였다고 생각하지?' 나는 예상하지 못한 질문에 몇 마디 바보 같은 말만 중얼거렸습니다. 무슨 말을 했는지는 기억나지 않아요. 아버지는 아주 괴상한 표정을 지었습니다. 슬퍼하는 것도, 참담해 하는 것도, 화를 내는 것도 아니었지요……. 뭐랄까……. 모르겠어요……. 체념한 표정이었달까. 아버지는 머리를 흔들더니 내게 말했습니다. '데이비, 이해할 수가 없어. 나는 제시카를 죽이지 않았단다. 내가 죽이지도 않았는데, 내 아들이 나를 살인자라고 생각하다니 너무 기가 막혀.' 그게 아버지가 말한 전부였어요. 우리는 악수를 했습니다. 그러고는 아버지가 내 뺨에 키스를 했고 나는 부대로 돌아갔지요. 나는 엄청나게 혼란스러웠습니다. 하지만 혼자 생각했지요. '아버지가 아들에게 달리 뭐라고 말하겠어?' 아무튼 아버지는 그런 말을 했습니다. 퀸 씨. 별로 많이 말하지는 않았어요. 나는 리니에게 그건 별로 의미가 없는 말이라고 했어요."

　엘러리는 부부의 맞은편 안락의자에 앉아서 빈 파이프를 뻑뻑 빨았다.

　잠시 뒤 그가 말했다. "데이비, 내가 당신 아버지의 사건을 수사하는데 동의했다고 치고, 내가 수사한 결과가 법적으로 결론 난 사실을 다시 확인해주는 것이라면…… 아마 그럴 가능성이 아주 높은데…… 그때는 당신은 어떻게 할 생각입니까?"

　"리니를 떠나겠습니다." 데이비 폭스가 소리쳤다. "이혼을 하고 다시는 그녀를 보지 않겠습니다. 나는 린의 목숨을 가지고 도박을 하고 싶지 않아요. 내가 먼저 사라지겠습니다!"

"린다, 당신은?"

린다는 얼굴을 찌푸린 채 미소를 지어 보였다. "퀸 씨, 방금 남편이 한 말을 들었죠? 아주 고집이 센 사람이에요. 오로지 그 전제 조건을 두고 남편은 나와 함께 뉴욕으로 와서 퀸 씨를 만나겠다고 했어요." 그녀는 잠시 말을 멈추었다가 다시 말했다. "그러니 제발……."

"1백만 분의 1 확률입니다." 엘러리가 말했다.

린다가 소리쳤다. "난 남편을 살리고 싶어요!"

데이비가 비참한 목소리로 말했다. "린. 여보……."

그녀는 양손으로 얼굴을 감싸고 울기 시작했고, 데이비는 어깨가 축 처진 채 말을 멈추었다.

엘러리가 주의를 환기시키듯 말했다. "자, 자, 당신들은 아직도 같은 침실을 사용하고 있습니까?"

"아니요, 절대로 아닙니다!" 데이비가 소리쳤다.

"좋아요." 엘러리가 쾌활하게 일어섰다. "두 분 다 라이츠빌로 돌아가십시오. 제가 며칠 이내로 그곳에 내려가겠습니다."

"사건을 맡아주시는군요!" 린다가 소파에서 펄쩍 뛰며 일어섰다.

엘러리는 그녀의 손을 잡았다. "나는 1백만 분의 1 확률을 좋아합니다." 그는 미소 지었다. "특히나 한 남자의 말과 두 젊은 부부의 믿음 이외에는 특별한 증거가 없는 그런 사건 말입니다."

데이비와 린다가 떠났다. 엘러리는 휘파람을 불면서 면도를 하고, 모자를 쓰고서 시내의 경찰청을 찾아갔다.

그가 퀸 경감의 사무실로 천천히 걸어 들어가면서 말했다. "아버지, 무기징역형을 받은 죄수를 잠시 만나려고 하는데 괜찮을까요?"

벨리 경사가 뭔가 냄새를 맡은 표정을 지었다. "아하, 또 실험 대상을 찾은 건가?"

"입 다물게, 벨리." 경감이 말했다. "엘러리, 너는 민간인이잖아. 괜찮지 않지."

"그럴 줄 알았어요." 엘러리는 가죽 의자에 편안히 앉더니 아버지 책상에 발을 올려놓았다. "그러니 아버지가 편의를 좀 봐주셔야죠."

"알았다, 알았어." 아버지가 짜증 섞인 목소리로 대꾸했다. "니스칠이 벗겨지지 않게 살살 올려놓거라. 무기징역형을 받은 죄수라니, 무슨 건으로 어디에 있는 친구냐?"

"라이츠빌의 베이어드 폭스. 살인죄로 주립 형무소에 있어요."

"뜬금없이 그 친구에게 갑자기 왜 관심을 갖는 거냐? 말해봐라! 라이츠빌이라고!"

"하이트 사건 때문이군요." 벨리 경사가 흥분된 목소리로 말했다. "그 사건에 폭스라는 자가 연루되어 있나요?"

"아뇨, 아뇨, 경사님. 아무 연관도 없습니다. 아버지, 왜 관심을 갖는 거냐고요? 저는 그를 데리고 그의 고향 마을로 내려가려고 해요."

경감이 아들을 빤히 쳐다보았다. "흐음." 그가 이윽고 말했다. "사정을 다 말해봐라, 엘러리. 내가 세부사항을 다 알지 못하면 전화기를 들 수 없어."

엘러리는 아버지에게 세부사항을 다 이야기했다.

"완전히 백마 탄 원탁의 기사구먼." 벨리 경사가 육중한 머리를 흔들어대며 말했다.

"알았어. 내 한번 애는 써보지." 경감이 심드렁한 목소리로 말했다. 그는 전화기를 집어 들었다. "찰리, 라이트 카운티 지방 검사를 좀 연결시켜주게…… 아마 라이츠빌 카운티 법원에 나가 있을 거야…… 그래 알았네, 기다리지."

"카터 브래드포드가 더 이상 그곳의 검사가 아닌 게 정말 아쉬워요." 엘러리가 신음 소리를 냈다. "그랬다면 베이어드 폭스의 신병을 단번에 확보할 수 있었을 텐데. 카터는 검사직을 사직하고 주 상원의원으로 선출되었지요."

"찰리, 그의 이름이 뭐지?" 경감이 물었다. "오케이. 그에게 좀 대줘…… 여보세요, 헨드릭스 씨? 뉴욕 경찰청의 퀸 경감입니다. 주립 형무소에 있는 무기징역수를 잠시 빌릴 수 있을까요? ……라이츠빌의 베이어드 폭스입니다. 잠시 신병을 확보하려고 하는데요. 한 2주 정도."

"폭스라……." 라이트 카운티 검사가 말했다. "퀸 경감님, 도대체 왜 그 사람이 필요합니까?"

"제시카 폭스 살해 사건을 재수사하려고요, 헨드릭스 씨." 경감이 재빨리 말했다. "그 사건이 발생한 라이츠빌에서요."

"놀랍군요, 경감님. 그 여자는 죽어 묻힌 지 이미 12년이 되었습니다. 폭스는 그때 감옥에 들어가 이후로는 코빼기조차 보이지 않았고요. 재수사라고요?" 헨드릭스 검사는 걱정스러운 목소리였다. "이거 정말 이상한데. 뉴욕 경찰청이 관심을 보이는 겁니까?"

"그렇지요." 경감이 아들에게 윙크하며 말했다.

"새로운 증거라도 나왔나요?"

"글쎄…… 그렇기도 하고 아니기도 합니다. 헨드릭스 씨." 경감이 땀을 흘리면서 말했다. "완전히 '새로운' 증거는 아닙니다. 하지만 뭔가 있어요. 바로 그겁니다. 뭔가가 말이지요. 하하."

헨드릭스는 별로 유쾌하지 않다는 어조였다. "아주 이상한데요. 퀸 경감님, 새로운 증거가 없이는……."

"보십시오, 헨드릭스 씨." 나이 든 경감은 경찰청장에게 말할 때 사용하는 목소리를 취했다. "이건 사소한 일이 아닙니다. 내 약속하지요. 물론 정치적인 사건도 아니에요. 단순한 정의의 문제입니다……."

"그는 이미 정의의 처분을 받았습니다."

"어쩌면 아닐지도 모릅니다. 아무튼…… 내 요점은 이겁니다. 검사님, 당신은 폭스를 당신의 손아귀에서 완전히 내놓는 것이 아닙니다. 그러니까 검사실에서 형사를 한 명 보내 검사 명령으로 혹은 법원 명령으로, 어쨌든 가장 좋은 방법으로 폭스를 형무소에서 꺼내옵니다. 그런 다음, 내 대리인이 형무소 앞에서 그 형사를 만나서 함께 폭스를 데리고 라이츠빌로 가는 겁니다. 아시겠습니까?" 경감은 자신이 그려내는 아름다운 그림에 스스로 도취되어 전화기에다 대고 활짝 미소를 지어 보였다.

"그렇지만 새로운 증거가 없다면." 검사가 아까 한 말을 되풀이했다. 그러더니 그는 말을 멈추고 이렇게 물어왔다. "대리인? 그 대리인이 누구입니까, 경감님?"

경감은 짐짓 웃음을 터트렸다. "이상한 우연의 일치군요. 그도 성이 나와 같습니다. 자, 모든 것을 테이블 위에 꺼내놓겠습니다. 바로 내 아들입니다, 하하! 엘러리 퀸."

"오!" 헨드릭스가 말했다. 수화기 반대편에서 갑자기 정적이 감돌았다. "그의 소문을 들었습니다." 그가 마침내 말했다. "몇 년 전에 여기 와서 하이트 사건을 마구 휘저어놓았지요. 브래드퍼드 상원의원이 검사였을 때 말입니다. 그 엘러리 퀸이 다시 라이츠빌에 출동한다는 말씀이신가요?"

"그렇습니다, 헨드릭스 씨." 퀸 경감이 아들 쪽을 바라보며 크게 어깨를 들썩했다.

"경감님, 이 건은 제가 잠시 생각해보고……."

"이봐요, 헨드릭스, 내게 그런 완곡한 거절의 말은 하지 말아요." 경감이 '강철같이 차가운' 목소리로 말했다. "당신은 얼마든지 편의를 봐줄 수 있어요. 당신 자신이 잘 알겠지요! 이런 건은 검사가 독단적으로 판단할 수 있는 것으로 알고 있습니다. 개인적인 이유를 들면 충분히……."

"개인적! 무슨 의도로 그런 말을 하는지 모르겠군요, 경감님. 난 경감님의 아들과는 일면식도 없습니다……."

"오케이. 그렇다면 무엇 때문에 망설입니까? 엘러리는 다른 사람의 옥수수 밭에는 들어가지 않을 겁니다. 엘리 마틴 판사에게 물어보세요. 마틴 씨는 내 말에 동의하는 법원 명령을 내려줄 겁니다, 헨드릭스 씨! 형편에 맞게 적당히 말을 돌려대면 되지 않습니까. 필요하다면 내 이름을 대도 좋습니다. 당신 부하가 베이어드 폭스의 신병을 단단하게 확보할 텐데 뭐가 문제입니까? 필요하다면 당신 부하는 폭스와 한 침대에서 자도 됩니다!"

같은 말이 여러 번 오갔고, 마침내 퀸 경감이 이마의 땀을 닦으면서 전화기를 내려놓았다. "아들, 내가 왜 너한테 말려들어서 이런 지저분한 일을 하는지 모르겠다." 그가 으르렁거렸다. "정말이지, 나도 미쳤지. 아무튼 오케이, 모든 준비가 되었습니다, 국왕 폐하."

엘러리는 무심하게 말했다. "감사합니다, 아버지. 이제 내가 할 일은 폭스의 무죄를 증명하는 거로군요. 그가 카인처럼 정말 죄인일지도 모르는 상황에서 말입니다."

벨리 경사가 다시 무겁게 머리를 흔들며 말했다. "자, 원탁의 기사 나가신다."

7
늙은 폭스 집으로 돌아오다

교도소장은 교도소 책임자라기보다는 노숙한 학자처럼 보이는 어깨가 둥근 키 작은 남자였다.

"퀸 씨, 당신이 이 건을 다시 들여다본다니 기쁩니다." 그가 약간 불안한 어조로 말했다. "폭스에게는 뭔가 괴상한 분위기가 있어요⋯⋯. 그는 아주 조용한 친구입니다. 모범수이기도 하고요. 사람이 좋고 협조적이에요. 그러나⋯⋯ 쉽게 건드릴 수 없는 사람이에요. 제 말뜻을 이해하시나요?"

"건드릴 수 없다고요?" 엘러리가 눈썹을 치켜떴다. "음, 무슨 말씀인지 잘 모르겠군요."

소장은 어깨를 한 번 들썩했다. "퀸 씨, 평생 동안 많은 재소자를 상대해보았습니다. 그런데 이 친구는 좀 달라요. 처음에 그는 누구한테나 도움을 요청했어요. 다른 재소자, 간수 심지어 나에게도요. 닥치는 대로 잡고 호소했지요. 아주 시끄러웠어요. 자신이 억울한 누명을 뒤집어썼다는 얘기였어요. 재소자들 중에는 그런 사람들이 많지요⋯⋯. 그러다가 그에게 변화가 왔어요. 아주 사람이 단단해졌지요. 그리고 몸 주위에 단단한 외벽을 쌓아올렸어요. 그리고 그 이후 계속 그런 식으로 살아왔어요. 절대 자기 자신을 드러내지 않아요. 그저 안으로만 파고들어요. 아주 깊이. 정말 속을 알 수 없을 정도로 깊지요. 몇 분 있으면 그가 도착할 겁니다. 참, 사무실에서 누군가 퀸 씨를 기다리고 있습니다."

소장이 사무실 문을 열었고 엘러리는 그 안에서 미소 짓고 있는 라이츠빌의 데이킨 서장을 보았다.

"데이킨 서장님!"

"또 만났군요, 퀸 씨."

그들은 즐겁게 악수를 나눴다. 데이킨 서장은 투명한 두 눈에 길쭉한 코를 가진, 마르고 키가 큰 시골 사람으로, 쟁기를 들고 서 있어도 아주 자연스럽게 보일 법한 남자였다. 그의 입술은 아주 부드러운 느낌을 주었다. 하지만 그의 몸 전체에서는 믿음 직함, 신중함, 지성미 등의 분위기가 풍겨져 나와 어떤 고정된 타입의 인물로 떨어지는 것을 막아주고 있었다. 그는 하이 빌리지에 있는 제일 감리교회 합창단에서 단독으로 바리톤 음을 냈고, 철저히 금주를 실천하지만 술자리에서 그런대로 잘 어울렸으며, 또 라이트 카운티에서는 가장 뛰어난 포커 선수였다. 그는 지난 20년 동안 라이츠빌의 경찰서장을 맡고 있었다.

"서장님, 여긴 웬일입니까?" 엘러리가 물었다. "헨드릭스 검사가 보낸 사람을 만날 거라고만 생각했는데요."

"그렇지요. 하위 형사, 여긴 엘러리 퀸 씨요."

하위 형사라고 불린 남자는 사무실 한구석에 너무나 조용하게 앉아 있어서 교도소장 사무실 집기의 일부분처럼 보였다. 하위는 아주 뚱뚱했고, 오래되어 기름때가 묻고 담뱃재가 긴 구겨진 푸른색 개버딘 상의를 입고 있었다. 그의 풀 죽은 칼라와 얼룩덜룩한 목 사이에는 한때 희었을 법한 손수건이 끼워져 있었다. 그리고 갈색의 두툼한 손은 붉은 고무줄로 묶은 푸른 색 서류철을 꼭 쥐고 있었다.

그는 엘러리에게 고개를 한 번 끄덕였다. 그는 일어서지도 악수를 하자고 손을 내밀지도 않았다.

"만나게 되어 기쁩니다, 하위 씨." 엘러리가 유쾌하게 말했다. "우리는 앞으로 2주 동안 자주 보게 될 겁니다. 그러니……."

"나는 명령을 받고 왔소." 하위가 찢어지는 목소리로 말했다. 그러고는 두터운 입술을 꽉 다물었다. 그게 전부였다.

일이 꼬이기 시작했다.

"하위는 명령을 철저하게 이행하는 사람입니다." 데이킨 서장이 건조한 목소리로 설명했다. "그 때문에 필 헨드릭스가 하위를 이 일에 배당한 것 같습니다, 퀸 씨. 또 그 때문에 내가 여기까지 차를 몰고 왔지요. 부디 라이츠빌 사람 전원이 '명령'에 따라 움직인다고는 생각하지 않길 바랍니다."

"감사합니다." 엘러리가 싱긋이 웃었다. 이어 그는 하위 형사에게 말했다. "그런데 당신이 받았다는 명령은 무엇이죠, 하위 씨?"

"객담은 하지 않겠습니다." 그는 다시 입을 꽉 다물었다.

"알았습니다." 엘러리가 쾌활하게 말했다. "이제 우리는 서로를 잘 이해하게 되었군요……. 데이킨 서장님, 서장님이 이곳까지 차를 몰고 온 이유이기도 하고요?"

데이킨이 껄껄 웃었다. "다 파악했군요? 또 다른 이유는 내가 라이츠빌의 치안을 유지하겠다고 맹세했기 때문입니다."

"오." 엘러리가 말했다.

"서장님, 소란이 일어날 거라고 보십니까?" 교도소장이 근심 어린 목소리로 물었다.

"어쩌면요, 소장님."

"왜죠?" 엘러리가 물었다.

"라이츠빌이 한때 베이어드 폭스 때문에 크게 분노했기 때문 입니다, 퀸 씨. 마을 사람들은 너무 화가 나서 바보 같은 짓을 하기 일보 직전까지 갔었지요. 경찰은 그때 아주 힘들었습니 다."

엘러리가 심각한 얼굴로 고개를 끄덕였다.

그는 밝은 눈빛을 엘러리에게 고정시키며 말을 이었다. "그 러니 우리는 심부름꾼들이 쓰는 문으로 나가서 승용차를 이용 해 마을로 그를 데려가야 할 것 같습니다. 기차를 타고 가면 사 람들이 쳐다볼 테니까요."

"12년이 지났는데도요?"

"아직 무슨 일이 벌어질 거라고 말하지는 않았습니다, 퀸 씨."

"서장님, 베이어드 폭스가 아내를 독살했다고 생각하세요?"

서장은 깜짝 놀라는 눈치였다. "그럼요. 명백한 사건이었습니 다. 생쥐 한 마리 지나갈 구멍도 없었어요, 퀸 씨. 나는 당신 을 다시 만나 기쁘기는 하지만, 아무래도 시간 낭비라는 생각 이 듭니다."

엘러리는 구석에 앉아 있는 뚱뚱한 남자를 쳐다보았다. "하 위 씨, 당신은 어떻게 생각합니까? 폭스가 유죄라고 봅니까?"

하위 형사는 사무실 공간 절반을 가로질러 소장의 타구에다 정확히 침을 뱉었다. "농담하는 겁니까?" 그가 대답했다.

엘러리는 린다 폭스의 괴로워하는 얼굴, 데이비 폭스의 떨리는 손을 생각했다.

"좋습니다, 소장님." 그가 미소 지으며 말했다. "우리는 당신의 재소자를 인수할 준비가 다 되었습니다."

바로 그 순간 교도소장의 사무실로 남자가 들어왔다. 그는 등이 굽고 굉장히 수척해 보였다. 시간이라는 압착기가 그를 꽉 잡고서 감당할 수 없을 정도로 찍어 누른 것 같았다. 성긴 백발 사이로 반점이 많은 두피가 번쩍거렸다. 교도소에서 실외 작업을 많이 한 듯했다. 그는 푸른색 양복을 단정하게 입고 검은 구두를 신었으며 하얀 셔츠에 깨끗한 파란색 세로줄이 그려진 넥타이를 매고 있었다.

엘러리는 교도소장의 입술에 만족의 미소가 어리는 것을 보았다. 그건 어린 자식에게 옷을 잘 입힌 어머니의 미소 같은 것이었다.

"옷을 잘 입혀 보냈군." 교도소장이 말했다.

"네, 소장님." 베이어드 폭스는 양손을 몸 앞에 공손히 모아 쥐고서 바닥을 내려다보았다. 그러나 엘러리는 그의 두 눈에 잠시 반짝거림이 나타났다가 곧 사라지는 것을 놓치지 않았다. "감사합니다, 소장님."

"안녕하시오, 폭스 씨." 데이킨 서장이 큰 소리로 말했다. 베이어드는 숙였던 고개를 번쩍 쳐들었다. 그 초췌한 두 뺨에 순간 밝은 빛이 나타났다가 사라졌다. 엘러리는 그게 낯익은 데이킨의 목소리 때문인지 아니면 데이킨이 '씨'라는 존칭을 썼기 때문인지 잘 알 수 없었다.

"서장님!" 베이어드 폭스가 반 발자국 앞으로 나섰다. 그러다가 다시 걸음을 멈추고 방바닥을 내려다보았다. "얼굴을 못 알아볼 뻔했네요, 데이킨 서장님."

"어떻게 지냈습니까?"

"좋습니다. 감사합니다."

"건강해 보이는군요."

"소장님께서 잘 대해주셨습니다." 그의 중얼거리는 말 속에 자기 연민 같은 것은 없었다. 그저 고마워하는 마음뿐이었다. 부서진 사람이야. 정신이 온통 황폐해졌어. 엘러리는 생각했다. 아니면, 엘러리는 생각을 고쳤다. 그렇게 보이려고 하는 것인지도 모르지.

"여긴 엘러리 퀸 씨요, 폭스." 소장이 말했다. "라이츠빌로 돌아가는 여행에 대한 책임을 맡고 있는 분이지요."

"안녕하십니까, 선생님?" 베이어드는 눈을 내리깔았으나 다시 반짝거림이 나타났다.

"당분간 헨드릭스 검사실에서 파견 나온 하위 형사의 보호를 받게 될 거요."

"알겠습니다, 소장님."

하위 형사는 죽치고 앉아 있던 자리에서 일어섰다.

엘러리는 아주 조용히 말했다. "폭스 씨." 그리고 기다렸다.

베이어드 폭스는 천천히 눈을 들었다. 그의 시선은 의지에 반하여 억지로 올라온 것이 아니라, 아예 의지가 없는 상태 같다고 엘러리는 생각했다. 엘러리는 동굴처럼 움푹 들어간 그 눈을 쳐다보았다. 데이비의 눈을 닮았으나 아주 오래되었으며, 방부 처리가 된 듯한 눈이었다. 엘러리는 강한 연민을 느꼈다. 왜 다정다감한 교도소장이 그의 초연함에 대해 말했는지 알 것

같았다. 겉으로 드러난 것으로만 보았을 때, 비록 별것은 아니
지만 가느다란 희망의 빛이 비춰드는 지금 이 순간에도 베이어
드 폭스는 전혀 희망을 갖고 있지 않았다. 하지만…… 그 반짝
거리는 눈빛. 셔터 플래시 같은 순간적인 반짝거림. 그건 죽음
보다 삶을 말하는 순간적 플래시였다.

엘러리는 얼굴을 찌푸렸다. "왜 우리가 라이츠빌로 되돌아가
는지 알고 있습니까?"

"소장님이 제게 말씀해주셨습니다, 선생님."

"선생님이라고 부르지 않아도 됩니다. 괜찮으시다면 나도 베
이어드 씨라고 부르겠습니다. 우리는 서로 친구가 되어야 합니
다. 안 그러면 이 일을 함께할 수 없어요. 당신의 아들이……."

"데이비 말입니까?"

그 반짝거림이 동굴 같은 눈에서 다시 튀어나왔다가 금세 가
뭇없이 사라졌다. "폭스(여우)처럼 빠르군." 엘러리는 생각했
다.

"제가 데이비를 다시 만나게 됩니까, 퀸 씨?"

"그렇습니다."

"제 아들은 전쟁 영웅 중 한 명입니다, 소장님." 베이어드 폭
스가 약간 상기된 얼굴로 미소 지으며 말했다. "저는 신문에
서……."

그는 갑자기 말을 멈추었다. 이어 맥없는 목소리로 말했다.
"퀸 씨, 나는 아들의 인생을 망치고 싶지 않습니다. 이렇게 한
다고 해서 아무것도 바뀌지는 않을 거예요."

"사건을 다시 심리하는 걸 원하지 않는다는 겁니까?"

"퀸 씨, 아무것도 바뀌지 않을 겁니다."

진심인가, 위장인가?

하위 형사는 타구에 침을 뱉었다.

엘러리가 퉁명스럽게 말했다. "베이어드 씨, 이렇게 한다고 무엇이 바뀔지 아닐지 나는 모릅니다. 내 지식으로는 당신이 유죄인지 무죄인지도 모르겠습니다. 하지만 이거 하나는 말씀 드리지요. 당신 아들의 행복, 어쩌면 그보다 더 많은 것이 이 수사에 달려 있습니다."

폭스는 두 눈을 깜빡거렸다.

"나는 베이어드 씨의 무조건적인 협조가 필요합니다. 당신은 나를 믿습니까? 내가 요구하는 대로 해줄 겁니까?"

움푹 들어간 두 눈은 잠시 교도소장을 쳐다보았다. 마치 지시를 요청하는 것처럼. 맑은 영혼의 소유자인 소장은 폭스를 동정하고 불쌍하게 여기는 표정으로 고개를 끄덕였다.

"당신이 말하는 대로 다 하겠습니다, 퀸 씨."

폭스의 어깨는 푹 쭈그러들었다.

마치 의도적으로 그렇게 하는 것처럼.

데이킨 경찰서장의 사전 조치에도 불구하고 그들은 슬로컴을 통과해 차를 몰고 가는 동안 사람들에게 목격되었고, 그들이 라이츠빌에 있는 탤보트 폭스의 집 앞에 차를 멈춰 세웠을 때는 상당히 많은 사람이 커다란 철 대문 앞에 모여 있었다.

그들은 위협적인 군중도 동정적인 군중도 아니었다. 단지 놀라서 입을 벌리고 있는 라이츠빌 사람들이었다. 하지만 나름대로 공포스러운 순간이었다.

하위 형사는 엄청난 덩치로 그 허약한 남자를 인도하며 보도

위쪽으로 걸어갔다. 목을 길게 빼고 구경하는 사람들을 본 베이어드의 두 뺨에 희미한 홍조가 떠올랐다. 하지만 잠시뿐이었다. 이어 그는 담쟁이가 덮여 있고 셔터가 내려진 옆집을 응시하며 그 자리에 얼어붙었다. 그는 탤보트 폭스의 집 현관 앞 계단에서 비칠거리며 넘어지려 했다. 하위가 손아귀에 무자비한 힘을 넣으며 그의 몸을 부축했다.

엘러리는 베이어드와 그 가족들의 만남에 희망을 걸었다. 그는 조사를 시작할 수 있는 단서, 아주 자그마한 단서라도 얻고 싶었다. 하지만 가족들의 만남에서 그는 아무 정보도 얻지 못했다.

그 가족은 거실에 사진을 찍는 자세로 모여 있었다. 탤보트는 현관 쪽 창문 앞에 서서 에밀리가 달아놓은 물결무늬 비단 커튼을 통해 보도에 밀집한 군중을 보았다. 네 사람이 거실에 들어서자 탤보트는 창문에서 몸을 돌려 약간 창백한 얼굴에 억지 미소를 지으며 앞쪽으로 황급히 걸어왔다.

"잘 지냈어? 베이어드."

베이어드 폭스는 잠시 그의 형을 알아보지 못하고 멍하니 보기만 했다. 이어 중얼거렸다. "탤보트 형." 그리고 뭔가를 찾으면서 다른 곳을 두리번거렸다. 그 멍한 두 눈은 형수에게 잠시 멈췄고, 곧 알아보는 눈빛이 떠올랐다. 에밀리는 앞으로 나와서 자기 남편의 팔에 매달렸다. "베이어드, 너무 기뻐요……." 그녀는 겁 먹은 사람처럼 중간에서 말을 멈추었다. 베이어드의 시선이 다른 곳을 떠돌다가 이어 동굴 같은 두 눈에 반짝거림이 나타났다. 엘러리가 교도소장의 사무실에서 보았던 그 눈빛이었다. 린다의 어깨에 팔을 두른 아들 데이비가 구석에 서 있는 것을 보았던 것이다.

"아들아!"

데이비는 미소를 지어 보였다. "아버지, 아버지의 며느리예요. 어린 리니를 기억하시죠?"

린다는 백발의 재소자에게 달려가서 양팔로 그를 껴안았다. 그의 몸이 뻣뻣하게 경직되자 린다는 심각한 실수를 저질렀다는 것을 깨달았다. 린다는 뒤로 물러서며 당황스러움을 감추기 위해 미소를 지었다.

"그래, 네가 리니로구나." 베이어드가 말했다. "아주 많이 자랐구나." 이어 그는 아들에게 시선을 돌렸다. "데이비."

"아버지."

부자는 서로 마주보았고, 이어 시선을 돌렸다.

그게 전부였다.

별로 신통치 않은 장면인데. 엘러리는 짜증 섞인 생각을 했다. 거기에는 색깔, 드라마, 무엇보다도 상봉의 의미가 결여되어 있었다. 한 남자가 사지(死地)에서 돌아왔는데 돌아온 본인은 물론 모두가 어색해하고 당황스러워할 뿐이었다.

데이킨 서장이 의자를 앞으로 내밀어주자 베이어드는 공허한 미소를 지으면서 의자에 앉았다. 그러고는 양손을 모아 무릎 위에 올려놓고 주위를 돌아보았다. '그래, 저기에 그랜드 피아노가 있구나. 에밀리가 준비한 실크로 가장자리를 두른 스페인풍 숄도 그대로야. 저기 증조모 핑그렌의 은판 사진이 놓여 있군. 해리슨 할머니는 증조모가 멀리 일리노이까지 진출한 개척자라고 말했었지. 벽난로 장식대 위에는 탤보트 형의 하버드 클래식 문고가 그대로 있네. 누군가의 할아버지뻘 되는 사람이 덴마크에 가져온 덴마크 해포석(海泡石)도 그대로군. 물건들의 위치를 약간 바꾸기는 했지만 예전과 거의 그대로야······.' 엘러리는 과거를 되돌아보는 베이어드의 태도가 사람들의 동정을 자아낼 의도였다면 충분한 효과를 거두었다고 생각했다. 장식용 비단을 두른 아주 커다란 의자에 초췌한 모습으로 앉아 거의 잊힌 과거의 물건들을 쳐다보며 슬프게 미소를 짓는 그의 모습이 애잔해 보였다.

물론 그것이 계산된 것이라면 말이다.

베이어드를 제외한 모두가 열심히 말을 했다. 그들은 심한 태풍 뒤에 찾아온 건기, 슬로컴 청년과 결혼한 데이킨 서장의 딸 엘비, 노의사 윌러비가 헝커 농장에서 받아낸 세 쌍둥이 등 다양한 화제로 대화를 나누었으나 정작 심중에 있는 말은 하지 않았다.

"내가 회의를 소집해도 되겠습니까?" 엘러리가 말하면서 베이어드에게 미소 짓자 그는 깜짝 놀라며 의자에서 일어섰다. "베이어드 씨, 당신의 형수가 이 저택을 우리의 수사본부로 제공했습니다. 아주 관대하게도 말이죠. 하지만 당신들 중에 누군가가 반대한다면······ 폭스 부인, 나는 너무 솔직해서 탈입니다. 어쨌든 그렇다면 우리는 홀리스 호텔이나 어펌 하우스에나 숙소를 정하고 거기서 소사를 해나가겠습니다. 베이어드 씨, 어느 쪽이 좋습니까?"

"제가······ 어느 쪽이?" 그 질문이 그를 당황하게 만들었다. 그는 잠시 맥없이 있더니 이어 말했다. "에밀리, 너무나 친절하군요." 그가 같은 말을 되풀이했다. "정말 고맙습니다."

"오, 베이어드!" 에밀리가 눈물을 터트렸다.

"자, 에밀리……." 탤보트가 큰 소리로 말했다.

"미안해요, 미안해요." 에밀리가 이미 젖어 있는 손수건으로 두 눈을 닦아냈다.

하위 형사는 타구를 찾는지 주위를 두리번거렸다.

"우리가 회의를 시작하기 전에, 베이어드 씨." 엘러리가 말했다. "우리에게 해줄 말이 있습니까?"

"해줄 말?" 베이어드가 눈을 깜박거렸다.

"그러니까 말입니다." 엘러리가 말했다. "당신이 12년 전에 아내를 독살했다고 말해줄 수도 있습니다."

린다가 가쁘게 숨을 들이쉬었다. 방 안에서 나는 유일한 소리였다.

"퀸 씨는 제가 감옥에서 석방되기를 희망한다고 생각하시겠죠." 베이어드가 천천히 말했다. "그렇지만 이제는 모르겠습니다. 한때 그런 희망을 품기도 했습니다. 그러나 지금은 현재 있는 곳에 그대로 있고 싶습니다. 이제 그곳은 그냥 집처럼 되었습니다." 그는 한숨을 내쉬었다. "데이비, 교도소에서 이곳까지 차를 타고 오는 동안 퀸 씨가 네게 벌어진 일…… 네가 아내에게…… 하려 했던 것……. 그리고 그 이유를 말해줬단다. 퀸 씨는 이 조사가…… 그러니까 데이비, 이 조사가 너와 린다에게 아주 중요하다고 말했어. 정말 그렇다면 내가 할 수 있는 건 모두 다 할 생각이다." 곤혹스러워하는 반짝임이 그의 두 눈에 다시 나타났다. "제가 간절히 요구하는 것은 모든 사람이 진실을 말하는 것입니다. 그게 제 요구사항의 전부입니다. 진실."

"아버지." 데이비는 몸을 떨고 있었다. "아직 퀸 씨의 질문에 대답하지 않으셨어요."

베이어드는 부드러운 눈빛으로 아들을 빤히 쳐다보았다. "아들아, 나는 네 엄마를 죽이지 않았어."

그것은 진실을 말하는 사람의 목소리였다. 거기에는 단 한 점의 거짓도 없었다. 간단명료하고 직접적이었다. 그렇지만 아무런 희망도 걸 수 없는 사실(事實)의 진술이었다.

아니면 그것은 영악함의 극치인가? 저 남자는 최악의 상황의 희생자이거나 아주 탁월한 배우이거나 둘 중 하나일 거야. 엘러리는 생각했다.

"좋아요." 엘러리의 목소리는 조금도 그의 심중을 드러내지 않았다. "자, 내 계획은 이렇습니다. 나는 앞으로 며칠 동안 법원의 재판 기록을 검토할 겁니다. 그런 다음 우리는 저 옆집에 다시 모여 12년 전 사건을 구석구석 되짚어나갈 겁니다. 가능한 한 모든 행동, 모든 진실, 모든 기억을 검토할 겁니다. 나는 시간을 12년 전으로 되돌릴 것을 제안합니다. 그렇게 역사를 되풀이해보면, 12년 전에는 침묵했거나 속삭였던 얘기가 이번에는 큰 소리가 되어 나올지 모릅니다.

내가 지금 하겠다고 말한 것에는 위험 요소가 내재되어 있습니다. 이 사건에 연루된 사람들은 소수입니다. 그들은 혈연이나 결혼으로 서로 연결되어 있지요. 만약 베이어드 폭스가 그의 주장대로 무고하다면 우리는 아주 불쾌한 상황에 직면할 수도 있습니다."

그 점은 일부러 지적할 필요도 없었다. 그들의 눈빛이 이미 그런 가능성을 반영하고 있었다.

"한 가지 더 말씀드리죠." 엘러리가 데이비와 린다에게 미소를 지어보였다. "이 젊은 부부는 이 수사에 엄청난 기대를 걸고 있습니다. 제시카 폭스가 죽었을 때 이 두 사람은 사실상 어린아이였습니다. 이들이 어렸을 때 누군가가 저지른 기만행위로, 어른이 되어서도 다시 고통을 받는다면 그건 부당하고 옳지도 않습니다. 물론 기만행위가 확실히 있었다고 말하는 것은 아닙니다. 아직 그 점에 대해서는 잘 모릅니다. 하지만 만약 기만행위가 있었다면 지금 미리 말씀드리는데, 나는 진실을 알아낼 때까지 그것을 철저히 추적할 겁니다. 수사가 어느 방향으로 흘러가든지, 그 방향이 그 어떤 사람을 가리키든지 포기하지 않을 겁니다. 분명하게 알아들으셨죠, 여러분?"

아무도 대답하지 않았다. 그럴 필요가 없었다.

"감사합니다." 엘러리가 미소를 지으며 말했다. "자, 나는 이제 재판 기록을 철저히 검토하러 가야겠군요."

제2부

8
폭스의 사랑

다음 날 아침, 엘러리는 헨드릭스 검사와 약속한 시간보다 반 시간 전에 라이츠빌 마을을 다시 한 번 둘러보았다.

그는 하이 빌리지 근처를 어슬렁거리면서 별로 변하지 않았다고 생각했다. 우체국과 5, 10센트 균일상점의 뒤쪽, 제즈릴 도로 바로 옆에는 새로 주차장이 들어서 있었다. 워싱턴 스트리트의 켈튼 여관 옆에 붙어 있는 프로페셔널 빌딩에 입주한 앤디 비로바티안의 꽃 가게는 대문을 다른 페인트로 색칠했다. 에밀 포펜버거 치과는 사라지고 없었다. 홀리스 호텔은 아주 우아한 새로운 차양막을 내걸었다. 로어 메인 스트리트에 있는 가게들 그리고 어퍼 휘슬링 애비뉴에 있는 가게들은 창문 위에 다 푸른 별이 하나 혹은 둘 혹은 셋이 그려진 깃발을 내걸었다. 로어 메인 스트리트에서 라이츠빌 광장으로 접어드는 길목에 있는 〈라이츠빌 레코드〉의 통유리 현관문 뒤에서는 피니 베이커 영감이 예전처럼 인쇄기를 닦고 있었다. 루이 카한의 비주 극장 옆에 있는 아이스크림 가게에서는 앨 브라운이 라이츠빌 고등학교에 다니는 남녀 학생들에게 뉴욕 칼리지 아이스크림을 팔고 있었다. 그는 조금도 쉴 틈이 없어 보였다. 둥그런 광장에는, 마을의 창립자 제즈릴 라이트의 동상이 그 밑의 말구

유를 여전히 내려다보고 있었다. 그의 코와 팔에는 새똥이 가득 묻어 있었고 청회색 등 뒤로는 광장의 북단에 자리 잡은 존 라이트의 라이츠빌 국립 은행이 위용을 뽐내고 있었다. 은행은 붉은 벽돌 건물인 공회당 마당과 바로 붙어 있었는데 그곳은 스테이트 스트리트가 시작되는 곳이었다.

그 풍경은 엘러리가 이미 알고 있는 라이츠빌과 아주 유사했다. 제시카 폭스가 알았던 라이츠빌의 모습과도 별로 다르지 않을 것이라고 엘러리는 생각했다.

엘러리는 가로수가 아름다운 스테이트 스트리트 쪽으로 걸어갔다. 그리고 공회당을 지나 길 건너편의 카네기 도서관을 쳐다보았다. 미스 에이킨은 아직도 저 도서관의 관장으로 있을까? 박제된 독수리와 좀먹은 부엉이 박제 뒤에 근엄하게 앉아서? 이어 그는 '새로운' 카운티 법원 청사 앞에 도착했다. 이제 그 건물은 그리 새로워 보이지 않았다. 화강암 건물은 때가 타서 좀 지저분하게 보였고 도리아풍 기둥 위에 새겨진 청동 글자들은 너무 흐릿하여 광택제를 발라 닦아야 할 것 같았다. 그리고 널찍하고 평평한 계단은 통행인들의 발길에 약간 닳아 있었다. 하지만 구치소가 있는 맨 위층 창문의 철창은 예전과 똑같았다. 엘러리는 잠시 짐 하이트의 일그러진 얼굴이 그 철창 사이로 그를 내려다보는 공상에 빠졌다.

헨드릭스 검사는 노골적으로 냉랭한 태도를 보였다.

"그래요, 우리는 시골사람입니다." 라이트 카운티의 검사는 차갑게 말했다. "퀸 씨, 우리는 외부 인사가 우리 마을로 쳐들어와서 뒤흔들어놓는 것을 좋아하지 않습니다. 나는 까놓고 말하는 사람입니다. 베이어드 폭스는 12년 전에 공정한 재판을 받았어요. 그 사건은 이제 흘러간 역사의 한 부분이 되었습니다. 재수사라니 웬 말입니까?"

"여기에는 라이츠빌 혹은 베이어드 폭스의 향토주의보다 더 심각한 사안이 개입되어 있습니다, 헨드릭스 씨."

"뭐라고요?"

엘러리는 자신 있는 목소리로 재수사에 나서게 된 배경을 설명해주었다.

"글쎄요." 헨드릭스는 입술을 가볍게 오므렸다. "그거 참 괴상한 치료 방법이군요." 그는 자신의 적개심을 감추려 하지 않았다.

엘러리는 살짝 검사의 비위를 맞춰주었다. "데이비 폭스 대위는 현재 라이츠빌에서 가장 자랑스러운 인사입니다."

"물론 그건 그래요." 헨드릭스는 불편한 표정이었다. "그의 건강 상태에 대해서는 안됐다는 생각이 듭니다. 하지만 퀸 씨, 이거야말로 어두운 허공에서 무언가를 잡겠다는 생각에 지나지 않아요. 당신의 수사는 그 친구에게 치료는커녕 피해만 입힐 겁니다. 그의 희망을 잔뜩 부풀려놓았다가 그 뒤에 따라오는 실망감을 어떻게 감당하려고 그럽니까? 베이어드 폭스는 12년 전에 아내를 살해했어요. 그게 사건의 정확한 개요입니다. 당신은 시간 낭비를 하고 있는 거예요." 검사는 '내 시간'이라는 말을 추가하지는 않았지만, 어조로 보아 혀끝까지 그 말이 올라와 있었다.

듣기 거북한 타령이었다. 엘러리는 얼굴을 찌푸렸다. "그런데 헨드릭스 씨, 폭스 재판 때 라이트 카운티의 검사는 누구였습니까?"

"톰 가백."

"가백?"

"엘리 마틴 판사님의 수제자 중 하나였지요. 판사님은 제자들을 직접 뽑아 훈련을 시켰습니다. 좋은 검사를 만들어냈지요. 물론 톰도 그랬고요. 비록 내 취향은 아니지만."

엘러리가 생각에 잠기며 중얼거렸다. "가백이라고 하면, 또 다른 가백이 있었는데. 그렇지, 마이런! 마이런 가백은 하이트 사건의 증인이었습니다. 하이 빌리지 약국의 주인이었고. 폭스를 기소한 검사와 그 약사는 친척 관계입니까?"

"마이런 가백이 톰의 형이지요. 마이런은 더 이상 그 약국의 주인이 아닙니다. 그는 1942년인가 1943년 후반에 심장마비로 급사했어요. 그의 부인은 약국을 앨빈 케인에게 팔고 캘리포니아로 이사를 갔지요."

"앨빈 케인." 그 이름은 엘러리에게 약간의 반향을 일으켰다. 케인이라고? 이어 엘러리는 뉴욕의 엘러리 집에 찾아왔던 데이비 폭스의 곤혹스러운 얼굴을 기억해냈다. "좋아요, 헨드릭스 씨. 톰 가백을 만나서 얘기를 좀 해보고 싶은데, 어디로 가면 만날 수 있죠?"

"그건 백악관에 물어보시오." 헨드릭스 검사가 싱긋 웃었다. "톰은 몇 해 전에 워싱턴으로 소환되어 갔어요. 펜실베이니아 애비뉴에서 비밀 작업에 참여하기 위해서요. 마지막 들은 소식은 대통령의 특별 임무를 받들고 어디론가 파견되었다는 거였는데, 파리, 모스크바, 뭐 어디엔가 가 있겠죠. 촌놈이 크게 출세했지요!"

"부러운가보군요." 엘러리가 싱긋 웃었다. "그렇다면 헨드 릭스 씨, 당신이 폭스 재판의 공식 기록들을 내게 건네주겠군 요……. 그렇지요?"

검사는 양손을 번쩍 들어올렸다.

나흘 뒤 엘러리는 경찰서장 데이킨의 사무실에 들렀다.

"어떻게 된 건가 궁금했습니다." 서장이 말했다. "방에 틀어 박혀 벼락공부라도 했나요?"

"오래된 법원 기록을 살펴봤습니다."

"그래, 뭔가 좀 캐냈나요?"

"오류를 발견했느냐고 묻는 거라면 아닙니다."

데이킨 서장을 한숨을 쉬었다. "전에 말했잖아요, 퀸 씨. 그 건 아주 명백한 사건이었어요."

"물론 그랬지요." 엘러리는 서장의 창문 밖으로 맞은편의 라 이츠빌 전기전력 회사와 노던 스테이트 전화 회사 건물을 내다 보았다. 그가 기억하는 평온한 느릅나무 가로수가 그의 시야를 약간 방해했다. 그날 아침은 해는 나지 않고 거센 바람에 가로 수들이 흔들렸다. "뭐 원래부터 획기적인 어떤 걸 발견하리라 고는 기대하지도 않았어요. 그동안 죽 생각한 것은, 정말 건질 것이 있다고 한다면 도서관에 앉아서 기록을 읽는 것보다 발로 뛰어야 한다는 거였지요."

"베이어드는 어떻게 지내고 있습니까?"

"아주 잘 지내요. 하위 형사가 문자 그대로 명령을 받아들여 그와 같은 침대를 쓰겠다고 고집한 게 좀 그렇기는 하지만요. 에밀리 폭스는 그들에게 1층의 남쪽 방을 내주었습니다."

"베이어드로서는 좀 힘들겠는데요." 데이킨이 말했다.

"잘 견디고 있습니다. 처음에는 낯을 많이 가렸는데 지금은 상당히 느슨해졌지요. 그와 형 탤보트 사이에는 아직도 상당한 긴장감이 흐르고 있지만. 형제 사이에 뭔가 있었던 게 아닐까 하는 생각이 드는데, 혹시 무슨 일이 있었습니까?"

"아는 바 없는데요. 그들은 동업자로 잘 지냈어요."

"둘이 함께 사업을 했다는 건 알고 있습니다. 베이어드는 하루 종일 데이비에게 옛날 얘기를 해요. 물론 데이비가 집에 있을 때이고, 그런 경우가 그리 많지는 않지요. 데이비에게도 쉬운 일은 아닐 겁니다. 베이어드는 린다를 좋아해서 며느리와도 친해지려고 애쓰고 있어요. 에밀리의 과일 파이를 먹고서 살이 찌는 중이고요."

"에밀리가 만든 파이는 정말 맛있지요." 서장이 입맛을 다시며 말했다. "그래, 용건이 뭡니까, 퀸 씨?"

"이겁니다."

엘러리는 서장에게 타자기로 친 명단을 건네주었다. 데이킨은 그 명단을 천천히 읽었다.

"이 사람들을 만나겠다는 겁니까?"

"네."

"언제?"

"이제부터 불러야죠. 다 마을에 있는 사람들이죠?"

"물론. 심지어 흑인 청년 잭슨까지도 있습니다."

"기대 이상의 소식이군요. 그런데 왜 잭슨 앞에 '심지어'라는 말을 썼습니까?"

"헨리 클레이 잭슨의 아들 에이브는 원래대로라면 군대에 가 있어야 하거든요. 버틀링 잭슨 기억하죠?" 엘러리는 싱긋 웃으며 고개를 끄덕였다. 그는 존 F. 라이트 부부의 집에서 저녁 식사가 준비되었다고 알리던 버틀링(단추가 가득한) 제복을 입었던 헨리 클레이 잭슨을 기억했다. 그 모임에서 헐마이니 라이트는 마을을 처음 방문한 엘러리에게 그녀의 '절친한' 라이츠빌 친구들을 소개했었다. "그런데 에이브를 오늘 아침 스테이트 스트리트에서 봤습니다. 그래서 심지어라고 한 겁니다. 베이어드 폭스의 집에서 모임을 가질 겁니까, 퀸 씨?"

"그렇습니다. 분위기가 중요하니까요, 데이킨 서장님." 엘러리는 서장의 책상을 손가락으로 가볍게 두드리며 창밖을 다시 내다보았다. "진짜와 꼭 같은 분위기…… 좀 음침할 것 같긴 하지만요." 그가 중얼거렸다.

데이킨은 얼굴을 찌푸렸다. "꼭 그래야겠습니까?"

"그곳이 살인 현장이니까요."

"하지만 그 집은 무덤이에요, 퀸 씨. 12년 동안 폐쇄되어 있었습니다. 거기 들어가면 무덤 도굴꾼 같은 느낌이 들 겁니다."

"그럼 함께 도굴꾼의 느낌을 한번 맛보는 건 어떻습니까?"

서장은 놀라며 빤히 쳐다보았다.

"서장님, 다정한 친구가 필요합니다." 엘러리가 사정을 설명했다. "저는 두 젊은 부부를 죽음보다 못한 운명으로부터 구제하려고 이 일에 나섰어요. 하위는 사람을 울적하게 만드는 거머리나 마찬가집니다. 저에겐 친구가 필요해요, 데이킨 서장님."

데이킨은 자신의 차양모를 만지작거렸다. "차라리 멍청한 짓을 하다가 바보라는 이유로 목 매달리는 게 낫겠군요." 그가 어깨를 한 번 들썩하며 툴툴거렸다. "그래요, 퀸 씨. 가서 무덤을 파헤칩시다."

　그날 오전 늦게 엘러리는 불안해하는 한 무리의 사람들을 이
끌고 두 개의 잔디밭을 가로질러 비바람에 얼룩지고 갈라진 베
이어드 폭스 집의 대문 앞까지 걸어갔다.

　에밀리 폭스가 지난 12년 동안 '장신구함'에 보관해온 녹슨
열쇠로 그 대문을 여는 순간, 얼어붙은 삶의 인상 혹은 충격이
엘러리의 이마를 때렸다. 그가 대문을 밀어 열자 문에서 비명
소리가 났다. 집 전체가 12년의 기다란 잠에서 깨어나면서 비
명을 지르는 것 같았다. 그들이 통풍이 잘 안 되는 현관 홀로
걸어 들어가자 황폐한 느낌은 더욱 강해졌다. 마호가니 수납장
의 서랍은 방금 잡아당겨놓은 것처럼 혀를 내밀고 있었다. 그
서랍 안에는 개 가죽 줄, 젖빛 전구, 인사장, 세탁표, 가게 비용
을 휘갈겨 쓴 메모, 오래된 편지를 비롯한 서류 더미, 찢어진
머리그물, 공기들, 1932년 6월 2일자 〈라이츠빌 레코드〉, 찢어
진 스냅 사진 등이 들어 있었다⋯⋯. 그것은 아무리 잘 관리해
도 바뀌지 않는 살림집의 '혼란스러운' 서랍 모습이었다. 수납
장 옆에 있는 마호가니 의자의 보라색 줄무늬 공단 쿠션에는,
소년의 빨간 풀오버 스웨터가 놓여 있었다. 마치 어제 벗어서
무심히 던져놓은 옷 같았다. 린다가 그 스웨터에 가볍게 손을
대자 미세한 먼지가 풀썩 일어났다가 가라앉았다.

　오리엔탈 양탄자의 한쪽 구석은 12년 전 누군가의 황급한 발
걸음이 뒤집어놓은 그대로 접혀 있었다. 테이블 위 벽에 걸린
맥스필드 패리쉬의 복제품이 그들을 음울하게 내려다보았다.
그 벽의 벽지는 울퉁불퉁하게 튀어나와 있어서 바르게 펼 필요
가 있었다. 현관 홀 천장의 여러 구석들에 켜켜이 쌓여 있는 회

색 먼지와 여러 세대에 걸친 거미줄을 통해 그들은 죽어버린 집이 아니라 생명이 정지된 집을 보았다.

"어휴, 이 먼지." 에밀리 폭스가 말했다. "탤보트, 이 집을 좀 청소해야 한다고 그렇게 말했건만……."

탤보트는 주위를 돌아보며 머리를 흔들었다. 데이비와 린다는 서로 꼭 붙어 있었다. 마치 모습을 감추고 싶다는 듯이.

그러나 베이어드 폭스는 아연 생기가 살아났다. 그의 양 뺨은 빛났고 푹 들어간 두 눈은 반짝거렸다. 그는 거기 서서 주위를 돌아보면서 그 집을 냄새 맡고 또 그 분위기를 맛보았다.

"예전 그대로군요." 그가 즐거워하는 목소리로 말했다. "정말 똑같아요."

베이어드는 기이하게도 가볍게 달리며 현관 홀 왼쪽에 있는 아치 길로 갔다. 하위 형사는 깜짝 놀라 그를 뒤따르며 무거운 걸음걸이를 떼어놓았다. 하지만 곧 그는 우뚝 멈추어 섰다. 베이어드 폭스가 갑자기 서버렸기 때문이다……. 베이어드는 그 방을 찬찬히 들여다보았다. 그것은 평범하기 짝이 없는 전형적인 라이츠빌 힐의 거실이었다. 그러나 베이어드는 거기에 평생의 비밀이 간직되어 있는 것처럼 응시했고, 전생(前生)에서 돌아오기라도 한 듯 겸허하고 경탄하는 마음으로 그것을 바라보는 것 같았다.

베이어드 폭스는 거실 안으로 들어갔다. 나머지 사람들은 그의 분위기에 이끌려 거의 발끝으로 걸으며 뒤따라갔다.

데이킨 서장은 무언가를 중얼거리면서 창문과 셔터를 활짝 열었다. 산들바람이 흘러 들어왔고 시큼한 공기가 천천히 회전했다. 그러자 아까보다는 한결 숨쉬기가 편해졌다.

"나는 정확한 진상을 파악해야 합니다." 엘러리가 말했다. "비극을 당하기 직전에 제시카 폭스가 어떤 상태였는지."

그는 베이어드를 쳐다보았다. 그러나 베이어드의 두 눈은 프로방스풍 소파를 모방한 소파에 고정되어 있었다. 엘러리는 저 평범한 가구가 무슨 까닭으로 저 사람을 저렇게 끌어당기는 것일까 하고 생각했다. 이어 엘러리는 베이어드가 그 소파가 아니라 그 위에 있는 담요를 보고 있음을 깨달았다. 그것은 손재주가 좋은 여자가 직접 짠, 상상력 넘치는 작품이었다. 담요는 색이 바래지 않은 채 소파 위에 다소곳이 놓여 있었다. 먼지 속에서 누구나 눈을 한 번 깜빡인다면, 손재주가 좋은 창백한 여인이 그 담요를 덮고 누워 있는 장면을 쉽게 상상할 수 있을 것이었다.

"제시카는 여러 달 동안 아팠어요." 베이어드가 그 담요를 살펴보며 감회 어린 목소리로 말했다. "폐렴이었어요. 윌러비 박사님은 폐엽이 기능을 다하지 못한다고 했지요. 아내가 그 병으로 죽지 않은 게 신기할 정도였어요. 아내는 건강한 사람이 아니었습니다, 퀸 씨. 늘 몸이 약했어요. 기억나니, 데이비?"

데이비가 중얼거렸다. "기억나요, 아버지."

"진단을 받고 첫 두 달 동안은 아내에게 주간 간호사와 야간 간호사를 붙였어요. 주간 간호사는 미스 힝클리로, 교차로 근처에 사는 힝클리 집안의 식구였는데 아주 좋은 여자였어요. 제시는 그녀를 좋아했어요. 야간 간호사는 기억이 나지 않는데……."

"그루나이저 부인이었어요. 고집 세고 나이 든 뚱뚱한 간호사였지요."에밀리가 느닷없이 말했다. 이어 그녀는 얼굴을 붉히더니 그늘 속으로 숨어들었다.

"맞아요, 에밀리."베이어드가 고개를 끄덕였다. "그루나이저 부인이었어요. 제시는 그 여자가 늙은 마녀 같다고 했어요. 하지만 우리는 다른 사람을 구할 수가 없었고 그 여자는 좋은 간호사였어요. 윌러비 박사님도 그녀를 적극 추천했고요."

"잠깐만요."엘러리가 말했다. 그는 데이킨 서장에게 물었다. "윌러비 선생님과는 연락이 되었습니까?"

"박사님은 지금 병원에서 수술을 하고 있습니다."데이킨이 대답했다. "수술이 끝나면 곧바로 오기로 했습니다."

"계속 말씀하세요, 베이어드 씨."

"하지만 두 달이 지났을 때 나는 두 간호사를 내보냈습니다."베이어드가 담요를 내려다보며 말했다. "제시카는 아직 아팠지만 나는 그들을 해고했어요."

잠시 동안, 방 안의 침묵은 견딜 수 없을 정도였다.

"재판 기록에서 그걸 본 기억이 납니다."엘러리가 중얼거렸다. "하지만 왜 그랬는지에 대해서는 기억이 나지 않는군요. 어떤 특별한 이유가 있었습니까, 베이어드 씨?"

베이어드가 말했다. "네, 퀸 씨. 그럴 만한 이유가 분명 있었습니다."

방 안의 누군가가 숨이 막히는 듯한 소리를 냈다. 엘러리는 주위를 둘러보았다. 그들은 모두 긴장해 있었고 또 창백했다. 그는 데이킨을 쳐다보았다. 서장은 탤보트 폭스 쪽으로 고개를 약간 까닥거려 보였다.

"저는 간호사들을 해고했습니다."베이어드가 다시 부드럽게 말을 이어갔다. "그리고 직접 아내를 간호하기로 결심했습니다. 저는 형과 동업을 했기 때문에 힘든 시기에 내가 집에 머무르는 것에는 별 어려움이 없었습니다. 제시가 건강을 회복할 때까지는 형이 공장을 혼자서 운영하기로 합의를 보았습니다."

탤보트는 여러 번 기침을 한 후 입을 떼었다. "그렇습니다. 내가 두 사람 몫의 일을 했습니다." 그의 목소리에는 기이하게도 방어적인 기색이 느껴졌다.

"그래, 형이 두 사람 몫을 했지." 그의 동생이 대답했다.

엘러리는 양 손목이 따끔거리는 것을 느끼며 모임의 시작부터 월척을 낚았다고 느꼈다. 재판에서도 나오지 않았던 월척. 왜 그게 지금 나오는지 그는 알 수 없었다. 하지만 감방에서의 12년이 사람의 가치관을 바꾸어놓았을 수도 있고, 당시에는 침묵의 사유가 지금에는 발언의 사유로 바뀌었는지도 모를 일이었다.

탤보트는 계속 헛기침을 해댔다.

"저는 그날을 아주 분명하게 기억합니다……." 베이어드가 계속 말했다.

"어느 날 말입니까?" 엘러리가 물었다.

"제시카가 건강이 어느 정도 회복되어 1층으로 내려왔던 날 말입니다, 퀸 씨. 6월 초의 햇빛 따뜻한 오전이었어요……. 보자, 그보다 이르지는 않았어요. 맞아요, 6월 14일이었습니다. 그날을 다시는 잊어버릴 것 같지 않군요. 1932년 6월 14일."

엘러리는 주위를 돌아보며, 여기 있는 다른 사람들도 마찬가지일 거라는 생각을 했다.

"그 방은…… 지금 모습 그대로였습니다. 창문이 열려 있었고 커튼 사이로 바람이 불어왔습니다. 저는 아내를 저기 소파에 편안히 누였습니다. 그리고 몸에 담요를 둘러주었어요. 제시는 저 담요를 아주 자랑스럽게 생각했습니다. 자기가 손수 짠 거니까요."

"나도 기억해요." 린다가 중얼거렸다. 그녀는 좀먹은 스웨터를 가슴에 꼭 껴안은 채 데이비의 팔에 매달렸다. "내가 저 담요를 가지고 놀이터에 가도 되느냐고 숙모에게 물으면, 숙모는 이렇게 대답하곤 했지요. '꼬마야, 그러면 이 담요는 더러워지고 말 거야.' 그러고는 대신 내게 쿠키를 주었어요."

베이어드는 희미하게 미소를 지었다. "그래, 제시카는 물건을 더럽히는 것을 아주 싫어했지, 린다. 아무튼 그녀는 그날 아침 아주 기분이 좋았습니다. 두 뺨에 홍조가 가득했지요. 저는 그녀가 들떠 있다고 생각했어요. 2층 침대에 오래 누워 있다가 내려왔으니까요. 배가 고프지 않다면서 아침도 먹지 않겠다고 했는데, 그건 좀 걱정이 되었지요. 지난밤부터 아무것도 먹지 않아서 뭔가를 먹어 힘을 보충해야 했거든요. 달걀 몇 개나 버터 바른 토스트라도 하나 먹으라고 설득하려 하자 약간 화를 냈어요. 윌러비 선생님은 아내를 흥분시켜서는 안 된다고 말했었지요. 그래서 아내가 포도 주스를 마시는 것으로 타협을 보자고 하기에, 저는 그렇게 하자고 했습니다."

"당시 가사 도우미는 없었습니까?" 엘러리가 물었다.

"입주 도우미는 없었습니다, 퀸 씨. 하녀였던 메이지 르로슈가 그만둔 다음 제시는 다른 하녀를 구하지 못해 애를 먹고 있었어요. 그러다가 그만 폐렴에 걸렸지요. 그래서 저는 에밀리

에게 부탁해 로우 빌리지의 폴란드계 여자를 시간제로 고용했
어요. 일주일에 두 번 집에 와서 청소만 해주는 조건이었지요.
그러니까 주에 몇 시간 정도였어요. 다른 때에는 데이비와 제
가 음식을 준비하고 설거지를 했어요. 기억나니, 데이비?"

"기억나요, 아버지." 데이비가 대답했다.

"그날 오전에 시간제 도우미 아주머니는 집에 없었습니까?"

"없었습니다. 그 여자는 이틀 후에 오기로 되어 있었어요."

"증언에 의하면 데이비는 그날 초등학교에 가 있었군요."

"그렇습니다. 이곳의 학교는 6월말이나 되어야 여름 방학을
합니다. 집에는 아내와 저, 둘만 있었어요."

데이킨 서장이 기침을 했다. "실례합니다……. 그건 정확한
진술이 아닌데요, 폭스 씨. 당신의 형도 여기 함께 있지 않았습
니까?"

"아, 그래요. 저는 지금 제시카가 처음 1층으로 내려온 때를
말하고 있었습니다. 그래요, 탤보트 형도 조금 뒤에 여기 왔습
니다."

"재판 때도 나왔던 말이에요." 에밀리 폭스가 숨죽인 목소리
로 말했다. "그리고 말이 난 김에 말하자면, 나도 여기에 있었
어요. 제시에게 줄 꽃을 가지고 들렀어요……."

"먼저 나온 얘기를 먼저 합시다, 폭스 부인." 엘러리가 미소
지었다. "그래요, 그 부분에 대한 증언을 기억합니다. 당신의
남편은 시동생과 함께 공작기계에 대해 의논하려고 여기에 들
렀습니다. 그렇죠, 두 신사분?"

"아닙니다."

베이어드가 거의 으르렁거리듯이 말했다.

"아니라고요?" 엘러리가 말했다.

"네. 진실을 말하겠다고 약속했으니 앞으로 그렇게 하겠습니다. 그러니 형도 그렇게 하는 것이 좋을 거야! 이게 무슨 의미가 있는지는 몰라요. 하지만 퀸 씨는 진실을 원했고, 공작기계에 대해 의논했다는 건 진실이 아닙니다. 형, 나는 감옥에 12년 있었고 제시는 쌍둥이 언덕의 나무 밑에 12년 동안 잠들어 있어. 이제 그 어떤 것도 더 이상 우리를 상처 입힐 수 없어! 이게 형과 형수에게 상처를 준다면……. 그래도 할 수 없어, 형. 내게는 내 아들이 누구보다 소중해!"

탤보트는 놀라서 입이 떡 벌어졌다. 그는 뭔가를 말하려다가 입을 다물어버렸다. 얼굴은 아주 새빨갰고, 땀을 흘리고 있었다.

"그러니까, 베이어드 씨, 그날 아침에 당신 형이 사업 얘기를 하러 들른 게 아니라는 말입니까?"

"네, 형은 '우연히 들른' 게 아닙니다. 제가 형에게 전화를 걸었고 할 말이 있으니 꼭 좀 와달라고 부탁했습니다. 사업에 관한 말을 하려던 게 아니었습니다."

데이비는 완전히 얼빠진 표정으로 아버지와 큰아버지를 번갈아 처다보았다.

"하지만 탤보트 씨는 재판석에서 증언을 했어요." 엘러리가 부드럽게 말했다. "단지 사업 얘기를 하러 간 것이라고요. 베이어드 씨, 나는 당신 형의 증언에서 아무런 모순점도 발견하지 못했습니다."

베이어드는 빙그레 웃었다. 정말 폭스 같군. 엘러리는 생각했다. 사실이었다. 좀 기이한 방식이기는 했지만 그는 정말 여우처럼 보였다. "당시에 저는 그 정도로 해두는 게 좋겠다고 생각했습니다. 제시가 죽은 지 얼마 되지도 않은 시점에서, 에멀린 뒤프레 같은 수다쟁이가 아내의 무덤을 향해 던질 화젯거리를 법정으로 가져갈 마음이 없었거든요."

"다른 남자!" 에밀리가 소리쳤다.

탤보트의 아내는 다시 조용해졌다. 하지만 그녀는 간신히 자신을 추스르느라 얼굴이 점점 창백해졌다. 그녀가 그 말을 내뱉는 순간 마치 그녀 마음속 깊은 곳에서 댐이 터진 것 같았다.

그런 식으로 다른 남자의 문제가 거론되었다. 조사가 시작되려는 시점에서 언급된 것이다. 그는 뒤로 물러서서 자세를 낮추며 그 문제가 어떻게 전개되는지 살펴보기로 했다.

재판에서 제시카에게 '다른 남자'가 있었을 거라는 증언이 있었다. 검찰은 엄청난 노력을 기울였고, 또 다른 이유로 변호사 측에서도 노력했음에도 불구하고 '다른 남자'가 누구인지 신원을 캐내는 것은 실패했다. 결국 그 문제는 해결되지 못한 채 남겨졌다. 하지만 배심원들은 제시카 폭스와 베이어드 폭스 사이에 어떤 남자가 끼어들어 애정의 3각 관계가 형성되었음을 희미하게 눈치챘다. 그렇게 하여 남편이 아내를 죽이려고 하는 동기가 확실히 성립되었다. 그런 기본적 추정은 아무리 우둔한 예비 배심원이라도 충분히 할 수 있는 것이었다. 가장 중요한 사실은 실제로 드러난 아주 많은 증거였다. 즉, 오로지 베이어드 폭스만이 아내를 독살할 수 있다는 것이었다.

그런데 12년이 지난 지금 너무나도 느닷없게 그 '다른 남자'가 얼굴 없는 낯선 사람이 아니라 베이어드 폭스의 형임이 밝혀졌…… 이렇게 되면 아내 살해의 동기는 더욱 강력해지는 것이다.

엘러리는 축축하고 먼지 많은 방의 가장자리에 서서 그 퍼즐 조각들을 맞추어보았다. 베이어드는 마흔, 탤보트는 마흔 하나, 제시카와 에밀리는 각각 서른 다섯, 데이비와 린다는 열 살과 아홉 살. 함께 나란히 붙은 집에 살고 있는 두 가족. 정력적이고 잘생긴 탤보트 폭스와 수줍어하고 다소 빛바랜 에밀리, 그들의 집 안을 깡충깡충 뛰어노는 린다. 그리고 그 옆집에는 수척하고, 내성적이고, 키가 작고, 슬픈 기색의 베이어드 폭스와 키가 크고 열정적인 아내 제시카, 그리고 어린 데이비.

이런 그림이라면 결과는 너무나 뻔한데. 엘러리는 생각했다. 그러나 재판 기록으로나 당시 신문 기사로나 그런 3각 관계를 의심하는 시선은 없었다. 진실은 언젠가 나오게 되어 있어. 단지 때때로 시간이 좀 걸리는 것뿐이지. 엘러리는 생각했다.

베이어드가 조용히 말했다. "저는 꽤 초기에, 그러니까 제시카가 폐렴에 걸린 초기에 그걸 눈치챘습니다. 그녀는 밤에 때때로 정신착란에 빠졌어요. 한번은 야간 간호사인 그루나이저 부인이 옆방에서 쉬고 제가 아내를 맡았어요. 그런데 아내가 섬망 상태에서 형의 이름을 부르더군요. 왜 그러는지 금방 알아차릴 수 있었습니다. 저는 그 후에 탐정처럼 아내의 동정을 살폈습니다. 그리고 말했듯이, 가능한 한 빨리 두 간호사를 해고했습니다. 소문이 나는 것을 원하지 않았으니까요.

그리고 그런 일이 또 벌어졌습니다. 원하든 원하지 않든 저는 두 눈을 크게 뜨고 살펴볼 수밖에 없었습니다. 많은 것들을 주목하게 되었지요. 전에는 전혀 보지 못했던 사소한 것들 말입니다. 형은 제 아내에게 관심이 많았고, 아내는 남들이 보지 않는다고 생각하면 연모의 눈빛으로 형을 쳐다보았습니다. 형은 몰래 전화를 건다든지, 그런 사소한 일들을 했지요. 제시가 충분히 나았을 무렵에는, 저는 아내나…… 형에게 한 마디도 하지 않고서 사실상 그들의 관계를 전부 알게 되었습니다."

"지나간 일이야. 이미 흘러가버렸다고." 그의 형이 숨죽인 목소리로 말했다. "베이, 도대체 왜 그러는 거야? 그런 옛날 일을 다시 끄집어내서 어떻게 하겠다는 거야?"

"퀸 씨는 진실을 원해." 베이어드는 예의 그 여우같은 미소를 지었다. "그냥 진실을 말하는 거야, 탤보트 형."

"그래, 좋아!" 그의 형이 소리쳤다. "그게 진실이야, 빌어먹을! 좋아, 진실이라고!"

"그리고 나는 십수 년 동안 그런 사람의 집에서 살았군요." 데이비 폭스가 예의 그 음산한 미소를 지으며 큰아버지에게 말했다.

"데이비! 어머니, 제발……." 린다가 황급히 외쳤다. 그러나 에밀리는 먼지 가득한 의자 쿠션에 앉아서 창밖을 응시할 따름이었다.

"에밀리." 탤보트가 신음했다. 그는 아주 창백한 얼굴을 하고 갑자기 말을 멈추었다.

"저는 그 문제에 대해 아무런 말도 하지 않았고 행동을 취하지도 않았습니다." 베이어드가 부드러운 목소리로 계속 말했다. "제시카를 1층으로 데리고 내려온 그날 아침까지 말입니다. 저는 그녀를 데리고 내려오기 직전에 옆집의 형에게 전화를 걸어 공장으로 출근하는 길에 좀 들르라고 부탁했습니다. 주방문으로 살짝 들어오라고 당부하기까지 했지요. 그래야 제시카가 우리의 말을 엿듣지 못하니까요. 저는 아내를 소파에 눕히고 포도 주스를 타기 위해 주방으로 갔습니다. 제가 거기 있을 때 형이 뒷베란다로 들어왔고 우리는 담판을 지었습니다. 거기 주방에서."

그때 탤보트가 쉰 목소리로 말했다. "잠깐만, 베이." 베이어드는 기다렸다. 덩치 큰 형은 떨리는 손수건으로 이마와 목을 닦아냈다. "좋아. 이렇게 해서 밝혀지는군······. 에밀리, 내가 모든 이야기를 할게."

"듣고 있어요, 탤보트." 그의 아내가 잔디밭에서 시선을 떼지 않은 채 말했다.

"이런 일이 있다고 엉뚱한 생각을 해서는 안 돼. 모두들. 데이비, 나를 그렇게 노려보지 마라. 네 엄마와 나는······ 우린 피할 수가 없었어. 이런 일은 언제나 벌어진다, 데이비. 에밀리, 어쩔 수 없이 벌어진다고. 그렇다고 해서 남자가 비열한이 되고 여자는 창녀가 되는 게 아니야. 제시와 나 사이에는, 하늘에 두고 맹세하지만, 부끄러워할 만한 일은 추호도 없었어. 내 말 듣고 있어, 모두들? 당신들은 내 말을 믿어주어야 해. 에밀리, 당신도 꼭 믿어주어야 해! 당신은 나와 함께 오랜 세월을 살아왔으니 내가 어떤 사람인지 잘 알잖아. 때때로 줏대가 없기는 하지만, 그게 다야. 에밀리, 당신은 나를 잘 알아. 그리고 제시가 어떤 여자인지도 알아. 아주 멋진 숙녀였지. 우린 사랑에 빠졌어. 그리고 우린 그것에 대항해 맹렬하게 싸웠어. 하지만 승산 없는 싸움이었지, 결국 졌고. 하지만 서로 손목 한 번 잡아본 일도 없이 그렇게 끝났다고. 정말이야!"

탤보트는 말을 멈추었다. 그는 뭔가 더 말하려 했지만 곧 입을 굳게 다물었다.

에밀리는 씁쓸한 표정으로 양손을 무릎 위에 얹은 채 제시카
폭스의 창문을 통하여 하염없이 밖을 내다보았다.

"우리는 담판을 지었습니다." 베이어드는 그의 형이 마치 말
을 하지 않은 것처럼 자신의 말을 이어갔다. "바로 거기 주방
에서요. 저는 형에게 알아낸 사실을 말했고 형은 바로 시인했
습니다. 네, 그 점은 인정하겠습니다. 형은 당시 주방에서 방
금 전 형의 입으로 했던 그 말을 제게 했습니다. 저는 형의 말
을 믿었습니다. 화를 내진 않았으나 기분이 나빴습니다. 아무
튼 화를 내지는 않았어요. 탤보트는 제 형이고 좋은 사람인 데
다 야비하거나 부정직한 일을 제게 한 적이 한 번도 없었습니
다. 그러니 화를 낼 수는 없었어요."

그런데 왜 당신 목소리에는 흥분된 승리의 도취감이 가득할
까요? 엘러리는 생각했다.

그는 덩치 크고 잘생긴 형과 가냘프고 평범한 동생이 제시카
폭스의 주방에서 담판을 짓는 모습을 상상할 수 있었다. 그리
고 여기 이 거실에서 담요를 두르고 소파에 누워 휴식을 즐기
는 제시카 폭스도 눈앞에 그려볼 수 있었다. 어투와 억양까지
들리는 듯했다. 두 똑똑한 사람이 그것도 형제지간인 사람이,
까다로우면서도 놀라운 문제를 토론하는 모습도 보였다. 두 사
람은 그 문제를 너무나 불편하게 여긴 나머지 생각이 잘 돌아
가지 않았다. 그들이 빠져버린 그 난처한 곤경에서 어떻게 빠
져나가야 할지 막막해하면서, 아무런 과감한 조치도 하지 못하
고 뭉그적거리는 두 사람의 모습이 상상되었다.

아무튼 그게 베이어드가 그리고 있는 그림이었다. 그리고 탤

보트는 열심히 고개를 끄덕거렸다.

"나는 베이어드에게 제시카를 사랑한다고 말했습니다." 탤보트가 다시 끼어들었다. "이 사태를 어떻게 해야 좋을지 모르겠다는 말도 했어요. 우리의 관계에 대해 제시도 혼란을 느끼고 있었지요. 우리 두 사람은 서로 가족을 생각해야 했으니까요……."

"고맙네요, 탤보트." 에밀리가 말했다.

탤보트는 얼굴을 붉혔다. "두 집이 나란히 붙어 있다는 게 상황을 더 어렵게 만들었어요." 그는 끈덕지게 말했다. "게다가 베이와 나는 사업 관계로 연결되어 있었어요. 제시와 나는 언제까지 거짓말을 하면서 살아갈 순 없었고 또 서로 떨어져서 살 수도 없다고 느꼈어요. 그런 데다 두 집이 나란히 붙어 있다 보니 날마다 만나게 되었지요. 정말 생지옥이었습니다. 나는 오히려 베이가 먼저 말하자 가슴 위의 돌덩어리를 내려놓은 것처럼 시원했습니다. 그런 심정까지 동생에게 말했습니다."

"우리는 담판을 지었습니다." 데이비의 아버지가 꿈꾸듯이 말했다. "우리는 제시에게 결정을 내려달라고 말하기로 동의했습니다. 제시가 어떤 결정을 내리든 탤보트 형과 저는 그에 따르기로 했지요."

하지만 두 형제 중 한 사람은 따르지 않았군, 아니면 둘 다 따른 건가. 엘러리는 생각했다.

베이어드가 계속 말했다. "우리는 제시가 완전히 회복될 때까지는 아무런 조치도 취하지 않기로 동의했습니다. 단 그녀가 그 전에 스스로 먼저 어떤 조치를 취한다면 거기에 따르기로 했고요." 그는 피곤한 듯이 두 엄지손가락으로 눈꺼풀을 눌러

댔다. "탤, 우리가 합의한 것이 정확하게 뭐였지요?"

"제시가 너와 함께 있기로 결정한다면, 베이." 탤보트가 중얼거렸다. "나는 공장의 지분을 너에게 팔아버리고 가족과 함께 라이츠빌에서 떠나기로 했어. 아예 주 바깥으로 말이야. 완전히 새롭게 시작하려고. 아예 처음부터."

"그래, 바로 그거였어요." 베이어드가 고개를 끄덕였다. 그걸 그가 어떻게 잊어버릴 수 있겠는가? "그리고 그녀가 형을 선택한다면 제가 물러서기로 했어요. 형에게 내 지분을 넘기고, 이혼한 후 데이비와 함께 떠나기로 말입니다."

"그럼 나는요?" 에밀리가 물었다. "나와 린다는 어떻게 되는 거예요? 당신 두 사람은 그 점에 대해서도 합의했나요?"

그녀의 남편이 중얼거리듯 말했다. "만약 제시가 베이를 떠나 나와 결혼하기로 결정을 내리면…… 에밀리, 그때는 물론 당신과 리니에게도 충분한 보상을……."

"고맙군요." 에밀리가 말했다. "정말 자상하기도 하셔라." 그녀는 계속 햇빛이 비치지 않는 세상을 내다보았다.

"에밀리! 난 어쩔 수가 없었어!"

"어머니." 린다가 말했다. "어머니, 제발."

"난 어쩔 수가 없었다고, 에밀리!"

그의 아내는 창 쪽에서 고개를 돌렸다. "어쩔 수 없었겠지요, 탤보트. 하지만 당신이 그걸 내게 비밀로 하지 않았었다면 좋았을 텐데. 이 오랜 세월 동안 감추지 않았더라면 좋았을 텐데. 당신이 그때 베이어드와 제시에게 정직하게 털어놓은 것처럼 내게도 왜 털어놓지 않았나요?"

"하지만 에밀리, 그 직후 제시는 죽었어. 당신의 마음에 상처를 주는 것이 무슨 소용이 있겠어?"

"그래도 당신이 말해주었더라면 좋았을 거예요."에밀리가 말했다.

"그녀가 죽었을 때 나는 내가 한 일이 아주 잘못된 일이라는 걸 깨달았어……."

"아, 그래요?"

"잘못되었지만 옳기도 했어. 어떻게 남자가 그런 혼란에서 손바닥 뒤집듯이 빠져나올 수 있겠어? 잘못되었지만 옳기도 한 거야! 그 후 베이가 감옥에 들어가고……." 하지만 탤보트는 그 얘기를 더 이상 이어가지 않았다. "나는 보상을 해야 된다고 생각했어. 잘못된 부분에 대해서 말이야. 어떤 식으로든. 그래서 베이의 아들을 우리 집에 데려와서 내 아들처럼 키움으로써 보상을 하려 했어. 그리고 에밀리, 당신에게는 당신이 기대하는 그런 남편이 되려고 노력했어. 그래서 에밀리, 그런 남편이 되었어. 그건 당신도 알지……."

"탤보트, 당신은 제시를 많이 사랑했나요?"그녀의 목소리에는 궁금증이 배어 있었다.

그는 얼굴이 핼쑥해 보였다. "에밀리, 그건 묻지 말아 줘……."

"여전히 그녀를 사랑하나요?"

"어떻게 그런 질문을 할 수가 있어?"그가 소리쳤다. "벌써 12년이나 지났어, 에밀리!"

"탤보트, 당신은 특정한 문제에 대해서는 늘 심약한 사람이었죠."그의 아내가 경멸하는 듯한 어조로 말했다.

그는 시선을 떨어뜨렸다. 불편한 침묵 속에서 그들은 어떤 모순을 의식했다. 그들은 멍하니 주위를 둘러보았다. 하위 형사였다. 그는 그 두터운 입술을 오므리고 경쾌하면서도 조롱하는 듯한 곡조 없는 휘파람을 불고 있었다.

"에밀리, 우리는 당신에게 아무 말도 하지 않기로 결정했어요." 베이어드가 말했다. "적당한 시간이 올 때까지. 어쩌면 그런 시간이 오지 않을 수도 있었지요. 제시가 나한테 남기로 결정할 수도 있었으니까. 그러면 당신은 진상을 아예 알 필요가 없게 되는 거죠. 에밀리, 이제 와서야 당신이 진상을 알게 된 것에 대해서는 미안한 생각이 듭니다. 이렇게 오랜 세월이 흘러간 후에 말입니다. 하지만 퀸 씨는 진실을 원했어요."

에밀리 폭스는 죽은 제시카의 의자 양쪽 팔걸이를 꽉 움켜잡았다. "당신, 남자들." 그녀가 열띤 목소리로 외쳤다. "당신들만이 모든 것을 알고 있다고 생각하죠? 여자를 당신들 마음대로 만들었다 부쉈다 할 수 있다고 생각하죠? 온 세상이 당신들 위주로 돌아간다고 생각하죠? 지금 알게 되었다고, 베이어드? 나는 탤보트와 제시카에 대해 12년 동안 알고 있었어요!"

"당신이…… 뭐?" 탤보트 폭스는 맥없는 목소리로 아내에게 물었다.

"탤보트, 내가 눈 멀고 귀 먼 여자처럼 보여요?"

"하지만 당신은 한 마디도 하지 않았잖아. 당신은 그런 기색을 단 한 번도 내보이지 않았어……."

그녀는 마치 허리가 아픈 사람처럼 등을 곧게 세우고 의자에 앉았다. 양손은 무릎 위에 맥없이 놓여 있었다.

"난 당신을 사랑했던 것 같아요."

탤보트는 바로 옆의 창문으로 걸어가서 거실 쪽에 등을 돌리며 섰다.

베이어드가 깊은 한숨을 내쉬며 말했다. "아무튼 그게 그날 아침 제가 제시카를 위한 포도 주스를 준비하면서 주방에서 탤보트 형과 합의했던 내용입니다."

"아, 그렇군요." 서늘한 목소리에 모두가 깜짝 놀랐다.

구석의 그늘진 곳에 서 있던 엘러리의 목소리였다. 그는 여태껏 그 구석에 조용히 서서 오가는 얘기를 경청하고 있었다.

"그래요." 그가 다시 말했다. "포도 주스 얘기가 이렇게 길어졌군요.

9
폭스글로브*

"퀸 씨, 잠깐 멈춰요." 데이킨 서장이 쿵쿵 소리를 내면서 방을
가로질러 갔다. 서장이 돌아왔을 때, 그의 뒤에는 덩치가 크고
가슴이 두꺼운 노의사 마일로 윌러비 박사가 서 있었다.

"틸털이 승용차로 여기까지 오시느라 고생 좀 하셨겠습니다,
박사님." 서장이 말했다.

"최대한 빨리 오려고 노력했소, 데이킨." 박사가 으르렁거리
며 말했다. "아침에 맹장 수술을 세 건이나 했지요. 그런 일은
늘 포도송이처럼 쌍으로 몰려온다니까요. 아, 퀸 씨, 반갑습니
다!"

"안녕하세요, 박사님." 둘은 따뜻한 분위기로 악수를 나눴
다. 엘러리는 직설적인 노의사를 좋아했고, 다시 그를 만나니
반가웠다. 박사의 어깨는 처져 있었다. 박사는 방 안을 한번 둘
러보았는데, 엘러리의 눈엔 박사가 평소의 그답지 않게 불편함
을 느끼는 것처럼 보였다. 윌러비 박사도 옛날 생각을 하니 착
잡할 거라고 엘러리는 생각했다.

"안녕하시오, 베이어드." 박사가 조용히 말했다.

---

* Foxglove, 속명은 디기탈리스. 잎에서 추출되는 디기톡신과 디톡신은 심장 수축 세기를 증가시키고 심장 박동
을 조절하는 약으로 쓴다.

"안녕하세요, 월러비 박사님."

둘 중 누구도 악수를 청하지 않았다.

박사는 다른 이들에게 목례를 건넨 뒤 엘러리에게 말했다. "불쑥 나타나 방해할 생각은 아니었소."

"박사님, 우리가 무엇을 하려는지 알고 계시죠?"

"데이킨 서장이 전화할 때 말해주긴 했지요."

"여기 잠시 머무르실 수 있습니까?"

"안타깝지만 그럴 수는 없을 것 같소. 몇 군데 들려야 할 데가 있고, 근무 시간에 맞춰서 병원에도 가봐야 합니다."

"오후 내내 거기 계실 건가요?"

"로우 빌리지의 말라코우스키 부인이 오늘 쌍둥이를 출산할지 내일 출산할지 잘 몰라요. 그걸 확실히 알면 내가 언제까지 병원에 있을지 자신 있게 말해줄 텐데."

"그렇군요, 박사님. 나중에 전화드리죠."

월러비 박사는 엘러리가 보기에 상당히 안도하면서 베이어드 폭스의 집을 떠났다. 얼마 지나지 않아 사람들은 박사의 차가 바쁘게 언덕길을 내려가는 소리를 들었다. 에밀리 뒤프레보다도 훨씬 더 라이츠빌 사람들의 비밀을 많이 아는 노의사가 제시카 폭스의 죽음에 대해 뭔가 알고 있지만 발설하지 않는 게 있을까? 그럴 법하지 않은 소리였다. 그래도 엘러리는 그것을 마음에다 메모해두었다.

"다시 하던 일을 계속하지요." 엘러리가 활기차게 말했다. "베이어드 씨, 아내에게 줄 포도 주스를 준비하기 위해 12년 전 아침 주방에 들어갔을 때, 정확히 무슨 일이 있었습니까? 자세히 얘기해보시죠."

"퀸 씨, 그렇지만 증언 기록을 모두 읽어보셨다면⋯⋯."

"베이어드 씨, 당신을 통해서 모든 걸 다시 듣고 싶습니다. 티끌 하나까지도 말입니다."

베이어드가 얼굴을 찌푸렸다. "저는 형이 들르기 전 주방에 들어갔습니다. 포도 주스 병이 있나 보려고 생필품 찬장을 들여다봤는데 다 마셨더군요. 제시카는 포도 주스를 좋아했고, 정말 많이 마셨습니다. 특히 여름에는요. 저는 슈퍼에 포도 주스 1리터 병 여섯 개들이를 보내달라고 곧바로 전화를 걸었어요."

"로건스 마켓이군요. 슬로컴 스트리트와 워싱턴 스트리트의 교차로에 있는?"

"그래요. 식료품이라든지 고기는 전부 거기서 샀죠. 전화로 주문을 마친 뒤에, 아, 우리 집 전화기는 부엌 바로 밖의 거실에 있었습니다. 여하튼 부엌으로 되돌아가서 주전자와 잔을 내려놓으려 했습니다. 그러던 중 형이 들어와서 이야기를 하기 시작했지요."

"그러면 부엌에서 주전자와 잔을 앞에 두고 탤보트 씨와 함께 4자 관계에 대해서 담판을 지었군요. 로건스에서 신선한 포도 주스가 배달되기를 기다리면서요. 에밀리 폭스 부인. 재판 기록에 의하면 부인도 포도 주스가 배달되기 직전에 여기 잠깐 들렀는데요."

에밀리가 창가에서 돌아섰다. "뭐라고 하셨죠?"

"부인께서 이 집에 들르셨다는 이야기를 했습니다. 아까 그렇다고 말했죠?"

"아, 그래요." 에밀리가 말했다. "뒷마당에서 흰색과 보라색 라일락 몇 줄기를 뽑았죠. 제시카가 아침에 1층으로 내려온다는 것을 알고 말이에요. 갓 뽑은 꽃을 가져다주면 좋아할 거라고 생각했어요. 그래서 꽃다발을 들고 들어갔죠."

"그래서 이 집에 들어왔군요. 잠시만요, 폭스 부인, 앞문을 통해 들어오셨나요? 아니면 뒷문으로?"

"뒷문이에요, 퀸 씨. 부엌을 통해서였죠."

"그렇다면 두 남자분이 이야기하는 걸 분명히 보셨겠군요?"

"그래요." 에밀리는 등을 좀 더 꼿꼿이 세웠다. "놀랐죠. 그이가 공장에 바로 갈 거라고 생각했으니까요. 그런데 시동생과 몇 가지 얘기할 게 있어서 들렀다고 하더군요. 시동생도 딱히 다른 말을 하진 않았고요. 그래서 거실로 갔죠. 제시카가 거기 누워 있다고 해서요. 제시카는 담요를 양다리 위에 걸치고 소파에 누워 있었어요. 라일락 꽃다발을 보더니 상당히 호들갑을 떨면서 좋아했어요. 나는 위층의 욕실로 가서 화병에 물을 채워 내려와 거기다 라일락을 꽂아뒀어요. 그런 후 잠시 이야기를 나눴죠."

"무엇에 대해서요, 폭스 부인?"

"자세한 기억은 나지 않아요, 퀸 씨. 사소한 거였어요. 확실해요."

엘러리가 미소를 지었다. "12년 전 증인석에서 증언했을 때 부인께서는 이렇게 대답했습니다. 오랜 투병으로 몸은 좀 어떠냐는 이야기와 진작 했어야 하는데 자꾸 미룬 봄맞이 대청소에 대한 이야기, 서로 싸울 나이인데도 린다와 데이비가 사이좋게 잘 논다는 이야기—이때 데이비와 린다는 서로의 손을 몰래 쥐었다—를 했다고요. 또 남자들끼리 무슨 말이 저리 많으냐고 투덜거렸다고 했습니다."

"오래전 일이에요." 에밀리가 말했다.

"말씀하신 것처럼 사소한 것이었습니다, 부인. 그 뒤로 자리를 뜨셨나요?"

"그랬죠. 몇 분 머물지 않았으니까요."

"나가실 땐 어느 문으로 나가셨습니까, 혹시 기억하시나요?"

"앞문이었던 것 같은데요……. 그래요, 앞문이에요." 엘러리가 고개를 끄덕였다. 그녀는 과거에도 그렇게 증언했었다. "부엌을 통해서 나가지는 않았어요. 남자들끼리 할 얘기가 있다기에 방해하지 않으려고. 아무튼 그렇게 기억해요."

"아, 그게 이유였던가요? 그나저나 부인, 이건 기억하십니까? 이 집으로 들어올 때, 그러니까 뒷마당을 거쳐 부엌문으로 들어올 때 말입니다. 부엌 창문이 열려 있었나요, 아니면 닫혀 있었나요?"

"부엌 창문이요?" 에밀리가 고개를 저었다. "정확한 대답은 못 드리겠네요, 퀸 씨."

"이해합니다." 엘러리가 미소를 지으며 말했다. "사소한 사항이기는 합니다만, 그래도 한번 잘 생각해봐주십시오. 예를 들자면, 부엌문에 다가가면서 남편과 시동생의 대화를 들을 수 있었나요? 뒷마당이나 뒷베란다에서?"

"잠깐만요, 목소리를 들은 것 같아요. 어느 정도 웅얼거리는 듯한 소리였어요. 무슨 내용인지는 잘 알아들을 수 없어도 목소리가 들리는 그런 경우가 있잖아요?"

베이어드가 갑작스레 말했다. "창문은 열려 있었어요. 제가 생생하게 기억합니다. 밤에 비가 내려서 새벽 3시에 일어나 집

안의 창문들을 닫았었거든요. 그래서 아침에 제일 먼저 그 창문들을 열었습니다."

"그렇다면 창문은 열려 있었군요." 엘러리가 말했다. "그게 궁금했습니다." 엘러리는 왜 그것이 궁금했는지 설명하지 않고 상냥한 어조로 말을 이어나갔다.

"우리 모두 부엌으로 가야 할 것 같군요. 거기서 조사를 계속해봅시다."

라이츠빌의 부인들은 자신들의 부엌에 대해 자부심을 가지고 있다. 심지어 힐 지역에 사는 부인들도 예외는 아니다. 그들은 가로 세로 10인치의 도시형 박스 같은 주방은 진심으로 사절한다! 라이츠빌에서 부엌은 가족의 난로이자 은신처—말하자면 간이 술집—였고 그런 만큼 넉넉한 크기로 지어졌다. 부인들은 큰 레인지와 큰 냉장고, 그리고 큰 탁자와 많은 의자를 들여놓고 넉넉한 살림을 자랑하며, 요리용과 살림용 도구로 찬장과 벽장을 갖춘다. 그러고도 약간의 예비 공간까지 마련해둔다.

제시카가 사용하던 부엌은 마을에서 가장 까다로운 부인들도 감탄하며 인정하던 것이었다. 지난 12년 동안 방치되어 먼지가 끼고 녹이 슬고 변색이 되긴 했지만 부엌은 이 집 주부의 단단한 살림 솜씨를 잘 보여주었다. 한쪽의 기다란 벽에는 전부 찬장을 설치했고, 그 밑으로는 도자기로 만든 두 개의 싱크대가 자리 잡고 있었다. 찬장은 수많은 서랍들로 세분되어 있었고, 위쪽은 진열장으로 썼는데, 진열장은 주부의 기쁨이라고 할 수 있는 유리잔 군단이 전면에 배치되어 있었다. 선반은 부채꼴 모양의 푸른색과 흰색이 섞인 유포*로 섬세하게 가장자리가 장식되어 있었다. 그 위로는 접시들이 평범한 것과 세트인 것으로 구분되어 있었고, 유리 제품들도 평범하거나 일상적인 용도의 것, 좋거나 일요일에 쓸 용도의 것, 특별한 행사에 쓸 것 등으로 구분되어 있었다. 이 외에도 조리 도구, 향신료, 양념, 피클, 허브, 시리얼, 그 외에 집안일에 필요한 도구들이 끝없이 채워져 있었다. 라이츠빌의 부인들은 이런 주방 용구들이 하나라도 빠진다면 그만큼 주방이 초라해진다고 생각할 것이다.

반대편 벽에는 두 개의 오븐과 여섯 개의 가열기를 가진 거대한 흰색 레인지가 있었다. 약 1.8미터 높이의 양문 냉장고 역시 같은 벽에 세워져 있었다. 도자기 재질로 상판을 덮은 넓은 식탁은 부엌의 핵심이었고, 흰색으로 칠해진 나무 의자들은 그 밑에 가지런히 놓여 있었다.

두 개의 싱크대 위로는 두 개의 창문이 있었는데, 이웃인 탤보트 폭스 집의 한쪽 면이 환히 보였다. 방충망을 설치한 문은 뒷벽에 붙어 있었다. 데이킨 서장은 문과 창문을 열어보았고 사람들은 녹슨 방충망을 통해 이제는 잡초가 웃자라 덤불숲이 되어버린 뒷베란다와 정원, 그리고 그곳을 통해 탤보트 폭스의 집 뒷편 정원으로 나가는 구불구불한 길을 볼 수 있었다.

"잠시만, 린다, 여길 좀 봐. 아버지도요." 데이비 폭스가 희미하게 웃었다. "예전에 내가 하던 체커 게임이 그대로 있네."

데이비가 말한 체커는 부엌 탁자에 놓여 있었고, 게임에서 사용되는 검은색과 붉은색의 원반은 여전히 게임판 위에 남아 있

---

* 물기가 스며들지 않도록 한쪽에 기름막을 입힌 천. 과거에 특히 식탁보로 쓰였다.

었다. 12년 전에 시작된 게임은 아직도 끝나지 않은 상태였다.

"기분이 이상해." 린다가 약간 몸을 떨면서 말했다.

"사건이 있기 전날 우리가 함께 했던 게임이었지, 데이비." 베이어드가 미소를 지으며 말했다. "네가 자러 가는 바람에 중간에 그만뒀잖니."

"기억이 흐릿해요, 아버지."

"네가 날 이기고 있었는데 일부러 게임을 중단했다고 난리를 쳤단다. 실제로 네가 이기고 있었지." 베이어드가 여전히 희미하게 미소를 지으며 주변을 둘러보았다. 레인지 위에 놓인 구리 바닥 냄비는 세월의 흔적이 묻어 파르스름한 검은색을 띠고 있었다. 냉장고 손잡이도 변색되어 이제는 청동색이었다. 온기 없는 열두 번의 겨울을 나면서, 습기로 인해 푸른색과 흰색이 섞인 리놀륨 바닥은 뒤틀리고 부서졌다. 하지만 베이어드는 그것을 알아채지 못한 듯했다. 그는 즐거운 듯 희미한 미소를 띠면서 주변을 계속 둘러보았다.

"이 창문, 이 방충망." 엘러리가 말했다.

방충망은 창문의 크기와 거의 같은 것으로, 창문을 열고 닫는데 불편함이 없도록 덧창같이 창문 안쪽에 고리로 단단히 고정되어 있었다.

"12년 전 아침에 이 창문에 달려 있던 방충망과 같은 겁니까?"

"그래요." 데이킨 서장이 말했다. "부엌의 방충망이나 이 집에 달린 다른 망들이 외부인의 손을 탔다고는 생각하지 않아도 좋소. 정원이나…… 저기 접근로에서…… 누군가가 여기로 다가와 손을 댄 일은 없었어요. 장담하지요. 내가 수사를 하면서 첫 번째로 직접 조사했던 거니까."

엘러리는 부엌 창문이 열려 있었는지 아닌지에 관한 문제는 거두어들였다. "좋아요. 베이어드 씨, 진술을 계속하도록 하죠. 그날 포도 주스를 준비하려고 사용했던 주전자와 잔이 여기에는 없는 것 같군요."

"재판에서 증거로 썼으니 없겠지." 하위 형사가 말했다. 말하고도 자기 목소리에 놀란 기색이 역력했다. 그는 약간 겸연쩍은 듯했지만 자기를 방어하려는 듯 곧 비아냥거리는 표정을 지었다.

엘러리는 하위를 무시했다. "베이어드 씨, 사용했던 것과 같은 주전자나 잔이 있습니까?"

"주전자는 없을 겁니다." 베이어드가 대답했다. "그건 차가운 음료를 마실 때 쓰는 세트였거든요. 주전자 한 개에 잔 여덟 개였죠. 그렇지만 분명히 선반에 같은 잔 몇 개는 있을 겁니다." 베이어드는 싱크대 바로 옆에 있는 판유리 진열장을 재빨리 훑어보았다. "그래요, 여기 있어요. 퀸 씨."

엘러리는 진열장으로 가서 열어보려 했지만 잘 안 열렸다. 습기가 나무틀을 부풀게 만들어 꽉 닫혀 있었다. 데이킨 서장이 만능 주머니칼을 꺼내 틈 사이에 끼워 넣어 비틀면서 간신히 진열장 문을 열 수 있었다.

엘러리는 베이어드가 가리킨 잔을 하나 꺼내 입김으로 표면의 먼지를 훅 불어 날렸다. 짙은 보라색에 불투명한 묵직한 잔이었다. 넓은 잔의 표면에는 화려한 포도송이 무늬가 전체적으로 그려져 있었다.

엘러리는 생각에 잠긴 채 그 잔을 들어올렸다. "그날 아침 사용했던 것과 똑같은 잔입니까, 베이어드 씨?"

"그래요. 같은 세트 안에 들어 있던 거니까."

"주전자도 같은 색과 디자인이었나요?"

"그렇습니다."

"당시 사용한 주전자가 없다는 점이 참 아쉽군요. 그럼 대체품으로 임시변통을 하기로 하죠. 여기 이게 괜찮겠군요."

엘러리는 평범한 2리터짜리 투명 유리 주전자를 꺼내 먼지를 불어낸 뒤 베이어드에게 보라색 잔과 함께 넘겼다.

"이제 이 진열장에서 꺼낸 보라색 음료 세트의 주전자와 잔으로 무엇을 했는지 있는 그대로 보여주세요."

베이어드는 주전자와 잔을 싱크대의 식기 건조대 위에 내려놓았다.

"음, 그건 아닙니다." 엘러리가 미소를 지으며 말했다. "증언에서는 진열장에서 주전자와 잔을 꺼내자마자 싱크대에서 씻었다고 되어 있던데요."

베이어드의 얼굴이 붉어졌다. "그랬나요? 잊어버렸습니다."

"괜찮습니다, 오래전 일이니까. 그런데 주전자와 잔만 내려놓았습니까?"

"네, 그랬습니다."

"건조내나 싱크대에 다른 것들이 있지는 않았나요?"

"아니요. 데이비와 제가 아침을 먹었던 그릇들은 데이비가 학교에 간 후 씻어서 닦아뒀습니다. 제시카가 1층으로 내려오기 전에요. 건조대에는 주전자와 잔 이외에 아무것도 없었어요."

엘러리는 그 자리에 서서 자신이 검토했던 재판 기록과 베이어드의 말을 비교해보았다.

제시카 폭스는 그날 아침 식사를 하지 않았다. 마지막 식사는 전날 저녁이었고 남편, 아들과 같이 먹었으며 세 사람은 그 식사로 인해 탈이 나지는 않았다. 다음 날 아침 그녀는 상쾌하고 원기 왕성한 기운으로 일어나 아래층으로 내려오는 모험을 시도했다. 몇 달 만에 처음이었다. 이후 제시카가 유일하게 자기 뱃속으로 집어넣은 것은 베이어드가 준비한 포도 주스뿐이었다.

두 시간 뒤에 제시카는 급격하게 몸이 안 좋아졌고 구토 증세를 보였다.

포도 주스 말고는 입에 댄 것이 아무것도 없었고 그건 제시카 본인에 의해 확인되었다. 그녀를 담당했던 윌러비가 그것을 증언했다. 의사가 베이어드의 넋 나간 호출에 응답해 이 집에 도착했을 때 그녀는 그 중대한 정보를 박사에게 직접 말했다.

윌러비 박사는 이것을 살인 사건이라고 의심하지 않았다. 하지만 나중에 증거를 모아보니 제시카가 디기탈리스 중독으로 사망했다는 것에 의심의 여지가 없었다. 적어도 다수의 의학 전문가들이 그렇게 생각했다.

약의 출처는 간단했다. 위층의 욕실에 있는 의약품 상자에는 약이 거의 가득한 병이 있었다. 제시카의 심장은 평소 강한 편이 아니었고 게다가 폐렴을 견뎌내며 더욱 약해졌다. 윌러비는 며칠 동안만 복용할 디기탈리스 팅크제를 처방했다. 그 팅크제는 보라색 디기탈리스에서 추출한 짙은 녹색의 강력한 심장 자극제였다. 심장병 환자의 허약해진 박동 능력을 강화하기 위해 복용하는 약이었다. 제시카는 윌러비 의사의 처방을 철저히 따랐으며 디기탈리스 투약은 2주 전인 독립기념일부터 끊었다고 의식이 또렷할 때 의사에게 말했다.

그렇지만 제시카 폭스가 보인 증상을 분석한 공식적, 비공식적 의사 소견에 따르면, 제시카 폭스의 죽음은 디기탈리스의 과다 복용 때문이었다.

다시 말해 제시카는 일상적으로 '약을 복용하는' 과정에서 우연히 약을 많이 먹어 사망에 이른 것이 아니었다. 그날 아침 제시카가 먹거나 마셨던 뭔가에 누군가가 일부러 약을 과도하게 넣은 것이었다. 제시카 본인의 승언으로는 그날 아침 먹거나 마신 것은 포도 주스뿐이었으므로, 디기탈리스의 과다 복용은 포도 주스를 통한 것이었다. 그것은 움직일 수 없는 사실이었다.

그러니까 질문은 간단했다. 정확히 어떻게, 치사량의 디기탈리스가 포도 주스 속에 들어가게 되었는가? 사건의 핵심은 바로 이 질문으로 요약되었다.

10
폭스와 포도

엘러리가 데이킨 서장에게 물었다. "로건 씨와 에이브러햄 잭슨도 도착했습니까?"

"현관에서 기다리게 해뒀습니다."

"좀 불러주세요. 만날 준비가 됐습니다."

데이킨 서장이 밖으로 나갔다가 잠시 뒤에 두 사람을 데리고 들어왔다. 한 사람은 모자를 쓰지 않은 중년 백인 남자였다. 그는 피가 묻은 푸줏간 앞치마 위에 노포크 재킷을 급하게 걸쳐 입고 온 듯했다. 얼굴과 손은 자줏빛으로 물들어 있었다. 다른 한 사람은 군복을 입은 젊은 흑인이었는데 긴장한 표정이 역력했다.

"로건 씨로군요." 엘러리가 앞치마를 걸친 남자에게 말했다. "하이 빌리지에 있는 로건스 마켓의 주인이시고요."

"그렇소." 로건이 혀로 입술을 적시며 말했다. "내가 그 가게 주인입니다."

"12년 전 베이어드 폭스의 재판에서 증언하신 것을 기억하십니까, 로건 씨?"

"기억이 나는군요. 그래요, 기억하고 있습니다."

"폭스 씨가 건 전화에 대한 질문을 받으셨죠? 폭스 부인이 독살된 날 아침에 1리터짜리 포도 주스 여섯 병을 보내달라고 한 주문 말입니다. 기억하십니까, 로건 씨?"

"그럼요."

"그 증언을 다시 듣고 싶습니다. 기억할 수 있는 한 가장 정확하게."

"음." 로건은 작은 눈을 가늘게 뜨면서 생각에 잠겼다. 아까 보였던 긴장된 태도는 사라졌고, 이제는 이 순간을 즐기고 있었다. "내가 기억하는 바로는 이렇소. 가게에 걸려온 전화를 내가 직접 받았는데 베이어드 씨였어요. 그는 '로건 씨, 포도 주스가 다 떨어졌습니다. 아내가 그동안 죽 아프다가 오늘 아침 처음으로 아래층에 내려왔는데 포도 주스를 마시고 싶답니다. 포도 주스 여섯 개들이를 힐 지역으로 바로 배달해주실 수 있겠습니까?' 하고 말했습니다. 그때는 통상적인 배달 시간이 아니었습니다. 베이어드 씨도 그걸 알고 있었지요. 몇 달 동안 우리 가게에 주문을 해왔으니 말이죠. 내가 말했습니다. '아, 물론이죠. 폭스 씨. 기꺼이 해드려야죠. 더 필요하신 건 없고요?' 그러자 그다음 날 정기적으로 매주 하던 주문을 넣을 거라며 당장은 필요한 게 없다고 했습니다. 나는 그 특별 주문을 별로 기분 나쁘게 생각하지 않았어요. 내 손님들은 거의 힐 지역에 살고, 고객들의 편의를 봐주는 것은 좋은 일이니까요."

"네, 네. 그런데 로건 씨. 베이어드 씨의 목소리 상태가 어떻던가요? 전화할 때."

"목소리요?" 로건이 눈을 깜빡였다. "뭐, 괜찮았던 것 같습니다."

"행복한 목소리였나요?"

"글쎄요……. 폭스 씨는 행복한 목소리로 말한 적이 별로 없었던 것 같은데."

"기억이 안 나시는군요."

로건이 희미하게 웃었다. "정확히 보셨습니다."

"전화를 끊고 무엇을 하셨습니까?"

"주문서를 작성했습니다."

"직접?"

"네. 점원들은 그 시간이면 모두 바쁘거든요. 그래서 제가 식료품 판매대 쪽으로 가서, 아, 보통 저는 정육 판매대 쪽에 있습니다만. 어쨌든 여섯 개들이 포도 주스를 선반에서 꺼내서……."

"제조품이로군요."

"그렇죠."

"뚜껑이 양철로 되어 있는 겁니까?"

"맞습니다."

"선반에서 꺼냈을 때 완벽한 상태였나요? 그러니까, 그중 뚜껑이 좀 이상하다던가 하는 건 없었고요?"

"아니요, 그 물건을 여태껏 수천 병 넘게 팔았지만 불평을 들은 적은 없습니다."

"자, 그럼 그 다음엔 무엇을 하셨죠?"

"아, 그거라면 여기 있는 에이브에게……." 옆의 군인이 놀라며 자신의 제복 상의를 바로잡았다. "에이브는 당시 저희 가게 배달원이었습니다. 열네 살 정도였을 텐데, 에이브, 그렇지?" 에이브가 곧바로 고개를 끄덕였다. "그래요, 나는 에이브에게 말했죠. '에이브, 포드 트럭을 타고 이 주스를 힐 지역에

사는 베이어드 폭스 씨에게 배달해주렴. 바로 갖다달라고 하시니까.' 에이브는 알았다고 대답하고는 빈 상자에 주스를 집어넣었습니다."

"고맙습니다, 로건 씨. 충분합니다."

로건이 머뭇거렸다. "더 물어볼 건 없으시고요?"

"없습니다. 정말 고맙습니다."

"으흠." 가게 주인은 실망하는 표정이었다. 그는 이어 의기양양하게 데이킨 서장을 바라보았지만, 서장은 미소 짓지 않았다. 로건은 에이브의 팔을 치면서 이렇게 말했다. "에이브, 군법 회의에 끌려갈 짓은 하지 말라고. 행운을 빌어!" 로건은 자신의 농담에 만족한 듯 낄낄거리며 나갔다. 엘러리는 로건이 앞으로 몇 주 동안 점원들과 손님들에게 오늘의 질문을 재탕 삼탕 할 것이라고 확신했다.

홀로 남겨진 군인은 몇 차례 침을 꿀꺽 삼키며 차렷 자세를 취했다.

"자, 상병." 엘러리가 웃으며 말했다. "12년 사이에 고용주를 바꾼 것 같군요."

에이브 상병은 이 말에 놀란 듯했다. 하지만 이내 씩 웃으면서 대답했다. "넵, 로건 씨 밑에서는 배달 트럭을 몰았었지만, 이젠 국가를 위해 트럭을 몰고 있습니다."

"휴가를 받아서 고향에 왔습니까?"

"그렇습니다."

"에이브 엘." 데이비가 말했다. "나를 기억하나?"

에이브 상병이 이를 드러내며 웃었다. "네, 대위님. 일본 놈들에게 쓴맛을 보여주셨죠, 안 그렇습니까?"

"물론 그랬지. 로즈 앤은 어떻게 지내나?"

"저랑 결혼했습니다."

"늘 그러겠다고 하더니만!"

"애도 둘 얻었습니다." 에이브 상병이 자랑스레 말했다.

"로즈 앤에게 잘된 일이군."

"저한테 잘된 일이죠!"

갑작스레 모두는, 심지어 베이어드까지 행복한 미소를 지었다. 에이브 상병은 이제 긴장하지 않았다.

"상병, 오래 끌지 않겠습니다. 금방 끝나고 가족에게 돌아갈 수 있을 겁니다." 엘러리가 말했다. "12년 전 아침 이 집에 포도 주스를 배달한 것을 기억합니까?"

"네, 모든 것을 분명하게 기억하고 있습니다."

엘러리는 대도시가 아닌 라이츠빌 같은 소도시에서 범죄가 일어났다는 상황에 내심 감사했다. 산업화가 절반 정도 이루어진, 주민 1만 명의 시골 마을에서 일어난 살인 사건은 유명한 재판 사건이 될 수밖에 없다. 그 사건의 세부사항들은 사건 관련자들에 의해 수년 동안 반복적으로 말해질 것이고 그런 만큼 영원히 사라지지 않을 것이다. 반복되면서 다양한 이야기가 확대되고 세부사항이 왜곡되는 필연적 위험이 따른다고 해도, 재판 기록 속에 그 당시의 증언이 그대로 남아 있으니 참조의 틀로 활용할 수 있다. 따라서 14세의 유색 인종 배달부 소년이 26세의 책임감 있는 시민으로 성장한 지금, 12년 전 포도 주스를 배달할 때의 세부사항을 분명하게 기억해내는 것도 그다지 놀라운 일이 아니다. 오히려 그걸 기억하지 못하는 게 놀라운 일이리라.

에이브 상병은 위엄을 갖추고 그 순간을 즐기면서 약간 보탠 게 뻔한 이야기를 들려주었다. 하지만 이야기의 본질은 12년 전 소년 시절에 증언한 것과 같았다.

에이브는 로건스 마켓에서 빈 상자에 포도 주스 여섯 병을 담았다. 그런 뒤 가게 뒤 좁은 골목에 주차된 포드 트럭으로 상자를 날랐다. 그 좁은 골목에는 어펌 하우스의 측면 입구와 비주 극장 뒤편의 비상구가 있었다. 에이브는 운전석 옆의 빈 조수석에 상자를 내려놓았다. 그는 상자를 거기 둔 채 가게에 다시 가지도 않았고 당시 굉장히 즐기던 탄산음료를 마시러 골목의 모퉁이를 돌아 앨 브라운 아이스크림 가게에 가지도 않았다. 에이브 잭슨 상병은 이 점을 분명한 어조로 강조했다. 물론 12년 전 증언석에서 집중 질문을 당했을 때에도 마찬가지였다. 포도 주스를 담은 상자를 조수석에 내려놓은 뒤, 에이브는 트럭을 몰고 곧바로 골목을 나가 워싱턴 스트리트에서 광장으로 갔고, 로어 메인 스트리트와 어퍼 휘슬링 애비뉴를 지나서 마을의 북동쪽 지역에 있는 힐 드라이브로 들어섰다. 에이브는 배달할 때까지 이 상자를 내내 옆에다 두었다고 주장했다.

에이브는 가는 도중에 멈춘 적이 없었다. "힐 드라이브 아래쪽에 갈 때까지 저는 기어조차도 바꾸지 않았습니다. 힐 지역에 도착해서야 2단으로 기어를 바꿨죠. 트럭이 고물이라 변속하지 않고는 높은 곳을 올라갈 수가 없었거든요." 에이브가 말했다. 도중에 아무도 태워주지 않았고, 또 옆에 '태워달라고 부탁하지도' 않았다.

"포도 주스는 베이어드 씨 댁 앞에 도착해 트럭을 세울 때까지 제 옆에 있었습니다. 저는 차에서 내려 상자를 뒷베란다를 통해 부엌으로 날랐습니다."

에이브는 폭스 형제가 대화를 나누는 것을 봤다. 물론 건조대 위에 놓인 보라색 주전자와 잔도 봤다. 상자를 식탁에 내려놓았을 때 베이어드 폭스가 이렇게 말했던 것을 기억했으니 말이다. "엄청나게 빨리 왔네, 에이브. 정말 고맙구나. 주전자를 여기 건조대 위에다 대령해놓았지!" 에이브는 이어 베이어드에게 로건이 발행한 영수증의 카본지 복사본을 주었다. 베이어드는 포도 주스 대금은 다음 정기 주문 고지서에 함께 넣어달라고 말했다. 에이브는 베이어드가 상자에서 포도 주스 한 병을 꺼내는 동안 뒷문으로 그 집에서 나왔다.

잭슨 상병이 증언을 마치고 밖으로 나가자 엘러리가 베이어드에게 물었다. "자, 당신은 상자에서 포도 주스 한 병을 꺼냈습니다, 베이어드 씨. 다시 기억해보세요. 어떤 특정한 포도 주스를 선택하진 않았습니까?"

베이어드가 고개를 저었다. "아뇨, 여섯 개의 병은 다 비슷했어요. 그저 손 가는대로 집었을 뿐입니다."

"다른 포도 주스 다섯 병 말인데." 데이킨 서장이 끼어들었다. "콘헤이븐의 시글리츠 연구소에서 모두 분석을 했어요. 베이어드가 아내에게 따라주고 남은 포도 주스와 함께. 연구소는 남아 있는 포도 주스가 모두 안전하다고 했습니다. 순수한 포도 주스라고 보고서에 적혀 있었어요."

"저도 압니다, 서장님." 엘러리가 정중하게 말했다. "그렇지만 제 식대로 처리할 수 있게 여기선 좀 봐주시죠." 서장은 얼굴을 붉히며 헛기침을 했다. "자, 베이어드 씨. 임의대로 상자에서 포도 주스를 골랐습니다. 그다음에는?"

"그런 다음엔 서랍 쪽으로 가서……." 베이어드가 찬장에 있는 많은 서랍들을 응시하다가 고개를 저었다. "이젠 그게 어느 서랍이었는지 기억이 안 나는군요. 어쨌든 병따개를 가져와 병의 뚜껑을 땄습니다. 그러고는 잔이 가득 찰 때까지 포도 주스를 따랐죠. 두 잔 중 첫 잔 말입니다."

"동생분이 저렇게 한 걸 기억합니까, 탤보트 씨?" 엘러리가 갑작스레 물었다.

탤보트가 놀라며 대답했다. "그럼요, 그럼요. 말한 그대롭니다. 저는 여기 서서 베이가 잔을 따르는 것을 보고 있었죠."

"바로 이때 다른 누군가가 들어왔겠군요. 그렇지 않습니까, 베이어드 씨?"

"다른 누구? 아, 그랬죠. 약국에서 아스피린 병을 가져왔습니다."

엘러리가 서장을 바라봤다. "앨빈 케인 씨와 이야기하고 싶습니다."

탐정은 잘 다린 리넨 정장을 입고 파나마모자를 손에 든, 벗어진 머리 위로 조심스럽게 머리카락을 빗질해 올린 남자를 주시했다. 그는 건들거리며 들어와 잠깐 걸음을 멈춘 뒤 주변을 빠르게 둘러보았다. 그의 눈가는 갈색 주름으로 자글자글했고 눈 밑은 보라색이었다. 그 아래의 창백한 피부는 라벤더색으로 보였다.

"안녕, 리니." 약사 케인은 긴장한 듯했다.

"안녕하세요, 앨빈 씨."

"데이비, 어떻게 지냈나?"

데이비는 대답하지 않았다.

케인의 시선은 베이어드를 향했다. 그는 데이비의 아버지에게 인사하지 않았다. 그렇지만 탤보트 부부에게는 공손하게 고개를 끄덕였다. 그러고는 양손으로 파나마모자의 챙을 붙잡고 한쪽 구석에 가만히 서 있었다.

재판 당시에는 서른도 안 됐었겠군. 엘러리는 생각했다. 겉으로 보기에는 엄청나게 깐깐한 유형의 사람이었다. 그 안은 어떨지 잘 모르지만 말이다. 구두코가 반짝거렸고, 옷은 주름 하나 없이 깨끗했다. 피부는 햇볕에 타 있었다. 아마 허세를 부리며 잘 안 되는 골프를 고집스레 많이 친 탓이겠지. 영락없는 시골 마을의 멋쟁이였다. 재치 있게 말하고 큰 도시를 동경하지만 정작 그런 도시에는 가지 않는 작은 마을의 멋쟁이. 저런 사람은 시골 마을의 남성복 가게 주인만 즐겁게 해줄 뿐이다.

"퀸 씨." 서장이 퀸을 불렀다.

엘러리는 모두에게 양해를 구하고 구석의 데이킨에게 갔다.

"알아둬야 할 게 있습니다." 데이킨이 귓속말을 건넸다. "케인은 린다 폭스를 엄청나게 좋아했습니다. 여전히 그럴 거라고 생각하고요."

"데이비가 그 얘기를 하더군요. 하지만 심각하게 받아들이진 않았어요. 린다와 저 이상한 사람이라니, 말이나 됩니까?"

"아, 물론 린다는 저 작자를 대수롭게 않게 생각하지요. 그렇지만 케인은 어떤 여자라도 자기를 거부할 수 없다고 생각하는 사람입니다."

"그렇지만 아버지뻘 아닙니까?"

"앨빈은 젊게 보이려고 돈을 많이 쓰지요." 서장이 무미건조하게 말했다. "아무튼 저 작자가 아버지 같은 마음으로 린다를 바라보는 건 아닙니다."

"어린 린다에게 진지하게 구애했다고요?"

"그래요, 성인 여자를 대하는 것처럼."

"고맙습니다, 서장님."

엘러리와 서장이 다시 사람들에게 합류했다.

"오래 붙잡지는 않겠습니다. 케인 씨." 엘러리가 부드럽게 말했다. 약사는 엘러리와 서장이 귓속말을 주고받자 더욱 긴장한 듯했다. "우리가 여기서 하려는 일에 대해서는 알고 계십니까?"

"서장님이 전화로 말해줬소."

엘러리는 남자의 어조에서 아무것도 알아낼 수 없었다. 완벽하게 평상시 말투였다.

"데이비 부부에게 이 일이 어떤 의미인지 알고 계시죠?"

"내겐 다소 황당무계하게 들리는군요." 앨빈 케인이 말했다. "하지만 린다가 원한다면 뭐, 좋습니다." 케인은 린다에게 미소를 지으며 보조개를 드러냈다. "린다, 당신을 위해서라면 할 수 있는 건 다 할 거야."

"고맙습니다, 앨빈 씨." 린다가 말했다.

데이비는 굳은 표정으로 마른침을 삼켰다.

"그런데 중요한 건……." 케인이 경쾌한 어조로 말했다. "내가 할 수 있는 게 뭐냐는 겁니다."

이런 심각한 순간에도 잘난 척을 하는군. 엘러리는 생각했다. 케인은 지금 자신이 상황을 장악하고 있다고 느낄지 모른다. 하지만 그런 허세는 겁먹고 자신 없는 태도의 반증이었다.

"케인 씨, 하실 일이라고는 한 가지뿐입니다. 내가 모두에게 요구한 것, 즉 진실을 말하는 것이죠."

"물론 말씀드리지요!" 앨빈 케인은 얼굴을 붉혔다. "내가 왜 진실을 말하지 않겠습니까? 그렇게 하지 않을 이유가 없어요."

이 친구, 뭔가가 불만스러운가보군. 그것이야말로 중요한 정보일 수 있지. 그런 생각이 엘러리의 머릿속을 스쳐지나갔다.

"물론 그러시겠죠." 엘러리가 미소를 지었다. "자, 이야기를 해보죠. 현재 하이 빌리지 약국을 소유하고 있습니다. 하지만 12년 전 재판 당시에는 그곳의 점원이었지요?"

앨빈은 금세 평정심을 찾고 말했다. "마이런 가백 밑에서 주당 28달러를 받아가며 노예처럼 혹사당했소." 잘난 척하는 어조였다. "2년 전 가백 씨가 갑자기 죽었을 때 나는 선의를 베풀어 그 가게를 사들였지요. 늘 그렇게 하겠다고 말해왔지만."

"재판 때 증인으로 출두했었죠."

"그래요. 아스피린에 대해서 증언했습니다."

서장이 끼어들었다. "그렇지만 당신의 증언은 법정에서 바로 무시당했지요."

케인의 얼굴은 웃었지만 목소리는 반쯤 으르렁거리고 있었다. "그렇게 할 수밖에 없었어요. 법원에서 내게 소환장을 보냈고, 그래서 나는 법정에 나가 내가 알고 있는 것을 말했어요. 내 증언을 무시하든 말든 그건 그들이 알아서 할 일이고."

"아스피린이라." 엘러리가 정중하게 말했다. "아, 잠시만요. 베이어드 씨, 앨빈 씨가 어떻게 그날 아침에 아스피린 병을 배달하게 된 겁니까?"

"하이 빌리지 약국에 전날 밤 전화를 했습니다." 베이어드가 설명했다. "아내가 약간 두통이 있다고 해서 아스피린을 찾았습니다. 의약품 상자에서 찾아봤지만 하나도 없더군요. 그래서 약국에 전화했죠. 여기 있는 앨빈이 받더군요. 아스피린 100정 짜리 한 병을 보내줄 수 있냐고 물었는데, 주인이 집에 빨리 들 어가는 바람에 가게를 비울 수 없다면서 다음 날 아침에 전해 주겠다고 했습니다. 그래서 전화를 끊고 형의 집으로 가서 형 수한테 아스피린 몇 알을 얻어왔습니다. 기억해요, 에밀리?" 에밀리 폭스가 살짝 고개를 끄덕였다. "그러고는 아내한테 두 알을 줬죠. 30분 정도 지나자 두통이 멎었습니다. 다음 날 아 침에 부엌에서 포도 주스를 따르며 형과 이야기를 하고 있는데 앨빈이 약을 전해주러 왔더군요."

"뭔가 더 할 말은 없습니까, 베이어드 씨?" 엘러리가 물었다. "약국에 전화를 걸었던 날 밤 케인 씨와 말다툼을 했다던데."

"아, 그거라면." 베이어드가 살짝 미소를 지었다.

"그때 당신, 고함 한번 심하게 쳤지." 앨빈 케인이 말했다. 잘난 체하는 어조에서 경멸감이 묻어나왔다. 케인 스스로는 그 것을 의식하지 못했지만 엘러리는 분명하게 느낄 수 있었다. 데이비는 화를 참지 못해 몸이 경직됐고, 린다는 데이비의 팔 을 잡으며 진정시켰다.

"말다툼은 어떤 내용이었습니까, 케인 씨?"

"베이어드 씨가 아스피린 100정을 보내달라고 전화했을 때 내가 말했소. '아니, 폭스 씨. 그걸로 뭘 하시게요, 드시게요?' 충분히 이런 말을 할 수도 있는 거 아닙니까? 그런데 폭스는 심사가 뒤틀렸는지 '그런 식'으로 말할 '권리'가 내게 있느냐고 따지더라고. 내가 '그런 식으로' 말했고 버릇없이 굴었다는 거 였지. 그래서 내가 말했어요. '보세요, 소독용 알코올과 구강 청결제, 요오드와 다른 여러 물건들을 바로 어제 그 집에 배달했어요. 어제 갖다준 물품에 아스피린 100정도 있었단 말입니다. 이틀도 안 되서 100정을 다 먹었다고요? 말도 안 되는 소리죠!' 그러자 폭스 씨는 야비하게도, 네가 뭔데 복용한 약의 '알 수'까지 일일이 따지냐고 핏대를 올렸어요. 그러고는 당장 아스피린 병을 보내주지 않으면 약국 주인한테 말하겠다는 겁니다. 그러자 나도 짜증이 치밀어 올랐지요. 나도 말했습니다. '베이어드 폭스, 마이런 가백인지 가비지(쓰레기)인지 하는 자의 이름을 들이댄다고 내가 주눅들 것 같아? 그리고 당신이 무슨 말을 지껄인다고 겁낼 줄 알아? 약국 업무에 관해서는 마이런도 규정대로 할 수밖에 없어. 진통제나 수면제 같은 것을 일부러 사들이는 지랄 맞은 고객에 대해서는 이렇게 따질 수밖에 없다고.' 우린 그렇게 싸우다가 결국엔 둘 다 진정하고서 서로 사과했어요. 나는 다음 날 아침 일찍 아스피린을 가져다주겠다고 했고 실제로 그렇게 했지요. 그게 전부요. 다른 게 더 있지는 않소." 앨빈 케인이 윙크를 하며 말을 마쳤다.

"그다음 날 아침 아스피린을 배달할 때 부엌으로 바로 연결된 뒷문을 통해서 들어가셨습니까?"

"친구, 정확하게 맞췄소. 폭스 형제가 여기 서서 뭔가 얘기를 하고 있더군요. 베이어드는 가득 찬 포도 주스 병을 찰랑거릴 때까지 보라색 잔에 따르고 있었고. 난 아스피린을 테이블 위, 바로 여기에 뒀소. 그러고는 말했지요. '서로 악감정은 갖지 맙시다, 폭스 씨. 어젯밤 일 말요.' 실은 스퀘어 그릴에서 저녁을 하면서 맥주를 몇 잔 마셨더니 머리가 어떻게 됐었나보다 하는 변명도 하면서. 그러자 베이어드가 대답했어요. '나도 유감은 없소. 이건 내게 보낼 청구서에 함께 달아주시오.' 그런 다음 나는 여기서 나갔습니다."

"베이어드 씨가 잠시 동안 포도 주스가 담긴 보라색 주전자를 그냥 내버려두지는 않았습니까? 예를 들어 등을 돌렸다던가?"

"그럴 수는 없었어요. 내게 말을 하는 동안 주스를 따르고 있었으니까. 내가 떠날 때 두 번째 잔을 따르고 있었지요."

"감사합니다, 케인 씨. 이젠 됐습니다."

"감사는 됐소, 선생. 으흠, 린다, 조만간 또 보자고! 언젠가 한 번 들러요. 남편을 데리고 와도 좋고 아니어도 좋고!" 이 말을 하고 앨빈 케인은 자리를 떴다. 파나마모자를 조심스럽게 멋진 각도로 조정하면서.

"언젠가, 아니 곧……." 데이비가 조용히 말했다. "저놈의 모자를 확 벗겨내 저놈의 목구멍에 쑤셔 넣어주겠어."

엘러리는 잠시 동안 찌푸린 얼굴로 서 있었다.

그러고는 말을 이어나갔다. "아스피린 말인데요, 베이어드 씨." 엘러리는 아스피린이 마음에 걸리는 모양이었다. "케인 씨가 사건 당일보다 이틀 전에 배달했다는 100정짜리 병은 어떻게 됐습니까?"

"잘 모르겠습니다. 배달된 상자를 제가 직접 뜯고 안에 있는 물건들을 꺼내었어요. 요오드, 구강 청결제, 아스피린 따위를. 그런 다음 위층 욕실에 있는 의약품 상자에다 안전하게 넣어두었습니다. 그런데 방금 말한 것처럼 그날 저녁, 아내가 두통이 나서 아스피린을 찾았더니 없더라고요."

엘러리가 데이킨 서장을 바라봤다. "재판 기록에 사라진 아스피린 병 얘기는 없던데. 서장님, 왜 누락이 되었죠?"

"폭스 부인의 죽음과는 아무 상관이 없기 때문이지요." 서장이 항변했다. "그게 케인의 증언을 삭제한 이유입니다. 아스피린에 대한 것 말입니다. 물론 전화로 말다툼한 것은 받아들여졌어요."

"부검에서 비정상적으로 많은 양의 아스피린이 나온 것도 아니었고요?"

"그래요."

엘러리가 안타까워하며 말했다. "물론 아스피린과 디기탈리스 사이에 의학적인 연관은 없습니다." 엘러리는 고개를 저었다. "하지만 이상해요." 엘러리가 불평했다. "이런 해결되지 않은 사안이 남아 있다니. 어째서 열지도 않은 100정들이 아스피린 병이 사라져버렸을까요?"

베이어드를 향해 한 말은 아니었지만 베이어드가 대답했다. "그 병에 대해서는 신경 쓰지 않았습니다. 당연히 집 안 어딘가에 굴러다닐 거라고 여겼죠."

탐정이 한숨을 내쉬었다. "자, 이제 제시카 폭스를 죽게 만든 음료에 대해 이야기를 좀 해보죠."

엘러리가 생각에 잠겨 말했다. "지금까지의 수사에서 베이어드 씨가 보라색 주전자에 채운 포도 주스 병에서는 디기탈리스가 없던 것으로 나타났습니다. 따랐던 포도 주스 병은 로건스 마켓에서 배달된 신선한 여섯 병 중 하나였고, 베이어드 씨는 임의로 그 병들 중 하나를 선택했습니다. 뚜껑을 열고 첫 잔을 가득 따랐죠. 그때까지도 포도 주스는 순수한 포도 주스였습니다. 그렇지만 잔은 어땠을까요?"

"재판에서 다 확인했어요." 데이킨 서장이 끄덕지게 말했다.

"그래도 계속해보죠. 포도 주스를 부었던 잔에 독이 들어 있었을까요, 베이어드 씨?"

"불가능합니다." 베이어드가 대꾸했다. "주스를 채우기 전에 뜨거운 물로 잔을 깨끗이 씻었으니까요."

"탤보트 씨, 그걸 보셨습니까?"

탤보트가 고개를 끄덕였다.

"그럼 잔에 대한 이야기는 됐습니다. 싱크대의 수도꼭지에서 내려오는 물에 독이 섞여 있지 않았을까요? 잔을 씻었던 물 말입니다."

서장이 고개를 저었다. "퀸 씨, 증언 내용을 기억해보세요. 시글리츠 연구소가 싱크대 수도꼭지 두 개에서 나오는 물을 모두 분석했어요. 수도국의 수석 화학자도 확인한 사항입니다. 두 곳 모두 냉수나 온수에 문제가 없다고 보고했어요."

"좋습니다." 엘러리가 고개를 끄덕였다. "그럼 이제 순수한 포도 주스를 문제없는 물로 씻고 문제없는 잔에 따른 것이 확인됐습니다. 베이어드 씨, 그다음엔 무엇을 하셨죠?"

"잔에 들어 있던 포도 주스를 주전자에 부었죠. 음료 세트의 주전자에요. 그러고는……."

"잠시만요. 당연한 질문이 하나 더 있군요. 혹시 주전자에 독이 들어 있었을까요?"

베이어드가 어깨를 으쓱였다. "잔을 씻을 때 주전자도 같이 뜨거운 물로 씻었습니다."

"그건 제가 증언하겠습니다." 탤보트가 살짝 미소를 지으면서 거들었다. "실제로, 예전에 증언하기도 했고요."

"그렇다면 주전자도 됐습니다. 계속해보죠, 베이어드 씨. 그 런 다음엔 무엇을 했죠?"

베이어드는 수사가 시작된 이래 처음으로 초조한 모습을 보이며 설명을 하기 시작했다. 스핑크스처럼 꼼짝 않고 진행 과정을 지켜보고 있던 하위 형사는 베이어드의 초조함을 절망으로 오해한 듯했다. 이 뚱보 형사는 마치 베이어드를 자극하듯이 그의 가녀린 어깨를 검지로 툭툭 쳤다. 그건 베이어드가 죄수라는 것과, 의심 받을 행동은 즉시 무자비하게 제지될 수 있다는 것을 상기시키는 동작이었다. 하지만 베이어드는 하위 형사의 손가락 짓을 대수롭지 않게 넘겼다.

제시카는 항상 포도 주스와 물이 1:1로 섞인 것을 선호했다고 베이어드는 말했다. 베이어드는 두 잔 가득 포도 주스를 따른 뒤 주전자에 붓고, 수도꼭지에서 찬물을 잔에 가득 채워 두 번 주전자에 부었다.

엘러리가 생각에 잠기며 말했다. "화학자들이 싱크대의 찬물은 문제없다고 했으니, 이 시점에선 보라색 주전자의 내용물, 그러니까 포도 주스와 찬물이 섞인 것은 여전히 독이 없는 셈이군요." 하지만 탐정은 눈을 찌푸렸다. "아니, 꼭 그렇지만은 않군요. 논리적으로 보면 독은 여전히 찬물에 들어 있을 수 있습니다."

"퀸 씨, 찬물이든 뜨거운 물이든 아무 문제도 없었다고 말했잖습니까." 서장이 반박했다.

"그렇지만 가능합니다."

"어떻게?"

"수도꼭지 말입니다, 서장님. 오래된 수법이죠. 수도꼭지의 필터 아래에 독을 넣어두고 물을 틀면 물과 함께 그릇으로 들어가겠죠."

하지만 서장은 미소를 지을 뿐이었다. "그것도 놓치지 않았습니다. 변호사 측에서도 이 문제는 거론하지 않아서, 비록 재판에 그 이야기가 나오지는 않았지만. 두 수도꼭지를 전부 분해해서 완전히 조사했어요. 마찬가지로 화학적 분석도 했고요. 내가 보고했던 바로는 뜨거운 수도나 차가운 수도나 독, 디기탈리스, 기타 이물질들이 발견되지 않았습니다."

엘러리가 얼굴을 찌푸렸다. "유감이군요. 어쨌든, 보라색 잔은 250cc 정도죠, 그렇지 않습니까?"

"정확히 250cc입니다."

"자, 그럼 이젠 1리터를 가득 채운 주전자가 있는 겁니다. 포도 주스 500cc, 찬물 500cc를 채운 주전자 안의 내용물은 디기탈리스와 무관한 것으로 증명됐습니다. 잔이나 주전자 그 자체도요. 그다음엔 뭘 했습니까, 베이어드 씨?"

"얼음을 그 안에 집어넣었습니다."

"얼음!" 엘러리가 큰 냉장고 쪽을 빠르게 보았다. "냉장고에서 나온 얼음! 또 다른 오래된 수법이군요. 디기탈리스가 얼음 틀에 담긴 물에 섞였을 수 있죠. 얼음을 사용하는 순간 독이 들어가는 겁니다."

탐정이 막 흥분하려는 순간, 데이킨 서장이 제지했다. "거기에 대해서도 할 말이 있습니다. 베이어드는 그날 아침, 냉장고에서 나온 각얼음을 사용하지 않았어요. 이미 전날 밤에 얼음을 다 사용했기 때문입니다."

"그렇다면 어디서 얼음을 구했죠?" 엘러리가 서장을 노려보며 말했다.

"여름이면 폭스 집안은 저기 뒷베란다에 있는 구식 아이스박스를 사용했습니다. 맥주나 수박, 그리고 다른 덩치 큰 여름 음식들을 여분으로 담아두려고요. 대부분의 이 마을 사람들이 그렇게 합니다. 라이츠빌 아이스 컴퍼니는 아주 큰 회사지요. 절대적으로 신뢰할 수 있어요. 엄청나게 큰 현대적인 정수 장치를 보유한 그 회사에서, 25킬로그램 얼음덩어리 두 개를 바로그 전날 이 집에 배달해줬어요. 그런 무거운 얼음덩어리에 누군가 디기탈리스를 집어넣었다고는 말 못할 테지요. 베이어드는 함께 제공된 송곳으로 얼음덩어리를 쪼개서 한 조각을 들고찬물로 깨끗이 씻었어요. 그러고는 그 큰 조각을 주전자에 넣었지요. 재판에서도 나왔던 이야기지만, 무슨 이유 때문인지뉴볼드 판사가 법정에서 삭제하라고 지시했고 그래서 퀸 씨가읽은 기록에는 없었을 겁니다."

"그럼 얼음도 빼도록 하죠." 엘러리가 으르렁거렸다. "좋아요, 베이어드 씨. 물을 탄 포도 주스 1리터가 든 주전자가 얼음과 함께 있습니다. 이 시점까지 주전자의 내용물은 여전히 이상이 없습니다. 다음엔 무엇을 하셨죠?"

베이어드가 부엌 진열장에서 다른 보라색 새 잔을 꺼내왔다.

"두 번째 잔에 디기탈리스가 들어 있었을까요?"

그렇지는 않았다. 두 번째 잔 역시 베이어드가 깨끗하게 씻었기 때문이다. 베이어드가 미소를 띠었다. "데이비나 저나 썩설거지를 잘하는 편은 아닙니다. 하지만 아내가 투병을 하는동안 사용할 물건을 깨끗하게 유지하려고 사용 전에 무조건 세척을 했어요. 형이 제가 두 번째 잔을 씻는 걸 봤습니다."

엘러리가 고개를 끄덕였다. "그 시점에 탤보트 씨가 이 집을 떠났죠?"

"네. 막 두 번째 잔을 씻은 뒤였죠. 우리는 대화를 마쳤습니다. 형은 굉장히 늦었다고 했어요. 공장에 가봐야 한다고 하더군요. 저는 어서 가보라고 했고, 형은 부엌을 나가 뒷베란다를 지나고 정원을 가로질러 차고로 갔습니다. 얼마 뒤에 형의 차가 언덕을 내려가는 소리가 들렸죠……. 퀸 씨가 모든 세부사항을 물어보시니……."

베이어드가 갑작스럽게 덧붙였다.

실은 말하고 싶지 않지만 퀸 때문에 말한다는 그런 뉘앙스는 좀 이상하게 들렸다. 바로 그 순간, 탐정의 머릿속에서 서서히 형체를 갖춰가던 어떤 인상이 완성되었다. 윤곽까지 선명하게. 베이어드 폭스의 그 말은 탤보트를 은근히 공격하는 것이었다. 처음부터 그런 분위기였다……. 베이어드는 속으로 형 탤보트 폭스가 겉보기와는 전혀 다른 사람이라고 생각하는 듯했다.

이 부분에서 의문사항은 이것이었다. 정말 베이어드가 그렇게 생각하는 것인지, 아니면 엘러리로 하여금 탤보트를 의심하게 만들려는 교활한 시도인지.

수사가 길어지면 자연히 흥미가 떨어지지만 여기서는 갑자기 사람들의 흥미가 솟구쳐 올랐다. 왜냐하면 이것은 아주 중요한 부분이기 때문이다. 베이어드는 처음으로 포도 주스가 든 주전자를 가지고 부엌에서 혼자가 되었고, 제시카는 거실의 소파에서 쉬고 있었다. 그 외에 다른 사람은 이 집에 없었다.

"저는 주전자와 잔을 들고 거실로 갔습니다." 베이어드가 조용히 말했다. "그리고 들고 온 것들을 소파 앞의 작은 탁자에

놓았습니다. 아내에게 몸 상태를 물어봤더니 괜찮다고 하면서 아래층으로 내려오니 좋다고 했어요. 제가 만들어온 포도 주스를 칭찬까지 했고요. 또 포도 주스에 얼음을 넣는 것은 몸에 안 좋을 것 같다고 했습니다. 윌러비 박사님은 환자는 물론이고 일반인도 얼음을 넣은 음료는 마시지 않는 게 좋다고 했거든요. 제가 잠시 잊었던 겁니다. 그래서 주전자에서 얼음덩이를 건져냈습니다. 얼음은 주전자에 몇 분 있지 않아서 포도 주스는 그다지 차갑지 않았습니다."

"또 그 안에서 녹아버릴 정도로 오래 들어가 있었던 것도 아니었군요." 엘러리가 지적했다. "여전히 주전자에는 정확히 1리터에 가까운 주스가 들어 있었지요. 자, 베이어드 씨, 주전자에서 얼음을 건져낸 뒤 잔에 주스를 따랐습니까?"

"바로는 아니에요. 빈 잔은 주전자 옆에 있었습니다."

"알겠습니다. 주전자 역시 탁자 위에 있었고요? 부인과 함께 거실에 있는 동안 말입니다."

"그렇습니다."

엘러리가 호주머니에 손을 넣고 얼굴을 찌푸렸다. "모든 물건들이 아무 이상이 없는 것으로 증명됐군요. 포도 주스를 준비하는 과정에서 사용된 용기들도 마찬가지고요. 그렇지만 디기탈리스의 과다 복용은 포도 주스를 통한 것입니다. 제시카 폭스가 독살당하기 전에 입속으로 들어갔던 것은 포도 주스뿐이었으니까요. 유일한 결론은 포도 주스 주전자의 준비가 끝난 다음에 제시카가 마신 잔 혹은 주전자에 독이 들어갔다는 것이겠네요."

서장이 사납게 고개를 끄덕였다. "그겁니다, 이제야 이해한 모양이군요. 독은 탤보트 씨가 이 집을 떠난 뒤에 베이어드가 탄 겁니다. 그리고⋯⋯."

"잠시만, 서장님." 탐정의 제지에 데이킨이 말을 멈췄다. "독이 들어간 게 잔인지 주전자인지, 어느 하나로 좁힐 수 있는지 한번 살펴봐야겠어요. 증언에서는 잔이 깨졌다는 이야기가 나왔던데요?"

"그렇습니다." 베이어드가 말했다. "함께 거실에 앉아 얘기를 몇 분쯤 나눴을 때예요. 아내가 몸을 앞으로 숙이며 잔을 집어 들더군요. 저한테 잔을 채워달라는 생각이었던 것 같아요. 하지만 아내는 몸이 안 좋아 쥐는 힘이 약했고 게다가 잔은 무거웠습니다. 손에서 빠져나간 잔은 탁자의 가장자리에 부딪혀 깨지고 말았습니다."

베이어드는 깨진 잔 조각을 모아서 부엌으로 갔다. 제시카도 남편을 따라 갔다.

"같이 가요." 제시카가 말했다. "부엌이 어떤 상태인지 한번 봐야겠어요. 당신과 데이비가 얼마나 엉망진창으로 만들어놓았는지, 베이."

그렇게 부부는 거실에서 부엌으로 이동했다. 베이어드가 깨진 잔 조각들을 부엌의 쓰레기통에 버릴 동안 제시카는 진열장에서 똑같이 생긴 잔을 하나 더 꺼냈다. 부부는 천천히 거실로 돌아왔고 제시카는 잔을 쥐고 있었다. 거실에 도착하자 베이어드는 탁자 위 주전자를 들어 아내가 들고 있던 잔에 주스를 부었다.

그리고 제시카는 그것을 마셨다.

"포도 주스를 거실로 가져온 순간부터 내내 부인과 함께 있었습니까?"

베이어드가 고개를 끄덕였다.

"주전자나 포도 주스 잔 옆에 부인을 홀로 둔 적도 없고요."

"1초도 그런 적이 없습니다."

"부엌에서 거실로 돌아올 때 무슨 일이 생기진 않았습니까? 뭐, 어떤 일이라도 좋습니다. 고개를 잠깐이라도 돌린 적은 없습니까?"

"아뇨, 없었습니다. 아내는 무리를 해선 안 되니까, 아내의 허리에 팔을 두르고 내내 부축했습니다. 아내가 쥔 잔에서 시선을 한 번도 뗀 적이 없습니다."

"이건 굉장히 중요한 질문이니 대답하기 전에 깊이 생각하시기 바랍니다. 그렇다면 달리 말해, 제시카가 스스로 주전자나 자신이 마셨던 잔에 디기탈리스를 집어넣을 수는 없었다는 게 당신의 의견입니까?"

베이어드는 단호하게 고개를 저었다. "퀸 씨, 이건 '의견'의 문제가 아닙니다. 아내는 정말로 그런 행동은 하지 않았어요. 만약 그랬다면 제가 봤을 겁니다. 심지어 제가 거실에서 깨진 잔을 주울 때나 부엌에서 쓰레기통에 버릴 때에도 아내는 그렇게 할 수 없었습니다. 맹세합니다. 정말로요. 이건 재판을 받을 때도, 그 전에 변호사와 이야기를 나눴을 때도 전부 말한 내용입니다. 아내는 절대로 그런 짓을 하지 않았어요."

엘러리가 이를 악물며 말했다. "왜 당신의 변호사가 재판 때 당신에게 화를 냈는지 알겠군요."

"전 진실을 말했습니다. 지금도 그러고 있고요."

"그렇다면 제시카가 스스로 약을 과다 복용한 것은 아니군

요. 자살이 아니라는 얘기지요." 엘러리는 잠시 입을 다물었다
가 다시 말을 이어나갔다. "그럼 정리해봅시다. 우선 디기탈리
스가 주전자나 잔에 틀림없이 들어갔습니다. 깨진 잔에 대한
이야기는 하지 맙시다. 사용된 적이 없으니까요.

그렇다면 사용됐던 잔에 독이 들어간 것인데, 그 잔을 만지
거나 다뤘던 사람은 오로지 제시카뿐입니다. 그런데 베이어드
씨는 자신이 모르는 상황에서 아내가 독을 잔에 집어넣는 것은
불가능하다고 말했습니다. 따라서 잔에는 독이 들어가지 않았
다고 결론을 내릴 수 있겠죠.

결과적으로 디기탈리스가 들어간 곳은 포도 주스가 가득 담
긴 주전자뿐입니다. 따라서 베이어드 씨와 아내가 부엌에서 거
실로 돌아와 잔을 포도 주스로 채웠을 때, 주전자 안의 포도 주
스에는 이미 독이 들어 있었어요.

그런데 이런 의문이 드는군요. 그럼 언제 주전자에 디기탈리
스가 들어갔는가? 서장님, 베이어드 폭스의 재판 중 간과된 허
점을 찾아내는 과정에서, 제 머릿속에 처음으로 떠올랐던 것은
이것이었습니다. 포도 주스 주전자가 베이어드 씨는 물론이고
제시카의 시야에서 벗어났던 틈이 있었습니다. 짧은 시간 동안
주전자가 무방비한 상태로 있었어요."

"언제?" 서장이 빠르게 물었다.

"짧은 시간입니다. 제시카가 우연히 잔을 깨뜨린 뒤 베이어
드와 함께 다른 잔을 가지러 부엌에 갔을 동안이죠. 포도 주스
주전자만 거실의 탁자에 남겨졌습니다. 그때, 폭스 부부가 부
엌에 있을 동안 누군가가 실내로 들어온 겁니다. 앞문이든 1층
창문이든 혹은 거실 창문이든. 서장님, 그 때문에 내가 방충망

을 관심 있게 살펴본 겁니다. 그 누군가는 주전자에 독을 타고, 들어왔을 때와 같은 방식으로 나가버렸을 겁니다."

"그거라면 증인들이 있어요……." 서장이 고개를 저었다.

"네, 알고 있습니다. 재판 기록을 읽으면서 봤습니다. 이 주장에 반박하는 증인이 무려 세 명이나 있지요. 이 집에 들어온 사람은 없다고 말입니다. 제시카를 만난 다음 집으로 돌아가 앞마당에서 장미 덤불을 쳐내던 에밀리 폭스 씨가 그중 한 분이죠. 에밀리의 앞마당은 이 집의 앞마당과 한쪽 면이 붙어 있어요. 나머지 두 분은 광장에 있는 퍼블릭 트러스트 은행 은행장인 핼럼 럭 씨와 그의 부인이지요. 럭 부부는 힐 지역을 거쳐 마을로 내려가던 중에 차를 세우고 에밀리의 앞마당에서 이야기를 나누었습니다."

에밀리가 고개를 끄덕였다. "우리 셋은 대화를 하면서 제시카가 열어놓은 창문을 통해 거실을 볼 수 있었어요. 우리가 이야기를 나누는 동안 이 집으로 들어온 사람은 없었어요. 우리한테 보이는 쪽이나, 정문 방향으로는 말이에요. 어쨌든, 아무도 들어오지 않았어요. 우리는 시동생이 주전자와 잔을 들고 거실로 가는 걸 봤고, 제시카가 잔을 떨어뜨리는 것도 봤어요. 함께 거실을 떠나는 것까지도요. 이후 거실로 돌아와 시동생이 제시카가 들고 온 잔에 탁자에 있던 주전자를 들어 포도 주스를 따라주는 것도 봤죠. 심지어 제시카가 그걸 마시는 것도 봤어요." 에밀리가 몸을 떨었다. 잠시 뜸을 들인 뒤 에밀리가 말을 이었다. "잠시 후 럭 부부는 떠났고, 저도 몇 분 뒤에 이스턴 스타에서 열리는 오찬에 참석하기 위해 빌리지 지역으로 갔어요."

엘러리는 침울한 듯이 보였다. "그렇다면 외부인의 침입 가능성은 사라진 셈이군요. 이미 럭 부부와도 이야기를 나눠봤는데 증언 그대로라고 하더군요. 그 점은 어찌 됐든 의심할 바가 없습니다. 세 분은 이 집의 정면과 한쪽 면을 환히 볼 수 있었고, 베이어드 부부가 부엌, 뒤쪽 및 다른 쪽에 있는 것도 봤습니다. 거기다 세 분 모두 베이어드 부부가 거실을 비운 동안 아무도 거실로 들어가지 않았다고 맹세하셨죠.

그렇다면 포도 주스 주전자에는 베이어드 씨가 아내에게 주려고 거실로 가져가기 전에 독이 들어간 겁니다."

축축하고 먼지가 많은 부엌의 공기가 더욱 갑갑하게 느껴졌다. 데이비는 아랫입술을 깨문 채 서 있었다. 베이어드는 아들과는 떨어진 곳에서 나사가 풀린 모습으로 서 있었다. 그의 비틀어진 입에 음산한 웃음이 떠올랐다. 부자는 서로 다른 곳을 쳐다보며 마주보려 하지 않았다.

"그럼 아주 중요한 질문이 하나 남는군요. 포도 주스 주전자에 다량의 디기탈리스를 집어넣을 기회가 누구에게 있었을까요? 제시카일까요? 베이어드 씨는 그럴 기회조차 없었다고 했습니다. 그럼 에밀리?" 에밀리는 숨이 턱 막혀 의자에 앉은 채 온몸이 굳어버렸다. 근시인 그녀의 갈색 눈동자가 분노로 번뜩였다. "에밀리 부인은 이 집을 이미 떠난 상태였죠." 엘러리가 침착하게 말을 이었다. "심지어 베이어드 씨가 포도 주스를 준비하기 전에 말입니다. 그러니까 에이브가 로건스 마켓에서 여섯 병의 포도 주스를 배달하기도 전에."

"뭐, 말도 안 되는 상상이지만 생각은 자유니까요!" 에밀리가 심드렁하게 말했다. "그 많은 사람들 중에……."

"그럼 탤보트 폭스?" 탤보트는 분개하는 얼굴로 입을 꾹 다

물었지만 눈에 띄게 대응하지는 않았다. "탤보트 씨가 포도 주스를 따르는 내내 부엌에 있었던 건 사실입니다. 하지만 재판 때 증언으로는 재료나 용기 그 어느 쪽도 직접 만지지 않았어요. 만지지 않은 것은 물론이고 가까이 가지조차 않았습니다. 베이어드 씨가 준비하던 음료에 말입니다." 엘러리가 베이어드를 곁눈으로 보았다. "내 기억으로, 베이어드 씨, 당신은 증인대에서 형이 포도 주스와는 전혀 무관하다는 것을 확인해주었죠?" 과연 이 남자는 뭐라고 말할 것인가?

하지만 베이어드는 그저 무신경하게 대답했다. "우리 부부가 부엌에 있는 동안 형이 거실로 들어와서 포도 주스에 디기탈리스를 넣을 수는 없었습니다." 과연 베이어드는 본심으로, 넣을 수 없었다고 단언하는 것일까? 조금이라도 그것을 강조하려는 뜻이 있었을까? 아무튼 베이어드는 탐정을 굉장히 슬픈 눈으로 응시했다. 그의 눈빛은 억울함과 슬픔을 담고 있었다.

그것은 교묘하게 꾸며낸 연극적 표정이거나 아니면 충격적인 실망감이 무의식적으로 드러난 것일 수도 있었다.

모든 것이 뒤죽박죽이었다. 이 남자는 이중으로 교활한 계략가이거나 아니면 너무 투명해서 다른 사람에게 그의 생각을 읽히거나 동기를 들키지 않는 사람이었다.

엘러리는 자신을 다잡고 고개를 끄덕였다. "다른 사람은 없습니다. 오로지 제시카, 탤보트, 에밀리, 그리고 베이어드 씨만이 개입되어 있습니다. 앞의 세 분은 객관적 사실에 비추어볼 때 무고하다는 게 밝혀졌습니다. 이젠 베이어드 씨, 당신만 남게 되는군요."

데이비는 고통스러운 표정으로 그 순간을 외면했다. 린다는 흐느끼며 우는 소리를 냈다. 린다는 남편의 손을 잡아주려고 했지만, 데이비는 자신의 손을 거칠게 뒤로 잡아 뺐다.

"베이어드 씨, 이 주에서 아니 이 나라에서 아니 태양계 전체에서 당신밖에 없습니다." 엘러리가 천천히 말했다. "제시카 폭스가 마실 포도 주스 주전자에 디기탈리스를 넣을 수 있는 사람 말입니다. 당신만이 제시카 폭스를 독살할 수 있는 사람입니다. 확인을 위해 다시 묻겠습니다. 기회가 있었습니까? 분명히 있었겠죠. 당신은 부엌에서 포도 주스를 앞에 두고 있었고 또 탤보트 씨가 떠난 뒤 그것을 가지고 거실로 갔으니까요."

데이비가 자신의 손을 슬쩍 내려다보았다. 엘러리는 데이비의 손이 떨리는 것을 보았다. 데이비는 바지 주머니에 손을 재빨리 집어넣었다. 린다도 역시 그것을 봤지만 외면하고 벽을 바라보았다. 마치 그 벽이 앞으로 남은 인생 동안 들어가 살아야 할 독방의 일부라고 생각하는 것처럼.

"그것이 12년 전 법정에서 내려진 결론이지요." 베이어드가 쉰 목소리로 말했다. "당시 저는 그것을 인정해야만 했습니다. 지금도 그렇고요. 그 결론은 절대적 진실처럼 보입니다. 제가 포도 주스에 독을 넣을 수 있는 유일한 사람이라는 것 말입니다." 베이어드가 잠시 허탈하게 웃었다. "그러나 제가 여기서 자신 있게 말할 수 있는 건, 저는 독을 타지 않았다는 겁니다."

잠시 뒤 그는 거의 충동적으로 말을 덧붙였다. "퀸 씨, 당시 저는 도저히 이해할 수 없었습니다. 그리고 지금도요. 감옥에서 12년 내내 생각에 생각을 거듭했지만…… 여전히 이해가 안 됩니다."

엘러리는 아주 노골적으로 베이어드의 얼굴을 찬찬히 살펴

보았고 그러자 베이어드는 얼굴을 붉히며 고개를 돌렸다. 그의
얼굴이 붉어진 것은 죄책감으로 인한 것이 아니라 분노 때문이
었다. 그는 자신의 눈빛이 드러내는 절망감을 감추려는 듯 몸
을 옆으로 돌렸다.

바로 그때 하위 형사가 한 마디 내뱉었다.

"정말 바보 같은 짓이군."

엘러리는 아무런 대꾸도 하지 않았다.

서장은 그보다는 좀 더 유순한 어조로 말했다. "바보 같은 짓
은 아니더라도, 터무니없는 시간 낭비입니다. 퀸 씨, 이 사건의
진실은 12년 전에 증명되었습니다. 모든 정황 증거가 베이어드
폭스의 유죄를 가리키고 있어요. 12년 전에도 조그만 오류의
틈조차 없었어요. 현재도 그렇고."

엘러리는 이를 악물고 말했다.

"그래도 제 방식대로 사건을 확인하고 싶습니다, 서장님."

말이 끝나자 하위 형사는 베이어드의 팔을 끼고 옆집으로 행
군하듯 걸어갔다. 에밀리와 탤보트 폭스가 그들의 뒤를 따랐
다. 방 안에는 침묵이 흘렀다. 폭스 대위는 여전히 방 안에 머
물러 있었다.

"좋은 시도였어요, 퀸 씨." 데이비가 비꼬는 미소를 지으며
말했다.

"왜 끝난 것처럼 말합니까, 데이비?" 엘러리가 고개를 저었
다. "모두가 오늘 아침의 조사 목적을 오해하는 것 같군요. 나
는 오늘 아침에 무엇을 밝혀내리라고 기대하지는 않았어요.
재판 기록을 읽어보니 기소 검사인 톰 가백과 데이킨 서장이
12년 전 아주 꼼꼼하게 일 처리를 하셨더군요. 그건 명백해요.

데이비, 오늘 아침의 수사는 일종의 준비운동입니다. 이제 우리는 어떤 처지에 있는지를 아주 구체적으로 알게 됐어요. 이제 여기서 앞으로 나아가면 되는 겁니다."

"무엇을 향해?" 데이비는 여전히 비꼬는 미소를 짓고 있었다. 린다는 불안해하며 남편의 팔을 흔들었다.

탐정은 데이비를 빤히 쳐다보았다. 그 노골적인 시선에 데이비는 얼굴을 붉히며 고개를 돌렸다. "잘 모르겠어요, 데이비. 아직까지는 말이에요. 인정하죠. 여태까지 우리가 봤던 것은 유죄 증거들뿐이었어요. 그렇지만 앞으로 사태가 어떻게 전개될지는 아무도 모릅니다."

"그럼 아주 희망이 없다는 건 아니네요!" 린다가 소리쳤다.

엘러리가 린다의 손을 잡으며 말했다. "린다, 난 이걸 알고 있어요. 만약 어떤 일에 조금이라도 가능성이 있다면 '희망이 전혀 없다'고 말할 수는 없어요. 이 안에 희망이 있는지 없는지는 나도 모르겠어요. 이 사건의 굉장히 많은 부분에 대해 나는 아직 결론을 내리지 못했습니다. 아니, 이렇게 말하면 이해하기 쉬울지도 모르겠네요. 나는 아직 만족스럽지 않아요.

난 계속해서 조사해 나갈 겁니다. 이미 드러난 사실들을 두 번 세 번 네 번 검토하고, 다른 중요한 사실들이 존재하지 않는다는 것을 명백하게 확인할 때까지 말입니다. 나는 현세의 구도를 바꾸어놓는 사실이 아예 없다는 것을 납득할 때까지 계속 조사할 겁니다. 그랬는데 12년 전의 법원 판결을 뒤집는 사실들이 정말로 없는 것으로 밝혀진다면, 그때는 포기하고 집으로 돌아가겠습니다."

11
폭스의 흔적

엘러리는 윌러비 박사의 사무실에 전화를 걸었다.

"박사님, 지금 만나러 가도 될까요?"

"한 시간 후에 와주겠소?" 박사가 물었다. "그 무렵이면 대기 환자들을 다 진찰할 수 있을 겁니다."

"한 시간 후요."

엘러리는 전화를 끊고 생각에 잠겼다. 윌러비 박사는 탐정을 그다지 반기는 것 같지 않았다. 박사가 뭔가 숨기고 있다는 의문이 다시 들기 시작했다.

엘러리는 세부사항에 대해서는 더 이상 생각하지 않기로 했다. 오늘 아침의 치열했던 조사로 피곤해진 정신에 휴식을 주고 싶었다. 이런 휴식은 언제나 그에게 도움이 되었다. 사실 수사는 모든 게 끝난 것처럼 보이는 단계에 도달해 있었다. 단지 수사의 실패를 인정하지 않고 있을 뿐이었다. 그런 단계에 도달했으니 정신적 안정이 정말로 필요했다. 그는 데이비와 린다에게 자신감 넘치는 말을 했으나 실은 그 절반만큼도 자신이 없었다. 진실을 말하자면, 이 사건은 그 어느 사건보다 전망이 어두웠다. 베이어드 폭스가 던지는 진실에 대한 유령 같은 의심—아직까지 확신이라고도 할 수는 없는—의 불빛만이 이 사건에 다소나마 조명을 던져주었다. 하지만 그런 의심은 망상일 수도 있고—아마도 망상이리라—아니면 막연한 소망일 수도 있고, 혹은 영리한 연극의 결과일 수도 있었다. 베이어드가 연기를 하지 않았다고 어떻게 확신할 수 있는가?

엘러리는 힐 지역 아래로 산책하면서 이런 생각들을 떨쳐내려고 했다. 오후는 상쾌한 날씨였다. 힐 지역을 따라 평화롭게 서 있는 나무들이 햇살을 막아 길을 얼룩덜룩 그늘지게 했다. 하지만 엘러리의 마음속에 평화는 없었다. 오늘 아침에 밝혀진 사실들을 머리에서 떨쳐낼 수가 없었다.

탐정은 마을 쪽으로 걸어가면서 다시 한 번 사실들을 되짚어보았다. 그는 뭔가가 빠진 듯한 좌절감을 느꼈지만 그것이 오히려 그를 흥분시켰다. 그렇다. 그가 파악하지 못한 무엇이 분명히 있다. 그것도 필수적인 무엇이. 거기에 분명 뭔가가 있었다. 훤히 드러나 있었는데도 보지 못했던 어떤 것. 모든 것을 시원하게 설명해줄 수도 있을 어떤 것.

그런 생각이 아주 강하게 그의 머리를 스쳐지나갔다. 엘러리는 프로페셔널 빌딩 앞에서 우뚝 멈춰 섰다. 그리고 오늘 아침의 수사 상황을 다시 한 번 곰곰 생각해보았다.

하지만 결정적 한 방은 계속해서 손에 잡히지 않았다.

스스로에게 짜증이 난 채로 엘러리는 프로페셔널 빌딩에 들어섰다. 넓은 나무 계단을 한 번에 두 계단씩 올라 2층에 도착했고, 곧 윌러비 박사의 병원 간판을 발견했다.

그는 안으로 들어갔다. 병원 대합실의 불룩한 녹색 소파 위에 쿠션이 아무렇게나 놓여 있었다. 낡은 소파 옆에 다 찢어진 잡지들이 흩어져 있었지만 환자는 아무도 없었다. 윌러비 박사는 의사용 가운을 입은 채 진료실 안쪽에 멍하니 홀로 앉아 있었다.

늙은 의사는 엘러리를 보자 즉시 일어서서 환한 얼굴로 마중을 나왔다.

"간호사는 퇴근시켰소, 퀸 씨." 악수를 하며 박사가 말했다. "단둘이 이야기하고 싶었거든요."

"그렇다면, 제게 뭔가 하실 말씀이 있으시군요!"

"글쎄, 잘 모르겠군요." 박사가 천천히 대답했다. "일단 진료실로 들어와요. 당신이 뭘 알고 있고 또 뭘 모르는지 알 수 없으니까. 간호사를 퇴근시킨 건 제시카 폭스 사건에서 내 '역할'이, 뭐, 당신이 그렇게 불렀으니 그렇게 말해두지만, 그리 떳떳하지 못해서요. 12년 동안 내내 괴로웠지요."

"그렇군요." 엘러리가 말했다. 비록 뭔지는 모르지만 일단 그렇게 대답을 했다. "박사님, 이야기를 시작하기 전에 먼저 이걸 확인하고 싶습니다. 제시카가 박사님께 그날 아침 자신이 마신 거나 먹은 거라곤 포도 주스 한 잔뿐이라고 정말로 말했습니까?"

"그래요. 그 집에 도착해서 뭐라도 먹었느냐고 물어보니까 이렇게 대답했어요. '아무것도 안 먹었어요, 선생님. 아침을 먹기엔 너무 흥분해서. 그렇지만 남편이 포도 주스를 가져왔기에 한 잔 가득 마시긴 했어요.'"

엘러리가 고개를 끄덕였다. "제시카가 디기탈리스 중독으로 사망한 것에는 의심의 여지가 없군요. 알겠습니다."

박사는 불편한 표정이 역력했고 탐정은 민첩하게 자세를 바로 잡았다. "하지만 그 당시에는 곧바로 중독 여부를 알지 못했소. 되돌아보니 그 징후는 너무나 분명했는데. 하지만 그때는……. 아니, 어쨌든 베이어드는 포도 주스를 건네주고 얼마 지나지 않아 외출을 했소. 갈 데가 있었던 거겠지. 두 시간 뒤 돌아왔을 때, 그 친구는 자기 아내가……."

"잠시만요." 엘러리가 다시 기운을 차렸다. "제가 잊은 게 하나 있군요. 재판 기록에서 본 게 기억납니다. 베이어드는 아내가 주스를 마신 뒤 형 탤보트의 전화를 받고 황급히 집을 나섰죠?"

"뭐, 그랬던 것 같아요. 아무튼 베이어드는 두 시간 뒤에 집으로 돌아와서 제시카가 구토를 하고 있는 것을 발견했어요. 이어 내게 전화를 했고, 난 즉시 차를 몰고 그 집으로 갔습니다."

"보시니 어땠습니까?"

"지독히 안 좋았소. 맥박이 느리게 뛰었어요. 나중엔 맥박이 떨리기 시작하더니 그날 오후가 되자 굉장히 빨라졌어요. 그다음 날 저녁에 사망했고."

월러비 박사는 책상을 밀어젖히고 지친 걸음으로 진료실 바닥을 서성이기 시작했다. "나 자신을 용서할 수 없소." 신음 소리를 내며 박사가 말했다. "제시카의 상태를 살펴보러간 날 내내 그저 병이 재발됐다고 생각했어요. 성말이지 그걸 용서할 수가 없소."

"그게 12년 내내 괴로웠던 겁니까, 박사님?"

"그래요."

"다른 건 없습니까? 뭔가 숨기고 계시진 않습니까?"

"뭔가 숨기고 있다니!" 박사가 놀라서 발걸음을 멈추었다.

"검사나 경찰에게 말하지 못한, 하지만 처음부터 파악했거나 알고 있던 사실 말입니다."

박사가 엘러리를 응시했다. 이어 그 큰 머리를 뒤로 젖히며 웃음을 터뜨렸다. "그래, 그게 당신이 내내 생각하던 거였군요?" 박사는 웃다가 흘린 눈물을 닦아냈다. "아니, 난 하나도 숨긴 게 없소. 날 고민하게 만든 건 제때 디기탈리스 중독 증세를 진찰하지 못했다는 거요. 그저 오랜 투병 후 병이 재발된 거라고 막연히 생각한 게 내 실수였지요."

박사는 이어 다른 의사들의 판단도 덧붙여 말했다. 그들은 사건의 정황으로 보아 병의 재발이라는 진단이 타당했으며 부주의한 것이 아니었다고 결론 내렸다. 박사가 그렇게 말하는 동안, 엘러리의 또 다른 희망이 씁쓸하게도 물거품으로 사라졌다.

박사가 열을 올리며 말했다. "정말이지, 독을 마신 거라고 어떻게 내가 상상할 수 있었겠소? 베이어드가 제시카를 살해하려고 약을 과도하게 사용했을 줄 누가 알았겠어요? 그렇다고 해도 나는 그게 중독 증세라는 걸 파악했어야만 했소. 환자는 날 의지하고 자신의 건강을 완전히 내게 맡겼는데……."

엘러리는 노인이 느끼는 양심의 가책을 위로해주고 싶었다.

박사가 비통하게 말했다. "심지어 그다음 날 아침에도 의심하지 않았소. 제시카는 화요일부터 심하게 앓기 시작했는데, 진찰을 하러 수요일 아침에 갔을 때 훨씬 기운을 차린 것 같았어요. 위급한 상황이 벌어질까봐 간병을 하라고 저녁에 보냈던 간호사도 밤새 그렇게 나쁘지는 않았다고 했지요. 실제로 내가 제시카를 보러갔을 때 침대 위에 앉아 있더군요. 잠옷을 잘 차려입고 가운을 걸치고 있었어요. 머리에는 리본을 묶고 말입니다. 친구에게 전할 편지를 쓰고 있더군요. 기분이 좋아 보였어요. 심지어 내게 나가는 길에 편지를 좀 부쳐달라고 부탁까지 했소. 전날 밤에 남편이 작성한 봉투들도 함께 보내달라고 했지요. 주문서, 회계전표, 집 안에서 사용하는 물품 청구서 따위가 든 봉투였어요. 그런데 그날 오후에, 그러니까 제시카가 포도 주스를 마신 지 약 서른 시간 정도 흐른 뒤, 상태가 급격하게 나빠졌어요. 너무나 악화되어 살리기엔 너무나 늦어버리고 말았어요."

"그건 디기탈리스 중독에서 흔히 볼 수 있는 과정입니까?"

"그렇소."

"먼저 그런 징후가 있었고, 이어 부검으로 제시카의 중독 사망을 확인했군요."

"징후는 현저했소. 부검에서 상황을 되짚어보니 완벽하게 디기탈리스 중독으로 진단할 수 있었던 거요. 하지만 절대적으로 확신할 수는 없었소. 불행히도 디기탈리스가 체내 세포에 완전히 흡수되어 부검에서 발견하지 못했거든. 팅크제는 단기간만 하루에 열다섯 방울씩 세 번을 복용하라고 처방했었어요. 일이 일어나기 몇 주 전에 디기탈리스를 끊으라고 제시카에게 말해 뒀고요. 괜찮아진 것처럼 보였으니까. 정확히는 2주 전이었지요. 독립기념일이라 기억합니다. 어쨌든 제시카는 5월 13일부터 6월 14일까지 디기탈리스를 복용하지 않았어요. 하지만 데이킨 서장이 디기탈리스 팅크제가 담긴 병을 그 집에서 찾아냈을 때, 거의 가득해야 할 그 병은 텅 비어 있었소. 30cc 병이 말이오! 그래서 환자의 징후를 종합적으로 고려할 때, 중독이 분명하다는 판정을 내렸소."

엘러리가 불만족스러운 표정을 지었다. "너무 허술하지 않습니까." 불만이 가득한 목소리였다. "부검에서 확실하게 찾아낸 것도 없는데…… '분명하다'라고 말씀하시는군요. 무엇이 어떻게 분명하단 겁니까, 박사님?"

"그런 식으로 내 말을 받아들이지 마시오." 박사가 얼굴을 붉히며 으르렁거렸다. "당신이 재판 기록을 읽었다면 나 이외에 여섯 명의 의학자들이 함께 증언했다는 것도 읽었겠지요. 그중엔 독물학자인 조나스 헤플링거도 있었소. 만장일치로 제시카가 디기탈리스 중독으로 사망했다고 동의했어요. 시시각각의 증상과 주변 정황에 기반을 두어서 의견을 낸 겁니다."

엘러리가 잠시 동안 혼자만의 생각에 몰두했다.

그러고는 눈을 반짝이며 박사를 쳐다보았다. 엘러리가 말했다. "박사님, 제시카가 병이 재발된 후 중독됐을 가능성도 있을까요? 가령 박사님께서 처음 생각하셨듯이, 구토 증세는 단순히 병의 재발로 인한 반응입니다. 하지만 다음 날 저녁 사망한 것은 박사님의 진료 후에 먹거나 마신 뭔가에 디기탈리스가 들어갔기 때문이 아닐까요?"

박사가 우울한 미소를 지어 보였다. "퀸 씨, 내가 그런 이론을 기쁘게 받아들였을 법한 때도 있었습니다. 하지만 객관적 사실을 살펴볼 때 불가능한 얘기요.

첫째로, 난 그 집으로 불려가자마자 제시카를 직접 진료했고 베이어드나 다른 누구도 가까이 오지 못하게 했어요. 일이 일어난 날, 그러니까 화요일 밤까지 나는 계속 제시카를 돌봤습니다. 화요일 밤과 수요일 사이엔 내가 신뢰하는 숙달된 간호사를 야간 간병인으로 보냈습니다. 나는 그 간호사를 아직도 무조건적으로 신뢰해요. 헬렌 짐브루스키라고, 나와 25년 동안 일했지요. 일을 맡으면서 헬렌이 무신경했던 적은 여태까지 단 한 번도 없었어요.

둘째로, 제시카는 구토를 한 뒤 아무것도 먹지 못했고 음료도 거의 마시지 못했어요. 몸을 주체하지를 못했으니 말입니다. 우린 최소한의 힘을 내는데 필요한 양만을 제시카에게 먹였소. 사망할 때까지 헬렌이 준비한 것 혹은 살균 도구를 거친 검증된 재료만 환자의 입속으로 들어갔지요.

그러니 재발 후 중독은 불가능합니다. 디기탈리스 과다 복용은 전날 아침, 그러니까 화요일 아침 베이어드가 준비한 포도 주스를 통해서밖에 설명이 안 됩니다. 이건 복음 말씀처럼 생각해도 좋아요."

엘러리가 자리에서 일어섰다.

"전화를 좀 써도 괜찮습니까, 박사님?"

"편하게 쓰세요."

엘러리는 데이킨 서장에게 전화를 걸었다.

"윌러비 박사님과의 대화는 대실패로 끝났습니다."

"가기 전에 미리 그럴 거라고 말해주고 싶었는데요." 서장이 툴툴거렸다. "자, 그럼 이제 무엇을 할 계획입니까?"

"서장님." 엘러리가 솔직하게 말했다. "저도 정말로 그걸 알고 싶군요."

제3부

12
폭스의 은신처

햇빛 없는 낮은 이제 달빛 없는 밤으로 변했다. 오후의 몰아치던 바람도 사라지고 라이츠빌은 잠잠해졌다. 마치 모든 것이 일제히 죽은 듯했다. 해, 달, 바람, 그리고 폭스 부부의 희망까지.

엘러리는 무더위 속에서 아무 말 없이 앉아 폭스 부부를 쳐다보았다.

그건 그리 아름다운 광경은 아니었다. 린다는 극도로 괴로운 모습이었다. 그렇다고 아예 포기해버림으로써 위안을 얻으려 하는 것은 린다에게 불가능한 일이었다. 그녀 자신이 그것을 강하게 거부했다. 린다는 저녁의 열기 속을 헤치고 느릿느릿 걸어갔다. 마치 급류 속에 이리저리 떠밀리는 표류물처럼. 그렇게 움직이는 것만으로도, 또 비명을 지르며 무너지지 않는 것만으로도 린다가 얼마나 많은 노력을 하는지 엘러리는 잘 알고 있었다. 이런 자제력의 발휘가 데이비에게도 필요했으나, 그는 어떻게 자제해야 하는지 전혀 모르는 사람이었다. 데이비는 깊은 절망에 빠져들었다. 그것은 반항할 수 없는, 일방적으로 받아들여야 하는 절망이었다. 데이비는 간신히 그 저녁을 견디면서 힘들게 몸을 움직였다. 마치 배출구가 없는 피로의 화신이 된 듯했다. 이날 저녁의 데이비는 텅 빈 남자였다. 심지어 린다도 그의 마음에 아무런 작용을 하지 못했다.

탤보트 폭스 부부에 대해 말하자면, 지난 12년의 고통스러운 세월이 그들 사이에 놓여 있었다.

탤보트는 비참함 때문에 말이 없었고, 에밀리는 자존심 때문에 침묵했다. 그녀의 뜨개바늘이 훅 하고 지나가며 살랑거리는 소리를 낼 때마다 마치 불꽃처럼 자존심이 튀어 오르는 것 같았다. 바늘이 그녀의 심정을 대신 말해주는 것처럼 에밀리는 자신의 일에 열중했다. 탤보트는 바늘이 전하는 말을 쉽게 이해할 수 있었다. 뜨개질 옷이 서서히 완성되어가면서 탤보트의 비참함은 더욱 커져갔다. 마침내 그는 웅변보다 더 강력한 침묵의 포로가 되어 초라한 몰골이 되었다.

에밀리 부부는 그날 밤 조용히 숨을 쉬면서도 묵언 중에 길고 긴 대화를 나눴다.

오늘에서야 에밀리가 진짜 모습을 보여주었기 때문이다. 엘러리는 생각했다. 탤보트와 죽은 제시카의 관계를 그녀의 마음속에 꽁꽁 가두어놓고 있는 동안, 에밀리는 아무것도 모르는 순진한 아내 노릇을 차분하게 연기할 수 있었다. 하지만 지금 남편에게 그 관계를 12년 내내 알고 있었다고 꺼내 보였으니, 이제 아무것도 모르는 순진한 아내가 아니라 남편에게 무시당하고 경멸받는 아내를 연기해야 했다. 그리고 탤보트 자신도 예상하고 있듯이, 에밀리는 남편에게 그 경멸을 되돌려주어야 했다. 에밀리는 그녀 자신도 경멸의 대상이라고 생각했다.

엘러리는 이리저리 뜨개바늘을 찔러대는 에밀리의 머릿속에서 무슨 생각이 오가고 있을지 궁금했다.

하지만 이것은 쓸데없는 추론이었다. 이런 궁리를 아무리 해 봐야 데이비 부부의 일에 조금도 도움이 되지 못했다. 에밀리는 자신이 지금 생각하고 있는 것을 철저하게 감추리라. 그녀는 동일한 실수를 두 번 되풀이하지는 않을 여자라고 엘러리는 확신했다.

탐정은 이제 베이어드 폭스에 대하여 생각해보기로 했다.

베이어드는 이해하기 어려운 수수께끼였다. 그는 도대체 무슨 생각을 하고 있을까? 감옥과 그 주변에 둘러진 벽? 자유인이 되어 삶을 즐길 수 있다는 가능성? 아니면 그보다 더 심오한 일들? 고대 이집트인 같은 그의 얼굴은 아무것도 말해주지 않았다. 야윈 몸을 느긋하게 내려놓고 쉬는 태도에서는 체념의 흔적이 엿보였다. 10년도 넘게 저항하다가 지쳐버린 사람이니 그것은 자연스러운 반응이었다.

겉보기에 베이어드는 사건에 관계된 사람들 중 가장 침착했다.

하위 형사를 살펴보는 것은 별 의미가 없었다. 그 무지막지하게 뚱뚱한 사내는 바위만큼이나 원시적이었다. 그가 하는 일은 그저 유죄 판결을 받은 살인범을 철저히 감시하는 일이었다. 하위 형사는 앉아 있는 모습이 더 뚱뚱해 보였다.

모두가 잠자리에 든 뒤 엘러리는 어두운 현관 앞마당으로 가서 해먹 위에 누웠다. 목 밑에 베개를 괴고 발 한쪽은 허공 중에 달랑거렸다. 저 너머에 있는 사과나무와 밤나무의 잎들은 검은 페인트를 마구 뿌려놓은 것처럼 보였고 거슬릴 정도로 부자연스러웠다. 엘러리는 별을 보고도 편안하지 않았다. 아주 더워 보였기 때문이다. 별조차도 엘러리를 불편하게 만들었다.

세상 모든 것이 오늘 밤에는 괴상하게 보였다.

엘러리는 생각이 흘러가는 대로 그냥 놔두기로 했다. 자신이 타고 가는 말을 아주 신뢰해서 위험한 밤중의 산길인데도 말이 제멋대로 가게 놔두는 것처럼.

그의 생각은 죽은 제시카와 보라색 잔, 흐트러진 담요와 울적한 기억들로 가득한 부엌을 기어 올라갔다. 이어 생각은 여섯 개의 포도 주스 병으로 비틀거리며 나아갔다. 엘러리가 방황하는 길에는 사건과는 무관한 것들과 공상들이 마구 뒤섞여 있었다.

탐정은 설핏 잠이 들었다.

어두운 잠의 영역과 밝은 각성의 영역 사이에는 중립 지역이 존재한다. 그곳에서는 꿈속의 유령 같은 사람들이 등장하고 현실 세계는 희박한 공기처럼 얇아지면서, 두 영역이 하나로 합쳐진다.

제시카 폭스는 탤보트 폭스의 집 잔디밭을 가로지르는 중이었다. 엘러리는 현관의 난간 때문에 제시카의 하반신을 볼 수 없었다. 하지만 상반신은 잠옷을 입었고 리본으로 머리를 묶고 있었다. 제시카는 얼굴을 짙은 보라색 베일로 가렸는데 그 베일에는 보라색 비단으로 포도송이 무늬가 덧대어져 있었다. 엘러리는 그게 제시카라고 생각했지만 이목구비를 알아보지는 못했다. 어떻게든 베일 안을 들여다보려 안간힘을 써봤지만 실패했다.

그는 자신이 꿈을 꾸고 있다는 것을 알았고 제시카가 꿈속의 존재라는 것도 알았다. 그럼에도 불구하고 탤보트 폭스 집의 현관 난간이 있었고, 희미한 저 너머엔 주택접근로가 있었으며 그 뒤엔 베이어드 폭스의 집도 있었다. 심지어 흐릿한 별들도 보였다. 이 모든 것들은 단조롭게 이리저리 흔들리긴 했지만 충분히 현실처럼 보였다. 꿈속의 제시카는 현실 같은 풀을 밟고 자신이 죽은 현실 같은 집을 향해 가고 있었다.

엘러리는 귀신에 홀린 듯한 상태로 제시카가 물결치듯 잔디밭을 건너가는 과정을 지켜보았다.

제시카는 자기 집의 잔디밭에 도착했고 정면의 창문 중 하나로 향했다. 참으로 기묘했다. 왜냐하면 창문이 전혀 그녀를 막지 못했기 때문이다. 창이건 벽이건 그녀의 출입을 가로막지 못했다. 제시카는 녹아들듯 이런 장애물을 통과했다.

이제 탐정은 제시카를 볼 수 없게 되었다. 꿈같은 느낌이 들지도 않았다. 엘러리는 제시카에게서 나오는 일종의 후광이나 기운 같은 빛을 볼 수 있었다. 12년 전 포도 주스 한 잔을 마셨던 거실로 제시카가 들어가자 그런 빛이 흘러나왔다. 그녀가 내는 빛은 꾸준하지는 않았다. 오히려 변덕스러웠고, 마치 방에 갇힌 반딧불처럼 나타났다가 사라지고 다시 나타나곤 했다.

제시카가 내는 빛이 거실의 이곳저곳에서 깜빡였고, 엘러리는 중립 지역 속의 해먹에 누워 이를 바라보았다.

얼마나 오래 이를 지켜보았는지는 엘러리 본인도 알 수 없다. 중립 지역에는 시간이라는 게 없으니까.

끝도 없이 그런 반딧불 같은 현상을 지켜보고 있는 동안 엘러리는 의식의 영역으로 돌아오려고 애를 썼다. 뭔가가 그렇게 하라고 경고했다. 뭔가가 그렇게 할 것을 재촉했다. 엘러리는 아주 애를 써서 점차 현실로 돌아올 수 있었다. 희미하게 해먹이 삐걱거리는 소리가 들리고, 나무가 약하게 흔들리는 소리가 들렸다. 엘러리는 미풍이 불었다고 생각했다. 목덜미 아래

의 베개는 뜨겁게 젖어 있었고 한쪽 다리는 뻣뻣해서 불편했
다……. 시계는 째깍째깍 소리를 내며 바쁘게 움직였다.

갑작스레 엘러리는 현실로 건너왔다. 왼손은 왼쪽 뺨 아래에
놓여 있었고, 왼쪽 손목에 찬 손목시계가 눈높이 바로 아래에
내려와 있었다. 시계는 3시 15분을 가리키고 있었다.

재미있는 꿈이로군. 엘러리가 생각했다. 잠을 자면서 구부렸
던 다리를 펴고 하품을 하면서, 탐정은 베이어드의 집 쪽을 바
라다보았다.

그 순간 엘러리의 심장은 이해할 수 없는 공포로 마구 뛰었
다. 여태까지 살면서 이런 적은 손에 꼽을 정도였다.

제시카 폭스가 내는 빛이 여전히 어둡고 조용한 방을 돌아다
니고 있었다.

엘러리는 빠르게 일어나 앉았다.

아마 망자(亡者)가 속세의 거주지를 다시 방문한 것일지도 모
른다. 하지만 엘러리가 전해들은 그 어떤 유령도 지상 유람을
할 때 저런 섬광을 내지는 않는다.

분명히 엘러리가 자고 있는 동안 누군가 베이어드 폭스의 집
에 침입한 것이었다. 제시카 폭스는 아니었다.

엘러리는 구두끈을 풀고 신발을 벗어 해먹 위에 올려놓은 다
음, 벌떡 일어섰다.

양말만 신은 덕분에 두 집의 잔디밭을 가로질러 달려도 아무
소리가 나지 않았다.

달리면서 엘러리는 침입자가 집 안에 들어온 지 얼마 되지
않았다고 판단했다. 맨발로 풀을 밟으며 내는 소리가 엘러리의
신경을 슬며시 건드려 엘러리가 절반쯤 잠에서 깼을 것이다.

아마 침입자는 탤보트 폭스의 집 현관을 살며시 지나갔을 테고, 그 짧은 순간에 엘러리의 눈은 잠에 홀려 제시카 폭스의 꿈을 꾸었을 것이다. 하지만 침입자가 잔디밭을 가로질러 살며시 지나가는 것을 본 것은 꿈속의 허상이 아니었다. 엘러리는 실제로 여자, 혹은 남자가 베이어드 폭스의 집 1층 거실 창문을 열고 들어가는 것을 목격했다. 단지 꿈에 취한 눈이 그 사람과 집에 들어가는 행동을 모두 꿈속의 마법으로 바꿔놓은 것이었다.

이제 더 이상 생각할 겨를이 없었다. 엘러리는 빨리 열린 창문 쪽으로 다가서야 했다. 베이어드 폭스의 집 안에서 얼쩡거리는 자의 얼굴을 반드시 봐야 했다.

엘러리는 내심 흥분하며 환희를 느꼈다. 뭐라 꼬집어 말할 수는 없지만, 그의 앞길에 번개처럼 번뜩인 엄청난 행운이었다. 좀 기묘한 방식으로 등장했지만 베이어드 폭스 사건의 마침표가 될지도 몰랐다.

두 걸음만 더 내디디면 탐정은 불빛을 든 자의 얼굴을 볼 수 있을 터였다.

하지만 그가 창문에 도착하자 불빛은 사라졌다.

엘러리는 그 자리에 쭈그리고 앉아 창틀을 손가락으로 만지작거리며, 눈으로는 어두운 내부를 희미하게 들여다보았다. 그는 현재 있는 자리에서 기다릴 생각이었다. 얼마 지나지 않아 빛이 다시 비칠 테니까. 지금까지 그 빛은 켜졌다가 꺼지곤 했으니 앞으로도 그럴 것이었다.

과연!

하지만 엘러리의 흥분은 곧 가라앉았다. 불빛이 다시 나타났

지만 이번에는 거실이 아니었다. 엘러리는 거실 창문 앞 쭈그
려 앉은 곳에서, 현관의 얇은 은빛 벽에 희미하게 불빛이 반사
되는 것을 보았다.

침입자가 현관 쪽 복도로 들어간 것이었다.

또 다시 불빛이 비쳤다!

하지만 이번에는 훨씬 희미했다.

침입자가 집의 뒷쪽으로 향하는 것이리라.

엘러리는 기다렸다.

기다리고 또 기다렸다.

이제 더 이상 빛은 물론, 반사되는 빛도 없었다.

침입자는 집의 뒷부분에 있는 방으로 들어간 듯했다.

부엌?

가능한 일이었다. 실제로 엘러리는 침입자의 목표가 될 수
있는 다른 방에 대해서는 알지 못했다. 그는 낮 동안 이 집과
친숙해지지 못한 자신의 부주의를 자책했다. 부엌, 복도, 거실
을 제외하고는 1층 구조에 대해 전혀 알지 못했으니까.

식당일 수는 없었다. 식당은 보통 현관 복도 맞은 편, 거실을
마주보는 곳에 있었다. 하지만 빛은 복도에서 훨씬 먼 쪽에서
비쳤다. 부엌이 침입자가 가려는 곳이 아니라면 어떤 방이 목
표일까? 가정부 방? 가능성이 있다. 아니면 서재일 것이다.

엘러리는 그런 추측을 그만두었다. 문제는 이제 어떻게 할
것인가였다. 침입자를 쫓을 것인가? 하지만 어두운 방과 현관
을 지나가기에는 내부 구조가 익숙하지 않았다. 통과할 때 뭔
가에 부딪혀 침입자를 놀라게 하고 뒤쪽으로 도망치게 만들 수
도 있었다. 침입자는 아까 들어왔던 창문으로 이 집을 다시 빠

져나갈 테니 여기 그대로 있을까? 그럴 가능성은 충분했다. 엘러리는 잠시 기다리는 쪽으로 마음을 굳혔다. 그런데 그 순간 핵심을 놓치고 있다는 생각이 퍼뜩 들었다. 침입자가 베이어드 폭스의 집으로 숨어든 이유는 무엇일까? 도대체 왜?

엘러리는 안으로 들어가기로 마음을 바꾸었다.

그는 최대한 소리를 죽이고 열린 창문으로 향했다. 그리고 잠시 멈춰 호흡을 가다듬으며 자세를 바로 잡았다.

거실 창문 앞에서 몸을 웅크리고 있을 때, 엘러리는 집의 뒤편에서 나는 작은 소리를 들었다.

서랍을 여는 소리였다.

침입자는 서랍을 열었다 닫고, 다른 서랍을 열고 있었다.

그렇다면 뭔가를 찾는 것이다.

뭔가를 찾는다!

엘러리는 천장에 아치가 달린 현관 통로와 현관 홀 쪽으로 방향을 더듬어가기 시작했다. 그는 몸을 굽히고 손을 앞으로 뻗은 채 빠르게 거실을 지나가려 애를 썼다. 여전히 소리를 내지 않기 위해 조심했다. 거실을 절반쯤 지났을 때 그의 왼쪽 무릎이 뭔가 낮은 물체의 뾰족한 모퉁이에 부딪히며 쿵 하는 소리가 살짝 났다. 엘러리는 즉시 멈춰 섰고, 무릎이 욱신거리는 상태로 귀를 기울이며 방금 부딪힌 물건을 만져보았다. 작은 탁자였다. 엘러리는 잠시 기다렸다.

다른 부상은 없었다. 또 다시 서랍이 열렸고 얼마 뒤에 미는 소리와 함께 닫혔다.

엘러리는 더 이상 소리 내지 않고 현관 통로를 지나갔다.

그는 잠시 걸음을 멈추고 현관 홀 쪽을 자세히 살펴보았다.

불빛이 현관 홀의 끝, 열린 출입구에서 아주 희미하게 보였다. 출입구는 엘러리의 시야에서 비스듬한 곳에 있었다.

그리고 부엌은 현관 홀의 끝, 맞은편이었다.

따라서 침입자는 가정부가 쓰는 방이나 서재에 있는 것이었다. 이제 불빛은 깜빡이지 않았다. 서랍에서 뭔가를 찾고 있는 동안 불을 계속 켜놓고 있는 모양이었다.

엘러리는 맨발의 발가락을 세워 걸으며 현관 홀 아래쪽으로 걸어갔다. 12년 동안 난방이 되지 않았기에 바닥은 습기로 뒤틀려 있었다. 그는 낮 동안에 바닥이 심하게 삐걱거렸던 것을 기억해냈다. 그래서 두 배로 신중히 걸었고, 한 걸음을 뗄 때마다 일일이 점검했다. 엘러리는 이런 식으로 계속 희미한 불빛의 근원을 향해 앞으로 나아갔다.

목표 지점 4분의 3 정도까지 갔을 때, 확인되지 않은 방에서 큰 소리가 들렸다. 나무가 부서지는 듯한 쪼개지는 소리였다. 그리고 곧장 다른 서랍이 홱 열리는 소리가 났고, 흡 하고 숨을 들이쉬는 소리가 들렸다.

곧 불빛은 사라졌고 집은 아주 캄캄해졌다.

엘러리는 침입자의 행운을 한탄할 시간이 없었다. 바닥에서 소리가 날지도 모르는 위험을 무릅쓰고 긴 보폭으로 단 두 걸음 만에 목표 지점 앞까지 갔다. 다행히 단단한 판자를 밟았는지 소리 없이 어두운 출입구 앞에 다다를 수 있었다. 이어 엘러리는 즉시 팔을 들어 양쪽 문설주를 잡았고, 그의 몸을 열린 출입구 중앙으로 들이밀었다.

이제 침입자와 대면하겠구나. 엘러리는 재빨리 생각했다. 침입자는 내가 여기에 있으리라고는 감히 상상도 못하리라. 그가 혹은 그녀가 이 방의 창문으로 빠져나가려고 하지는 않을 것이다. 엘러리가 소리를 냈던 건 오로지 거실에서였고 그 소리는 들리지도 않았다. 게다가 그 이후로도 침입자는 뭔가를 계속 찾았다. 그러니 내 숨소리도 듣지 못했을 것이다. 방의 침입자가 여우의 귀를 가지지 않은 한.

탐정은 생각을 끝낼 시간조차 없었다.

갑자기 그의 앞머리 부분이 찢겨나가는 것 같았다.

고통이 두뇌를 번개처럼 스치고 지나가더니 온몸으로 퍼졌다. 무릎이 축 늘어지고 팔이 문설주에서 떨어졌다. 그의 떨어지는 왼팔이 눈앞을 홱 지나갔다. 손목에 찬 시계가 3시 26분을 가리키고 있었다.

어둠 속에서, 자신이 시계를 볼 수 있었다면 침입자도 역시 볼 수 있었으리라는 깨달음이 퍼뜩 뇌리를 스쳤다.

시계가 야광이라는 사실을 잊었던 것이다. 팔을 문설주에 뻗은 상태였고 셔츠 소매가 위로 말려 있었으니 침입자는 야광 시계를 볼 수 있었을 것이다. 엘러리는 언제나 시계의 문자반이 손목 아래로 오도록 차고 있었다.

다 네 잘못이야. 탐정이 쓰러질 때 두뇌는 그렇게 말하는 것 같았다.

몸의 반사작용 때문에 그의 머리는 충격의 진원과는 반대쪽으로 꺾였다. 또 다른 일격이 그의 머리 한편에 가해졌고, 세 번째는 어깨에 떨어졌다.

더 이상 감각이 없었다. 심지어 어둠 속에서 엘러리의 손을 짓밟는 침입자의 발조차 느끼지 못했다. 엘러리는 자신을 공격하고 도망치는 침입자가 현관 홀 쪽으로 빠져나가면서 덜그럭거리는 소리를 내는 것도 듣지 못했다.

눈을 뜬 엘러리의 앞에 별들이 핑핑 돌았다. 모두 다른 색깔의 별들이 격렬한 움직임을 보였다. 잠시 동안 그는 은하에 둘러싸인 검은 공간을 부유하는 느낌이었다.

이어 엘러리는 자신이 여전히 어둠 속에서 베이어드 폭스 집안의 확인되지 않은 방의 문설주 바로 밑에 뻗어 있다는 것을 깨달았다.

그는 일어나 앉으려고 애를 쓰면서 눈을 깜빡여 별을 하나둘씩 꺼나갔다. 의식이 돌아오자 머리와 어깨와 손에 심한 고통을 느꼈다. 머리 윗부분은 화끈거렸고, 어깨는 고통으로 끊어지는 것 같았으며, 왼손은 불구가 된 느낌이었다.

그는 바닥에 앉은 채 고통을 덜기 위해 고개를 천천히 저었다. 그러는 동안 상의 호주머니에 있는 성냥갑을 찾으려고 손을 더듬거렸다.

하지만 성냥갑은 찾을 수 없었다. 그는 흐릿한 눈으로 손목시계를 보았다. 잠시 뒤 엘러리는 시간을 알아볼 정도로 신경을 집중할 수 있었다.

3시 44분.

18분이나 지난 것이다!

신음 소리를 내면서 무릎을 세운 엘러리는 마침내 가까운 문설주를 붙잡고 간신히 일어섰다.

이제는 소리를 죽이려고 조심할 필요가 없겠군. 그는 얼굴을 찌푸리며 생각했다.

알 수 없는 침입자가 이 집을 빠져나간 지 오랜 시간이 흘렀다.

낮 동안에 수사를 위해 전기를 다시 넣어뒀어야 했는데 그러지 못한 게 아쉽군. 그는 현관 홀을 걸어가다 발이 걸리자 그런 생각을 했다.

엘러리는 비틀거리며 거실을 지나쳤고 여전히 열려 있는 창문을 통해 밖으로 나왔다. 머리가 고통으로 욱신거렸고 어깨와 손도 아팠다. 그는 메스꺼움을 참아내며 베이어드 폭스 집의 잔디밭을 가로질러 탤보트의 집 쪽으로 터벅터벅 걸어갔다.

밖은 조용하고 어두웠으며 더웠다.

아무것도 전과 달라진 것이 없었다.

탤보트의 집 현관에서 엘러리는 발걸음을 멈췄다. 여전히 이 집 식구들은 잠들어 있는 것 같았다.

잠시 후 엘러리는 탤보트의 집으로 들어섰다.

전화는 현관문 근처 1층의 홀에 있는 아주 조그만 탁자 위에 설치되어 있었다.

엘러리는 천천히 전화 탁자 앞 조그만 의자에 앉았다. 야간 실내등이 벽을 밝혔고, 그 노란빛으로 자신의 몸 상태를 확인할 수 있었다. 왼손은 부풀어 오르고 변색된 상태였다. 부푼 주먹 위로 말라붙은 핏자국이 보였다. 탁자 위의 거울로 엘러리는 이마를 언뜻 살펴보았다. 머리카락이 시작되는 부분이 부풀어 올라서 마치 낚싯대에 매다는 납추 같았다. 피부 조직은 부풀어 자주색이 되었다. 어떤 곳은 혹이 찢어져 핏자국이 나 있었다. 공격당한 머리 한쪽에도 혹이 솟아 있었다.

어깨가 욱신거렸다.

하지만 엘러리는 자신이 부상당한 모습을 굉장히 흥분해서 바라보았다. 이게 바로 자초지종을 훌륭하게 설명하겠군! 참으로 환상적으로 멋진 이야기가 아닌가.

그는 한바탕 크게 웃고 싶은 기분이었다.

그는 조심스럽게 전화를 든 뒤, 교환원의 다이얼을 돌렸다.

"데이킨 경찰서장 댁 좀 부탁드립니다." 송화구에 입술을 대고 엘러리가 말했다. "급한 일입니다."

"전화를 끊고 기다리시겠습니까?"

"아니, 그냥 이 상태로 기다리겠습니다."

네 번째 통화음이 울리자 서장의 차분한 목소리가 들려왔다.

"퀸입니다."

"아, 무슨 일입니까?"

"용건만 말씀드리겠습니다. 지금 당장 베이어드 폭스의 집으로 와주시기 바랍니다."

"곧 가죠."

"조용히 오셔야 합니다."

"알았습니다."

엘러리는 전화를 끊었다. 어깨가 통증으로 따끔거리는 것을 느끼면서, 그는 계단 위를 잠깐 살펴보았다.

집 안은 조용했다.

계단을 오르며 고통스러웠지만, 계단에 카펫이 깔려 있는 것이 얼마나 다행인지 몰랐다. 2층 복도를 따라 걸으며 엘러리는 어떤 문을 찾았다. 마침내 그 문을 찾고서 노크하기 전에 잠시 귀를 기울여보았다.

아무런 소리도 나지 않았다.

엘러리는 약하게 문을 두드렸다.

하위 형사가 일어나며 질식할 듯이 쌕쌕거리는 소리, 베이어드 폭스가 조용히 앓는 소리, 그리고 오래된 침대가 삐걱거리는 소리가 들렸다. 몇 분 지나지 않아 하위 형사가 문을 열었다.

"에?" 검사의 부하는 놀란 기색이었다.

"좀 들어가겠습니다, 하위 씨."

엘러리가 문을 조용히 닫았다. 형사는 침실등을 켰다. 베이어드 폭스가 팔꿈치를 기대며 일어나, 성긴 흰 머리카락을 비쭉 세운 채 엘러리를 쳐다보았다.

"맙소사, 퀸 씨." 헉 하고 숨을 들이쉬며 베이어드가 말했다. "대체 무슨 일입니까?"

"목소리를 낮춰주세요."

형사가 쉰 목소리로 탐정에게 말했다. "뭔가에 돌진했나보군." 형사는 아래 위가 붙은 속옷을 입고 있었다. 그 어느 때보다도 뚱뚱하고 혐오스러워 보였다. 그도 역시 엘러리의 머리를 빤히 쳐다보았다.

"시간이 별로 없어요." 엘러리가 날카로운 어조로 말했다. "하위 씨, 베이어드 폭스 씨가 오늘 밤 이 방을 떠난 적이 있습니까?"

"엉?"

"멍청한 입을 다물고 이야기에 집중하세요, 하위 씨. 당신이 지키는 죄수가 당신도 알지 못하는 사이에 이 방을 빠져나갈 수 있느냐고요."

뚱뚱한 형사의 얼굴에 떠오른 멍청한 표정이 곧 멋들어지게 웃는 표정으로 변했다. 더블 사이즈 침대 쪽으로 무거운 몸을 옮기더니 형사는 덮은 시트를 벗겨냈다.

"이걸 어떻게 생각합니까?" 형사가 새된 소리로 물었다.

베이어드를 잘 지킨 당신의 작고 치졸한 승리는 아주 의미심장하군. 그 진정한 뜻을 깨닫는다면 그런 웃음이 안 나올 텐데, 이 친구야. 당신이 그걸 어떻게 알겠느냐만. 엘러리가 생각했다.

가느다란 철사가 베이어드 폭스의 왼쪽 발 엄지에 안전하게 둘러져 있었다.

"난 잠을 깊게 자지 않소." 형사가 짓궂은 표정으로 바라봤다. "특히 이런 일을 할 때에는 절대 모험을 하지 않아요. 이 철사의 다른 끝부분이 내 발목에 둘러져 있소. 저자가 움직일 때마다 난 잠이 깹니다. 하지만 뭐 괜찮아요, 곧 다시 잠들면 되니까."

"난 맘만 먹으면 얼마든지 빠져나갈 수 있어요." 베이어드 폭스가 약간의 혐오감을 드러내며 말했다.

"나중에 해보시든가, 이 양반아."

"할 수 있다고 생각해요. 가능한 일입니다." 엘러리가 눈을 반짝이며 주장했다.

"불가능해요."

"하지만 그럴 수 있다고 가정해본다면."

"문을 잠궜소."

"문이야 얼마든지 열 수 있지요."

"열쇠가 없으면 안 돼요. 내 손목에 두른 팔찌에 열쇠를 매달아 놓았지." 형사가 엉망인 치열을 드러내며 씩 웃었다. "여기 있는 멍청한 친구에겐 가당치도 않소."

"그렇다면 저기 있는 창은 어떻지요?" 엘러리가 반론을 제기했다.

"가서 한번 보라고요."

엘러리가 방을 가로질렀다. 창의 아랫부분은 15센티미터 정
도 열려 있었다. 그러나 문을 밀어 올리려 하니 꼼짝도 하지 않
았다. 엘러리는 이리저리 더 살펴보았다. 아주 독특한 자가(自
家) 쐐기로 창문을 고정시켜 놓은 상태였다.

"이 양반이 저걸 억지로 열 수는 있겠지." 형사가 낄낄거리
며 웃었다. "아마도 빠져나갈 만큼 충분히. 근데 아주 오래 덜
그럭거려야 할 거요. 그것도 내가 듣지 못하게……. 그 창문
때문에 통풍이 잘 안 되기는 하지만 나도 참고 있으니 저 친구
도 참을 수 있어요." 형사가 교활한 표정을 지으며 말했다.

"참으로 꼼꼼한 분이시군요." 들으라는 듯 엘러리가 느릿느
릿하게 말했다.

"제대로 봤소."

"하위 씨, 당신이 머리를 두들겨 맞았다고 생각해보십시오.
그러면 방 안에서 소리가 심하게 난다든가 시간이 좀 걸린다든
가 하는 건 전혀 상관이 없지 않겠습니까?"

형사는 두꺼운 입술을 삐죽거리며 으르렁거렸다. "하, 이
친구는 내 머리를 치지 못해요. 그렇게 하지 않는 게 좋을 거
고……. 잠깐!" 형사의 작은 눈이 점점 동그랗게 변했다. "이
밤에 머리를 두드려 맞은 건 당신이군!"

"이제야 말귀를 알아듣는군요." 엘러리가 말했다. "필요하
다면 법정에서 베이어드 폭스가 밤새 이 방에 있었다고 맹세할
겁니까?"

형사는 고개를 끄덕였다. 이미 그의 얼굴에서는 웃음이 사라

져 있었다.

"옷이나 입어요, 하위 씨. 불을 끄고. 문을 열고 귀 기울여 들어요. 앞으로 두 시간은 이 집에서 아무도 나가서는 안 됩니다. 올라오는 계단의 맨 꼭대기에 앉아서 감시를 하세요. 아무도 이 어둠 속에서 내려가거나 올라오지 않게."

형사는 비대한 고개를 말없이 끄덕였다.

"무슨 일이 있었습니까, 퀸 씨?" 베이어드 폭스가 조용히 물었다.

"나도 잘 모릅니다, 베이어드 씨." 엘러리가 말했다. "그렇지만 뭐가 됐든 간에 당신에게는 굉장히 좋은 일이 될 것 같군요."

엘러리의 시계는 4시 10분을 가리켰다. 그때 데이킨 서장의 검은 세단이 힐 지역으로 달려 올라와 베이어드 폭스의 집 앞에서 멈췄다.

서장은 조용히 보도를 걸어왔다. 엘러리는 작은 현관의 맨 아래 계단에서 일어나 인사를 건넸다.

"플래시를 가져오셨습니까, 서장님?"

"큰 걸로 가져왔소."

"들어가시죠."

둘은 낮은 목소리로 이야기를 나눴다.

엘러리와 서장은 베이어드 폭스의 집으로 들어갔다. 서장이 낮에 에밀리 폭스로부터 받은 열쇠로 현관문을 열고는 플래시를 켰다.

"이런 세상에!" 서장이 놀라서 소리쳤다. "무슨 일이 있었습니까?"

엘러리가 자초지종을 이야기했다.

서장은 이야기를 듣고 입을 다물지 못했다.

"대체 누가 그랬죠?"

"그러게 말입니다. 베이어드 폭스가 아니라는 것 말고는 밝혀진 게 없어요. 하위 형사 얘기로는 베이어드가 그 방을 떠난 적이 없다고 했거든요."

"탤보트 폭스 집의 누군가일까요?"

"그럴 수도 있죠."

"아니면 외부인?"

"그럴 수도 있고요."

"침입자가 어디서 왔는지 정확히 기억해낼 수는 없습니까? 반쯤은 깨어 있었다고 하지 않았습니까. 그렇다면……."

"그건 절반쯤 잠들어 있었다는 소리이기도 하죠, 서장님. 기억이 나지 않습니다. 만약 탤보트의 집에서 온 거라면 옆쪽에 있는 문으로 왔을 겁니다. 집을 빙 둘러서요. 그렇게 되면 제가 누워 있던 해먹이 있는 앞쪽 현관을 지났을 겁니다. 아니면 저를 지나서 정문으로 빠져나갔을 수도 있고요. 전 침입자가 잔디밭으로 올 때까지는 그 존재조차 의식하지 못했어요. 아니면 제가 말씀드렸듯이 힐 지역에서 온 다른 누군가일 수도 있습니다. 그자는 이곳으로 오려고 댈보트 씨의 집을 가로실렀을 테지요."

"좀도둑이란 겁니까?"

"그렇게는 생각하지 않습니다." 엘러리가 천천히 대답했다. "아뇨, 그럴 리는 없어요."

"뭘 가져갔는지는 알 수 없습니까?"

"그건 모르겠습니다. 못 봤으니까. 저는 서장님을 여기서 계속 기다렸습니다. 제가 본 것에 대해 공적인 증인이 필요했거든요. 먼저 창문을 보러 가시죠."

"그러지요."

엘러리와 서장은 다시 밖으로 나갔다. 서장이 플래시를 켰다. 둘은 침입자가 입구로 사용한 창문으로 갔다. 서장은 창문 밑의 잔디에 플래시를 비춰보았다.

"완전히 짓밟혔군. 발자국이 없어요." 서장이 투덜거렸다. "이래서야 남자인지 여자인지조차도 알 수 없겠는데."

"저도 약간은 일조했습니다. 침입자가 빠져나갈 수 없다고 생각했거든요. 저도 늙었나봅니다, 서장님. 아니, 늙었어요."

"당신 잘못은 아닙니다." 서장이 위로의 말을 건넸다.

잔디부터 창틀까지 서장은 집의 측면을 조사했다. 페인트에는 여러 지저분한 자국이 남아 있었다.

"침입자의 신발 굽이 미끄러졌나보군요."

엘러리가 고개를 끄덕였다. "나가는 중에 그런 것 같습니다."

"고무 굽으로 보입니까?"

"잘 모르겠군요."

"그래도 한번 말해봐요."

"여자들도 고무 굽을 신지 않습니까." 엘러리가 지적했다.

데이킨이 말했다. "나를 좀 밀어 올려주겠소?"

엘러리는 양손을 모아 밀어 올렸고 서장은 성큼 창문으로 올라섰다. 칼로 찌르는 듯한 고통이 그의 왼손에 전해지자 엘러리는 질끈 눈을 감으며 억지로 참았다.

"거기 올라선 김에 자물쇠를 좀 봐주시죠." 엘러리가 말했다.

잠시 뒤 서장이 말했다. "강제로 열렸군요. 아마 크고 육중한 드라이버로 열었겠지요. 아니면 육중한 끌이나."

"낮에 조사가 끝나고 창문을 다시 잠그셨습니까?"

"네. 걸쇠를 걸지는 않았지만."

"그랬군요."

서장은 천천히 창틀 전반에 플래시를 비추었다.

"여기엔 아무것도 없군요." 서장이 툴툴거리며 창틀에서 뛰어 내려왔다. 엘러리가 크게 눈을 떴다. "실오라기나 뭐 그런 것이 창틀에 남아 있을 거라고 생각했어요. 그런 게 있다면 여자 옷인지 남자 옷인지 알아볼 수 있으니까. 하지만 아무것도 없어요. 지문을 판독하는 기계가 있다면 좋겠군요, 젠장."

"그런 게 있더라도 별 도움은 되지 않을 겁니다, 서장님."

"장갑을 꼈단 말인가요?"

"그렇게 보입니다. 모든 것을 아주 기술적으로 처리했어요."

"전문가?"

"그렇진 않아요. 하지만 기술적이에요."

"사람들이 탐정 소설을 너무 많이 읽고 있어요." 서장이 투덜거렸다. "자, 안에 들어가서 피해 상황을 살펴봅시다."

엘러리와 서장이 성문을 통해 집으로 다시 들어갔다.

"거실부터 보도록 하죠." 엘러리가 낮은 목소리로 말했다. "흉기를 가진 침입자가 거기서부터 일을 시작했습니다."

거실에선 오직 두 가지만 건드린 흔적이 있었다. 하나는 가운데가 불쑥 튀어나온, 반들반들한 커다란 마호가니 장식장이었다. 장식장 중앙을 차지하는 간이 개폐식 덮개는 열려 있었고 안의 내용물은 바닥에 흩뿌려져 있었다. 장식장 양옆의 서랍들도 마찬가지로 열려 있었다.

다른 하나는 스탠드와 재떨이가 놓인 서랍 달린 둥근 탁자였다. 탁자의 작은 서랍 역시 당겨져 열려 있었으며 대부분 오래된 청구서인 서류들도 마구 뒤섞여 흩어져 있었다.

"무엇을 가져갔는지 도저히 알 수 없겠는데." 서장이 불평했다. "모든 게 완전 뒤죽박죽이 돼버렸군요. 12년 만에 누군가가 침입해서 이것들을 뒤진 겁니다."

"침입자가 여기서 뭔가를 가져가지는 않은 것 같아요. 작업이 여기서 끝나지 않았으니까요. 거실을 떠난 뒤 침입자는 복도를 지나 집의 뒤쪽으로 갔습니다. 그러고는 어느 방에 들어갔죠."

"뭔가를 찾고 있었군요."

"그렇지만 여기 거실에선 찾아낼 수 없었던 거겠죠, 서장님. 틀림없습니다."

엘러리와 서장은 천천히 현관에서 복도로 걸어갔다. 서장은 플래시를 세워 들고서 마치 빗자루처럼 흔들어댔다.

"누군지 아무것도 떨어뜨리지 않으려고 신경 좀 썼군요." 서장이 툴툴거렸다.

"침입자는 흔히들 그러죠, 서장님."

엘러리와 서장의 앞에는 출입구가 있었다.

"여기가 당신이 맞고 쓰러진 곳입니까?"

"네."

"저기 베이어드 폭스의 오래된 은신처가 보이는군요."

"은신처요?"

"그가 뭐라고 불렀더라, 아, 서재라고 했지요."

"아." 엘러리가 말했다.

둘은 방으로 들어섰다.

네 벽이 마디 많은 송판으로 장식된 작은 방이었다. 소나무로 만든 붙박이 책꽂이들이 있었고 앞부분이 대리석으로 장식된 조그만 벽난로는 밀찍이 떨어진 곳에 자리 잡고 있었다. 싱판에 흠집이 난 호두나무 책상 때문에 방이 더 작아 보였다. 책상 서랍은 모두 당겨져 열려 있었으며 내용물들은 책상 위에 엉망진창으로 버려져 있었다.

"이 책상 서랍들에 자물쇠를 걸 필요는 없었나보군요." 엘러리가 책상 위의 물건들을 살펴보며 나지막한 목소리로 말했다.

"이 먼지 속 자국들을 좀 봐요!"

"봤습니다. 침입자는 장갑을 꼈습니다, 서장님. 맨손이라면 전체인지 부분인지 알 수 있는 자국을 남기죠. 어디엔가 말입니다. 육안으로 볼 수 있을 정도로."

"그것 말고는 또 뭐가 있지요?" 서장이 투덜거리면서 심기가 불편한 듯 주변을 둘러보았다.

"저기 벽에 붙은 책상이 있네요."

책상은 훌륭하고 그윽한 멋을 풍기는 골동품이었다. 상판 밑에는 세 개의 서랍이 있었나. 아래와 중간 서랍은 4분의 3 정도 열린 상태였고 그 안의 물건들은 마구 흩어져 있었다. 하지만 가장 위의 서랍은 절반쯤 열려 있었고 텅 빈 상태였다.

"생각한대로군요." 엘러리가 무뚝뚝하게 말했다. 서장보다는 그 자신에게 한 말 같았다.

엘러리는 먼지가 잔뜩 낀 깔개에 무릎을 꿇고 빈 서랍의 자물쇠를 세심하게 살펴보았다.

"이걸 좀 보시죠."

서장이 목을 길게 뺐다.

"힘들게 뜯어냈군요. 자물쇠 주위에 연장을 댄 흔적이 있어요."

"그렇습니다. 다른 두 개의 서랍이 전혀 자물쇠로 잠긴 흔적이 없는 걸 보면, 결국 그 서랍들은 애초에 잠겨 있지 않았어요. 하지만 맨 위의 서랍은 침입자가 거실의 창문을 딴 도구로 강제로 연 흔적이 있습니다. 서재 출입구에 도착하기 전에 현관 홀에서 탁탁거리는 소리와 뚝 하는 소리를 들었어요. 침입자는 그 도구의 손잡이 부분으로 저를 내리친 것 같습니다." 엘러리의 머리에 다시 고통이 느껴졌다. 침입 현장을 살펴본다는 흥분 때문에 잠시 고통을 잊었으나, 이제 아픔이 맹렬하게 되살아났다.

"침입자가 맨 위 서랍에서 뭔가를 찾아냈을까요?"

"물론이죠, 서장님."

"어떻게 확신하죠?"

"사람들은 비어 있는 서랍을 잠그지는 않지요."

"틀림없군요! 그런데 이 잠긴 서랍 안엔 뭐가 있었을까? 그 좀도둑이 오늘 밤 훔쳐간 게 뭘까요?"

"우리가 그걸 알게 된다면, 서장님." 엘러리는 머리와 어깨, 그리고 손이 욱신거려 얼굴을 찡그리면서도 자신 있게 말했다. "상당히 많은 것을 알아내게 될 겁니다."

"자, 그럼 이제 할 일은 베이어드 폭스에게 물어보는 것이로군요! 여긴 그 친구의 은신처였으니까."

"그렇죠. 베이어드 씨에게 가서 이 서랍에 뭘 넣어두었는지 물어보도록 하죠."

13
굴에서 나온 폭스

서장과 엘러리는 등을 벽에 기대고 층계참에 앉아 있는 하위 형사를 보았다. 형사의 거대한 맨발은 계단의 중심 기둥에 놓여 있었다. 형사는 속옷 위에 바지를 급히 걸쳐 입은 모양이었다.

서장의 플래시 불빛 속에서, 이 뚱뚱한 남자의 얼굴은 축축하고 사악하게 보였다. 형사는 마치 뭔가를 속아서 빼앗긴 사람의 표정이었다.

"무슨 일이 있었습니까?" 엘러리가 낮은 목소리로 말했다.

형사는 얼굴을 찌푸리며 고개를 저었다.

"베이어드 폭스는 어디 있소?" 서장이 다그치듯 물었다.

"어디 있을 거라고 생각하십니까?"

"여길 계속 지키세요, 하위 씨." 엘러리가 말했다.

그는 두툼한 입술을 움직이며 투덜거렸다. "내가 당신 부하요?"

"그럼 여기 좀 계속 남아 있어주시겠습니까, 괜찮으시다면?"

형사는 아무 대답 없이 그저 탐정을 쏘아볼 뿐이었다. 그렇다고 자리를 뜨지는 않았다. 서장과 엘러리는 형사의 다리를 넘어 빠르게 복도를 지나 '남쪽' 방으로 갔다.

베이어드는 구식 철제 더블 사이즈 침대에 등을 대고 누워 담배를 피우고 있었다.

두 사람이 들어서자 베이어드는 즉시 일어나 침대 옆 작은 탁자의 재떨이에 담배를 비벼 껐다.

서장이 문을 닫았다.

"무슨 일입니까, 퀸 씨? 여기 누워 있는데 너무나 걱정이 되더군요."

"당신 집에 누가 침입했습니다. 그리고 뭔가를 훔쳐갔어요."

"침입? 뭔가를 훔쳤다고요?" 베이어드가 의아하다는 표정을 지었다. 무척 놀라는 표정이었다.

"내 몸에 난 혹과 멍이 그 증거입니다." 엘러리가 말했다. "나도 좀 앉는 게 좋겠군요."

"그렇지만 대체 누가요, 퀸 씨?"

"도무지 모르겠습니다."

"뭘 훔쳐갔는데요?"

"아직 그것도 모르는 상태요." 서장이 대답했다. "베이어드, 당신이 우리한테 뭔가 말해줄 수 있다고 생각하는데요."

공포 비슷한 감정이 베이어드의 눈에 퍼져나갔다. "혹시 저를……."

"아니, 그건 아닙니다. 당신은 아니오. 하위가 증명했어요. 난 서랍에 뭐가 들었는지 묻고 싶소."

"어떤 서랍 말입니까, 서장님?"

"서재에 있던 낡은 소나무 책상 말이오. 그 서랍 세 개 중 하나에서 무슨 물건을 빼간 모양이오."

"거기서?" 베이어드의 입술이 뒤틀렸다. "그 책상은 골동품이죠. 콘헤이븐 쪽의 크리처스 반이라는 골동품 가게에서 제시카가 사온 물건입니다. 결혼하고 얼마 안 됐을 때요. 아내가…… 제게 생일선물로 줬던 겁니다."

"그랬군요." 서장이 인내심을 가지고 말했다. "그 서랍에 대해……."

"서랍 하나에 자물쇠를 걸어두었더군요, 베이어드 씨." 엘러리가 말했다. "세 개 중 맨 위의 것."

"자물쇠?" 베이어드가 얼굴을 찡그렸다.

"아닙니까?"

"아…… 기억이 나지 않습니다."

"다시 한 번 기억해보시죠, 베이어드 씨. 중요한 일입니다."

베이어드는 괴로운 표정을 지으며 하얀 두 눈썹을 고통스럽게 찡그렸다. 잠시 뒤 그는 고개를 저으며 말했다. "어떤 서랍 하나에 특별한 물건을 넣어두었던 기억은 나지만……. 하도 오래전이라 기억이 흐릿합니다."

"그게 뭐였소?" 서장이 다그치듯 물었다.

하지만 베이어드는 다시 고개를 저었다. "12년이나 됐어요. 긴 세월입니다." 베이어드가 낮은 목소리로 불평했다. "도저히 기억이 안 나요."

"값어치 있는 물건들이었습니까, 베이어드 씨?" 엘러리가 물었다. "황금, 순은, 현금, 아니면 귀중품들?"

"특별한 은제 상자가 있었지만 에밀리가 가지고 있다가 린다 결혼식 때 린다에게 준 것으로 알고 있습니다. 현금은 반드시 지갑에 넣어 다녔고 다른 데는 넣지 않았습니다, 퀸 씨."

"보석류는요?"

"침실에 있는 상자에 아내가 몇 가지를 보관했었죠. 중요한 것들은 아니었고요. 정말 고가품은 다이아몬드 약혼 반지였죠. 아내를 매장할 때 같이 묻었습니다."

"서랍 안의 물건 중에 제시카 것도 있었습니까?"

"그럴 리 없어요." 베이어드가 얼굴을 다시 찌푸렸다. "아내는 항상 남자의 서재는 성(城)과 같다고 했어요. 그곳은 제 방이었습니다. 제 것만 넣어두었죠."

엘러리와 서장은 서로를 바라보았다.

"베이어드 씨, 뭔가 기억이 난다면 바로 알려주십시오."

"물론이죠. 그런데 이건 뭘 의미하는 겁니까? 이런 일이 왜 벌어졌죠? 누가 훔쳐갔고 또 그 물건이 무엇일까요?"

대답 대신 엘러리는 고개를 젓고 서장과 함께 방을 나갔다.

서장은 앉아 있는 형사와 교대했고, 비대한 남자는 우울한 표정을 지으며 침실로 돌아갔다.

"여기 계십시오, 서장님." 낮은 목소리로 엘러리가 말했다. "저는 린다와 이야기를 좀 해봐야겠습니다."

엘러리는 위층으로 올라가 린다의 침실 앞에서 걸음을 멈췄다. 최근까지 데이비와 함께 사용했던 그 방의 문을 두드리려다 마음을 바꿔 문에다 귀를 갖다 대고 방 안의 동정을 살폈다.

린다가 우는 소리가 들렸다.

엘러리는 미간을 찌푸렸다. 그러고는 문을 두드렸다.

우는 소리는 즉시 사라졌다.

"누구세요?" 린다의 목소리는 떨렸다.

"엘러리 퀸입니다, 린다. 잠깐 이야기 좀 할 수 있을까요?"

린다가 침대에서 일어나는 소리가 들렸다. 문이 열리는 데

2분은 걸린 것 같았다. 새로 분을 바른 얼굴에 눈물의 흔적은 없었다. 나이트가운 위에 급하게 네글리제를 걸친 린다의 얼굴에 놀란 기색이 역력했다.

"무슨 일이시죠, 퀸 씨? 지금 시간이……. 세상에, 얼굴이!"

"나중에 설명하겠습니다, 린다." 방에는 린다 외에 다른 사람은 없었다. "5분 안으로 응접실로 내려와주겠습니까?"

"네. 알겠어요."

린다가 사용한 침대의 시트는 구겨져 있었다.

"5분입니다, 린다."

엘러리는 서장이 앉아 있는 곳으로 가서 어깨를 들썩했다. 그러고는 성큼성큼 걸어 데이비가 있는 침실에 도착했다. 엘러리는 손잡이를 조심스럽게 돌리고 안으로 들어섰다.

그 방은 린다가 아이 때부터 결혼 전까지 사용했던 침실이었다. 여성스럽고 아기자기한 방이었다. 프릴이 달린 커튼, 캐노피가 있는 침대, 비단으로 된 전등갓, 그리고 오건디로 장식한 강낭콩 모양의 화장대가 있었다. 데이비는 그 방에 위화감을 느끼는지 불편한 기색으로 잠들어 있었다. 팔과 다리가 마구 꼬인 채 몸을 웅크린 상태로 시끄럽게 숨을 내쉬었다.

"데이비."

그가 즉시 일어났다.

정말로 잠들어 있었군. 엘러리는 생각했다. 만약 깬 상태였다면 일어나는 과정이 좀 더 정교하고 느렸을 것이다.

"린다! 무슨 일이……."

"아니, 아닙니다, 데이비." 엘러리가 침대 가장자리에 앉으며 말했다. 희뿌연 빛이 어둠 속에 떠올랐다. 그 속에서 데이비의 비쩍 마른 얼굴이 창백하게 표류했다.

"엘러리 씨! 얼굴이 왜 그렇습니까?"

엘러리가 자초지종을 말했다.

데이비는 한동안 말이 없더니 이렇게 말했다. "일단 이쪽으로 오세요. 얼굴을 치료해드리죠. 그런 다음 손 쪽을 좀 보도록 하죠."

"아, 난 괜찮아요. 고맙군요. 그나저나 질문을 좀 하겠습니다. 혹시 몽유병 증세가 있습니까?"

"네?" 데이비가 얼굴을 찌푸렸다. "아니, 도대체 나를 어떻게 보시는 거죠? 지킬과 하이드?"

"자, 자." 엘러리가 웃으며 말했다. "대위, 냉정해지세요. 당신을 용의선상에서 배제하려고 이러는 겁니다. 거기다 난 최근 당신이 겪은 신경 이상 증세도 감안해서……."

"아뇨." 데이비가 희뿌연 빛 속에서 몸을 떨었다. "몽유병 증세는 없습니다. 아니, 전부터도 그런 증상은 아예 없었어요."

"막연히 추측해본 겁니다." 엘러리가 고개를 끄덕이며 말했다. "데이비, 무슨 소리 못 들었습니까?"

"아무것도요. 어제 밤은 너무도 피곤해서 침대로 들어가 곧바로 잠들었어요."

"당신 아버지가 책상 서랍에 뭔가 보관했던 걸 기억합니까?"

"뭔가를 '보관했다'는 것조차 알지 못합니다. 아이였을 때는 아버지의 서재에 들어갈 수 없었습니다. 어머니가 못 들어가게 했으니까요. 내가 들어가면 어지럽히기만 할 거라면서. 어머니는 나를 골칫거리라고 생각하신 것 같아요……. 하지만 그때는 내가 열 살 정도 된 아이였으니까……."

"책상 서랍 속에 뭐가 있었는지 조금이라도 생각나는 게 없습니까?"

"전혀요. 상상조차 못하겠어요, 퀸 씨. 도대체 뭣 때문에 그러시죠?"

엘러리는 그저 이렇게 대답했다. "옷을 걸치고 아래로 내려와요, 데이비."

그가 혼자 아래층으로 돌아와 보니 서장이 낮은 목소리로 탤보트 폭스와 대화하고 있었다. 탤보트의 머리카락은 부스스했다. 낡은 목욕 가운 밑에는 잠옷을 입었고 맨발에 천으로 된 실내화를 신고 있었다.

"자초지종을 말하고 있었어요." 서장이 엘러리가 온 것을 보고 말했다. "탤보트 씨도 우리처럼 당황하는군요."

"이해할 수 없군요, 퀸 씨." 탤보트는 크게 걱정하는 표정이었다.

"곧 이해하시게 될 겁니다." 엘러리가 중얼거렸다. "에밀리는 일어났습니까?"

"에밀리 말입니까? 잘 모르겠군요."

"모른다고요?"

탤보트는 양손을 가운 주머니에 넣고 얼굴을 찡그리며 슬리퍼를 내려다보았다. "그게…… 지난밤 나는 데이비가 쓰던 방에서 잤습니다." 탤보트가 낮은 목소리로 말했다.

"아, 그렇군요."

탤보트는 뭔가 더 설명해야 한다고 느끼는 표정이었다.

"에밀리 몸 상태가…… 썩 좋지 않아서."

"힘드시겠지만 부인도 깨워 이곳으로 데려올 수 있을까요?"

"가서 보고 오겠습니다."

탤보트는 발을 끌면서 안방으로 향했다. 문 앞에서 잠시 머뭇거리던 탤보트가 소심하게 문을 두드렸다. 반응이 없자 얼마 뒤에 다시 문을 두드렸다.

에밀리가 문을 열기까지 그는 여섯 번이나 노크를 했다. "그럼 아무도 침입자가 베이어드 씨의 책상에서 훔쳐간 물건이 뭔지 모르는군요." 엘러리가 응접실에 모인 사람들에게 쾌활하게 말했다.

모인 사람들은 모두 갑작스러운 새벽 추위에 몸을 떨고 있었다.

회의는 그다지 생산적이지 못했다. 에밀리는 질문을 듣자 마치 굉장히 무례한 말을 들었다는 표정으로 입을 꽉 다물었다. 린다 역시 뭔가 아는 것 같지는 않았다. 데이비도 이미 모른다고 말했다. 이제 탤보트만 남았는데……. 나머지 사람들이 전부 탤보트를 쳐다보았다. 탤보트와 제시카의 관계는 쉽사리 잊기 힘든 사건이었다. 비밀스러운 관계는 계속 비밀을 낳으니까. 잠긴 서랍의 비밀과 도난당한 내용물은 그들의 비밀스러운 관계와 무슨 관련이 있을까? 모두가 의문의 눈빛을 품었다. 물론 엘러리도 예외는 아니었다.

하지만 탤보트는 간단히 대답했다. "전혀 모르겠습니다. 내가 어떻게 알 수가 있겠습니까?"

에밀리가 날카롭게 코를 훌쩍였다.

"이거 참, 아무런 성과가 없군요." 서장이 말했다.

"그 반대죠, 서장님. 엄청나게 중요한 진전입니다. 제가 이 사건을 맡은 이후 처음으로 희망의 빛을 봤습니다."

"희망?"

린다가 마치 그 단어의 의미를 전에는 알지 못했다는 듯 말했다.

"그렇다면 우리에게 좀 더 자세히 말해봐요. 변죽만 울리지 말고!"

엘러리가 어깨를 한 번 들썩했다. "이 밤에 어떤 일이 있었습니까? 누군가 베이어드 폭스의 집을 침입했습니다. 그 집은 12년 동안 굳게 닫혀 있었어요. 마치 격리 병동처럼 사람들이 내내 그 집을 피해 다녔습니다. 하지만 오늘 밤 어떤 침입자가 들어가 거실과 베이어드 씨의 서재를 뒤집어놨습니다. 우리가 여태까지 결론을 내린 바는 이렇습니다. 12년 혹은 그 이상 잠겨 있던 베이어드 씨의 책상 서랍에서 침입자는 뭔가 찾던 것을 발견했고 그것을 가지고 도주했습니다."

엘러리는 얼굴을 찌푸리며 아랫입술을 깨물었다.

"침입자를 도둑이라고 생각하는 건 잘못이겠죠. 지난 12년 동안 도둑이건 뭐건 아무도 이 집에 발을 들인 적이 없습니다. 그런데 공교롭게도 사건의 재조사를 시작한 바로 오늘 누군가가 무단 침입했습니다. 우연의 일치? 나는 이처럼 놀라운 우연의 일치는 믿지 않습니다. 침입자는 제시카 폭스 살해 사건의 관련자라고 결론 내리는 것이 타당합니다. 훔쳐간 물건은 이 사건 해결에 중요한 요소일 겁니다. 베이어드 씨가 살인자로 유죄 선고를 받고 감옥에서 보낸 12년 동안, 사건은 이미 흘러간 일이 되었고 잠긴 서랍 속의 물건은 침입자에게 아무런 가치도, 중요성도 없었습니다. 그런데 바로 오늘, 상황은 갑자기 달라졌습니다. 라이츠빌에 탐정이 나타났지요. 그 탐정은 베이어드 폭스를 감옥에서 데리고 나와 폐허가 된 집으로 들어갔고, 오래 전에 나왔던 질문들을 다시 물었습니다. 그러고는 사건을 수면 위로 떠올렸습니다. 즉시 미지의 아무개는 행동에 돌입합니다. 그자는 서랍에서 물건을 가져갈 기회를 가장 먼저 거머쥡니다. 왜 그런 성급하고 위험한 행동을 했을까요? 그건 내가 그 물건을 발견할 것이 두려웠기 때문일 겁니다. 그렇지만 왜 두려워했을까요? 내가 여기 내려온 목적을 생각해보면 답이 나옵니다. 나는 베이어드 씨가 지난 12년 동안 살인자 누명을 뒤집어썼다고 생각해 진실을 밝히려 합니다. 그러자 침입자는 갑자기 깨닫게 된 겁니다. 그 물건이 내 손이나 경찰의 손에 들어가면 무죄 증명에 도움이 된다는 것을.

이제 아시겠습니까? 최소한 오늘 밤까지, 12년 전 베이어드 씨에게 씌워진 누명을 해결할 수도 있는 단서가 잠자고 있었습니다! 이제 왜 내가 희망을 말하는지 아시겠지요?"

그 자리에 모인 사람들은 그제야 이해한 듯 보였다.

"서장님, 이젠 진짜 해야 할 일이 생겼습니다. 이 사건을 재수사하고 처음으로요."

서장은 마음이 흔들리는 것 같았다.

"이제 저를 공격한 그 미지의 침입자를 밝혀내야 합니다. 나는 그를 '폭스(여우)'라고 부르고 싶군요. 그자는 여태껏 배후에 안전하게 숨어 있었지만 내가 라이츠빌에 온 순간 그 굴에서 튀어나와야 했어요. 우리는 그자가 누군지 알아내야 합니다. 반드시요, 서장님. 또 무엇을 가져갔는지도 밝혀내야 합니다."

서장이 고개를 끄덕이며 마른침을 삼켰다. "여러분은 오늘 밤 일어난 일을 그 누구에게도 말하면 안 됩니다."

이에 대해서도 사람들은 이해한 것 같았다. 새로운 결속의 감정이 사람들을 가깝게 묶는 것처럼 보였다. 그들 안에는 서로 공유하려고 하는 즐거운 감정이 생겨났고, 흥분도 보였다. 처음으로 그들은 베이어드를 그들과 같은 편이라고 생각했고, 죄수의 야윈 얼굴은 의외의 기쁨으로 조금씩 밝아지고 있었다.

엘러리가 미소를 띠고 말했다. "그건 그렇고, 저와 서장님이 외부를 살펴보는 걸 끝낼 때까지 이 집을 떠나지 말아주십시오."

이제 분위기는 너무나 편안해졌다. 공포감을 드러내던 표정들은 다 어디로 갔는가? 그것은 사라지고 없었다. 모인 사람들은 잡담을 하면서 삼삼오오 흩어졌다. 엘러리가 보기에 이번에 새로 밝혀낸 사항을 개인적 모욕으로 여기는 사람은 하위 형사 뿐이었다. 형사는 정말 우울한 친구였다.

14
폭스와 약국 장부

햇빛이 그런대로 훤해지자 엘러리와 서장은 집 밖으로 나섰다.

탤보트 폭스 집의 현관 아래를 시작으로 두 사람은 잔디밭을 조사했다. 마치 잃어버린 다이아몬드를 찾는 것처럼 꼼꼼한 수색이었다. 갈색으로 말라붙은 풀 한 포기까지 모두 조사 대상이었다. 둘은 작은 원형을 그려가며 조사를 계속했다. 조용히 허리를 굽힌 채 한 사람이 앞서가면 한 사람이 뒤를 따르는 식이었다.

하지만 그들이 잔디밭을 다 조사하고 허리를 폈을 때는, 아무런 수확도 없었다.

"그자가 뭔가 떨어뜨렸거나 잔디밭을 무르게 해줄 비가 충분히 내렸다면 좋았을 텐데." 서장이 불평했다.

"그렇지만 그 어느 쪽도 아니었죠." 엘러리가 대답했다. "이 세 길을 조사해봐야겠네요."

서장과 엘러리는 힐 지역에서 몇백 미터 아래쪽의 타르 자국이 난 도로를 조사했다. 침입자가 외부인이라면 마을에서 차를 몰고 와서 폭스 집 근처에 주차를 했을 것이기 때문이다.

하지만 이 조사 역시 소득이 없었다.

"일이 어렵게 되어가는데요, 서장님." 엘러리가 서장과 함께 베이어드 폭스의 집 쪽으로 성큼성큼 걸어가며 말을 꺼냈다.

"아무것도 찾아낼 수 없을 것 같군요."

"집의 내부로 다시 들어가보죠." 엘러리가 인상을 쓰며 말했다. "이번엔 아주 철저하게 살펴보자고요."

비어 있는 집의 1층을 꼼꼼히 둘러보는 데 두 시간이 걸렸다. 결국 그들이 분투하여 찾아낸 것은 길고 무거운 드라이버 하나였다. 엘러리가 현관의 마호가니 응접탁자 밑에서 찾아냈다.

"퀸 씨를 때리고 도망가는 도중에 떨어뜨린 모양이군요." 서장이 조심스레 드라이버를 다루면서 말했다. "탁자 밑으로 굴러 들어갔겠지요."

"이 물건의 소유주를 추적할 수 있을까요, 서장님?"

"가망이 없어요. 이걸 좀 봐요." 서장이 무거운 손잡이 부분에 찍힌 제조회사 이름을 가리켰다.

"탤보트 폭스 컴퍼니!" 엘러리가 소리쳤다. "왜죠, 서장님? 그렇다면……."

그러나 서장은 고개를 저었다. "라이츠빌 사람들 중 75퍼센트는 공구함에 폭스 컴퍼니의 드라이버를 가지고 있을 겁니다. 탤보트 폭스 컴퍼니는 로우 빌리지 공장과 연계해 소매점을 운영하면서 지역 소비자들에게 편의를 제공하지요. 게다가 마을의 철물점 세 곳은 모두 이 회사의 도구를 많이 들여놓고 있어요. 이 물건은 새것도 아니군요. 아쉽지만 이걸 추적해봤자 소득이 없을 거예요."

"지문이 남았는지 확인을 해보죠."

"아까 그럴 만한 도구가 없다고 했잖습니까."

"제가 가지고 있습니다. 다행히 뉴욕에서 올 때 자그마한 도구를 하나 가지고 왔습니다. 잠시만 기다리시죠."

엘러리가 나갔다 돌아왔을 때, 손에는 작은 도구가 들려 있었다.

"침입자는 장갑을 꼈겠지만 확실히 해두어야겠죠."

드라이버엔 지문이 남아 있지 않았다. 깨끗이 닦아놓은 게 분명했다.

"그걸로 끝이군요." 서장이 말했다.

"끝이 아닐 수도 있습니다. 다른 생각이 있어요."

서장이 베이어드의 집을 잠근 후, 둘은 탤보트 폭스의 집으로 되돌아왔다.

폭스 일가와 하위 형사는 아침 식사를 하고 있었다. 뚱뚱한 형사조차 그들이 돌아오는 것을 간절히 기다리고 있었던 듯했다.

그렇지만 엘러리는 이렇게 말했다. "아, 식사를 방해하고 싶지는 않습니다. 드라이버를 빌리려고 돌아온 겁니다. 탤보트 씨, 쓸 만한 드라이버를 하나 빌려주시겠습니까?"

"물론입니다." 탤보트가 일어섰다. "공구들은 집에서 좀 떨어진 헛간에 보관하고 있습니다. 하나 가져다드리죠."

"우리도 함께 가겠습니다."

"먼저 아침을 드시지 않겠어요, 퀸 씨?" 에밀리가 물었다. 그녀는 얼굴이 부은 데다 피부에선 붉은빛까지 감돌았다. "서장님도 함께 드세요."

"감사하지만 부인, 그럴 수가 없군요."

"해야 할 일이 있거든요." 엘러리가 사과하듯이 말했다. 두 사람은 탤보트를 따라 집을 나섰다.

탤보트는 정문으로 나가 오른쪽으로 돌아섰다. 잔디밭을 가로질러 다시 오른쪽으로 돌아선 그는 집에서 좀 떨어진 헛간으로 터벅터벅 걸어갔다.

엘러리와 서장은 서로를 바라보았다. 머릿속에 같은 생각이 문득 떠오른 것이었다.

하지만 그들은 아무 말도 하지 않았다. 탤보트가 흰 페인트로 칠한 큰 헛간에 들어섰다. 그들 역시 뒤따라 들어갔다.

헛간은 공구실인 동시에 이 꼼꼼한 남자의 작업실이었다. 큰 작업대와 효율적으로 생긴 선반이 있었다. 다양한 드릴, 톱, 대패, 끌, 그리고 다른 작은 도구들이 모두 깔끔하게 선반에 정렬되어 있었다. 선반 하나에 열 개의 드라이버가 크기 순서대로 정렬되어 있었다.

"이중에 하나면 되겠죠?" 탤보트가 물었다.

이어 그는 고갯짓으로 가장 큰 드라이버를 가리켰다.

"저것보다 더 큰 것은 없습니까?" 엘러리가 미심쩍다는 듯 말했다.

"그거라면 여기에⋯⋯." 탤보트가 동작을 멈추더니 당황하는 표정을 지었다. "제일 큰 놈을 여기 놔뒀었는데."

"이곳에 있었다고요?" 서장은 선반의 빈 공간을 가리켰다.

"그렇습니다. 이것 참, 나는 도구를 사용한 뒤엔 늘 제자리에 놓거든요. 아마도⋯⋯. 잠시 기다리시죠. 가족들한테 물어보겠습니다."

탤보트가 빠르게 자리를 떴다. 그동안 엘러리와 서장은 재빨리 헛간을 조사했다.

"마찬가지로 아무것도 없군요." 서장이 투덜거렸다.

탤보트는 아까보다 더 당황하는 얼굴로 돌아왔다.

"아무도 드라이버를 쓴 적이 없다고 하네요. 도무지 이해할 수가 없군요."

"뭐 그리 중요한 건 아닙니다." 엘러리가 진심으로 말했다. "어딘가에 잘못 놓여 있겠죠. 다른 것들 중에 하나를 쓰겠습니다. 신경 쓰지 마세요."

"그럼 좋은 걸로 하나 가져가세요." 탤보트가 얼굴을 찌푸리며 헛간을 떠났다.

엘러리는 소매에서 큰 드라이버를 꺼냈다. 베이어드 폭스의 집 현관에서 발견한 것이었다. 이어 그는 선반의 빈 공간에 그것을 올려놓았다.

그러자 한 세트가 완성되었다.

"이래서 침입자가 이쪽에서 왔다고 했군요!" 서장이 감탄을 하며 외쳤다.

엘러리가 고개를 끄덕였다.

"침입자는 이곳 헛간으로 처음 왔습니다. 연장으로 쓸 도구를 가지러요. 그다음엔 탤보트의 집 정면을 돌아 잔디밭을 지나고 베이어드의 집 거실 창문으로 다가간 겁니다. 제가 누워 있던 해먹 아래쪽으로 그자가 지나가면서 제가 처음으로 그자를 의식하게 되었고요."

"그렇다면 누구나 침입자가 될 수 있단 소리군요."

"그렇죠. 탤보트의 집에서 누군가가 옆문으로 나와 헛간을 거쳐 정면을 둘러갔을 수도 있고, 아니면 힐 지역의 외부인이 헛간을 먼저 들러 베이어드의 집으로 갔을 수도 있어요. 베이어드 폭스만 제외하고요."

"베이어드를 제외한 누구나." 서장이 투덜거렸다. "도무지 받아들이기가 힘들군요. 당신은 침입자가 베이어드 폭스일 수도 있다고 생각했을 법한데!"

거기서 야간 좀도둑의 기이한 사건은 실마리가 끊어지는 것처럼 보였다.

서장은 힐 지역에 사는 폭스가의 이웃들을 방문하기 위해 떠나며 말했다. "좀도둑을 수색하는 것처럼 우호적인 방문을 할 생각입니다. 질문도 몇 가지 하고요. 어디서 뭐가 튀어나올지 알 수 없으니까요."

엘러리는 목욕을 하고 면도를 한 뒤 상처를 응급 치료했다. 그 후 식당으로 내려와 뒤늦은 아침을 먹었다. 데이비 부부는 슬로컴으로 쇼핑을 하러 갔고 탤보트는 공장으로 떠났다. 에밀리는 탐정에게 달걀 프라이를 해주고 토스트와 커피 주전자가 제대로 채워져 있는지 확인한 뒤 집안일을 하려고 위층으로 올라갔다. 그렇게 하여 엘러리는 베이어드와 단둘이 남게 되었다. 물론 하위 형사도 있긴 했지만 별로 신경 쓰지 않아도 됐다. 그는 멀리 떨어진 곳에서 화가 난 채 다섯 잔째 커피를 마시는 중이었다.

"기억이 좀 납니까, 베이어드 씨?" 엘러리가 토스트에 버터를 바르면서 밝게 물었다.

"괴로울 정도로 머리를 쥐어짰습니다만 기억나는 것이 없습니다."

"자, 그럼 확인해볼까요. 평소 서랍에다 업무 서류 같은 것을 넣어두셨습니까?"

"그렇진 않았습니다." 베이어드가 미심쩍은 듯 대답했다.

"그런 서류라면 형과 저는 공장에 보관했습니다."

"편지가 들어 있었을까요? 개인적인 것들. 아무 데나 놔둘 수 없는 그런 편지들."

"제겐 그런 편지가 없었습니다." 베이어드가 조용한 목소리로 대답했다.

"다른 종류의 서류들은?"

"기억이 나지 않아요, 퀸 씨."

엘러리가 갑작스레 이렇게 말했다. "총은 어떻습니까."

베이어드는 깜짝 놀란 기색이었다. 하위는 입술에서 커피 잔을 내려놓았다.

이런 반응에도 엘러리는 그저 미소를 띠고 있었다. "데이비가 말해주더군요. 어렸을 때 종종 마호가니 산으로 함께 캠핑을 갔다고요. 아마 사냥을 하지 않았을까 하는 생각이 들었습니다. 물론 서랍에 엽총 같은 건 넣어두실 수 없었겠죠. 하지만 많은 사람들이 리볼버로 마멋이나 토끼를 사냥하지 않습니까……."

"그런 적 없습니다." 베이어드가 말했다.

"네?"

"그런 살생은 생각조차 안 했습니다." 베이어드가 말했다.

하위 형사는 이 수감자의 말에 잠시 넋이 나간 듯 입을 벌리고 있었다. '아, 그러서'라고 말하는 듯한 표정이었다. 하위는 발작적으로 씨근덕거리면서 걸걸한 웃음을 터트렸다. 누가 봐도 비웃는 것이었다.

베이어드는 하위의 반응에 성긴 흰 머리카락이 뿌리까지 붉어졌다. 그는 씁쓸하면서도 분개하는 표정을 형사에게 지어보

인 뒤 식탁에서 벌떡 일어나 뭔가를 중얼거리며 재빠르게 위층
으로 올라갔다.

"이봐." 형사가 인상을 쓰며 황급히 베이어드의 뒤를 쫓아갔
다.

엘러리는 생각에 잠긴 채로 아무 말 없이 아침 식사를 끝마
쳤다.

한낮이 되자 서장이 전화를 걸어왔다. 침울한 목소리였다.

"별 소득이 없어요. 아무도 뭘 보지 못했고, 뭘 듣지도 못했
답니다. 그러니 뭘 찾아내지도 못했지요."

"뭔가 있을 거라고 기대하지도 않았잖습니까." 엘러리가 위
로의 말을 건넸다.

"정말 무심하게 말하는군요!"

"무심이 아니라 헌신입니다, 서장님. 이유에 대한 헌신이죠.
일을 몇 년 하다 보면 그런 헌신의 태도가 생깁니다. 자베르*를
아시죠? 참 보기 싫은 자입니다만, 아주 열심히 쫓아다니는 친
구입니다. 아니, 멀리 갈 것도 없이 하위를 보십시오."

"퀸 씨나 열심히 그렇게 해요." 서장이 투덜거렸다. "난 집에
가서 씻고 식사나 해야겠어요."

"외부인이라는 쪽으로 계속 수사하실 겁니까?"

"내가 할 수 있는 것은 해보지요, 퀸 씨. 그렇지만 힐 지역 사
람들과 이야기를 해보니 다소 비관적이에요. 한밤중에 벌어진
일이고, 라이츠빌 사람들은 일할 때만 아니라 잠잘 때도 열심
이거든요."

"그게 일을 더 쉽게 해줄 수도 있어요, 서장님. 누군가가 깨

---

* 빅토르 위고의 소설 《레미제라블》에 나오는 악독한 경찰.

어 있었다면 침입자를 우연히 봤을 것이고 더 잘 기억할 테니까요."

서장은 툴툴거리며 말했다. "어쨌든 에멀린 뒤프레를 빼고는 다 만나봤어요. 그 여자는 집에 없더군요. 가까우니까 직접 찾아가봐요. 그 여자는 혹시 뭔가를 보았을 지도 모르죠. 귀신도 그 여자의 눈은 속이지 못하니까."

"알겠습니다, 서장님."

엘러리는 힐 드라이브를 따라 내려가 뒤프레의 집에 도착했다. 초인종을 계속 눌렀지만 응답이 없었다. 엘러리는 그 집의 작은 현관 앞에서 약간 짜증이 난 채 서 있었다. 꼭 누군가를 만나려고 하면 집에 있는 법이 없었다. 결국 엘러리는 어깨를 한 번 들썩이고 그곳을 떠났다. 아무리 예리한 마을의 관찰자일지라도 야밤에 뭔가 봤다거나 들었다는 것은 불가능한 일이었다.

엘러리는 뒤프레의 옆집인 존 라이트 부부의 집에 들르고 싶은 충동을 간신히 억눌렀다. 지금 방문하면 베이어드 폭스 사건에 대한 질문만 잔뜩 받을 것이다.

엘러리는 천천히 힐 지역을 내려가 마을 쪽으로 전진했다.

어퍼 휘슬링과 스테이트 스트리트가 만나는 교차로에서 엘러리는 잠시 멈췄다. 서장을 만나러 가봐야 하나? 하지만 아직은 새로운 소식이 없을 것이다. 그는 다시 마음을 고쳐먹고 마을을 산책하기로 했다.

엘러리는 노던 스테이트 전화 회사를 지나 좁은 제즈릴 도로로 들어갔다. 한 블록 건너편에는 5, 10센트 균일상점이 들어서 있었다. 어퍼 휘슬링 애비뉴 쪽으로는 작은 가게들이 있었는데, 그중 하나가 미스 샐리의 티 룸이었다. 라이츠빌 여성 상류층이 '기분 좋은' 곳이라고 부르는 장소였다. 그곳에는 레이스 커튼과 덜걱거리는 식민지 시대풍의 탁자와 의자가 있었고, 한쪽 벽을 따라서는 레몬색 인조 가죽으로 칸을 막은 작은 공간 여러 개가 줄지어 있었다. 웨이트리스들은 모두 모브 캡*을 쓰고 허리 약간 위부터 시작하는 갈색 드레스를 입고 있었으며 드레스 밑단은 신발 바로 위까지 내려와 있었다. 메뉴판은 샐리가 손수 옛날식 영어로 쓴 것으로, '옛날식'이란 말이 앞에 붙은 메뉴는 크림소스를 주재료로 하거나 단것 종류가 대부분이었다.

엘러리는 진저리를 치면서 그곳을 얼른 지나치려 했다.

하지만 그렇게 되지 않았다.

엘러리는 자신을 부르는 여자의 새된 목소리를 들었다. "퀸 씨! 세상에, 퀸 씨! 거기 서봐요! 잠깐만요!"

나이 든 여자가 가게 출입구에 기대어 과장된 몸짓으로 그를 부르고 있었다.

"네?" 엘러리가 어정쩡하게 대꾸하면서 돌아보았다. 여자는 심각한 표정을 짓고 있었다. 피부는 메마르고 이목구비는 평범했다. 그런데 아주 익숙한 얼굴이었다. 잠시 뒤 엘러리는 싱긋 웃으며 말했다. "이제 기억이 나네요, 미스 에이킨. 스테이트 스트리트에 있는 카네기 도서관의 관장."

"기억하시는군요!" 에이킨이 소리쳤다. 에이킨은 뭐가 그리도 기쁜지 가슴 부분을 움켜쥐었다. 그러고는 탐정의 팔을 붙잡았다. "잠시 안으로 들어오시겠어요? 부탁해요."

---

* 18~19세기에 여자들이 쓰던, 면으로 된 가벼운 모자.

"티 룸 안으로요? 아니, 저…… 뭔가 문제라도 있습니까?"

"하여튼 들어와보세요." 에이킨이 엘러리를 북적이는 식당으로 이끌면서 낮게 말했다. 식당에 앉은 사람들의 눈이 모두 엘러리를 좇았다. 대부분 나이 든 여자들이었다. 숙덕거리는 소리를 들으면서 지나치려니 참으로 고역이었다. 이런 하렘 같은 식당으로 나를 끌어들이다니 망할 여자 같으니라고. 엘러리는 생각했다.

"에멀린이 당신에게 전화를 걸어 뭔가를 말하려고 했거든요. 그래서 에멀린이 전화를 걸려고 자리를 뜬 사이에 제가 밖을 바라보는데 당신이 지나가고 있는 게 아니겠어요? 이런 걸 뭐라고 하는지 알아요? 그야말로 천우신조예요!"

엘러리는 좀 기분이 나아졌다. 최소한 뒤프레를 만나려던 일은 이렇게 해결이 됐다. 그런데…… 그녀가 날 만나려 했다고? 그렇다면 뭔가를 본 건가? 이렇게 고마울 데가 있나, 착한 노처녀 에멀린 뒤프레!

"그나저나 미스 뒤프레는 어디 계시죠?" 엘러리가 애가 타는 듯 물었다. "그러니까, 전화기가 있는 곳이 어딥니까? 얘기를 좀 해야겠는데요."

"아, 제가 가서 데려오죠." 에이킨은 얼굴이 붉어지며 서둘렀다. "여기 앉아 계세요. 에멀린과 제가 개인적인 이야기를 하려고 일부러 잡아둔 자리니까. 물론, 당신이 여길 지나가리라는 것을 알았더라면……." 에이킨은 말을 마치지도 않고 자리를 떠나 작은 출입구로 사라졌다. 출입구엔 연푸른 페인트로 '숙녀용'이라고 적혀 있었다.

얼마 지나지 않아 문이 벌컥 열리고 피부가 얼룩덜룩한 뱀 같은 뒤프레가 나타났다. 그녀는 모서리가 접힌 큰 책을 자신의 빈약한 가슴에 누른 채로 황급히 레몬색 칸막이 자리로 들어왔다. 에이킨도 그 뒤를 따랐다.

"퀸 씨!" 에멀린 뒤프레가 소리쳤다. "앉으세요. 제발요. 아, 정말 운이 따르네요! 이런 기적은 정말 다신 없을 거야." 이어 에멀린은 탐정을 긴 좌석 중 하나에 밀어 넣고 에이킨을 맞은편 긴 좌석에 밀어 넣은 뒤 자신도 재빨리 에이킨의 옆자리에 앉았다.

이렇게 하여 엘러리는 흥분한 두 노처녀를 마주보고 앉게 되었다. 이들 사이의 탁자 위에는 크림소스로 요리한 닭고기가 절반쯤 남아 있었고, 마요네즈 대신 휘핑크림과 마라스키노 체리를 얹은 월도프 샐러드*와 이 가게의 유명한 특제 디저트인 땅콩 무스를 얹은 파인애플맛 마시멜로가 놓여 있었다. "만나 뵈려고 에밀리 폭스한테 전화했는데 어디로 가셨는지 모른다고 해서요. 그래서……."

"지난밤엔 정확히 무엇을 보신 겁니까, 미스 뒤프레?" 엘러리가 재촉하듯 물었다.

두 여자가 엘러리를 쳐다보았다. 그러고는 다시 서로를 마주보았다.

"지난밤에 뭘 봤냐고요?" 에멀린이 그의 말을 반복했다. "아니, 무슨 말씀이세요? 지난밤에는 아무것도 본 게 없는데요?" 휜히 들여다보이는 에멀린의 콧구멍 속 연골이 떨렸다. "제가 뭘 봤어야 하나요?"

아니, 그럼 무슨 얘기를 하려는 거야?

---

* 사과, 견과류, 셀러리를 마요네즈에 버무린 샐러드.

엘러리가 눈을 깜빡였다. "오늘은 제가 참 정신이 없군요." 멋쩍은 표정으로 웃으며 엘러리가 말했다. "다른 일에 대해 생각하던 중이었거든요. 두 분이 제게 말씀하시고 싶다는 건 뭔가요?"

뒤프레와 에이킨은 다시 시선을 교환했다.

뒤프레가 혀를 입술 위로 날름 내밀고는 말을 시작했다. "음, 일은 미스 에이킨이 라이츠빌 유명인사들의 서명을 모으는 데서 비롯됐죠. 그리고……."

엘러리는 망연자실해서 에멀린의 이야기를 들었다. 중간에 에이킨은 간혹 소심하게 말참견을 하기도 했다. 이야기의 내용은 쇼클리 라이트와 찾기 어려운 그의 서명에 대한 것이었다. 에이킨은 하이 빌리지 약국의 전 소유주 마이런 가백을 통해 서명을 거의 찾아낼 뻔했다. 가백이 쇼클리 라이트의 진품 서명이 들어 있는 특별 영수증 장부가 있다는 사실을 기억해냈기 때문이다. 하지만 운명의 여신 '아트로포스*'가 어찌나 훼방을 놓던지 '찾아보겠다'고 약속한 바로 그 주에 가백은 무심하게도 심장마비로 사망해서 그 귀중한 서명은 또 다시 허공 중에 떠버리고 획득이 불확실해졌다. 결국 혐오스러운 앨빈 케인이 가백의 가게를 넘겨받았을 때 그는 평소 성격대로 문화의 진전을 막는 장벽을 쳤다. 예전 장부를 들춰보는 것이 귀찮다고 거절을 한 것이다.

"그 시점에서 미스 에이킨은 제게 도움을 요청했죠." 에멀린이 말을 우아하게 이어나갔다. "저의 설득 능력이 본인보다 낫다면서." 엘러리는 '참으로, 참으로 할 일 없는 노처녀들이로

* 운명의 세 여신 중 하나.

군'이라고 말하려다 참기로 했다. "물론 저는 시민의 의무를 다하기 위해 도와주기로 했어요. 미스 에이킨의 서명 모음집은 유용한 박물관 자료니까. 값어치를 매길 수 없는 문화유산이잖아요. 그 모음집은 의심할 여지없이 라이츠빌 역사의 한 페이지로 기록될 거예요. 그런데 앨빈 같은 평범한 장사꾼이……." 뒤프레가 콧방귀를 뀌었다. "미스 에이킨의 모음집에서 빠진 라이츠 가문 사람의 서명을 그자가 독차지해선 안 돼요. 퀸 씨도 제 말에 동의하시죠?"

엘러리는 조심스럽게 동의했다.

일단 이 상태로 계속 나가보자고, 엘러리는 마음속으로 생각했다. 이런 쏟아지는 말의 홍수에서 무슨 단서가 나올지도 모르니까.

"그렇지만 우린 해냈어요!" 에이킨이 너무나 기쁜 나머지 소리를 질렀다. "에멀린, 우리가 어떻게 해냈는지 말씀드려야죠!"

"그자의 방해에도 우린 계속 노력했죠." 뒤프레가 단호한 표정으로 말했다. "진짜 제 눈으로 봐도 우린 너무 태도를 낮췄어요. 도대체 어떻게 그 거무스름한 속물을 구워삶을 수 있었는지! 그 속물은 오늘 아침까지 계속 고집을 피웠어요. 실제로 제가 그 사람 약국까지 들렀는데 제 부탁을 한두 번 거절한 게 아녜요. 그 이래로 저는 편지 폭탄을 보냈죠. 하루에 한 통씩! 보다 적극적인 운동을 전개한 거죠. 결국 오늘 아침에야 비로소 제게 전화가 오더군요. 잔뜩 화가 난 상태로요. 그러고는 좋다고, 괴롭히는 걸 그만두면 쇼클리 라이트의 서명을 주겠다고 하더군요. 오늘 아침 가게에 들르면 말이에요. 그러면서 그는……."

뒤프레가 깡마른 목을 길게 빼고 말했다. "그가 한 말을 그대로 하면 이래요. '다시는 내 주변에 얼쩡거리지 마.'"

"미스 뒤프레는 서둘러서 하이 빌리지 지역으로 왔죠." 에이킨이 숨을 헐떡이며 말했다. "그런 다음 곧바로 마이런 가백의 오래된 장부를 팔에 끼고 제 도서관에 나타났어요. 그래서 저는 뒤프레와 함께 이른 오찬을 하러 나왔어요. 쇼클리 라이트의 서명을 보기 위해서. 아, 너무 고마워, 에멀린! 대체 이 은혜를 어떻게 갚아야 할지!"

"무슨 소리야, 돌로레스." 뒤프레가 무뚝뚝하게 말했다. 그렇지만 그녀 자신도 역시 기쁜 표정이었다. "후손을 위한 의무 아니겠어."

에이킨이 여러 접시를 옆으로 치우자 뒤프레가 껴안고 있던 크고 낡은 책을 탁자 위에 내려놓았다.

엘러리는 처음엔 그 물건이 책이라고 생각했는데 이제 보니 장부였다.

쇼클리 라이츠의 서명이라…….

엘러리는 당황하면서도 얼떨떨했다. 그는 존 라이트 부부는 말할 것도 없고 라이츠빌이나 외부에 사는 그 어떤 사람에게서도 쇼클리 라이트라는 이름을 들어본 적이 없었다. 탐정은 뒤프레와 에이킨이 라이트 가문의 골칫덩어리였던 쇼클리 라이트의 이야기를 왜 신경쓰는지, 또 끈질긴 추적자 자베르처럼 서명 표본을 끈질기게 추적하는 에이킨이, 베이어드 폭스의 유무죄를 가리기 위해 라이츠빌에 온 자신에게 왜 흥미가 있는 것인지 이해할 수가 없었다.

에이킨은 자신의 친구에게 몸을 기대면서 떨리는 손으로 장부를 펼쳤다.

"쇼클리 라이트는 처방전을 갱신하려고 가백 씨의 약국에 한 번 갔었죠. 처방전에 수면제나 기타 마약 성분의 약이 있었기 때문에요. 그때 처방전 갱신을 위해 서명을 받아둔 거예요. 참 신의 섭리는 경이로워요! 여기 있네요! 아, 이건 꿈이 아닐까?"

그 '꿈'이란 건 다른 서명들이 가득한 하나의 긴 페이지 사이에 있는 거의 판독 불가능한 낙서였다. 모든 서명은 한결같은 정자체로 날짜와 주석이 정확히 달려 있었다. 아마도 죽은 마이런 가백이 스스로 기입한 것이리라. 귀중한 쇼클리 라이트의 서명에 대해 말해보자면, 라이트는 1928년 처방전 갱신을 위해 이 서명을 남길 때 특히나 예술적인 기교를 부리고 싶었는지 아주 멋지게 휘갈겨 썼다.

에이킨이 말을 이었다. "우리는 쇼클리 라이트의 서명을 발견했을 때, 이 장부를 뒤질 수밖에 없었죠. 아주 자연스럽게. 혹시 모르잖아요. 이런 장부는 서명의 원천이라고요! 실제로 이 장부에서, 이미 모은 것보다 훨씬 유명한 다른 라이츠빌 사람들의 서명도 두 갠가 세 개 찾아냈어요. 또……."

"실은, 다른 것도 발견했어요." 에멀린이 끼어들었다.

에멀린은 고개를 낮춘 채 실눈을 뜨고 가게를 둘러보았다. 시선 자체로 뱀처럼 쉿쉿 소리를 낼 것 같았다.

"뭔가 다른 거라니요?" 엘러리가 말했다.

그는 가볍게 맥박이 뛰는 것을 느꼈다. 그 순간 탐정은 가문의 탕아 쇼클리 라이트의 서명 건은 이제 끝났다고 직감했다.

그보다 훨씬 더 중요한 일 때문에 두 노처녀는 그를 불러낸 것이었다.

"뭔가 다른 것이요?" 엘러리가 반복해서 말했다. "그게 뭔가요?"

"1932년에." 뒤프레가 게슈타포 감시 하에 해방 운동을 꾀하는 반체제 여주인공 같은 얼굴로 낮게 말했다.

"1932년에?" 엘러리가 눈을 깜빡이며 따라 말했다.

"정확히 말하면 1932년 6월 5일인데요." 에이킨이 속삭였다.

"1932년 6월 5일?" 엘러리가 몸을 꼿꼿이 세우며 앉았다.

"봐요, 미스 에이킨." 에멀린이 의기양양하게 말했다. "내가 뭐라 그랬어요!"

"정말 에멀린, 당신 말이 맞아요." 에이킨이 숭앙하듯 에멀린을 바라보며 말했다.

"1932년 6월 5일이 어쨌다는 겁니까?" 엘러리가 날카롭게 물었다.

뒤프레는 미소를 띠고서 장부를 획획 넘겼다. 그러고는 마침내 어떤 페이지를 찾아냈고, 3분의 1 부분에 있는 한 줄을 발견하고는 우쭐해져서 딱딱한 검지 손톱으로 그곳을 콕콕 찔러댔다.

"여기요." 뒤프레가 크게 소리쳤다. "여길 보세요, 퀸 씨!"

엘러리는 책을 쥐고 노처녀가 가리킨 곳을 보았다. 정자체로 글씨가 적혀 있었다. '갱신 처방전 32541번. 1932년 6월 5일.' 그리고 그 뒤로는 전혀 다른 손글씨가 적혀 있었다. '베이어드 폭스'라는 이름이.

"곧바로 느낌이 오더라고요." 에멀린이 뱀 같은 목소리로 말했다. "저는 재판 기록을 굉장히 자세하게 살펴봤어요. 마이런 가백의 장부에 적힌 날짜는 제시카 폭스 살해 시점에서 고작 한 주 앞서 있어요! 베이어드 폭스의 재판에선 살해 직전의 처방전 갱신 얘기는 전혀 나오지 않았어요."

"그래서 에멀린이 제게 말해줬죠." 에이킨이 굉장한 광경이라도 본 아이처럼 눈을 동그랗게 뜨면서 말했다. "이건 굉장히 중요한 거라고요. 그러니 퀸 씨가 분명 흥미를 가질 거라고. 그 사건 전반에 대해서 조사를 하고 계시니까요. 그리고……."

"그럼요, 그럼요." 엘러리가 말했다. "물론이죠, 숙녀분들. 제가 흥미를 느낄 거라고 생각하고 부르셨다니 아주 잘 하셨습니다. 음, 미스 에이킨, 이 장부를 제가 가져가도 될지……."

"아, 안 돼요!" 에이킨이 새된 소리를 냈다. "또 이런 불운한 일이! 내 쇼클리 라이트 서명은 어떡하고……."

"목소리 좀 낮춰요!" 뒤프레가 친구의 옆구리를 날카롭게 쿡 찔렀다.

"에멀린, 퀸 씨가 이걸 가져간다고 하잖아요……."

"저 분이 이 낡은 장부를 통째로 가져가겠다고 할 줄 누가 알았겠어요?" 뒤프레가 웅얼거렸다. 하지만 그녀의 눈은 반짝이고 있었다.

"아, 또 속고 말았어, 에멀린! 아, 당신과 엮이면 어떻게든 낭패를 본다는 걸 깜빡했다니! 당신과 함께 하면 뭐든지 엉망이 된다는 소문이 라이츠빌에서 괜히 났겠어요!"

"무슨 그런 경우 없는 말을 하는 거예요?" 에멀린이 말을 잘랐다. "그토록 소망하던 쇼클리 라이트 서명을 가져왔더니 기껏 한다는 소리가! 돌로레스 에이킨, 그렇게 말하는 게 제대로 감사를 표시하는 거예요? 정히 그렇게 나온다면 나도 생각이 있어요…….”

"자 자, 숙녀 여러분. 진정하세요." 퀸이 황급히 말했다. "미스 에이킨, 모음집에 필요한 서명이 들어간 페이지는 잘라가셔도 됩니다. 베이어드의 서명이 온전히 붙어 있기만 하다면 괜찮습니다."

"어머, 고마워요!" 에이킨은 손을 능숙하게 움직여 그 귀한 쇼클리 라이트 서명이 있는 페이지를 2분도 안 걸려 찾아냈다. 그리고 그 페이지와 더불어 다른 페이지 두 장을 더 잘라냈다. "고마워요, 퀸 씨!" 활짝 웃으며 에이킨이 말했다.

"천만에요, 천만의 말씀입니다. 아, 미스 뒤프레한테도 같은 말을 해드리고 싶군요."

에이킨과 에멀린이 먼저 자리에서 일어섰다. 에이킨은 서명 페이지를 꽉 부여잡는 한편 뒤프레의 화를 달래주려고 애썼다. 뒤프레는 턱을 치켜들고 어떤 말도 듣지 않겠다는 듯 앞서서 미스 샐리의 티 룸을 나갔다. 엘러리는 그들이 가게를 떠나고 난 뒤 한동안 장부에 적힌 베이어드 폭스의 서명을 살펴보며 앉아 있었다.

마침내 엘러리가 일어섰다.

"손님?"

모브 캡을 쓴 한 여자 종업원이 연두색 종이쪽지를 건넸다.

"이게 뭡니까?"

미스 에이킨은 너무 흥분해서 다른 무엇을 할 겨를이 없었을 것이다. 하지만 뒤프레는 아무리 급해도 정말로 중요한 일은 절대 잊어버리는 법이 없었다.

    그녀는 속이 상한 나머지 고개를 빳빳이 쳐들고 지나가면서
도, 계산대 점원에게 크림소스로 요리한 닭고기, 월도프 샐러
드, 땅콩 무스를 얹은 파인애플맛 마시멜로의 계산은 저 남자
가 할 것이라고 말하고 떠났다.

15
궁지에 몰린 폭스

앨빈 케인은 개폐식으로 만들어진 참나무 칸막이를 밀고서 조제실 밖으로 재빨리 나왔다.

"네 시간마다 찻숟가락 하나만큼 드시는 겁니다, 곤졸리 부인." 케인은 흰색 바탕에 핑크색 줄이 하나 들어간 하이 빌리지 약국만의 독특한 봉투에 약병을 넣어주며 활기차게 말했다. "아셨죠?"

"네 시간마다." 이탈리아인 부인이 되뇌었다.

"네 시간이라는 건 댁에 계신 남편께서 싫은 소리를 할 때마다 먹으라는 건 아니에요, 하하. 85센트입니다. 이탈리아 만세! 자, 다음 분……. 오."

"안녕하신가, 앨빈." 서장이 말했다.

"안녕하쇼, 소장님."

"안녕하세요, 케인 씨."

"퀸 씨도 왔군요. 여전히 이곳저곳 기웃거리고 있는 중입니까?"

"여전히 둘러보고 있는 중이죠." 엘러리가 주변을 둘러보며 말했다.

"어!" 케인이 재빠르게 엘러리의 팔 밑에 있는 장부에 시선을 고정시켰다. "그건 내 장부인데?"

"그렇습니다."

"가만있자, 어떻게 그게 당신에게?" 케인이 흥분된 목소리로 다그쳤다. "못난 뒤프레 짓이로군. 그 빌어먹을 노처녀한테 선의를 베풀면 꼭 이렇게 탈이 난다니까!"

"문제를 일으키려는 건 아닙니다, 앨빈." 서장이 말했다. "확인할 사항이 있어서 찾아왔어요. 처방전이 언제 것까지 있지요?"

"가백 씨가 약국을 열었을 때부터 있어요. 근데 왜 물어보는 거죠?"

"32541번에 대한 처방전 원문을 봤으면 하는데."

"이쪽으로 오세요."

엘러리와 서장은 앨빈을 따라 물품 창고로 들어갔다. 놀라울 정도로 깔끔하고 질서정연했다.

"다시 번호를 말해주시겠습니까?"

"32541이오."

"몇 년인지는 모릅니까?"

"1932년을 찾아보십시오." 엘러리가 말했다.

케인이 벽을 향해 돌아섰다. 철침이 박힌 파일들이 길게 늘어서 있었고 한 파일에는 수천 개의 처방전이 꽉 들어차 있었다.

"근데 무슨 일이죠?" 앨빈은 처방전 무더기를 살펴보다 궁금해진 모양이었다.

"여기서 폭스 사건과 관련될지 모르는 기록을 하나 찾았어요. 그래서 원본 처방전을 확인하려는 겁니다, 앨빈." 서장이 인내심 있게 말했다.

"아, 뭐 그러시다면야."

케인은 파일을 하나 꺼내서 빽빽이 들어찬 종이를 뒤져보기 시작했다. "32541이라, 여기 어딘가에 있어야 되는데⋯⋯ 32822, 32654, 32550, 아, 여기 있군요."

케인은 처방전을 들어 보였다. 의학박사 마일로 윌러비라는 이름과 '라이츠빌, 프로페셔널 빌딩'이라는 주소가 인쇄되어 있었다. 윌러비 박사의 흘려 쓴 손글씨였고, 날짜는 1932년 5월 23일이었다. 엘러리는 '폭스 부인'이라는 글자와 '⋯⋯온스'라고 적힌 몇 가지 사항들을 볼 수 있었다. 나머지는 그저 영문 모를 글자였다.

"이 처방전은 무슨 내용이쇼, 케인 씨? 의사 처방전에 적힌 악필을 약사들이 판독할 수 있다는 게 신기하군요."

"디기탈리스 팅크제 1온스란 소리요." 앨빈이 대답했다.

"윌러비 박사님이 제시카 폭스에게 디기탈리스를 처방한 원본 처방전이로군!" 서장이 소리쳤다.

"이 휘갈겨 쓴 나머지는 무슨 뜻이죠?" 엘러리가 물었다.

"하루에 세 번 열다섯 방울 복용이라고 적혀 있군요."

"원본 처방전이 맞습니다. 좋아요, 서장님." 엘러리가 얼굴을 찡그리며 말했다. "케인 씨, 이 처방전이 갱신된 걸 기억하십니까? 같은 해 6월 초에 말입니다. 정확히 말해 6월 5일에."

"아니, 내가 무슨 기억력 괴물이라도 된단 말입니까?" 앨빈이 웃었다. "이 약국은 헤아릴 수도 없이 많은 처방전을 취급하고 또 갱신해왔소. 벌써 12년이나 되었다고요."

"그렇지만 이 처방전은 폭스 살인 사건에 관련된 겁니다."

엘러리가 말했다. "그 사건에 대해선 모두가 잘 기억하고 있던 데요."

앨빈이 탐정을 응시했다. "지금 농담하자는 겁니까?"

"진심입니다."

"아무튼 난 기억 못하겠습니다. 12년이나 지난 일이니까!"

"가백 씨의 장부에 적힌 이 메모를 한번 봐주시겠습니까?" 엘러리는 케인의 작업대에 큰 장부를 내려놓고 정자체 필적과 베이어드 폭스의 서명이 담긴 페이지를 펼쳤다.

"이게 뭐 어쨌다는 겁니까?" 앨빈은 당황한 기색이었다.

"이 줄은 누가 적은 거죠?" 서장이 물었다.

"'처방전 갱신 32541번. 1932년 6월 5일.' 여기 말입니까? 마이런 가백의 글씨군요."

엘러리와 서장이 시선을 교환했다.

"그 당시 이 가게는 그 늙은 바보 거였어요." 앨빈이 말을 이었다. "난 하찮은 점원이었을 뿐이고. 그 시절엔 쓸데없는 일로 골치 아프지는 않았지만 주급 28달러의 푼돈을 받으며 죽도록 일했지! 그 폭스란 작자가 갑자기 들어와서 처방전을 갱신해달라고 했겠지요. 가백이 거기 서명을 했고."

"오, 당신은 베이어드 폭스라는 이름을 알아보는군요. 이것이 그의 서명입니까?" 엘러리가 재빠르게 물었다.

"참 나, 뭘 끌어내고 싶은 겁니까?" 앨빈이 화를 내며 물었다. "난 아무것도 알아본 게 아니오. 거기 '베이어드 폭스'라고 쓰여 있는 데다 가백의 손글씨가 아니니 당연히 그자의 서명이라고 짐작한 거죠. 이봐요, 신사분들. 내가 더 해줄 수 있는 게 있습니까? 손님이 밖에 와 있는 모양인데."

"처방전을 가져갔으면 합니다, 앨빈." 서장이 온화하게 말했다. "가서 손님을 상대하시오. 내가 직접 이 처방전을 잘라가지요."

데이킨 서장은 엘러리를 차에 태우고 힐 지역으로 향하면서 뭔가에 정신이 팔린 듯했다. 서장은 생각할 수 있는 것 저 너머의 뭔가를 따라잡으려 했다. 서장은 근심 어린 표정으로 엘러리의 허벅지 위에 놓인 마이런 가백의 장부에서 눈을 떼지 못했다.

엘러리는 그저 앞만 바라볼 뿐이었다.

린다와 데이비가 현관 계단에 앉아 있었다.

"퀸 씨!" 린다가 소리쳤다. "어때요?"

"'어떻다'니 뭐가요?"

"뭐든지요." 린다가 웃었다.

"뭔가 있긴 하지만, 위안이 될지는 모르겠군요."

린다에게서 웃음기가 사라졌다.

"하지만 당신이 지난밤에 말하기로는……." 데이비가 멍하니 말했다.

"아, 그랬었죠. 하지만 아직은 새로운 게 없습니다. 그렇죠, 서장님?"

"그래요." 서장이 입술을 오므리며 말했다. "내 생각엔 그다지 희망이 없어요, 데이비. 지난밤 침입자의 흔적은 아직 찾지 못했어요."

"곧 찾아내실 거예요, 확신해요. 충분히 찾아보신다면요." 린다가 간절하게 말했다. 이어 엘러리의 팔 밑에 있는 장부를 소심하게 손가락으로 건드리며 말했다. "이건 뭔가요, 퀸 씨?"

"마이런 가백이 가지고 있던 낡은 장부입니다." 엘러리가 말했다. "데이비, 당신 아버지는 어디 계시죠?"

"응접실에 계십니다. 턱이 세 개인 그 형사와."

엘러리와 데이킨은 서둘러 집으로 들어갔다. 린다와 데이비도 탐정과 서장의 뒤를 황급히 따라갔다. 베이어드는 에밀리의 안락의자에 앉아 있었고 그의 옆에는 체커판이 놓여 있었다. 맞은편에는 얼굴이 검붉어진 하위 형사가 쪼그리고 앉아 화난 표정으로 판을 노려보고 있었다.

"제 말을 들어요, 하위 형사님. 이미 졌다고요." 베이어드가 빙그레 웃으며 말했다.

하위의 손이 체커판의 밑을 후려치자 판은 안락의자에서 부서진 물건처럼 팅겨 올랐다. 판과 말들이 사방으로 흩어졌다.

"네 말을 듣지, 이 개자식아." 형사는 불같이 화를 뿜었고, 목소리조차 제대로 내지 못했다. 하위의 작은 눈은 증오로 불타올랐다. "네 말을 듣지. 네게 져주겠어. 하지만 난 결국엔 널 이길 거야, 이 개자식아."

베이어드는 침착하게 떨어진 말들을 주워 올렸다. 이어 그는 판을 다시 세우고 새로운 게임을 준비하기 시작했다.

"열한 번째 게임이군요." 베이어드가 웃었다. "덤벼봐요, 형사님. 한 판 더 놀아줄 테니."

형사는 다시 판을 쳐서 날렸다. 이번엔 베이어드는 웃지도, 판과 말을 주우려고 하지도 않았다.

"이름값 하는데, 폭스." 형사가 숨을 헐떡이며 말했다. "그래, 똑똑하군. 하지만 네가 죄수라는 사실에는 변함이 없어, 이친구야. 그리고 앞으로도 그럴 테지. 내가 네 놈을……." 그러다 형사는 엘러리가 출입구에 서 있는 것을 보았다. 형사의 안색이 급격히 창백해졌다.

"안녕하십니까." 엘러리가 말했다.

하위는 무거운 몸뚱이를 들어 올렸다가 다시 의자 속으로 몸을 파묻었다. "아니, 이게 누구야." 형사가 으르렁거리며 말했다. "뉴욕에서 온 대단한 분 아니신가. 마누라를 독살한 놈을 구원해주실 수호신. 그래 어떠십니까, 수호신 양반?"

"너무 지겨워서 신경질이 나는 겁니까, 하위 형사님?" 엘러리가 방으로 들어서며 나직하게 말했다. 서장은 장부를 등 뒤에 감추고 출입구에서 서성였다. 엘러리가 말을 이었다. "베이어드 씨, 안녕하십니까."

베이어드는 출입구의 엘러리, 서장, 린다, 데이비에게 시선을 옮겼다. "퀸 씨군요." 불안한 목소리로 베이어드가 말했다.

엘러리는 새 편지지 한 장과 만년필 하나를 베이어드에게 건넸다.

"여기에 이름을 한번 써보시죠." 엘러리가 말했다.

"또 장난질을 치는군." 형사가 조롱했다.

출입구에서 데이비가 소리쳤다. "린다, 이거 놓으라니까!"

"참아요, 데이비!"

"저런 놈은 버릇을 고쳐놓아야 해!"

하위 형사가 안락의자의 팔 부분을 붙잡고 몸을 반쯤 일으켰다. 비대한 종아리가 팽팽해졌다.

"저놈의 더러운 입을 더 이상은 못 참겠어! 아버지한테 저 따위로 말하는 것도 모자라 이제는 엘러리 씨한테도 저 더러운 입을 놀리고 있어……."

"데이비." 서장이 젊잖게 말했다. 그리고 그 큰 손을 데이비의 팔에 얹었다.

"이름을 써보시죠, 베이어드 씨." 엘러리가 다시 말했다.

"하지만 퀸 씨, 왜 그러는지……."

"부탁합니다."

베이어드는 만년필과 편지지를 가져가 체커판 위에 종이를 놓은 뒤 천천히 서명을 했다.

엘러리는 그 종이를 가져가 잠시 들여다보았다. 그러고는 서장에게 고개를 끄덕였다. 서장은 장부를 가지고 방으로 들어와 베이어드가 막 서명한 종이의 바로 옆에 장부를 펼쳤다.

"정확히 같은 필체로 보이지는 않는군." 서장이 투덜거렸다.

"사람의 손글씨가 항상 같을 수는 없죠, 서장님." 엘러리가 인상을 찌푸렸다. "백만 가지 서명이 있다면 백만 가지의 변화를 보여줄 겁니다. 그렇다고는 해도 기본적인 특성은 남아 있어요. 장부에 남아 있는 이 이름이 베이어드 폭스 씨의 손글씨라는 것은 의심할 수 없어요."

서장이 부드럽게 말했다. "폭스, 이 서명을 잠깐 봐주겠나?"

베이어드의 시선이 장부를 가리킨 서장의 검지를 따라가다가 어떤 글씨에서 고정되었다.

"이게 자네 서명인가?"

"하지만 서장님." 베이어드가 말했다. "뭘 하시려는지 도무지……."

"이게 자네 서명인가?"

"맞아요, 그렇지만……."

서장이 내뱉듯 말했다. "그게 우리가 알고 싶었던 거라네."

엘러리가 태피스트리로 꾸며진 큰 안락의자에 한숨을 내쉬며 몸을 파묻었다. "린다, 데이비, 이리로 와보세요."

린다 부부는 당혹스러움을 감추지 못하며 엘러리가 시키는 대로 했다.

"간단하게 이 상황을 설명하겠습니다." 엘러리가 지친 목소리로 말했다. "1932년 6월 5일, 베이어드 폭스는 하이 빌리지 약국에 들어가 약사 마이런 가백에게 32541번 처방전의 갱신을 요구했습니다. 가백은 베이어드 씨가 이 낡은 장부에 서명을 하자 처방전을 갱신해줬고요. 서명이 진짜라는 것은 의심할 여지가 없어요. 가백은 미스 에이킨에게 장부가 있다고 말했습니다. 그런데 그 직후 심장마비로 사망했지요. 그 장부 안에는 수천 명의 라이츠빌 사람들의 서명이 있었고, 그게 진품이라는 것은 보증할 수 있습니다. 사람들이 직접 장부에 이름을 쓰기 때문이지요.

베이어드 씨가 서명을 통해 갱신하기를 바랐던 약품은 마일로 윌러비 박사님의 원본 처방전에 있던 약품과 같은 것입니다. 제시카 폭스의 약한 심장에 쓸 디기탈리스 팅크제였지요."

베이어드의 손이 이의를 제기하듯 움직였다. 그의 얼굴은 창백했고 마른 입술을 계속 혀로 핥고 있었다.

베이어드가 뭔가 말하기 전에 데이비가 말했다. "무슨 소린지 모르겠습니다, 퀸 씨. 그래서 요점이 뭔가요?"

린다도 어리둥절한 표정으로 고개를 끄덕였다.

엘러리가 한숨을 내쉬었다. "요점은, 시간의 흐름을 따라가 보면 자연스럽게 떠올라요. 윌러비 박사님의 원본 처방전은 5월 23일에 작성되었습니다. 박사님의 증언과 제시카의 발언에 따르면, 5월 30일에 박사님은 처방한 디기탈리스를 이제 그만 복용하라고 했고 제시카도 그 지시를 충실히 따랐어요. 그런데 이상하게도 이 장부의 표기에 따르면 베이어드 씨는 6월 5일 처방전을 갱신했어요. 제시카가 디기탈리스 복용을 끊은 지 5일 뒤에!"

린다 부부는 이제야 이해했다.

"왜 베이어드 씨가 처방전을 갱신했을까요? 새롭게 받은 30cc 디기탈리스 병으로 무엇을 하려고 했을까요? 제시카는 의사의 지시로 더 이상 디기탈리스를 복용하지 않는데."

베이어드의 몸이 움츠러들었다.

"내 생각으론 말일세." 서장이 마음이 무거운 듯한 목소리로 말했다. "자네는 첫 번째 병을 다 써버린 거야. 아니면 좀 부족하다고 생각하고서 더 많은 양의 디기탈리스를 원했을지도 모르지. 심장에 충격을 줄 정도로 확실한 양. 자네가 제시카를……."

"아닙니다!"

베이어드가 벌떡 일어섰다. 비쩍 마른 목이 마치 말뚝 울타리처럼 보였다.

린다는 응접실을 뛰쳐나갔다. 데이비는 마른침을 삼키며 린다가 나가는 모습을 지켜보았다. 데이비의 턱에서 으드득하는 소리가 났다. 그는 성큼성큼 걸어 응접실을 나갔다.

"데이비!" 베이어드가 쉰 목소리로 소리쳤다.

하지만 그의 아들은 멈추거나 뒤돌아보지 않았다.

"이 증거가 12년 전 재판에서 나왔다면, 폭스 자넨 전기의자형을 받았을 걸세." 서장이 조용히 말했다.

베이어드는 안락의자에 몸을 파묻었다. 충격으로 멍해진 모양이었다.

아, 이 남자에 대해 내가 확실한 판단을 내릴 수 있다면 좋을 텐데. 엘러리가 생각했다.

베이어드가 조용히 내뱉듯 말했다. "어딘가에서 실수가 있었던 겁니다. 저는 디기탈리스 처방전을 갱신하러 가백의 약국에 가지 않았어요."

서장은 거의 탄복하듯 베이어드를 바라보았다. 그렇지만 곧 어깨를 으쓱하고는 등을 돌렸다.

"서장님, 퀸 씨. 제 말을 좀 들어주세요! 뭐든지 걸고 맹세할 수 있습니다. 그것은 진실이 아니라고 맹세합니다. 저는 가백에게서 새로 디기탈리스를 받은 적이 없어요. 가백이 아니라 그 누구에게도 말입니다! 제 말을 들어주세요, 퀸 씨, 저는 약국에 가지 않았습니다!"

"이 장부의 서명이 당신이 타 갔다고 하는데도 말입니까?" 엘러리가 눈을 감으며 말했다.

"그건 거짓말입니다!"

"하지만 이미 스스로 확인을 해주셨습니다."

"뭘 의미하는지 몰랐어요. 대체 무슨 소린지 몰랐다고요!"

"물론 몰랐겠지." 서장이 무미건조하게 말했다. "자네는 이 장부에 서명을 한 걸 잊어버린 걸세. 12년이나 흘렀으니 저지른 죄의 모든 세부 사항을 기억하지는 못하겠지. 자네가 기억을 하고 있었거나, 우리가 처음부터 이 서명의 뜻을 말해줬다면 자넨 즉시 자네의 것이 아니라고 잡아뗐겠지. 자네는 우리를 바보로 보나?"

"제 말 좀 들어주세요, 제발요." 베이어드가 말했다. "'이게 자네 서명인가?'라고 물으셨죠? 그래서 저는 '그렇습니다'라고 했습니다. 제 서명이었기 때문입니다. 제 말은, 정말 제 서명과 비슷했다는 겁니다. 하지만 저는 정말이지 그 장부에 서명을 한 적이 없습니다! 전에는 이 장부를 본 적도 없어요!"

엘러리가 눈을 가늘게 뜨며 날카롭게 물었다. "그럼 이 상황에 대해 뭔가 해명할 게 있습니까?"

"그런 건…… 없습니다, 퀸 씨. 해명을 할 수는 없습니다. 그저 제가 아는 거라곤 이 장부에 서명을 하지 않았고 처방전을 갱신하지 않았다는 겁니다."

서장이 엘러리를 쳐다보고 고개를 저었다. "난 이걸로 일이 끝났다고 봅니다, 퀸 씨." 서장이 모자를 집어 들었다.

"진작 그랬어야 하는 일이었죠." 새된 목소리가 끼어들었다. 하위 형사가 세 겹으로 접힌 턱으로 씩 웃음을 지어 보였다. "마누라를 독살한 이 친구를 지금 감옥에 도로 데려다 놓아야 할까요? 아니면 내일 아침까지 기다려야 합니까? 퀸 씨, 말해봐요. 당신이 선생님이니까."

하위는 노골적으로 즐거워하는 표정을 지으며 쾌활하게 말했다.

엘러리가 인상을 찌푸리며 말했다. "잠시 자리를 비켜주세요, 하위 씨. 생각을 좀 해봐야겠어요."

형사가 껄껄거리며 웃었다. "따라와, 폭스!" 형사가 소리쳤다. "당신 수호신이 생각을 하고 싶다니까."

형사는 베이어드를 응접실 밖으로 떠밀었다.

서장은 잠시 머뭇거리다 엘러리를 바라보았다. 그러고는 불

편한 표정으로 말했다. "흠, 나는 사무실에 가 있는 게 좋겠군
요."

"그러세요, 서장님. 들어가시죠."

하지만 서장은 떠나지 않았다. 대신 서장은 탐정에게 격려하
듯 말했다. "너무 유감스럽게 생각하진 말아요, 퀸 씨. 결국 이
렇게 될 거라고 충분히 예상했잖습니까."

"그래요, 알겠습니다. 어서 들어가시죠."

"그럼……." 서장은 고개를 젓고 조용히 집을 떠났다.

16
폭스와 판사

고작 몇 분이 지난 듯했다. 하지만 위층에서 문이 쾅 하고 닫히는 소리가 나고 린다의 질식할 듯한 비명 소리가 들려오자 엘러리는 저도 모르게 근육이 굳어지는 것을 느꼈다. 늦은 오후의 햇빛으로 생긴 그늘이 응접실을 가득 메우고 있었다.

엘러리는 의자에서 몸을 똑바로 세우고 앉아 귀를 기울였다. 문이 닫히는 소리는 아주 크게 났고 린다의 비명은 절망의 소리 그 자체였다. 엘러리는 복도 쪽으로 급히 달려 나갔다.

엘러리는 근심 어린 표정으로 계단 위를 바라보는 에밀리 폭스를 홀에서 만났다.

"방금 린다의 목소리가 아니었나요?"

"맞아요." 에밀리가 이어 린다를 불렀다. "리니! 무슨 일이니?"

하지만 답은 없었다.

"린다……."

"잠시만요, 부인." 엘러리가 말을 잘랐다.

침묵 속에서 그들은 희미하지만 거칠고 힘없이 흐느끼는 소리를 들었다. 엘러리는 계단을 세 개씩 한번에 오르면서 위층으로 올라갔다. 에밀리도 숨을 헐떡이며 그의 뒤를 급히 따랐다. 린다는 2층에 있지 않았다. 엘러리와 에밀리는 또 다시 계단을 올랐다.

린다는 꼭대기층으로 올라가는 층계참에서 손발을 뻗은 채 쓰러져 울고 있었다.

에밀리가 린다의 앞에 무릎을 꿇고 앉았다.

"린, 아가야, 무슨 일이니……."

"데이비 때문이에요." 린다가 흐느꼈다. "어머니, 그이가 떠나려고 해요."

에밀리의 얼굴이 창백해졌다. 그녀는 통통한 팔을 린다에게 뻗어 자신의 가슴으로 끌어당겼다. 린다는 어머니의 가슴에 아이처럼 매달렸다.

엘러리는 린다 부부가 별거하기 전에 함께 쓰던 침실 문으로 가서 문을 두드렸다.

데이비가 쉰 목소리로 말했다. "안 된다고 말했잖아, 리니. 안 돼!"

엘러리가 문을 열고 들어가 안에서 문을 닫았다.

데이비는 완전히 군복을 갖춰 입고 더플 백과 작은 여행 가방을 꾸리고 있었다. 두 가방은 번개가 치던 날 밤부터 데이비가 사용하지 않았던 침대 위에 흩어져 있었다. 누가 들어왔는지 확인하자 데이비는 얼굴을 붉혔다.

"안녕하세요." 데이비가 말했다.

"데이비, 왜 짐을 쌉니까?"

데이비가 엘러리의 눈을 바라봤다. "누구보다도 잘 아실 텐데요."

"떠날 겁니까?"

"당연하죠."

엘러리가 문에 등을 기대고 담배에 불을 붙였다. "말을 잘못한 거 아닌가요? '당연하지 않다'고 해야 할 것 같은데요."

데이비가 짐을 싸던 손을 멈췄다. "농담하시는 겁니까?"

"전혀."

"이해하지 못하겠군요. 퀸 씨도 짐을 싸야 하지 않습니까!"

"내가 왜요?"

"왜라니……. 이 일은 끝난 거 아닙니까?"

"왜 그렇게 생각하죠, 데이비?"

"아니……. 퀸 씨가 찾아낸 증거가 있잖습니까. 갱신된 처방전 말입니다."

"그게 어때서요, 데이비?"

"그게 어때서라뇨!" 데이비는 경악하며 코를 찡그렸다. "아까 내가 그 자리에 없었나보죠?" 데이비가 항의했다. "그게 어때서라고요? 오늘 오후에 그게 어떤 건지 스스로 말씀하셨잖습니까!"

"그러니까 당신 말은 오늘 있었던 일이 당신의 아버지를 어머니의 살해자로 보이게 만들었단 겁니까?"

"당연하죠!"

"하지만 데이비, 그건 내내 그랬던 것 아닌가요?" 엘러리가 무미건조하게 말했다. "오늘 일이 있었다고 해서 변한 것은 아무것도 없어요. 당신 아버지의 유죄 증거가 나왔다고 해서 갑자기 이 일에서 손을 떼야 할 이유는 없다고요."

데이비는 멍하니 엘러리를 바라보았다.

"새로 드러난 증거가 당신 아버지의 결백을 무너뜨리고 그가 유죄라고 말하는 것처럼 보입니까? 하지만 사실은 그렇지 않아요. 오히려 반대지요. 당신 아버지는 여태껏 많은 걸 부정해왔지만 이번처럼 격렬하게 부정한 적은 없었어요."

데이비는 침대에 주저앉아 무릎 사이에 양손을 집어넣고는 자신의 침대와 린다의 침대 사이에 깔린 깔개를 걷어찼다. "내게서 무슨 말을 기대하는 겁니까?" 데이비가 투덜거렸다. "얼마나 맹목적인 믿음을 가져야 하나요?"

"최소한 당신 부인이 가진 것만큼. 자기를 목 졸라 죽이려고 한 남자가 떠난다는데도 복도에서 저렇게 울고 있지 않습니까."

데이비가 사납게 엘러리를 노려보았다.

엘러리는 담배 연기를 내뿜어 동그란 고리를 만들면서 그것을 아주 찬찬히 살펴보았다. "뭐랄까, 나라고 당신 아버지를 완전히 믿는 건 아닙니다, 데이비. 또 정황을 뒷받침해주는 증거가 중요하다는 것도 인정합니다. 그렇지만 여전히 불만족스러워요."

"퀸 씨를 만족시키려면 엄청난 정보가 있어야겠네요." 데이비가 중얼거렸다.

엘러리는 서랍장 위에 놓인 재떨이에 피우던 담배를 비벼 껐다. 엘러리가 말했다. "데이비, 아직 하나 혹은 두 가지의 미해결 사안이 있어요."

"네?"

"가장 먼저, 지난밤의 침입자가 누구이고 뭘 훔쳐갔는가 하는 겁니다." 엘러리가 얼굴을 찡그리며 말했다. "데이비, 제대로 된 수사관은 말이죠, 사건의 미결 사안이 기다란 꼬리표처럼 공중에 매달려 휘날리고 있는데 느닷없이 포기하지는 않습니다. 정말 중요한 점은 이거죠. 당신 아버지는 결코 침입자가 아니에요. 그건 우리의 뚱뚱한 친구 하위가 분명하게 증언을 했어요. 그자가 베이어드 씨를 감싸줄 사람이 절대 아니라는 건 잘 알고 있죠? 당신 아버지가 침입자가 아니라는 게 확정되면서, 우리 앞에는 수사의 들판이 활짝 열렸어요. 나보고 짐을 싸라고요? 난 절대 그만두지 않아요. 지난밤에 서랍에서 무엇이 사라졌는지, 누가 가져갔는지, 또 왜 그랬는지, 이런 것들을 알기 전에는. 당신도 역시 그렇지 않습니까?"

"네……. 네, 그렇죠." 데이비가 중얼거렸다. "생각이 짧았습니다."

"그래요, 그럴 거라고 생각했어요." 엘러리가 미소를 지었다. "이젠 밖으로 나가서 부인을 감싸 안아요. 당신이 얼마나 미련한 남편인지도 말해주고요, 전쟁 영웅 친구."

데이비의 얼굴은 진홍색이 되었다. "정말 대단하십니다." 데이비가 말했다. "무릎을 꿇고 빌어야 마땅하겠죠."

린다의 화장 거울을 보고 카키색 넥타이를 정돈한 뒤, 데이비는 마른침을 몇 번 삼키고 벌을 받으러 장작 헛간 쪽으로 나가는 꼬맹이처럼 문을 나섰다.

에밀리는 아래층 복도에서 엘러리를 기다리고 있었다.

"고마워요, 퀸 씨." 에밀리가 조용히 말했다.

"데이비는 떠나지 않을 겁니다, 부인." 엘러리가 잠시 생각에 잠겼다. "린다가 위층에서 비명을 질러 제 생각의 흐름을 끊어놓았는데, 원래는 부인께 여쭤보려고 하던 것이 있었습니다. 베이어드 씨의 담당 변호사는 재판 후 어떻게 되었습니까?"

"무두스 씨 말인가요? 잘 모르겠군요. 재판이 끝나자 바로 떠나셨으니까요. 그리고⋯⋯."

"이 지역 분이 아니었나보군요."

"네. 보스턴에서 온 분이었죠. 엘리 마틴 판사님이 훌륭한 분이라며 시동생한테 추천했어요. 내 기억으론 그래요."

"그런가요? 마틴 판사님이 관련이 되어 있는 줄은 몰랐군요."

"관련이 된 건 아니에요. 퀸 씨. 우호적이었을 뿐이죠. 판사님은 항상 '폭스 형제들'을 아끼셨어요. '탤보트와 베이어드'라고 언제나 두 사람의 이름을 같이 불렀죠. 두 형제가 어릴 때부터 라이츠빌에서 성장하는 모습을 지켜보셨거든요."

"마틴 판사님이 말입니까?" 엘러리가 미소를 지었다. "감사합니다, 부인. 저는 잠시 산책을 좀 해야겠습니다."

"한 대 맞은 기분이군." 엘리 마틴 판사가 심각한 표정으로 말했다. "이 마을에 온 지 한참 되었으면서 이제야 찾아오다니!"

"판사님, 정말 죄송합니다." 엘러리가 한숨을 쉬었다. "그렇지만 좀 바쁜 건 사실이에요."

"바쁘다는 얘기는 들었소." 라이츠빌의 저명한 판사는 전과 마찬가지로 수척하고 왜소하고 냉정했다. 판사의 눈은 엘러리가 기억하는 것처럼 여전히 사람을 기만하는 듯한 졸린 눈이었다. 판사는 짐 하이트를 변호하기 위해 판사 자리에서 은퇴했을 때에도 그런 졸린 눈빛이었다. "그래요, 바쁘겠지."

"이렇게 박물관처럼 조용한 사무실에서 제 소식을 정말 들으셨다고요, 판사님." 엘러리가 웃으며 말했다.

마틴 판사는 주변을 둘러보고 빙긋 웃었다. "이 사무실은 블랙스톤 쪽에 있지만, 난 '지방 법률가 지구'에 있는 이 케케묵은 사무실을 45년 동안 유지해왔어요. 지방 법원이 대리석을 깔고 신식으로 변해도 이 사무실만은 변하지 않았지……. 그나저나 언제 포기할 생각입니까?"

"포기라뇨?"

"필 헨드릭스가 말하길, 당신이 공연한 일에 매달려 진땀을 흘린다고 하던데."

"그 사람이 어떻게 알았죠?" 엘러리가 쏘아붙이듯 말했다.

"하위 형사 덕이겠지." 판사가 무미건조하게 말했다. "그래, 그래. 뭣 때문에 날 찾아왔소, 젊은 친구? 뭘 도와줄까요? 내 힘없는 손을 잡고 악수나 하려고 5시 반에 찾아온 건 아닐 테고요."

엘러리가 웃었다. "좋아요, 판사님. 제시카 폭스 살해 건에 대해 무엇을 알고 계십니까?"

판사는 대답 대신 낡은 호두나무 책상의 맨 밑 서랍을 천천히 열었다. 그러고는 팔을 깊이 집어넣어 검은색의 가늘고 휘어진 이탈리아산 여송연을 꺼냈다. 이어 불을 붙인 뒤 여송연을 길고 힘차게 빨아들이고서 다시 의자에 털썩 기대어 앉았다. "파인골드 양에게 담배를 들키면 안 되니까." 판사가 푸념했다. "아, 파인골드 양은 내 비서요. 그 친구와 월러비는 내 수명을 5년은 늘일 음모를 꾸미고 있지. 그나저나 당신이 무슨 소리를 하는지 알 수가 없군요. 무엇을 '알고' 있느냐고요?"

"말한 그대로입니다. 아시잖습니까." 엘러리가 느릿느릿 말했다.

"글쎄……."

"그럼 판사님의 비밀 서랍에는 밝혀지지 않은 사실은 없다, 이렇게 생각하면 됩니까? 아니면 있는 겁니까?"

"무슨 소리, 절대 없소."

"베이어드 사건에 대해 얼마나 알고 계셨습니까?"

"그 당시엔 꽤나 많이 알고 있었지요."

"어떤 쪽을 동정하셨습니까?"

"내가 하는 일은 말입니다." 여송연을 입을 가져가며 판사가 말했다. "그런 감정이 조금이라도 보이면 싹이 올라오기 전에 깔아뭉개야 해요."

"그럼 동정심이 영 없지는 않았다는 뜻이군요."

"아마도요."

"피해자를 위한 것이었습니까? 아니면 피고?"

판사는 휴지통에 담뱃재를 털었다. "젊은 친구, 그런 식으로 내게 질문을 퍼붓지 말아요. 이해하겠지만 내가 동정심을 가지고 있느냐는 사건과 무관한 일이오. 동정이란 건 순전히 감정 아닙니까. 뭔가의 근거가 될 수도 없잖소. 증거 가치가 있는 것도 아니니 법정에서 내세울 수도 없고."

"판결에 대해선 어떻게 생각하십니까?" 엘러리가 집요하게 말을 이어갔다.

"내 개인적인 생각을 묻는 거요?" 매캐한 연기 속에서 판사가 눈을 가늘게 뜨며 엘러리를 쳐다보았다. "베이어드의 유죄 증거들이 썩 마음에 들지 않아요. 판사 입장에서 하는 말입니다. 누군가의 생명과 자유를 구속하려면 뭔가 더 확실한 증거가 필요해요. 지문 같은 거 말입니다."

"그렇지만 순전히 논리적인 관점에서 보자면······."

"아, 그거야 그렇지만." 판사가 여송연을 손가락에 낀 채 손을 흔들었다.

엘러리는 인상을 찡그리며 오른손 엄지손가락 마디를 구부려서 입술에다 부벼댔다. "맞는 말씀입니다." 엘러리가 순순히 인정했다. "그 논리를 깨트리는 데 별로 진전이 없습니다······. 베이어드 폭스와는 잘 알고 지내셨습니까?" 엘러리가 갑작스레 물었다.

"아주 가깝게 지냈지요."

"베이어드가 살인을 할 사람으로 보이십니까?"

"그런 사람이 따로 있소?" 판사가 쏘아붙였다.

"제 생각을 꿰뚫어보셨군요."

"그건 그렇고, 당신은 왜 그리도 열심이오?"

"다른 이유보다도 베이어드 폭스가 그런 범죄를 저질렀을 거라는 확신이 들지 않아서죠."

"그런 사람이 아니라고 보는 거요?" 판사가 천천히 말했다.

"그렇게 말하지는 못하겠습니다. 어떻게 보느냐에 따라 달라 보이니까요. 정황 증거들은 베이어드를 살인자로 지목하고 있습니다. 하지만 본인은 아니라고 강하게 부인합니다. 그러니까 그게, 말만은 아니에요. 정말 온몸으로 부정하고 있어요. 눈이나, 목소리의 어조나, 움직이는 손 전부가요."

"평생 연극을 하면서 밥벌이를 하는 사람들도 있지요." 판사가 으르렁거리듯 말했다.

"아, 그건 그렇습니다. 제 문제의 일부이기도 하죠."

"굉장히 흥미롭군요." 판사가 중얼거렸다. "당신에게는 솔직히 말해야겠습니다……. 나도 지난 12년간 같은 생각이었소."

엘러리가 고개를 끄덕였다. "저도 그러리라 짐작했습니다."

"이런 이야기까지는 하지 않으려고 했지만, 이젠 말해야겠군요." 판사가 책상 위에 발을 올렸다. 복사뼈까지 올라오는 구두가 보였다. 그는 천장에 담배 연기를 내뿜었다. 연기가 닿은 천장엔 현대화된 고풍스러운 샹들리에가 달려 있었고 그 주변은 정교한 회반죽 소용돌이 장식이 둘러져 있었다. "제시카가 죽기 반년 전이나 그쯤에 난 아내 클래리스와 함께 베이어드의 집에 저녁 식사 초대를 받았소. 베이어드 부부와 우리 부부 넷뿐이었지. 데이비는 그때 여덟인가 아홉 먹은 어린 새싹이었으니 미리 저녁을 먹고 잠들어 있었고.

굉장히 즐거운 저녁이었소. 아내와 난 아주 즐겁게 시간을 보냈지. 난 베이어드 부부의 집을 좋아했어요. 힐 지역에 있는 다른 많은 집들과는 다르게 형식적인 냄새가 나지 않았거든. 근데 참 이상하게도 그 집을 그렇게 만든 건 제시카가 아닌 베이어드였소."

판사가 이마를 찌푸렸다.

"베이어드는 정말 그 집에서 평온하게 지냈소. 그 친구는 그 집을 좋아했어요. 집만이 아니라 제시카도 자랑스러워했지요. 자랑스럽다는 말 그 이상이었지요. 베이어드는 제시카를 깊이 사랑했어요. 제시카의 몸동작 하나하나를 눈으로 좇는 그 모습에서 알 수 있었소. 강아지 같은 눈망울이었지요. 작년에 죽은 내 늙은 개 피트 같았다니까."

판사가 한숨을 쉬었다.

"저녁 식사를 끝낸 뒤였소. 당시 그 집에는 하녀가 없었어요.

제시카는 늘 하녀 문제로 어려움을 겪었지요. 제시카가 식탁을 치우는 것을 내 아내도 도왔어요. 나는 언제나 사소한 격식 따위에 구애받지 않는 제시카에게 감탄하곤 했지요. 힐 지역의 다른 집에 저녁 초대를 받으면 너무 격식을 차려서 좀 괴로운데 제시카는 전혀 그렇지 않았어요.

나는 베이어드와 함께 그의 서재에 갔소. 여자들이 바쁠 때 다른 곳에서 궐련과 브랜디를 즐기기 위해서였지요. 그렇게 그 방에 앉아 있는데 베이어드가 내게 말하더군요. '여기 계시니 하는 말씀인데요, 판사님. 폐가 안 된다면 한번 훑어봐주셨으면 하는 게 있습니다.' 나는 물론 그러겠다고 했지요. 그러자 그 친구가 유언장을 내게 보여주더군요. 스스로 타자를 쳐서 작성했다더군요. 전에는 유언장 같은 것에 소극적이었던 친구라 좀 놀랐지요. 그 친구의 서명도 있었고 증인 서명도 되어 있었어요. 내게 법적인 효력이 있는지 좀 봐달라기에, 그래 완벽하게 잘 작성된 유언장이라고 말해줬소.

그날 밤 베이어드의 행동은 인상적이었어요. 그 친구는 유언장에 제시카에게 모든 걸 넘기겠다고 썼더군요. 와이셔츠 단추 하나까지 말요. 유언장의 문구는 그가 스스로 작성한 것이었는데, 너무나 애정 어린 말로 가득해서 한편으로는 당황스러웠소. 그 방에서 베이어드가 제시카에 대해 했던 말을 생각해보면, 글쎄……." 판사가 기묘하다는 듯 말했다. "그 친구는 정말이지 미쳤다고 할 정도로 제시카를 깊이 사랑했어요. 눈에 보일 정도였지. 그게 안 보인다면 인간 본성에 대해 아무것도 모르는 사람일 거요. 맹세하지만, 그렇게 깊이 사랑하는 사람을 죽인다는 건 도저히 말이 되지 않아요. 그건 분명히 상대를 자신보다 더 배려하는 아주 희생적인 사랑이었어요. 사랑의 대상을 다치게 하느니 차라리 자신이 죽어버릴 법한 그런 진정한 사랑이었지." 말을 마치고 판사는 침묵했다.

"그렇지만 그건 아내에게 다른 남자가 있었다는 걸 알기 전 얘기 아닙니까." 엘러리가 지적했다. "인간의 감정은 변합니다. 사람도 변하고요."

판사가 눈을 가늘게 뜨고 눈썹을 찡그리며 엘러리를 바라보았다. "그러니까 이런 소리는 하는 게 아니었는데." 판사는 여송연을 낀 손가락을 흔들며 푸념했다. "이건 뭐랄까, 법률 외의 문제니까."

엘러리가 일어서며 말했다. "어쨌든 정말 감사드립니다."

"라이츠빌을 떠나기 전에 우리 집에 한 번 들러요." 판사가 일어서며 말했다.

"감사합니다. 노력은 하겠지만 너무 기대하지는 마세요. 사모님께 안부 전해주시고요."

"저녁도 같이 안 먹고 떠나면 아내는 퀸 씨를 괘씸하다고 여길 거요. 아내의 불평 때문에 내 남은 인생은 아주 고통스럽게 될 거고." 판사는 엘러리와 화기애애하게 악수를 나눴다. "내가 할 수 있는 일이 있다면, 음, 그러니까 필 헨드릭스가 까다롭게 나오면……."

"고맙습니다, 판사님." 엘러리가 문 쪽으로 천천히 발을 옮겼다. 그러고는 잠시 걸음을 멈춘 뒤 얼굴을 찡그리며 말했다. "언급하셨던 유언장 말입니다. 혹시 이번 일과 어떤 연관이……."

판사가 슬픈 미소를 지으며 말했다. "전혀 없어요. 그 뒤 제시카가 병이 악화되고 사망한 것과는 아무런 관련이 없습니다. 유언장엔 제시카에게 전부 넘기겠다는 말만 있었소. 다른 사람에 대한 유증이나 단서 조건은 없었어요. 그러니 살인 사건과 관련된 사항은 전혀 찾아볼 수 없을 테지요. 베이어드는 아마도 그 유언장을 그날 밤 이후 다시 본 적이 없을 거요. 그 문서를 확인하고 돌려주었을 때 그 친구는 유언장을 책상 서랍에 넣고 자물쇠로 잠귀버렸소. 그리고 우린 여자들이 있는 곳으로 돌아가……." 판사가 쇠약한 손으로 재빨리 부르르 떠는 엘러리의 팔을 잡았다. "아니, 무슨 일이오, 퀸 씨?" 판사가 소리쳤다.

엘러리가 쉰 목소리로 물었다. "그러니까 지금, 베이어드 씨가 책상 서랍에 유언장을 넣고 자물쇠를 채웠다고 하셨습니까? 방금 그렇게 말씀하신 거 맞죠, 판사님?"

"그래, 그렇게 말했소." 판사가 멍한 표정을 지었다. "그게 뭐 그리 놀랄 일입니까? 빈 서랍에 유언장을 넣고 열쇠를 꺼내 자물쇠를 잠갔을 뿐인데. 왜 그렇게 놀라는 겁니까?"

엘러리가 깊이 숨을 내쉬었다. "빈 서랍이라고 하셨죠. 어떤 서랍인지 기억나십니까, 판사님?"

"책상의 맨 위 서랍이었소."

"맨 위 서랍이라고요." 엘러리가 판사의 말을 따라했다. "확실한 겁니까?"

"오랜 세월이 지났지만 확실해요. 그런데……."

"그럼 판사님, 유언장은 간단한 서류였나요?"

"평범한 흰 종이에 타자기로 작성된 거였소."

"날짜는 어떻게 됩니까?"

"1931년 12월 어느 날이었지요."

"증인들은 누굽니까?"

"시청 서기인 에이모스 블루필드와 홀리스 지역에서 담배 가판대를 운영하던 마크 두들이었소. 에이모스는 퀸 씨도 기억할 겁니다. 하이트 사건 때문에 몇 년 전 퀸 씨가 여기 왔을 때 숨을 거뒀으니까."

엘러리의 눈이 반짝거렸다. "그럼요, 기억하죠." 엘러리가 말했다. "판사님, 전화를 써도 되겠습니까?"

"무슨 속셈인지 내게 알려주지도 않고 말입니까? 뭐, 괜찮겠지요. 어서 써요."

엘러리는 미소를 지으며 서장의 사무실에 전화를 걸었다. "서장님, 베이어드의 잠긴 서랍에 무엇이 있었는지 알아냈습니다."

"알아냈다고요! 뭡니까?"

"베이어드의 유언장입니다. 1931년에 작성되었고요."

"유언장? 그가 그런 문서를 작성했다는 건 전혀 몰랐군요."

"베이어드는 제시카의 죽음과 그 이후 벌어진 일들 때문에 본인이 작성하고 서랍에 넣어둔 유언장을 잊어버린 겁니다. 이해할 만하죠."

"그런가요? 나는 이해가 안 되지만! 누가 무슨 이유로 13년이나 된 유언장을 갑자기 훔쳐갔을까요! 유언장의 수혜자는 누굽니까?"

"제시카입니다."

"뭐라고요? 그렇다면 왜 그걸 훔쳐갔을까요? 죽어 묻힌 지 12년이나 지났는데 말입니다!"

"그 질문에 대해 답을 드릴 수 있습니다." 엘러리가 단호히 말했다. "지금 당장이요."

서장이 깜짝 놀랐다. "누가 훔쳐갔는지 말할 수 있다는 소리 같은데요."

"물론입니다, 서장님."

"뭐라고?"

"모든 사실을 알게 된다면, 답은 굉장히 간단하죠."

서장은 굉장히 궁금해 하면서도 염려가 되는 듯했다. "누굽니까? 대체 누구죠?"

"15분 안에 헨드릭스 검사의 사무실에서 뵙도록 하죠."

17
폭스에게 바친 사랑

엘러리는 지방 법원 내의 검사 사무실 안에서 서성이는 헨드릭스를 보았다. 서장은 의자에 앉아서 앞으로 몸을 구부린 채 큰 손을 두 다리 사이에 끼워 넣고 있었다. 뭔가 불편한 기색이었다.

"아, 퀸 씨." 헨드릭스가 빠르게 앞으로 다가왔다. "이게 대체 무슨 일이죠?"

"내가 필 검사에게 다 얘기했습니다, 퀸 씨." 서장이 허둥지둥 일어서며 말했다.

"걱정스러운 표정이군요, 헨드릭스 씨." 엘러리가 말했다.

"걱정? 전혀요. 왜 내가 걱정을 합니까? 내 사건도 아니었는데. 그러니까 내 말은……." 검사가 손바닥을 펼쳐 보이며 말했다. "봐요, 만약 실수가 있었다면, 그러니까 오심이었다고 하더라도 느긋하게 마음먹어요, 서장님."

"앉아도 되겠습니까?"

"아, 참. 미안하군요. 여기 앉으세요."

"서장님의 판단이 성급했던 것 같네요. 검사님께 제가 사건을 해결했다고 말씀하셨습니까, 서장님?" 엘러리가 다리를 꼬고 앉으며 말했다.

"그럼, 물론이지요. 퀸 씨가 전화로 방금 말하지 않았소."

"저는 왜 베이어드의 유언장이 지난밤 도난을 당했는지, 누가 훔쳐갔는지 알아냈다고 말씀드렸을 뿐인데요."

"하지만……."

엘러리가 고개를 저었다. "앞서 했던 이야기로 되돌아가볼까요. 저는 잠긴 서랍에 대하여 명백한 사실들을 지금 밝혀냈고, 확인까지 했습니다. 서장님께 전화를 한 이후에, 저는 탤보트 씨 댁에 있는 베이어드 씨에게 전화를 했습니다. 제가 '유언장'이라는 단어를 꺼내자 그는 곧바로 기억을 떠올렸습니다. 그리고 엘리 마틴 판사님의 이야기가 사실이라고 확인해줬습니다. 베이어드 씨는 유언장을 책상 맨 위 서랍에 넣고 잠근 뒤 다시 열어보지 않았습니다. 이 진술을 의심할 이유는 없습니다. 유언장은 보통 작성되고 난 뒤에 잘 보관됩니다. 베이어드 씨도 그렇게 했지요. 유언장은 잠긴 서랍에 12년 6개월 동안 보관되어 있었습니다. 그게 우리가 내릴 수 있는 타당한 결론입니다."

"그런데 갑자기 누군가가 유언장을 찾으러 나타난 거로군요." 서장이 소리쳤다.

"반드시 그렇지만은 않습니다." 엘러리가 대답했다.

헨드릭스 검사가 재촉하듯 물었다.

"대체 무슨 말을 하려는 겁니까?"

"유언장을 가져갔다고 해서 그걸 가져가려고 침입했다고 볼 수는 없어요. 실제로, 우리가 확보한 자료를 살펴보아도 그런 결론이 나옵니다. 침입자는 그 유언장의 내용 때문에 훔쳐간 게 아닙니다."

　서장과 검사는 어리둥절한 표정이었다.

　"도대체 누가 그걸 활용할 수 있겠습니까?" 엘러리가 말을 이었다. "그 유언장의 내용은 베이어드가 사망하면 아내를 상속자로 지정한다는 것이었습니다. 그런데 상속인이 될 아내는 이미 사망했습니다. 그것도 12년 전에! 유언자보다 먼저 죽은 겁니다. 이 두 가지 특별한 상황을 고려하면 어떤 결론이 나옵니까? 검사님, 법률가들의 용어로 말하면, 이 경우 유언장은 어떻게 되는 겁니까?"

　"물론 무효가 되지요."

　"보통 상속인이 유언자보다 먼저 사망하여 유언장이 쓸모없게 되면 유언자는 어떻게 합니까? 더욱이…… 아, 잠시만요, 검사님, 법률적 용어가 어떻게 되나요? 차순위 상속인이라고 하면 됩니까? 여하튼 그런 사람이 지정되지 않았다면 유언자는 어떻게 할까요?"

　"뭐, 뻔하지요. 유언장 없이 죽기를 바라지 않는다면, 새 유언장을 작성하여 살아 있는 상속인을 새로 지정하겠지요."

　"바로 그겁니다. 베이어드가 어떻게 했겠습니까? 베이어드는 새 유언장을 작성하는 것보다 더 나은 선택을 했습니다. 그는 자신의 사망 전에 재산의 소유권을 모두 넘겼습니다. 베이어드는 감옥에 간 지 얼마 되지 않았을 때 아들 데이비가 성인이 되면 전 재산을 아들에게 넘긴다는 서류에 서명했습니다.

　지난밤 도난된 유언장은 법적 서류로는 휴지 조각입니다. 베이어드의 재산에 관한 문제는 벌써 여러 해 전에 결론이 났습니다.

따라서 침입자는, 유언장의 내용 때문에 훔쳐간 게 아닙니다. 아무런 가치가 없으니까요. 그런데도 굳이 그 문서를 훔쳐간 것은 전혀 다른 이유 때문입니다."

서장이 고개를 저었다. "다른 이유가 뭔지 짐작조차 할 수 없군요."

"아직까지는 그렇죠, 서장님. 다른 이유는 분명히 존재합니다. 유언장을 훔쳤다는 이유만으로도요. 자, 한번 생각해보세요. 내용 때문이 아니라면, 그 유언장을 무엇에 쓰려고 한 걸까요? 종이 때문에?"

검사가 웃었다. "지금 농담할 땝니까?"

"종이 때문은 아닙니다. 마틴 판사님께서 아주 흔한 종이였다고 말씀하셨으니까요. 그렇다면 무엇 때문에?"

"날짜가 아닐까요?" 검사가 의심이 가는 듯 물었다.

"날짜 역시 의미가 없습니다. 유언장의 작성일은 1931년 12월 어느 날입니다. 사람이나 사건이 모두 비극으로 끝나기 몇 달 전의 이야기죠. 다른 건 어떤 게 있겠습니까?"

"증인들의 이름?" 서장이 추측했다.

"이건 판사님도 말했고 방금 통화를 끝낸 베이어드 씨도 확인해준 사항입니다. 유언장의 증인들은 그 당시 라이츠빌 시청 서기였던 에이모스 블루필드와 공증인인 마크 두들입니다. 침입자가 이들의 이름을 알기를 바랐을까요? 그렇다면 그저 유언장을 보기만 하면 되지 가져갈 필요는 없습니다. 혹은 증인들의 서명이 필요했을까요? 그게 목적이라면 굳이 가택 침입과 도난이라는 무리수를 쓰지 않았을 겁니다. 시청 서기의 서명이 담긴 문서는 수천 건은 될 테니까요. 또 공증인의 서명도 일상적인 서류에 많이 있을 거고요. 아마 수백 건은 될 겁니다. 그러므로 증인들은 도난 사건과 무관합니다. 그럼 뭐가 남았습니까?"

검사가 어깨를 으쓱였다. "그렇다면 남아 있는 건 이제 유언자의 이름뿐인데. 그게 이유가 될 수 있을까요……."

"왜 이유가 안 된다고 생각하십니까? 단순한 이름이 아닙니다, 검사님." 엘러리가 정중히 말했다. "서명이니까요."

"서명?"

"베이어드 폭스의 서명?" 서장이 멍한 표정으로 말했다.

엘러리가 고개를 끄덕였다. "네, 베이어드 폭스의 서명. 더 자세히 설명하자면 논란의 여지가 없는 베이어드의 진짜 서명이죠. 깔끔하고 훌륭한 서명 진품을 손에 넣어야 하는 자에겐 유언장만큼 좋은 문서가 없을 겁니다."

침묵이 흘렀다.

"이해를 못하겠군요, 퀸 씨." 검사가 마침내 입을 열었다.

"나도 그래요." 서장이 신음 소리를 내며 말했다.

"하지만 아주 간단한 문제입니다!" 엘러리가 의자에서 튀어오르듯 일어서며 말했다. "베이어드 폭스의 서명이 이 사건에서 왜 중요하지 않습니까? 서장님, 짐작가는 데가 없나요? 오늘 베이어드 폭스의 서명을 어디서 발견했습니까?"

"가백의 장부에 있던 갱신 처방전에서 발견됐지요." 서장이 천천히 말했다.

"바로 그겁니다. 이제 사실을 다시 살펴보죠. 지난밤, 12년이 흐른 지금에 와서야 누군가가 베이어드 폭스의 집에 침입해 쓸모없어진 유언장을 훔쳤습니다. 그건 오로지 침입자에게만 가치가 있었습니다. 그 유언장엔 베이어드 폭스가 12년 6개월 전에 해놓은 진짜 서명이 있었으니까요. 이게 지난밤 일입니다. 오늘 아침, 무슨 일이 일어났습니까? 새로운 증거가 나왔습니다. 가장 중요한 쟁점인 베이어드 폭스의 서명이 담긴 증거가요! 우연의 일치라고 말할 수 있겠습니까, 검사님?"

검사가 숨을 깊이 들이쉬며 말했다. "침입자는 그렇다면, 가백의 낡은 장부에 베이어드 폭스의 서명을 위조해 넣으려고 그 문서를 훔쳐갔군!"

"그렇습니다, 검사님. 가백의 장부를 전문가에게 검토시켜 보면, 원래 부분을 인위적으로 삭제하고 우리가 본 갱신 처방전을 그 위에 교묘하게 다시 쓴 게 증명될 겁니다. 확신합니다. 다시 말해, 이전 것은 지우고 그 위에 베이어드의 서명을 새로 써넣은 것이지요! 하하! 이런 팰럼프세스트*를 여기 라이츠빌에서 발견하다니!"

검사가 중얼거렸다. "그렇다면 가백의 손글씨로 적힌 처방전 번호도 위조된 것이겠군요."

"의심할 바가 없습니다. 가백의 글씨 견본은 장부 안에 이미 수백 개나 있었으니까요. 하지만 베이어드의 서명은 전혀 다른 문제죠. 그걸 구하려고 침입자는 베이어드 폭스의 폐쇄된 집에 침입한 겁니다. 사건 이후 아무도 그 집에 들어가지 않았으니 서명을 쉽게 구할 수 있다고 생각했겠죠. 거실의 장식 책장에서 시작해 서랍이 달린 둥근 탁자까지 뒤졌지만 나오지 않자, 집 안으로 더 들어갔지요. 베이어드의 서재에 들어가서 다른 가구들을 뒤졌습니다. 하지만 여전히 성공하지 못했죠. 이

---

* 본래 쓴 글을 지우고 그 위에 새로 글을 쓴 양피지.

어 벽에 붙여놓은 책상을 뒤집니다. 그러고는 잠긴 서랍을 발견하게 되죠. 그 안에 원하는 게 있을지 모른다고 생각하면서 강제로 자물쇠를 뜯어냅니다. 그리고 운 좋게도 낡은 유언장을 찾아낸 겁니다."

"그런데 그 침입자 말입니다." 서장이 소리쳤다. "대체 누굽니까? 퀸 씨는 알고 있다고 하지 않았습니까."

엘러리는 못 믿겠다는 표정으로 서장을 쳐다보았다. "이젠 아실만할 때가 되지 않았습니까, 서장님? 너무나 분명하지 않습니까! 위조된 서명이 든 가백의 장부가 어디서 발견되었습니까?"

"에이킨과 에멀린이 찾아냈지요."

"어떻게 그 장부를 찾아냈을까요?"

"에이킨이 자기 서명 모음집에 쇼클리 라이트의 서명을 추가하려고 몇 년을 노력하지 않았습니까, 그래서 얻을 수 있게 된 거고." 서장이 멍한 표정으로 말했다. "오늘 아침에 앨빈 케인이 에멀린에게 장부를 주었을 때……." 서장은 입을 다물 수가 없었다.

"네." 엘러리가 무미건조하게 말했다. "앨빈 케인은 에멀린 뒤프레에게 오늘 아침 장부를 건넸죠. 진짜 서명이 도난당한 바로 다음 날 아침에요! 앨빈은 미스 에이킨에게 장부를 넘겨주는 걸 몇 년 동안 거절해왔습니다. 에멀린도 몇 번이나 거절당했죠. 그런데 갑자기 오늘 아침에 넘겨준 겁니다! 실제로, 에멀린 뒤프레에게 전화까지 해서 오늘 아침 약국에 들리면 넘겨주겠다고 했어요……. 전에 에멀린이 그 장부를 넘겨줄 수 없느냐며 약국에 들렀을 땐 억지로 쫓아냈던 사람이 말입니다!

의심할 바가 없어요. 지난밤 그 집을 침입해 유언장을 훔치고 제 머리를 두들겼던 자는 앨빈 케인입니다. 장부에 서명을 교묘하게 갖다 붙인 자도 케인이고요. 앨빈은 그 위조 장부를 저에게 건네고 싶은 이유가 충분히 있었습니다. 서명을 찾아다니는 돌로레스 에이킨이나 오지랖 넓은 에미 뒤프레 같은 노처녀들을 통해서 말입니다. 만약 두 노처녀가 그 일을 해주지 않았더라면, '우연히 그 증거를 얻게 되었다'고 하면서 제게 직접 가져왔을 겁니다."

헨드릭스 검사가 외투걸이에서 모자를 집어 들었다.

"가십시다."

앨빈 케인은 약국에서 고등학생 정도로 보이는 아가씨와 농을 주고받고 있었다. 초콜릿 아이스크림이 섞인 탄산음료를 든 그 아가씨는 뭐가 그리 우스운지 계속 깔깔거렸다.

케인은 가게에 들어온 세 사람을 보자 살짝 낯빛이 창백해졌다.

"잠깐만 기다리십시오들!" 앨빈이 유쾌하게 말했다.

"천천히 해요, 앨빈." 서장이 느릿하게 말했다.

세 사람은 자동판매기 근처의 작은 삼각형 탁자에 앉았다. 그들은 아무 말도 하지 않고 그저 앨빈을 바라보았다.

약사의 얼굴은 점점 더 창백해졌다. 케인은 상대하던 아가씨에게 윙크를 한 뒤 허겁지겁 처방실로 들어갔다.

"뒷문에는 찰리 브래디 순경이 있어요, 앨빈." 서장이 점잖게 말했다. "아 뭐, 산책을 하고 싶다면 동행이 필요할 것 같아서."

케인은 얼빠진 얼굴이 되었다. 그는 발걸음을 돌려 자동판매기로 천천히 향했다. 이제 약사는 유머나 아첨하는 말은 싹 빼고 아가씨에게 건조하게 말했다. "자, 손님. 탄산음료엔 영양분이 없어요. 이젠 집에 가야지."

이 말을 들은 아가씨는 앨빈을 빤히 바라봤다. 그러고는 카운터에 15센트를 던지듯 내려놓고 재빨리 가게 밖으로 걸어나갔다.

이를 본 서장은 즉시 탁자에서 일어나 정문으로 가서 자물쇠를 채웠다.

"뭐하는 짓입니까, 서장님?" 약사가 웃으며 말했다. "이거 영업 방해 아니오? 11시까지는 약국을 닫지 않는데."

서장은 어두운 색의 육중한 블라인드를 내렸고 가게 앞쪽의 전등을 껐다.

"방해받지 않으려고 그런 겁니다." 서장이 해명했다. "이젠 탁자로 와주실까요, 앨빈. 앉아서 즐겁고 친근한 이야기를 해봅시다."

풀을 먹인 티끌 하나 없는 크림색 리넨 재킷을 입은 키 작은 남자는 마지못해 탁자로 왔다. 앨빈은 마치 움츠러들기라도 한 것처럼 갑작스레 작고 땅딸막하게 보였다. 그는 조심스럽게 작은 의자의 끝부분에 걸터앉으면서 절반쯤은 올 것이 왔다는 멍청한 미소를 지으며 세 사람의 얼굴을 둘러보았다.

"이거 지금 뭐하자는 겁니까. 넷이서 카드놀이라도 한 판 하자는 건가?" 앨빈이 농을 던졌다.

"자, 케인 씨." 검사가 돌연 말을 시작했다. "왜 베이어드 폭스의 서명을 위조해서 마이런 가백의 낡은 장부에 가짜 갱신 처방전을 넣어뒀지요?"

앨빈은 멍한 표정을 지었고, 한동안 계속 그렇게 앉아 있었
다.

"위조? 가짜? 아니, 검사 양반. 대, 대체 무슨 속셈입니까?"
앨빈이 말을 더듬었다.

"당신한테 몇 방 먹었지요." 엘러리가 유쾌하게 말했다. 케
인은 재빨리 엘러리를 쳐다보더니 고개를 돌렸다. "내 머리 말
입니다, 케인. 기억납니까? 어깨도 여전히 아프다고요. 내 손
상태가 얼마나 처참한지는 당신도 알고 있을 테죠. 하지만 난
기꺼이 거래를 할 생각입니다. 다 털어놔요, 그러면 여기서 때
려눕히지는 않을 테니."

라이츠빌의 패션 선구자이자 재담꾼이며 카사노바인 앨빈
케인은 의자를 박차고 일어서서 의자를 세 사람 쪽으로 집어던
지고는 잠긴 정문으로 쏜살같이 달려갔다.

검사가 넘어지고 엘러리가 의자를 잡았다. 화장품 진열대 쪽
으로 비틀거리며 물러선 서장은 작은 자동 권총을 꺼내 날쌔게
움직이는 앨빈을 향해 한 발을 발사했다.

앨빈은 몸이 굳어버렸고, 곧 균형을 잃고 쓰러졌다.

그런 뒤에는 전혀 움직이지 않고 그대로 엎드려 있었다.

"서장님, 저 친구를 맞춘 겁니까!" 검사가 재빨리 일어서며
소리쳤다.

서장이 말했다. "아니, 위협사격을 했어요. 총알은 문설주에
박혀 있소." 서장은 화가 나 얼굴이 하얗게 변해 있었다. 이어
엎드려 있는 앨빈에게 성큼성큼 다가가 목 칼라의 뒷부분을 붙
잡고 뒤로 확 잡아당겼다. "이 겁쟁아." 서장이 말했다. "하여

튼 이렇게 허풍 치는 놈들은 늘 똑같은 짓만 하지. 케인, 이제
다 털어놓을 건가?"

앨빈의 얼굴 근육은 통제 불능의 상태였다. 입술은 퍼덕였고
턱은 경련을 일으켰으며 눈알은 흰자만 번들거렸다.

"말할게요." 알아듣기 힘든 소리로 앨빈이 말했다. "말할게
요. 쏘지 마세요. 말할게요."

"그 멋진 얘기는 폭스 가문 사람들 앞에서 듣도록 하지요."
엘러리가 느릿하게 말했다.

관계자들이 모두 헨드릭스 검사의 사무실에 모였다. 헨드릭스
검사, 데이킨 서장, 엘러리, 앨빈 케인, 탤보트 폭스 부부와 데
이비 부부, 베이어드 폭스, 하위 형사까지. 앨빈 케인의 리넨
재킷엔 약국 바닥을 구르며 묻은 기름때가 남아 있었고, 옷깃
엔 약사의 곱슬거리는 머리카락이 붙어 있었다. 신발에는 긁힌
자국이 있었다. 앨빈은 의자에 구부리고 앉아 얼굴을 손으로
감싸고 있었다. 그러고는 미동도 하지 않았다.

"자, 케인." 엘러리가 말했다. "말해보실까요."

케인은 얼굴을 가린 채 흐느껴 울었다. "누구한테 피해를 줄
생각은 없었어요. 베이어드는 어쨌든 유죄 아닙니까. 난 범죄
를 저지르지 않았어요. 난……."

"마음만 먹으면 당신을 데이비에게 인계할 수도 있어요. 데
이비는 당신이 일본군이 되어 나오는 꿈도 꾸었다더군요. 우리
전쟁 영웅이 일본군들을 어떻게 대했는지는 잘 알 테지요." 엘
러리가 부드럽게 말했다.

케인은 빠르게 얼굴에서 손을 뗐다.

데이비가 의자에서 일어나 케인의 앞에 섰다. "일어서, 케인."

앨빈은 몸을 움츠린 채 겁에 질린 표정을 지었다. "안 돼! 이 친구가 이렇게 난폭하게……."

"일어서." 데이비가 이를 꽉 깨물고 말했다. "아니면……."

"저자는 모든 걸 말할 거예요, 데이비." 엘러리가 말했다. "이미 말하기도 했고. 그렇지만 여기 있는 사람들 모두가 들을 권리가 있지요. 저자는 여러분들께 자신의 앙증맞은 모험담을 솔직히 고백할 겁니다. 그러면 저자의 더럽고 치졸한 영혼에 묻은 때가 조금은 씻겨나갈 겁니다."

"지켜보겠어, 케인." 데이비가 말했다.

앨빈이 빠르게 말하기 시작했다. "난 퀸이 여기 왜 내려왔는지 알고 있었어요. 서장이 전화로 내게 질문할 것이 있다고 말했을 때 대충 짐작했지요. 어제 난…… 생각을 좀 해봤죠. 아마 퀸이란 자는 늙다리 베이어드를 꺼내주려고 애쓰겠지. 하지만 그럴 가능성은 별로 없어요. 모두들 베이어드가 자기 부인을 독살한 걸 알고 있으니까……."

케인은 잠시 말을 멈추었고 그 침묵은 예리하게 좌중을 파고들었다.

"내, 내 말은……." 앨빈이 말을 더듬었다. "그는 이미 유죄 판결을 받지 않았습니까? 감옥에 들어갔고요. 이 퀸이라는 탐정이 나타날 때까지 아무도 그가 유죄라는 걸 의심하지 않았습니다."

이에 베이어드가 천천히 물었다. "내가 무죄가 되든 감옥으로 돌아가든 당신과 무슨 상관이 있지, 케인?"

앨빈은 혀로 입술을 핥으면서 탐정을 쳐다보았다. 도와달라는 읍소였다.

전혀 도와줄 기미가 없자 앨빈은 다시 중얼거렸다. "데이킨 서장은 데이비 때문에 재수사를 하는 것이나 마찬가지라고 했어. 만약 저 탐정이 베이어드의 무죄를 입증하지 못하면 데이비는 린다를 떠날 거라고. 나는…… 당신이 무죄로 풀려나는 것을 확실히 막고 싶었어."

린다는 믿을 수 없다는 표정으로, 웅크리고 있는 앨빈을 쳐다보았다. "그럼 이 짓을 저지른 게 전부……."

앨빈의 얼굴이 확 붉어졌다. 그는 검사 사무실의 바닥에서 눈을 떼지 못했고 극도의 긴장과 고통으로 손가락 마디를 계속 딱딱 소리를 내며 꺾었다.

"내가 정리를 해보지." 데이비가 차분히 말했다. "케인, 당신은 우리 아버지의 유죄를 입증할 증거를 추가로 만들려고 했어. 퀸 씨가 정말로 유죄라는 결론을 내리도록. 그래서 린다를 나로부터 떼어놓으려고. 맞지?"

앨빈이 앉은 의자의 팔걸이를 꽉 붙잡았다.

"내가 떠나면……. 당신이 린다를 차지할 수 있다고 생각한 거야?"

케인이 웅얼거렸다. "아니 데이비, 내 말을 들어봐, 데이비, 그게 말이야……."

데이비가 앨빈에게 달려들었다. 앨빈은 고양이처럼 민첩하게 의자에서 일어나 엘러리와 서장과 검사의 등 뒤에 숨었다. 약사는 탐정의 상의 끝단에 매달리다시피 하며 몸을 웅크렸다. 엘러리는 데이비의 팔을 붙잡아 저지했고 린다도 남편을 말리러 의자에서 일어나 앞으로 달려 나왔다.

"안 돼, 데이비! 내가 저 사람한테 아무 생각 없는 거 잘 알잖아! 데이비, 그러지 마! 그럴 가치도 없는 인간이야! 제발, 데이비!"

"내가 중국에 있을 때 저놈이 개수작을 부렸어." 데이비가 숨을 헐떡거리며 말했다. "린다, 이거 봐! 퀸 씨, 이거 봐요! 저런 놈은 다시는 그런 짓을 못하게 손을 봐줘야 돼!"

서장과 검사도 달려들어 데이비를 끌어냈다. 린다와 에밀리, 그리고 탤보트는 데이비에게 진정하라고 간청했다. 베이어드는 이 상황을 주의 깊게 지켜보았다. 이 상황에서 그의 유일한 관심사는 아들 데이비의 안전이라는 듯.

하위 형사는 어리둥절한 표정으로 사람들의 뒤에 서 있었다.

잠시 뒤 서장과 검사, 그리고 엘러리는 검사 사무실에 앉아 있었다. 앨빈 케인은 법원 꼭대기층의 유치장에 들어갔다.

"과연 저 친구를 계속 가둬둘 수 있으려나?" 서장이 찡그린 표정으로 말했다. "필, 케인은 유죄 판결을 받고 12년 동안 복역 중인 자에게 죄를 덧씌우려고 했소. 기이한 상황인데."

"걱정하지 않아도 됩니다." 검사가 음울한 미소를 지으며 말했다. "그자에 대해서는 걱정하지 마세요. 앨빈 케인에게는 여러 가지 혐의가 있어요. 얼마동안 그자는 굉장히 바쁠 겁니다. 불법 가택침입죄에다 절도, 퀸 씨에게는 폭행을 저질렀죠. 퀸 씨가 그 친구를 기소하기를 바란다면 그것도 들어줄 겁니다. 위조죄가 성립되는지는 구체적으로 살펴봐야겠지요. 그건 확신이 없군요."

"데이비 부부를 떼어놓을 목적으로 위조를 하다니." 서장이 고개를 저었다. "정말 내 평생 가장 우스꽝스러운 일이로군. 그런데 퀸 씨, 다시 원점으로 돌아간 거 아닙니까?"

"네?" 엘러리가 서장을 바라봤다.

"베이어드 폭스 건 말입니다."

"서장님 말이 맞아요." 검사도 말했다. "앨빈의 범행 동기도 알았고, 범행 사실도 알게 됐지요. 베이어드가 1932년 6월 5일에 갱신된 디기탈리스 처방전에 서명하지 않았다는 것도 사실입니다. 하지만 그게 무슨 영향이 있습니까? 서장님이 말한 것처럼, 원점에서 아무것도 바뀐 게 없어요. 12년 전 베이어드가 포도 주스에 독을 타 유죄 판결을 받았던 그때와 상황은 똑같아요."

"달리 볼 여지가 없지요." 서장이 고개를 끄덕였다.

엘러리는 절반쯤 웃는 기이한 표정으로 서장과 검사를 바라보았다. 그는 뭔가를 말하려다가, 곧 마음을 고쳐먹었다. 엘러리는 고개를 천천히 저으며 부어오른 오른손 엄지손가락 마디를 입술로 비벼댔다.

엘러리는 서장과 검사를 쳐다봤다. "그런데 원래 베이어드 씨가 사용했던 주전자와 잔은 그 후 어떻게 되었지요? 12년 전 포도 주스를 따르려고 준비했던 바로 그 물건들 말입니다."

"재판 중에 증거물로 나왔었지요." 서장이 대답했다.

"원 세상에, 어쩌자고 다시 그 물건들 타령입니까?"

"다시 사실 관계를 짚어봐야죠."

"이것 참, 한번 물면 놓지 않는 사냥개 같군요."

"이 사건을 다시 파고들겠다는 건 아니겠지요?" 검사가 놀라며 물었다.

"재개해야죠, 헨드릭스 씨."

"그렇지만 이번 일도 결국은 물거품이 되었으니, 이제 당신도 성경 말씀에 나오듯 벽에 커다랗게 쓰여진 '실패'라는 글자를 읽을 때가 되었는데. 그리고……."

"이제 이틀 됐습니다." 엘러리가 겸손하게 말했다. "내게 2주 시간을 주기로 약속하셨잖습니까."

"물론 난 약속을 지킬 겁니다, 퀸 씨. 그렇지만 이건 순전히 시간……."

"낭비라는 거죠. 무슨 말인지 압니다. 그렇지만 시간은 충분하고, 여태까지 검사님을 귀찮게 해드린 일은 없잖습니까? 주전자와 잔으로 되돌아가서 다시 한 번……."

"그 물건들은 별 도움이 되지 않을 겁니다." 서장이 말했다. "12년 전 손에 넣었을 때는 모두 세척된 상태였어요. 사건 당일 제시카가 독살되었다고 생각한 사람은 아무도 없었습니다. 사건이 벌어지고 하루 반이 지나서야 비로소 살인을 의심하게 됐으니까."

"아무튼 그 물건들은 어떻게 됐습니까, 서장님?" 엘러리가 집요하게 물었다.

"절차대로지요. 판결 후엔 경찰서의 재물 담당관에게 넘겨집니다. 내 생각엔……. 아니, 잠깐."

서장이 검사의 전화기 중 하나를 들어 사무실로 전화를 걸었다.

"으흠." 서장이 수화기를 내려놓았다. "생각대로군요. 담당관이 재판이 끝난 뒤 판지 상자에 그 물건들을 포장해서 폭스 집안으로 돌려보냈답니다."

"감사합니다, 서장님." 엘러리가 일어서며 부드럽게 말했다.

"느긋하게 이전 상황으로 돌아가 그 상자가 어떻게 되었는지 알아보겠습니다."

제4부

18
폭스와 주전자

그날 밤의 저녁 식사는 끔찍했다. 뚱뚱한 사람답게 느릿느릿한 탐욕을 보여주며 꾸역꾸역 먹어대는 하위 형사를 제외하면, 사람들은 에밀리가 만든 음식에 거의 손도 대지 않았다. 분위기가 이렇다 보니 대화도 오가지 않았다. 폭스 가문 사람들은 엘러리의 기분을 맞춰주기 위해 눈치를 보는 듯했다. 마치 그들의 분위기를 좌지우지하는 열쇠를 엘러리가 쥐고 있다는 듯이. 하지만 탐정은 음식을 조금씩 먹으면서 아무 말도 하지 않았다. 그래서인지 사람들은 후식을 먹을 때 서장이 들어오자 모두 안도감을 느꼈다.

"찾던 건 찾아냈습니까, 퀸 씨? 마침 퇴근길에 이 집 옆을 지나가게 되어서 들러봤습니다⋯⋯."

"들르실 거라고 생각했습니다, 서장님." 엘러리가 말했다. "그래서 이렇게 기다리고 있었지요." 그는 탤보트 부부에게 시선을 돌렸다. "경찰서 재물 담당관은 12년 전 재판 직후에 포도 주스 주전자와 잔을 폭스 집안에 돌려주었다고 합니다. 서장님을 통해서 들었지요. 탤보트 씨, 그 물건들을 어디에 두었는지 기억하십니까?"

"주전자든 잔이든 돌아온 적이 없는데요, 내 기억으로는."

에밀리가 의심스러운 표정으로 말했다. 하루가 지나도록 남편에게 쌀쌀하던 에밀리는 이제야 남편에게 말을 걸었다. "기억나는 게 있어요, 당신?"

탤보트의 표정이 환해졌다. "다시 나에게 말을 해줘서 고마워, 여보!"

"내 말 좀 끊지 말아요." 에밀리가 얼굴을 붉히며 말했다. "어쨌든, 기억나는 게 있어요?"

탤보트는 가슴을 크게 폈다. "음, 잠시만. 주전자와 잔이라……. 아니, 기억나는 게 없어요." 탤보트가 밝은 목소리로 말했다.

"판지 상자에 담아서 보냈답니다." 서장이 설명했다. "갈색 종이로 포장해 봉인까지 한 상태였다는데."

"갈색 종이……." 에밀리가 찡그리며 말했다. "왜, 여보, 그 있잖아요, 기억 안 나요?"

탤보트는 당혹스러운 듯했다. "기억이 잘 안 나는데."

"음, 나는 기억이 나요. 내용물은 뭔지 모르겠지만. 갈색 종이로 싼 것이라고 했다면 금방 생각이 났을 거예요." 에밀리가 말이 많아지고 있었다. 린다는 남편의 늘어진 손을 붙잡고 엷게 미소를 지었다. 최소한 누군가가 우리 부부의 문제를 해결해주려고 하는구나. 린다의 미소는 그렇게 말하는 듯했다. "그 상자는 베이어드 집에 놓아뒀죠. 집을 폐쇄하기 전이었어요."

"그랬었나?"

"세상에, 이이 좀 봐. 당신이 상자를 집어넣었잖아요!"

"내가 그랬나?" 탤보트가 무안한 표정을 지었다. "참 우습군, 여보. 정말 하나도 기억이 안 나."

"언제 기억이 난 적은 있고요." 에밀리가 콧방귀를 뀌며 말했다. "퀸 씨, 그 상자는 베이어드의 집에 있어요. 우리는 데이비를 데려오면서……." 에밀리의 목소리가 부드러워졌다. "모든 것을 새롭게 마련해주기로 결정했었죠. 옷이나, 장난감이나, 책이나, 모든 걸요."

"저도 기억해요, 큰어머니." 데이비가 갑작스럽게 말했다. "크리스마스 기분이었죠."

"나도 기억이 나는 것 같군." 탤보트가 말했다. "그때까지 데이비가 썼던 물건은 전부 그 집 다락방에다가 옮겨놨지. 거기다 보관하려고 말이야."

서장이 엘러리를 바라보았다.

엘러리는 식탁을 밀치며 일어났다. "잠시 음식을 놔두고 그리로 가봐야 할 것 같은데, 괜찮습니까, 에밀리?" 엘러리가 미소 지었다. "빨리 가서 상자의 내용물을 점검해보고 싶습니다. 그리고 그 상자를 열 때 여기 있는 분들이 전부 같이 있었으면 합니다."

그리하여 라이츠빌의 온화한 저녁 시간에 모두는 베이어드 폭스의 집으로 향했다. 고요한 달빛 속에서 어둡고 무성한 초목 위로 불쑥 솟아 오른 어두운 집은 현실 같지가 않았다. 그곳의 모든 것은 둥둥 떠 있는 것 같았고, 마치 미시의 바다 밑바닥에 웅크린 초현실 세계 같았다.

밤과 죽음은 형제였고, 이 집은 그 둘 모두가 12년 동안 머물렀던 곳이었다.

사람들은 플래시를 들고 조용히 들어섰다.

다락방의 곰팡이 냄새가 너무 심해서 엘러리와 서장은 재빨리 환기창을 열었다.

바닥은 밟을 때마다 여지없이 삐걱거리는 소리를 냈다. 서까래는 천천히 흔들리는 거미줄로 장식되어 있었다. 지붕의 금간 부분으로 달빛이 새어 들어왔다.

"세상에." 린다가 불안하게 웃으며 말했다. "옛날 영화 세트 같아요, 데이비."

"예전 다락방이네." 데이비가 부드러운 목소리로 말했다. "기억하세요, 아버지?"

베이어드가 미소를 띠며 대답을 했다. "기억하고말고."

"내 장난감들이 정말 전부 다 있네요! 이건 내 미식축구공이에요!" 데이비가 다락방을 둘러보며 말했다. 데이비는 몸을 구부려 축축한 미식축구공을 집었다. 공기가 빠진 지 오래된 것이었다. 공의 가죽도 구겨질 대로 구겨져서 넝마나 다름없었다. 데이비는 당혹스러워 하며 검지로 공을 가볍게 쓰다듬었다.

"네 포수 미트로구나, 데이비."

"이걸로 리니와 제가 몰래 익시비션 파크로 들어가서 날아오는 야구공을 낚아채곤 했죠. 야구 경기를 구경하느라 어두워질 때까지 밖에 있는 바람에 크게 혼이 났었죠!"

"더블헤더 게임이었어요." 린다가 킥킥 웃으며 말했다. "세상에, 하루 종일 앉아 있으면서 어찌나 불안했던지. 아버지가 엄청 화를 냈었죠."

"화학 놀이 세트도 있네! 실험도 참 많이 했었는데!"

"이것도 좀 보렴." 베이어드가 말했다. "건설 모형 세트구나. 나랑 같이 지었던 다리 기억하니?"

"일주일 내내 만들었죠!" 달빛이 간간이 섞여드는 어둠 속에서 데이비는 널찍하게 다리를 벌리고 서 있었다. 데이비의 입이 저절로 벌어져 하얀 치아가 드러났고 푸른 눈에는 생기가 돌았다.

탤보트는 부서진 장난감 무더기 밑에서 모서리가 닳은 앨범을 찾아냈다. "이것 좀 보렴, 데이비. 네가 예전에 수집하던 우표 앨범 맞지?"

"세상에, 맞아요!"

"존 라이트 씨에게 넘겨도 되겠구나. 우표수집을 하잖니. 앨범 안에 뭔가 가치 있는 게 있을지도 몰라."

"하하, 그냥 애들 우표인데요. 상태도 끔찍하고요. 가치 있을 리가 없어요."

"나한테는 있어!" 린다가 소리치며 탤보트로부터 앨범을 빼앗았다. "내가 가지고 있을 거야." 린다가 부드럽게 말했다. "다른 꼬맹이가 쓸지도 모르니까."

"이건 네 구슬이구나, 데이비. 세상에, 이 낡은 밀가루 포대 안에 수백 개는 있을 거다." 에밀리가 말했다.

"내 '티켓'도 있네!"

엘러리는 폭스 가문 사람들 사이에 조용히 섞여 그들이 소리치고 뭔가를 뒤지는 것을 미소 지으며 시켜보았다. 하지만 눈은 굉장히 날카롭게 빛나고 있었다.

갑작스레 엘러리가 뭔가를 집으러 달려들었다.

폭스 가문 사람들은 하던 말을 멈추고 불안한 눈빛으로 탐정을 쳐다보았다.

"이게 수수께끼 한 가지를 풀어주겠군요." 엘러리가 일어서며 말했다.

데이비가 예전에 가지고 놀던 화학 놀이 세트의 조각난 나무 뚜껑 밑에서 100정들이 아스피린 병을 발견한 것이었다.

"없어졌던 아스피린이로군요." 서장이 빙그레 웃었다. 서장이 엘러리를 바라보는 시선은 거의 동정에 가까웠다.

"뚜껑조차 열지 않은 새것이네요." 엘러리가 중얼거리듯 말했다. 이 사건은 정말 실망의 연속이군요. 아, 이게 재물 담당관이 돌려보냈다던 상자입니까?"

모서리가 접힌 책 무더기 밑에서 엘러리는 정사각형 모양의 박스를 발견했다. 평범한 갈색 종이로 포장된 박스는 포장 끈으로 매여 있었고 그 끈은 촛농으로 봉인되어 있었다.

"그거예요!" 에밀리가 소리쳤다.

"이제 기억이 나는군." 탤보트가 멍청한 목소리로 말했다.

"경찰서의 문장과 고무인장이 찍혀 있군요. 빛을 여기다 좀 모아주시겠습니까?" 엘러리가 말했다.

사람들이 엘러리 주변으로 모였다. 엘러리는 썩은 끈을 뜯어내고 갈색 종이를 벗겨냈다. 평범한 흰 판지 박스가 드러났다. 박스 안에는 포도송이 무늬가 새겨진 주둥이 넓은 보라색 유리 주전자와 보라색 잔이 있었다. 그것들은 1932년의 날짜가 찍힌 신문 뭉치로 조심스럽게 포장되어 있었다. 부엌 진열장에 있던 것과 완전히 같은 것이었다.

엘러리는 주전자와 잔에 빛을 비추며 이리저리 돌려보았다. 사람들도 모두 그것에만 집중했다. 마치 그 보라색 주전자와 잔이 아까 사람들이 예전의 물건들을 보면서 느꼈던 생기를 모두 빨아들이는 것 같았다. 다락방은 다시 어둡고 공허한 공간이 되었다.

"무엇을 알아냈습니까, 퀸 씨?" 엘러리의 은빛 눈동자가 반짝거리는 것을 본 서장이 물었다.

"아직 확신할 수는 없습니다." 엘러리가 낮은 목소리로 말했다. "부엌으로 일단 내려가시죠. 아, 아닙니다. 이곳엔 지금 수도 공급이 안 되죠?"

"12년 전에 공급을 끊었습니다." 탤보트가 말했다. "전기와 가스도요."

"뭐든 액체가 필요한데." 엘러리가 마치 빼앗길지도 모른다는 듯이 주전자와 잔을 품에 고이 안았다. "탤보트 씨, 댁으로 다시 가는 게 좋겠군요."

"서장님, 저는 이런 생각이 들었습니다." 엘러리가 에밀리 폭스의 부엌에서 강한 빛으로 보라색 주전자의 내부를 살펴보면서 설명했다. "비록 주전자를 씻어냈다고 하더라도, 서장님께서 말씀하셨듯이 뭔가 건져낼 게 있을지 모른다고요. 포도 주스가 주전자에 몇 시간 담겨 있었다면, 또 허겁지겁 씻어낸 것이라면, 특히 찬물로 씻었을 때는 더욱 그렇죠……. 여전히 주전자 내부에 증거가 남아 있을 수 있어요."

"증거?" 서장의 거친 이마에 갈색 주름살이 깊게 패였다. "아니, 대체 무슨 증거 말입니까?"

"이리로 와보시죠." 엘러리가 말했다.

모두가 탐정의 주변에 모였다.

"이 주전자의 유리는 불투명합니다. 따라서 남아 있는 줄을 육안으로 분명하게 보기가 어려워요. 그렇지만 내부를 한 번

봐주시죠."

엘러리의 손가락 끝이 주전자의 내부 둘레에 나 있는 아주 희미하고 얇고 어두운 줄을 가리켰다.

"앙금입니다." 엘러리가 말했다. "포도 주스는 주전자 속에 꽤 오랫동안 담겨 있었습니다. 그래서 주스의 맨 윗면이 주전자의 내벽에 고정되어 앙금이 형성되고 결국엔 말라붙었지요. 너무나 단단히 말라붙어서 포도 주스를 따라내고 주전자를 씻었지만 이 줄은 씻겨나가지 않았어요. 그렇게 남은 것이 바로 지금 보시는 겁니다."

"무슨 말씀을 하시려는 거죠, 퀸 씨?" 린다가 간절한 표정으로 물었다.

엘러리가 미소를 지었다. "린다, 방파제의 수위가 어느 정도인지 살펴보면 얼마나 파도가 높았는지 알 수 있지요. 이 줄도 잘 살펴보면 그런 역할을 합니다. 12년 전 제시카가 한 잔을 따라 마신 후에 얼마나 많은 포도 주스가 이 주전자에 남아 있었는지 알려주지요. 한번 실험을 해볼까요. 자, 잠시 반지를 좀 빌려주겠어요?"

"결혼반지를요?" 린다가 인상을 찡그렸다. "제 손에서 빼달라는 말씀이신가요?"

"네."

"결혼반지를 손에서 빼면 불행해진다고요!"

엘러리가 미소를 지으며 말했다. "이번에 내 말대로 해주면 엄청난 행운이 찾아올 겁니다."

린다는 재빨리 손에서 다이아몬드 반지를 빼서 엘러리에게 건넸다. 엘러리는 주전자를 들어 강한 빛을 비추었다. 줄은 짙은 보라색 유리 속에서 희미한 머리카락 그림자처럼 겨우 눈에 보이는 정도였다. 엘러리는 린다의 반지에 있는 다이아몬드를 이용해 주전자 외부를 조심스럽게 긁어서 내부의 줄과 정확하게 일치하는 곳에다 표시를 했다. 반지를 돌려주자 린다는 다시 손가락에 반지를 꼈다.

"편의상 표시를 해두었습니다." 엘러리가 해명했다. "자, 이제 보시죠. 베이어드 씨는 정확히 1리터, 혹은 네 잔 분량의 희석한 포도 주스를 준비했었습니다. 자, 이제 이 보라색 잔을 계량컵으로 쓰겠습니다. 이것은 12년 전 베이어드 씨가 포도 주스를 물과 동일한 비율로 섞을 때 사용했던 잔입니다. 또 제시카가 주스를 마시는데 사용했던 잔입니다."

엘러리는 티끌 하나 없는 싱크대로 가서 냉수 수도꼭지를 돌려 보라색 잔을 넘치도록 채웠다. 그러고는 잔에 담긴 물을 주전자에 부었다. 엘러리는 이렇게 네 번을 반복했다.

탐정이 사람들 쪽으로 돌아서며 말을 이었다. "이제, 이 250cc 잔으로 네 번을 부었으니 정확히 1리터가 됐습니다. 베이어드 씨가 처음 포도 주스를 준비했을 때와 똑같습니다. 이제 줄을 보시죠."

주전자 내부의 수위는 엘러리가 외부에 긁어놓은 기준선보다 훨씬 높았다.

"당연한 겁니다." 데이비가 말했다. "이 줄은 어머니가 마실 포도 주스 한 잔을 따른 다음에 생긴 거니까요. 1리터를 그대로 따랐으니 줄이 생겼을 때보다 한 잔 분량이 많은 거죠."

"훌륭하군요, 데이비. 그럼 내가 기준선 위의 물을 모두 이 잔에 따라내면 그건 정확히 한 잔 분량이 되겠지요?" 엘러리가 물었다.

"물론이죠. 틀림없습니다."

"좋아요, 그럼 제시카가 마셨던 잔에다 한번 따라보겠습니
다." 엘러리가 말했다.

그는 주전자를 기울여 보라색 잔을 가득 채웠다.

이어 엘러리는 주전자를 들어 올려 빛을 비추었다.

한 잔을 따라낸 후 남은 물의 수위와 기준선은 일치하지 않
았다. 수위는 여전히 긁어서 표시한 줄보다 높았다.

"자, 이상한 점이 보이지 않습니까?" 엘러리가 낮은 목소리
로 말했다. "이제 주전자의 물과 기준선이 같아질 때까지 물을
따라보도록 하죠."

엘러리는 수위와 기준선이 일치되도록 신경을 쓰면서 천천
히 물을 따랐다. 수위가 기준선과 일치되는 순간, 엘러리는 물
을 따라낸 보라색 잔을 들어보였다.

가득 찬 한 잔이었다.

"한 잔이 더 나오는군요." 서장이 숨을 들이쉬며 말했다. "또
다른 한 잔이라니!"

"이해를 못하겠어요." 에밀리는 어리둥절한 기색이었다.

"간단합니다, 에밀리." 엘러리가 기세 좋게 말했다. "12년
동안 라이츠빌 사람들은 잘못 알아왔던 겁니다. 그날 아침 베
이어드 씨가 제시카에게 따라준 포도 주스 한 잔이 주전자에서
따른 전부라고 생각했어요. 하지만 이것으로 한 잔이 아니라
두 잔이라는 게 드러났습니다!"

"그렇지만 제시카는 한 잔만 마셨어요." 베이어드가 멍한 얼
굴로 말했다. "제시카는 윌러비 박사님한테 한 잔만 마셨다고

애기했어요. 아내가 왜 그런 걸로 거짓말을 하겠습니까?"

"정확합니다. 그렇다면 다른 한 잔은 어떻게 된 걸까요?"

라이츠빌에 온 이래 처음으로 엘러리의 목소리가 권위 있게 울려 퍼졌다.

"분명 누군가가 마셨습니다. 베이어드 씨, 당신입니까?" 그가 조용히 물었다. "털어놓지 않은 게 있다면, 지금 말하면 됩니다. 그날 아침 당신이 두 번째 잔을 마셨습니까?"

"아닙니다!"

"그럼 탤보트 씨, 당신입니까? 베이어드 씨와 이야기를 마친 뒤 부엌을 떠나기 전에 마셨나요? 아니면 그가 이 주전자를 비우고 씻기 전에 마신 건가요?"

탤보트는 단호히 고개를 저었다.

엘러리는 다시 베이어드를 쳐다보았다. "자, 당신은 포도 주스를 부인에게 따라준 뒤 집을 떠났죠. 그리고 두 시간 정도 외출했다가 귀가했을 때 제시카가 굉장히 고통스러워하고 있는 것을 보았습니다. 여기까진 모두가 아는 사실입니다. 집에 돌아왔을 때 부인은 혼자였습니까?"

"네."

"그다음엔 무엇을 했습니까? 기억나는 걸 모두 말해주세요."

"바로 전화로 달려가 윌러비 박사님께 전화를 했죠. 박사님께선 최대한 빨리 오겠다고 하셨습니다."

"그런 다음은요?"

"제시카를 편하게 해주려고 애를 썼습니다. 어떻게든 도와주려고 말입니다. 배가 너무 아프다길래 양손으로 머리를 받쳐주었습니다. 그 외엔 무엇을 했는지 잘 기억이 안 나는군요. 아

무튼 박사님이 올 때까지 초조하게 기다렸습니다. 박사님은 몇
분도 안 돼서 도착했어요."

"그동안 포도 주스 주전자는 탁자 위에 잘 보이는 상태로 있
었지요?"

"그렇습니다."

"당신이 건드렸나요?"

"아닙니다!"

"그럼 제시카가?"

"아닙니다. 저한테 매달려서 구토를 하느라 그럴 틈도 없었
어요. 울면서 겁에 질려 있었습니다."

"윌러비 박사님은 왕진 오셨을 때 포도 주스를 건드리지 않
았습니까?"

"눈길조차 주지 않았습니다. 제시카를 데리고 침실로 서둘러
가셨고 거기서 계속 진찰을 하셨어요."

"박사님이 포도 주스를 건드리지 않은 게 분명한가요?"

"분명합니다."

"당신은 박사님과 제시카와 함께 위층으로 올라갔습니까?"

"아니요. 박사님이 아래층에 있으라고 하셨습니다. 방해가
된다면서요. 필요하면 부르겠다고 하시더군요. 그래서 저는 원
래 있던 곳에 그대로 있었습니다."

"거실 말씀이죠."

"네."

"포도 주스 주전자는 그럼 여전히 아무도 건드리지 않은 채
였군요."

"맞습니다."

"그런 다음엔 무엇을 했죠?"

"거실은 엉망진창이었습니다. 저는 아내를 걱정하고 있다가, 평소 아내가 그랬던 것처럼 거실을 정리하면서 진정하려고 애썼습니다. 그렇게 하는데…… 정말 긴 시간이 걸렸죠."

"그렇군요. 계속 말씀하시죠."

"거실을 좀 정리한 뒤, 여전히 거실에 앉아서 기다렸습니다."

"여전히 포도 주스 주전자에는 손대지 않고요?"

"네."

"정확히 언제 주전자를 비우고 씻었죠?"

"저는 거의 오후 내내 거실에 앉아 있었습니다. 박사님은 여전히 위층에서 아내의 상태를 지켜보고 계셨고요. 오후 5시가 다 되어서야 주전자를 치우지 않았다는 걸 깨달았어요."

"거실에서 기다리는 동안 아무도 주전자를 건드리지 않았고요."

"그럴 수가 없었죠. 저 말고는 아무도 없었으니까. 주전자 근처엔 5시가 되기 전까진 가지도 않았습니다."

"그럼 5시 정각이 되었을 때 무엇을 했습니까?"

"주전자와 잔이 있다는 것을 깨달았죠. 그래서 자리에서 일어나 그것들을 챙겨 부엌으로 갔습니다. 주전자에 든 것을 싱크대에 버리고, 찬물로 씻었습니다. 잔도 함께요. 그리고 모두 건조대에 놓아두었습니다."

"내가 이틀 뒤 아침에 거기서 그 물건들을 발견했지요." 갑작스레 서장이 말했다. "주전자를 비우고 씻은 것이 재판에서 베이어드에게 아주 불리하게 작용했어요. 퀸 씨, 당신도 재판 기록을 읽어서 알겠지만 톰 가백 검사는 증거 인멸, 그러니까 주전자 속의 유독 포도 주스를 없앤 것이라고 주장했고, 배심원들은 그것을 타당하다고 생각했지요."

"가백 검사와 배심원단에게 저는 이렇게 말했습니다." 베이어드가 지친 듯한 표정으로 말했다. "너무 당황했고 그래서 그냥 치운 거라고요. 독에 관해서는 정말 아무것도 몰랐습니다! 그저 박사님처럼 생각했죠. 아내가 기분이 좋아 아래층으로 내려온 것이 탈이 나서 병이 재발한 것이라고요."

엘러리는 아랫입술을 손가락으로 만지작거렸다.

그러고는 주변을 둘러보며 말했다. "우린 12년 만에 정말로 새로운 단서를 찾아내게 되었습니다. 너무 중요해서 사건 전체의 윤곽을 바꾸어놓을 만한 것을요."

19
폭스와 회사

사람들은 엘러리의 주변에 모여 질문을 해대기 시작했다. 엘러리는 참지 못하고 고개를 절레절레 저었다.

"내가 일단 말을 끝맺게 해주십시오, 부탁합니다. 베이어드 씨, 당신은 그날 아침 부인이 포도 주스를 마신 뒤 부인을 혼자 두고 집을 떠났습니다. 맞습니까?"

"맞습니다."

"왜 외출한 겁니까?"

"아내가 주스를 다 마신 뒤에 전화가 울리더군요. 아내는 소파에 기대고 있었고 제가 전화를 받았습니다. 공장에서 형이 건 전화였어요."

"무슨 일로?"

"가능하면 잠시 공장으로 와달라고 했어요. 가장 큰 고객 중 한 분이 마을에 도착했고 제품 주문과 관련해 제가 직접 일처리를 해줬으면 좋겠다는 거였습니다."

"그 말대로입니다, 퀸 씨." 탤보트가 말했다. "고객이 회사에 갑자기 들렀더군요. 중요한 거래처였고, 내가 일을 처리하기 전에 동생에게도 알려줘야겠다는 생각이 들었습니다."

베이어드가 고개를 끄덕였다. "그 사람을 섭섭하게 하면 안 되니까 가능한 한 곧바로 가겠다고 형한테 말했습니다. 전화를 끊고 아내에게 가서 회사일로 한두 시간 외출해도 되겠느냐고 물어봤습니다. 아내는 아무 일 없을 거니까 바보 같은 소리하지 말고 빨리 공장으로 가라고 하더군요. 저는 아내에게 에밀리에게 전화해 함께 있으라고 했습니다. 아내는 에밀리가 이스턴 스타에 오찬을 하러 갔다고 말하더군요. 몇 달 동안 아내는 혼자 있어본 적이 없기 때문에 조금 걱정이 됐습니다. 데이비는 학교에 도시락을 싸 갔기 때문에 점심을 먹으러 오지 않을 터였습니다. 린다도 도시락을 싸 가서 애들이 갑자기 들이닥쳐 아내를 귀찮게 할 일은 없었지요.

아무튼 제가 돌아올 때까지 소파에서 움직이지 말라는 다짐을 받고 집을 나섰습니다. 아프거나 무슨 일이 있으면 공장으로 곧바로 전화를 달라고 했고요."

"그런 다음에 공장으로 가신 거군요."

"그 고객과의 일은 형과 저의 예상보다 더 오래 걸렸습니다. 한 시간이 거의 다 되어가는데도 일을 끝내지 못했습니다."

"그래서 부인께 전화를 하셨군요?"

"네, 걱정이 되었으니까요. 전화를 하자 여전히 괜찮다고 하더군요. 최소한 통화할 때는 그랬습니다. 아내는 공장 일을 마치고 오라고 하더군요. 그때 그분의 성함이……. 형, 그분 성함이?"

"쿰비 씨. 미국-캐나다 프로세싱 컴퍼니에 근무하는 분이지. 사실 그분은 아직까지도 나랑, 아니, 우리랑 거래를 하고 있어." 탤보트가 말실수를 했다고 생각했는지 얼굴을 붉혔다.

"아, 그 사람하고 아직도?" 베이어드가 조용히 말했다. "어쨌든 저는 아내 말대로 큄비 씨와의 일을 끝마쳤고 형에게 손님의 배웅을 부탁하고서 곧장 차를 몰아 집으로 돌아왔습니다."

"큄비 씨는 몬트리올로 간다고 했지." 탤보트가 고개를 끄덕였다.

"그렇게 돌아와서 부인이 굉장히 아파하는 걸 발견했군요?" 엘러리가 물었다.

"그렇습니다. 겨우 두 시간 지났는데 말이죠. 제시카는 혼자 거실 소파에 기대 있었습니다. 떠날 때와 마찬가지로요. 하지만 상태가 아주 나빠져서 무척 아파했습니다."

"시간을 확인해보겠습니다." 엘러리가 사무적으로 말했다. "집을 떠나 공장으로 갔던 시간이 언제죠?"

"11시였습니다."

"정오에 부인께 전화를 한 거군요?"

"그렇습니다."

"오후 1시에 귀가했고요."

"맞습니다."

"이제까지 알아낸 것들을 살펴보죠." 엘러리가 얼굴을 찡그리며 말했다. "제시카는 오전 11시부터 오후 1시까지 두 시간 동안 홀로 집에 있었습니다.

그런데 두 잔 분량의 포도 주스가 주전자에서 빠져나갔습니다. 첫 잔은 베이어드 씨가 떠나기 전, 그러니까 11시가 막 되기 전에 제시카가 마셨습니다. 그리고 나머지 한 잔은 베이어드 씨가 외출한 11시에서 1시 사이에 누군가가 마신 것입니다." 엘러리가 서장 쪽으로 몸을 돌렸다. "서장님, 베이어드 폭스 씨가 두 시간 집을 비운 사이 누군가가 집을 방문했습니다. 그리고 제시카는 그 방문자에게 탁자 위의 주전자에서 주스 한 잔을 따라줬습니다. 방문자는 그것을 마셨고, 베이어드가 돌아오기 전에 집을 떠났습니다. 여기까지는 서장님도 동의하실 겁니다."•

서장은 바로 답을 주지는 않았다. 서장은 턱 아랫부분을 문지르고 머리를 긁으며 코를 잡아당겼다. 그러고는 투덜거리며 말했다. "분명 그렇게 보이는군요."

하위 형사의 입이 쩍 벌어졌다.

"그렇지만 누가요?" 린다가 소리쳤다.

"재판에서 그런 이야기는 전혀 안 나왔는데요." 에밀리 폭스가 혼란스러워하며 말했다.

"정말 묘하군요." 탤보트가 말했다. "대체 누구인지 상상조차……."

• 저는 포도 주스 두 잔에 관련해서 흥미로운 질문을 하나 받았습니다. 사건에서 도출된 문제와는 직접적인 연관이 없긴 하지만, 그럼에도 불구하고 세밀한 점을 따지고 들었던 분들에겐 궁금증을 풀어주어야 한다고 생각하기에 답변을 드립니다.

제기된 질문은 다른 시간대에 포도 주스 두 잔을 따랐는데 왜 주전자에 두 개의 줄이 발견되지 않았느냐는 것이었습니다. 제시카의 포도 주스 잔과 방문자의 포도 주스 잔 사이에는 시차가 있었고 줄도 틀림없이 형성되었을 텐데 말입니다. 대체 무슨 일이 일어난 걸까요?

훌륭한 질문입니다. 저는 대답을 하기 위해 어느 정도 시간을 들여 생각을 해야만 했습니다. 결국 저는 줄에 어떤 일이 벌어졌는지 알게 되었고, 베이어드 폭스의 들쭉날쭉한 기억 덕분에 저의 이론에 확신을 가지게 되었습니다.

첫 잔을 따라내며 생겼던 '없어진' 앙금 줄은 주전자 내부에 생긴 두 줄 중 높은 위치에 있을 것입니다. 그 말인즉슨, 주전자 입구에 더 가까운 줄이었다는 것입니다. 베이어드는 주전자를 씻을 때 손가락을 사용했을 겁니다. 부주의하긴 하지만, 아무튼 그랬을 겁니다. 그는 주전자에 손을 집어넣고 손가락을 써서 내부 주변을 씻어냈습니다. 이렇게 하여 두 개의 줄 중 위의 것은 씻겨나가고, 아래의 것은 그대로 남게 되었습니다. 베이어드가 솔이나 그 비슷한 것으로 철저하게 주전자의 내부를 닦아냈다면 남은 줄 역시 닦여나갔을 겁니다. 그렇게 되었다면 이 12년 된 수수께끼는 영영 풀 수 없었겠죠 _ 엘러리 퀸

"누구인지는 고사하고 왜 그 방문자는 재판에서 거론되지 않았죠? 그런 사람이 있었다는 건 모두가 처음 듣는 소리라고요!" 데이비가 소리쳤다.

"맞습니다, 기이하죠." 엘러리가 고개를 끄덕였다. "서장님, 제시카가 디기탈리스 중독이 되었을 때 라이츠빌에서 같은 증세를 보인 사람이 있었습니까?"

"그때 그렇게까지 세부적인 점검은 하지 않았어요. 제시카 폭스가 디기탈리스 중독으로 사망했다는 것을 알았을 때에야 비로소 조사에 들어갔으니까. 하지만 라이츠빌의 누구도 같은 증상을 보이지 않았고, 또 확신하건대 폭스 부인 이외에 그런 증상으로 사망한 사람은 없었습니다."

엘러리의 눈이 반짝였다. "왜 그런지 한번 살펴볼까요? 포도 주스 주전자에 과도한 디기탈리스를 집어넣은 게 그 방문자일까요? 사실 그건 불가능합니다." 사람들은 실망한 표정이었다. "제시카는 남편이 집을 떠나기 전 포도 주스 한 잔을 마셨습니다. 그걸 본인이 증언하기도 했죠. 그리고 제시카는 바로 그 포도 주스에 의해 중독됐습니다. 따라서 방문자가 들렀을 때 그녀가 같은 주전자에서 따라준 포도 주스에도 틀림없이 독이 들어 있었을 겁니다. 방문자가 자기 손으로 다량의 디기탈리스를 넣었다면, 그 주스를 마시는 건 말이 되시 않습니다. 상황이 이렇기 때문에 미지의 방문자는 결백하다는 결론을 내릴 수밖에 없습니다."

데이비 부부는 굉장히 우울하게 시선을 교환했다.

"자, 이제 우리는 충분한 정보를 가지고 있으며 그걸 바탕으로 방문자에 대해서 결론을 내릴 수 있습니다." 엘러리가 폭스

가문 사람들의 우울한 감정을 무시하면서 말을 계속했다. "방문자는 독이 든 포도 주스를 한 잔 마셨을 수도 있고, 아니면 그 일부를 마셨을 수도 있습니다. 아마 일부는 쏟아버렸을지도 모르죠. 서장님께서 말씀하신대로 라이츠빌의 누구도 디기탈리스 중독으로 사망하지 않았습니다. 제시카를 제외하면요. 거기다 방문자는 재판에 나오지도 않았습니다. 자, 그럼 방문자는 다른 지방 사람인 겁니다. 라이츠빌이나 이 주변 사람은 아니라는 얘기죠."

"부랑자군요!" 린다가 소리쳤다.

"그럴 가능성은 없어요, 린다." 엘러리가 말했다. "집에 혼자 있던 병든 제시카가 부랑자를 거실로 들여 포도 주스를 나눠줬다? 그것보다는 제시카가 알고 지내는 다른 지방 사람이라고 생각하는 게 낫겠죠." 엘러리가 갑작스럽게 말했다. "서장님, 오전 11시와 오후 1시 사이에 라이츠빌에 멈추는 기차가 있습니까?"

"몬트리올행 기차가 매일 오후 1시에 있소."

"그건 별 도움이 안 되겠군요. 베이어드 씨는 1시에 돌아와 제시카가 혼자 있는 것을 보았습니다. 방문자가 이미 왔다가 가버렸을 시간입니다. 그 중간 시간대에 멈추는 기차는 없습니까? 아니면 12년 전에는 그 시간대에 멈췄던 기차가 있었나요? 우린 그 기록을 찾아봐야만 합니다. 그래야 우리가……."

"잠시만요!" 데이비가 말했다. "정오경에도 기차가 있어요. 몇 달 전 제가 고향으로 돌아왔을 때 저를 내려준 기차요!"

"애틀랜틱 스테이트 급행열차예요." 에밀리가 고개를 끄덕였다. "뉴욕에서 몬트리올까지 가는."

"하지만 그 열차는 보통 라이츠빌에 서지 않소." 서장이 반박하며 말했다. "대부분 바로 지나쳐갑니다."

"잠깐만요." 탤보트가 천천히 말했다. "잠깐만요. 12년 전 애틀랜틱 스테이트 급행은 라이츠빌에 섰습니다."

"그렇습니까?" 엘러리가 재빨리 물었다. "어떻게 그걸 기억하고 계시죠?"

"큄비 씨 덕분입니다." 탤보트가 동생 쪽으로 몸을 돌리며 말했다. "베이, 제시카한테 돌아가야 한다고 서둘러 공장을 떠났을 때 큄비 씨가 몬트리올로 곧장 가려면 서둘러야만 한다던 말 기억나?"

"그랬나?" 베이어드가 미심쩍은 듯이 말했다.

"네가 떠난 뒤에 내가 큄비 씨를 차에 태우고 역으로 갔지. 그는 역장 개비 워럼에게 그 기차에 대해서 물어봤어. 그때 개비는 한 시간만 일찍 오면 좋았을 거라고 했었지. 애틀랜틱 스테이트 급행은 이미 떠나버렸다고. 고객이 아까운 기차를 놓쳤다며 요란법석을 떨었기 때문에 기억하고 있어. 큄비 씨는 그 급행을 놓쳤을 뿐만 아니라 몬트리올행 1시 기차도 놓쳐서 무척이나 화를 냈지. 1시 차를 타기에도 너무 늦은 시간이었어. 그래서 그는 네 시간을 더 기다려서 5시 12분에 출발하는 지역 급행을 타고 갔지. 나는 졸지에 함께 기다렸고."

"그때도 애틀랜틱 스테이트 급행이 섰군요." 에밀리가 숨을 내쉬며 말했다.

"그 기차는 라이츠빌에는 절대 서지 않아요." 린다가 말했다. "승객이 내리지 않으면요!"

"그렇습니다." 엘러리가 조용히 말했다. "뉴욕에서 몬트리올로 가던 어떤 승객이 정오에 라이츠빌에 내렸고, 제시카를 30분 정도 방문한 뒤 1시에 몬트리올행 기차를 타고 간 겁니다. 베이어드가 공장에 가 있던 동안에요. 이렇게 보는 게 합리적인 견해입니다."

"합리적인 견해 좋아하시네." 비웃는 목소리였다. 모두가 목소리의 주인을 쳐다보았다. 하위 형사였다.

"제발 그 입 좀 닥치시오." 서장이 화를 내며 말했다. "이런 새로운 사실들이 12년이나 지나서야 나왔다고 생각하니, 참!" 서장은 부끄러운 표정이었다. "만약 그게 사실이라면 정말 끔찍한 실수를 저지른 셈이군요. 내 말은, 톰 가백과 나 말이오. 우린 전부 조사했다고 생각했었어요. 그런데 다른 지방 사람이 기차를 타고 가다가 라이츠빌에 내렸을 수도 있다는 큰 단서가 나왔군요. 어떻게 이걸 놓칠 수 있었는지." 서장이 중얼거렸다.

"데이킨 서장님, 저라도 생각하지 못했을 겁니다." 엘러리가 서장을 동정하며 말했다. "그런 갑작스러운 방문이라면, 방문자는 분명 역에서 택시를 잡았겠죠. 이런 것은 확인하기가 정말로……."

"택시!" 서장이 소리쳤다. "그래, 그래서 생각을 못한 겁니다. 그것 때문이었어. 택시야!"

"택시요?" 엘러리가 흥미로운 듯 바라보았다.

"1932년에 역에서 출발하는 택시는 휘트니 피더슨이 운영하던 것 하나밖에 없었어요. 휘트니는 이 주변에서 모르는 사람이 없을 정도로 유명했지요. 마차가 다니던 시절부터 그 일을 해오던 사람이니까. 폭스 부인은 화요일에 중독됐고, 그날 방문자는 기차에서 내렸습니다. 폭스 부인은 수요일 밤까지 사망하지 않았고 그래서 우리는 목요일 아침이 될 때까지 살인 사건이라고 보지 않았지요. 조사도 시작하지 않았고요. 그 주 목요일 아침에 휘트니는 사고를 당했어요. 길 한가운데에서 놀던 로우 빌리지 꼬맹이들 중 한 명을 피하다 길 밖으로 벗어났습니다. 그는 필 식당을 들이받았고, 사람들은 휘트니를 햄버거 더미 밑에서 끌어냈지요."

"죽은 겁니까?"

"즉사했어요."

"그렇다면 이해가 되는군요." 엘러리가 동의했다. "피더슨이라는 택시 기사가 모든 걸 알고 있었는데, 그는 수사가 시작되기 전에 죽어버렸어요. 그러니 느닷없는 방문자의 존재를 아예 생각할 수가 없었죠. 택시 기사는 그 방문자의 존재를 알았던 유일한 사람이었을 겁니다. 안 그랬더라면 서장님은 이 중요한 단서를 놓치지 않았겠지요."

"역장인 개비 워럼은 기관차에 들어가 있느라 다른 지방 사람이 내리는 건 보지 못했을 겁니다." 서장이 침울하게 고개를 끄덕였다. "서장님, 피더슨은 그 사람을 태우고 베이어드 폭스 씨의 집으로 차를 몰고 갔습니다. 그는 1시에 몬트리올행 기차를 타야 하니 그 전에 시간에 맞게 역으로 다시 데려다달라고 했겠죠. 그 기차를 타려는 사람들은 항상 많으니까, 역에 다시 도착한 방문객의 모습은 승객들 사이에 금세 파묻혔을 겁니다." 엘러리는 고개를 끄덕이며 말했다.

"무슨 다른 지방 사람?" 하위 형사가 비웃었다. "엉뚱한 헛소리 좀 작작 하쇼. 그놈의 빌어먹을 견해. 꿈도 적당히 꿔야지."

"하위 형사, 입 닥치고 눈이나 크게 뜨고 있어요." 서장이 화를 내며 말했다. "뭘 보고 뭘 들었는지 헨드릭스 검사에게 보고할 사람은 당신이니까. 난 당신이 똑바로 말하는지 같이 들어가서 확인할 겁니다. 계속해요, 퀸 씨."

"자, 제시카를 30분 정도 보기 위해 뉴욕 발 몬트리올행 급행에서 내린 사람이 등장했습니다." 엘러리가 인상을 찡그리며 말했다. "베이어드 씨, 아마 이 사람은 친척이라든가……."

베이어드가 고개를 저었다. "제시카에게는 오빠가 하나 있습니다. 가족은 그분이 전부고, 해군 중령인데 아마 여전히 해군에 계실 겁니다. 이 사건이 벌어지는 동안에는 내내 태평양에 기동 작전을 나가 있었습니다." 탤보트 부부도 고개를 끄덕였다.

"그럼 친구는 어떻습니까." 엘러리가 제안했다. "단 30분 만나려고 번거로움을 마다하고 달려왔으니 가까운 친구여야겠지만."

"친구 말입니까?" 베이어드가 아랫입술을 빨았다. "물론 제시카에겐 좋은 친구가 하나 있었습니다만……. 이름이 뭐였더라……."

"여자?" 에밀리 폭스가 뭔가 생각난 듯 흥분하며 말했다. "보네르라는 여가수 아니에요?"

"보네르, 맞아요!" 베이어드가 소리쳤다. 해결됐다는 표정이었다. "가브리엘 보네르라는 여자예요, 퀸 씨. 방문객이 몬트리올에서 왔다고 했죠?" 베이어드의 눈이 커졌다.

엘러리는 미소를 지었다. 그의 수사는 가끔 소소한 만족감을 가져다줄 때도 있었다.

"프랑스계 캐나다인이라고 했어요." 에밀리가 바쁘게 말을 이었다. "제시카하고 함께 메인 주의 학교를 다녔대요. 거기서 아주 친해졌고. 왜, 제시카는 적어도 한 주에 한 번은 그 사람한테 편지를 썼잖아요, 안 그래요, 베이어드? 제시카는 그 여자가 온 세상을 돌아다닌 얘기가 너무 재밌다고 종종 말했어요."

"그래요, 형수. 맞아요."

"가브리엘 보네르라." 엘러리가 생각에 잠기며 말했다. "콘트랄토 가수로군요."

"맞아요, 유명한 사람이에요. 아니, 유명했었죠." 에밀리가 계속 말했다. "뉴욕에서 콘서트를 하지 않을 때는 순회공연을 다녔고, 전 세계를 돌아다니면서 노래를 불렀죠." 에밀리가 말을 멈추고 얼굴을 찌푸렸다. "그러고 보니, 그 여자가 어떻게 됐는지 궁금하네요. 요즘에는 그 여자 소식을 듣지 못했어요. 사건 당시에도 조화나 하다못해 위로 편지를 보내오지도 않았죠. 정말 친한 친구였으면서……. 웃기지 않아요, 퀸 씨?"

"정말 그렇군요." 엘러리가 무미건조하게 말했다. "에밀리, 장거리 전화를 한두 통만 해도 되겠습니까?"

부엌으로 돌아왔을 때, 엘러리는 미소 지었지만 단호한 표정이었다.

"하위 형사." 엘러리가 말했다. "당신은 역시 뭔가 판단하는 것보다는 비꼬는 데 소질이 있군요. 내가 한 말은 결코 이론적 견해에 그치는 게 아니었습니다."

비대한 몸집의 형사는 멍한 얼굴로 탐정을 바라보았다.

"설마 그 방문자와……." 서장이 천천히 말했다.

"네, 서장님. 몬트리올의 가브리엘 보네르와 막 연락이 닿았습니다. 12년 전 제시카 폭스를 방문했던 사람은 보네르 씨가 맞습니다. 라이츠빌로 와줄 수 없겠느냐고 설득을 했죠. 내일 저녁 이곳에 도착한답니다."

20
희망이 생긴 폭스

엘러리를 현관에 홀로 남겨놓은 채 모든 사람이 위층으로 향했다. 엘러리는 사람들의 질문을 피했고, 그들은 크게 실망하면서 탐정의 곁을 떠났다. 이제 대화는 무의미했고, 딱히 사람들에게 설명할 것도 없었다. 모든 것은 몬트리올에서 오는 여자에게 달려 있었다. 여자가 오더라도 어떤 결과가 나올지는 아무도 예상하지 못했다. 심지어 서장마저도 묘한 표정으로 엘러리를 쳐다보았다. 서장은 곧 밤 인사를 한 뒤 떠났다. 쿵쿵 소리를 내며 보도를 걸어가는 서장의 모습은 마음에 입은 상처를 강조하는 것 같았다.

엘러리는 어둠 속에서 몸을 쭉 펴고 앉아 담배를 피웠다. 뭔가를 곰곰히 생각하는 것이었다. 힐 지역으로 올라오는 승용차의 털털거리는 소리가 혼자라는 느낌을 더 강하게 했다. 하지만 그는 개의치 않았다. 그가 앉아 있는 곳에서부터 남서쪽까지 하늘은 모닥불 같은 붉은색이었다. 그것은 하이 빌리지의 붉은 네온등이었다. 다른 곳엔 별들이 풍성하게 떠 있었다. 제시카 폭스도 여기서 아주 가까운 곳에서 저 불빛과 저 별들을 보았으리라.

엘러리는 제시카가 아프기 전에 어떤 삶을 살았을지 생각해

보았다. 조용한 성격의 베이어드 폭스와 결혼한 뒤 라이츠빌의
황량한 힐 지역에 영원히 눌러앉는 기분이 들었을 것이다. 옆
집의 잘생기고 정력적인 탤보트는 어떤가. 탤보트의 침착하지
못한 성격은 분명 비슷한 그녀의 성격과 잘 어울렸을 것이다.
그리하여 뭔가 불만족을 느끼던 두 사람은 자연히 공감대를 형
성하고 서로 가까워졌을 것이다.

엘러리는 그런 공감대를 이해할 수 있을 것 같았다. 먼 곳을
바라보며 그곳을 동경하는 사람들에겐 라이츠빌은 갑갑한 곳
이었겠지. 제시카가 작은 마을에서 특별할 것 없는 결혼과 가
정생활을 영위하는 동안, 세계적인 여가수 가브리엘 보네르와
끊임없이 서신을 주고받았던 것은 우정 이상의 더 간절한 목적
이 있었을 것이다. 엘러리는 생각했다. 라이츠빌에 갇혀 베이
어드 폭스의 아내로서 살아가는 제시카에게 그 여가수는 화려
하게 반짝거리는 바깥 세계의 빛을 전해주는 화신이었다. 가브
리엘은 라이츠빌 사람들이 비주 극장에서나 볼 수 있는 파리,
런던, 부에노스아이레스, 로마, 카이로, 그 외의 먼 부유한 도
시를 돌아다녔다. 그런 세계적인 가수와 편지로 우정을 유지하
는 것만으로도 제시카 폭스는 마을 사람들이 가질 수 없는 우
월한 경험을 한다고 느꼈으리라. 그것은 온 세계를 돌아다니고
싶은 그녀의 동경을 불완전하게나마 어느 정도 만족시켜주었
을 것이다…….

엘러리는 방충망이 난폭하게 닫히는 소리에 생각에서 깨어
났다.

"아, 하위 씨. 이미 잠자리에 들었을 거라고 생각했는데요."

이 뚱뚱한 남자의 모습은 별이 반짝이는 밤하늘을 배경으로

크게 떠올라서는 옆집을 완전히 가려버렸다.

"잠깐 나가야겠어요." 형사가 썩 유쾌하지 못한 말투로 말했다.

"나간다니? 감시하던 죄수를 저렇게 내버려두고요? 대체 무슨 일입니까. 마음이 변한 겁니까?"

"내가 돌아올 때까지 폭스는 아무 일 없을 겁니다."

엘러리는 그 콧소리가 섞인 어조에서 비웃음이 묻어나는 것을 느꼈지만 그보다는 당황스러운 느낌이 먼저였다.

"도망칠 거라는 걱정은 안 하는 겁니까?"

"안 해요." 뚱뚱한 남자는 현관 계단을 터벅터벅 걸어 내려갔다.

"어디 가는 거죠?" 엘러리가 그의 등 뒤에다 소리쳤다.

"집."

"집?" 엘러리는 형사가 평상복을 입고 있는 걸 상상조차 해본 적이 없었다. 하지만 그도 일상생활이 있는 사람이었다. 이 남자는 라이츠빌에 살았고, 그러니 분명 집도 있을 것이다. 하지만 그는 하위 형사의 단란한 가정이 잘 상상되지 않았다.

"오래 있다 올 겁니까?"

곧바로 형사의 얇은 목소리가 대답했다. "한 시간, 아니면 두 시간이 될지도 모르겠소. 마누라가 갈아입을 옷을 준비해놨어요. 이 사건이 시작되고 통 갈아입지를 못했다고요."

형사의 뚱뚱한 그림자가 멀리 사라져갔다.

그래, 저 뚱뚱한 친구도 양말을 빨아주고 속옷을 다려주는 아내가 있군! 그렇다면 자식들도 있을까?

엘러리는 빙긋 웃으며 생각했다. "이 사건은 정말 놀라움의 연속이로군."

엘러리는 마지막 남은 담배를 던져버리고 하품을 하며 몸을 쭉 폈다. 해먹에서 막 내려 집 안으로 들어가려던 참이었다. 누군가 황급히 달려오는 소리가 나면서 방충망 문이 벌컥 열렸다.

"퀸 씨?"

린다였다. 별빛 속 그녀의 얼굴은 대리석처럼 희었고 일그러진 표정 때문에 다소 늙어 보였다.

"린다, 무슨 일이죠?"

"위층에서 데이비가…… 일단 제가 문을 잠가뒀어요. 빨리요……."

린다는 이 말만 던지고 집 안으로 향했다.

엘러리는 린다를 따라 집 안으로 재빨리 들어갔다.

데이비가 또?

엘러리는 2층으로 올라가는 층계참에서 린다가 열쇠를 손에 쥐고 남편의 방 앞에 있는 모습을 보았다.

"더 이상 시끄럽게 하지 않았으면 좋겠어요." 린다가 속삭이며 말했다. "부모님이 주무시고 계시니까요. 일부러 걱정을 안겨드릴 필요는 없잖아요."

그는 린다로부터 열쇠를 건네받았다.

데이비는 천장 덮개가 있는 침대의 끝부분에 조용히 앉아 있었다. 그렇지만 손은 상의 호주머니 안에 깊숙이 들어가 있다.

"날 말리면 안 돼, 리니." 데이비가 말했다. "그놈은 한 번 맛을 좀 봐야 해. 무슨 짓을 했는지 알잖아."

린다는 겁에 질린 듯했다. "퀸 씨, 데이비가 그 형사를……

죽이려고 해요!"

"난 그 돼지 같은 놈의 버릇을 고쳐줄 생각이라고."

엘러리는 뚱뚱한 남자의 목소리에 담긴 비웃음을 떠올렸다. "하위 말입니까? 무슨 일이 있었어요, 데이비?"

"그놈은 아버지한테 그렇게 하면 안 됩니다. 죄수건 아니건. 여긴 집이고 사람들이 사는 곳이에요. 그 빌어먹을 감옥이 아니란 말이에요! 아버지는 가슴에 멍이 든 사람이에요. 두 눈 달린 사람이라면 그걸 알아볼 겁니다. 그 개자식은 그렇게 할 권리가 없어요, 퀸 씨!"

"그 친구가 대체 무슨 짓을 했는데요, 데이비?"

라이츠빌의 전쟁 영웅은 갑자기 눈물을 흘리기 시작했다.

"데이비, 데이비." 린다가 남편의 이름을 불렀다. 탐정은 굉장히 부드럽게 린다 부부에게 말했다. "여기서 잠시만 기다려 줄래요?" 엘러리는 데이비의 방을 빠져나와 그 방의 문을 조심스럽게 닫았다.

엘러리는 계단을 성큼성큼 걸어 내려가 남쪽 방 문 앞에 도착했다. 손잡이를 돌려보니 문은 열려 있었다. 엘러리는 얼굴을 찌푸리며 문을 가볍게 두드렸다.

잠시 뒤 베이어드의 목소리가 들렸다. "들어오세요." 그러나 그 목소리는 굉장히 이상했다.

그는 방으로 들어간 뒤 문을 닫았다.

방은 어두웠고, 잠시 동안 엘러리는 아무것도 볼 수 없었다. 눈이 어둠에 적응하자 베이어드의 노쇠한 몸이 구식 철제 침대에서 느긋하게 쭉 뻗어 있는 것이 보였다.

머리 위로 올려진 베이어드의 양팔이 침대 가로대의 아랫부분을 꽉 잡고 있어서 언뜻 보기에는 편히게 완전한 휴식을 취하는 것 같았다.

엘러리는 혼란스러웠다.

"괜찮습니까, 베이어드 씨?"

"아, 퀸 씨. 너무 어둡군요. 저는 괜찮습니다."

"이게 대체……."

"괜찮습니다."

"불을 켜도 되겠습니까?"

베이어드가 웃었다.

엘러리는 당황스러움을 느끼며 스위치를 올렸다.

철제 가로대에 베이어드의 양쪽 손목이 수갑으로 채워져 있었다.

엘러리는 자신의 목소리가 떨리며 나올 것을 두려워한 나머지 한참 뒤에야 입을 열었다.

"하위 짓입니까?"

"그렇습니다."

"베이어드 씨, 무슨 짓을 했습니까?"

"아무것도요."

"탈출 따위의 어리석은 행동은 하지 않았죠?"

베이어드가 다시 웃음을 터뜨렸다. "세상에, 탈출이라뇨. 잠을 자고 있었습니다. 보통 이런 식으로 잡니다. 팔을 머리 위로 쭉 뻗은 채로요. 하위가 옷을 벗는 중이라고 생각했죠. 그런데 바로 그 순간 제 손목을 꺾어 수갑을 채우고 침대 가로대에다 걸더군요."

"뭐라고 하면서 그러던가요?"

"잠깐 집에 간다고 하더군요. 제가 도망칠지 모르니 만반의 대비를 한다면서 아주 지저분한 욕설을 내뱉더군요." 베이어드가 잠시 말을 끊었다. "그냥 방문만 잠가도 충분했을 텐데. 이렇게까지 할 것 없이. 그렇지 않습니까, 퀸 씨."

"물론이죠." 엘러리가 메마르게 말했다. "걱정 마세요. 곧 돌아오겠습니다."

엘러리가 아래층으로 내려가 전화를 걸어 교환원에게 말했다.

"필립 헨드릭스 검사 댁 연결 부탁합니다."

엘러리가 돌아왔을 때, 데이비 부부가 베이어드의 곁에 있었다.

탐정은 베이어드에게 단호한 표정으로 말했다. "하위 형사가 몇 분 뒤에 여기로 올 겁니다. 수갑 열쇠와 함께요. 열쇠가 없으면 수갑을 벗기는 게 굉장히 어렵습니다. 그 친구는 집에 간다고 했지만 아마 신발을 벗기도 전에 돌아와야 할 겁니다. 자업자득이죠. 수갑을 채웠으니, 벗기는 것도 그 친구가 해야 하겠죠."

"고맙습니다, 퀸 씨." 베이어드가 희미한 미소를 지으며 말했다. "그리고 내 아들, 고맙구나."

"또 바보 같은 짓을 할 뻔했네요." 데이비가 중얼거렸다. "죄송해요, 아버지. 자기 전에 인사나 드리러 왔다가 칠면조처럼 침대에 묶여 계신 걸 보고서 정말 화가 났어요."

"아들을 둔 보람이 느껴지는구나." 베이어드가 말했다.

데이비가 당혹스러운 표정을 지었다. "일은 잘 되고 있나요, 퀸 씨?"

"참고 기다려줘요, 데이비."

"그 가브리엘 보네르라는 여자를 불러 어떻게 하려는 거죠? 그 여자가 나타나면 아버지는 풀려날 수 있나요? 문제가 해결될 수⋯⋯."

"기다려보면 알게 될 겁니다, 데이비."

데이비는 엘러리의 담담한 어조에 놀란 듯 탐정을 쳐다보았다. 그가 엘러리의 얼굴에서 읽은 것이 무엇이든 간에, 그 표정에 압도되어 데이비는 결국 침대로 가서 아버지에게 미소를 지었다.

"우린 이 일을 곧 해결할 거예요, 아버지."

"물론이지, 아들아."

"두 분은 돌아가서 잠을 좀 자두시지요?" 엘러리가 부드럽게 제안했다. "난 베이어드 씨와 여기서 하위를 기다리겠습니다."

"그 형사가 내 눈에 안 보이게 해주세요." 데이비가 말했다. "리니, 눈앞에서 가방 두 개를 싸고 있는 남편을 막아낸 아내는 당신밖에 없을 거야. 자, 어서 가서 자야지. 내가 이불을 덮어줄게."

"그래줄래요?"

데이비가 린다에게 키스를 했고, 린다는 잠시 남편에게 매달려 있었다. 부부는 인사를 하고 방을 나갔다.

엘러리와 베이어드는 얼마간 아무 말도 하지 않았다.

마침내 엘러리가 말했다. "담배 좀 태우시겠습니까?"

"이 상태로는 좀 힘들 것 같군요, 퀸 씨."

"내가 대드리죠."

"아⋯⋯ 고맙습니다."

엘러리는 베이어드의 입술 사이에 담배를 물리고 성냥을 끝부분에 가져다 댔다. 베이어드는 힘껏 담배를 빨아들였다. 그러고는 머리를 침대에 기대고 연기를 천천히 내뿜었다.

"하위 형사는 뭐랄까……. 제게 모욕감을 주었습니다."

"압니다, 베이어드 씨." 엘러리가 그의 입술에 다시 담배를 물려줬다.

"퀸 씨, 제 아들 녀석 때문에 고생을 하시는군요."

"그리고 린다를 위해서죠." 엘러리가 담배를 빼냈다.

"고맙습니다. 당신이 저를 완전히 믿지는 못한다는 걸 잘 압니다. 제 말은 그러니까…… 제가 범인인지 아닌지 계속 고민하고 있으시죠."

"그렇게 생각합니까?"

"당신을 탓할 생각은 없습니다. 객관적 사실들이 저를 거짓말쟁이로 만들었으니까요. 심지어 제 눈으로 보기에도 그렇습니다."

"일부 사실이 그런 거죠, 베이어드 씨."

베이어드는 흰 눈썹을 찡그렸다.

"아직 다 끝난 게 아닙니다." 엘러리가 말했다. "오늘 밤만 해도 새로운 사실을 알아내지 않았습니까."

"그렇죠, 저도 그렇게 생각했습니다만……. 퀸 씨, 말씀드리고 싶은 것이 있습니다."

엘러리가 베이어드의 입술에 다시 담배를 물려주며 고개를 끄덕였다.

"오늘 밤 제게 뭔가가 일어났습니다. 하위 형사가 절 침대에 매달아놓고 떠난 뒤에."

"그게 뭐죠?"

"이렇게 되기 전까지, 저는 아무런 희망도 가지지 않았습니다. 그건 인정하겠습니다. 아마도 저는…… 희망을 가지는 것이 두려웠는지도 모릅니다." 엘러리가 다시 고개를 끄덕였다. "교도소에서 차를 타고 여기 올 때 이 일이 제 아들에게 어떤 의미를 가지는지 설명해주셨죠. 그때 저는 협력할 수 있게 되어 정말 기뻤습니다. 그날 제가 말씀드렸듯이, 저보다 아들을 위해서요."

"정말 당신이 자유로워지길 바라는지 확신하지 못한다고 했죠."

"맞습니다." 베이어드가 눈을 감았다. "하지만 오늘 밤 이후로 확신하게 되었습니다."

"자유를 맛보신 거군요."

"글쎄요……." 베이어드가 눈을 뜨고 쓴웃음을 지었다. "진짜 자유라고 할 수는 없지요. 최소한 저는 그렇게 생각했습니다. 집에 있고 창문에는 창살도 없지만, 항상 하위 형사가 제 뒤를 따라다녔으니까요. 같이 밥을 먹고, 침대에서 같이 자고……. 퀸 씨, 이 생활은 감옥 생활과 크게 다를 게 없습니다."

"그건 미처 생각하지 못했군요. 어쨌든 말씀하신 바는 잘 알겠습니다. 그래서 오늘 밤엔 어떤 생각을 하게 되었습니까?"

"오늘 밤 저는 눈을 뜨게 되었습니다. 하위 형사가 제 손목에 수갑을 채웠을 때, 처음으로 도망치고 싶었습니다. 처음으로 두려웠습니다. 다시 감옥으로 되돌아가는 게 두려웠습니다. 갑자기 내가 너무나 자유를 원한다는 것을 깨달았습니다. 머리가 확 돈 것처럼 소리를 지르지 않으려고 얼마나 참았는지 모릅니다."베이어드는 손목에 걸린 수갑을 잡아당겼다. "희망이 있을까요?" 베이어드가 소리쳤다. "퀸 씨, 정말로 희망이 있다고 말해주세요!"

엘러리는 한동안 물끄러미 베이어드를 바라보았다.

"그래요." 엘러리가 마침내 대답했다. "희망은 있습니다."

베이어드의 움푹 들어간 눈이 빛났다. 이번에는 섬광처럼 잠시 번뜩이는 것이 아니라 계속 불꽃이 타올랐다.

엘러리가 말했다. "가브리엘 보네르의 증언이 사건 해결의 열쇠가 될지도 모릅니다. 내일 저녁 그 여가수가 우리에게 말해줄 이야기는 아주 중요합니다."

베이어드가 입술을 축였다. "엘러리 씨가 오늘 밤 굉장한 걸 발견해냈다는 건 압니다. 그래도 저는 아직도 이해가……."

"그렇게 생각하십니까?" 엘러리가 미소를 지었다. "보네르 씨의 이야기가 얼마나 중요한지 아직 모르겠다는 말이군요?"

"아니, 그건 아닙니다. 제 말은, 그 사람이 무슨 말을 할지도 모르고……."

엘러리가 다시 베이어드의 입술에 담배를 대주었다.

"내가 틀릴 수도 있습니다. 그녀가 엉뚱한 얘기로 우리를 실망시킬 수도 있고요. 기다려보죠, 베이어드 씨. 당신은 이미 12년을 기다렸습니다. 그러니 하루 정도는 아무것도 아닐 겁니다."

하위 형사가 천천히 문을 열고 들어왔다. 엘러리는 자리에서 일어나 하위에게 손바닥을 펼쳐 내밀었다.

뚱뚱한 남자는 아무 말 없이 수갑 열쇠를 엘러리의 손바닥 위에 올려놓았다.

젤리 같은 턱이 처져 있었고 눈에는 디소 두려움이 배어 있었다. 목 주변에 두른 손수건은 땀으로 흠뻑 젖어 있었다.

"상사한테 몇 마디 들은 것 같군요." 엘러리가 낮게 말하며 베이어드의 손목 위로 허리를 숙였다.

형사가 입속으로 뭔가를 중얼거렸다.

"하위 씨." 엘러리가 문 앞에서 말했다. "당신은 곧 이 빌어먹을 사건에서 손을 뗄 수 있을 겁니다. 그럼 안녕히 주무시길."

21
죄 없는 폭스

다음 날 저녁 서장은 검은 드레스를 입은 키가 크고 가슴이 풍만한 여자가 그의 승용차에서 내리는 것을 서툴게 도와주었다. 그녀가 서장과 함께 현관에 도착하자 긴장하며 기다리던 사람들은 그녀의 외모가 기괴할 정도로 추하다는 것을 알게 되었다. 하지만 그것은 예술가들이 그림의 소재로 쓸 법한 종류의 추함이었다. 실제로 가브리엘 보네르는 전성기 시절에 전 세계 저명한 초상화가들 앞에 모델로 앉은 적이 있었다. 그녀는 자신의 추함을 마치 아름다움처럼 드러내고 다녔다.

특별한 여성. 그것이 엘러리가 보네르에게 받은 첫인상이었다.

가브리엘 보네르는 죽은 친구의 가족들을 과거에 만나본 적이 아예 없었지만, 첫 만남이 그리 당황스럽지는 않았다. 그녀는 베이어드와는 살짝 거리를 누었고, 린다에겐 우아한 미소를 지었으며, 군복을 입은 데이비의 단정한 모습을 보고는 여성으로서의 호감을 잠깐이나마 보였다.

"저 분들이 탤보트 폭스 부부군요?" 그녀의 목소리는 약간 쉬어 있었다.

에밀리는 긴장한 듯했다. "제시카가 얘기를 많이 했어요, 보네르 씨."

"제시카는 내 친구였으니까요, 폭스 부인."

여가수는 제시카의 이름을 아무런 감정도 담지 않고 말했다. 마치 죽은 여자와 자신의 관계를 아주 오래전 비밀 서랍에 넣어둔 것처럼 보였다. 엘러리는 이 여가수의 고상한 못난 얼굴을 살펴보고, 그녀가 친구의 죽음보다 훨씬 더 절망적인 어떤 경험을 했으리라는 생각을 했다. 그녀는 이 가족을 만나면서 그 어떤 감정도 드러내지 않기 위해 강철 같은 의지를 발휘하고 있는 듯했다.

보네르의 영어는 정확했지만 약간은 주저한다는 생각이 들었다. 때때로 보네르는 한때 알긴 했지만 오래 사용하지 않은 단어를 찾기 위해 머릿속을 뒤지는 듯한 느낌을 주었다.

"자, 도착했네요." 그녀는 서장이 마련해준 의자에 앉으며 말했다. "퀸 씨, 제가 말씀드린 편지는……." 보네르가 가방을 뒤적거렸다.

"서두르지 않아도 괜찮습니다, 보네르 씨." 엘러리가 웃으면서 말했다. "오랜 시간이 지났지만, 지금 이렇게 뵈니 카네기 홀에서 바흐의 〈오라, 달콤한 죽음이여〉를 부르시던 모습이 방금 본 것처럼 생생하게 떠오르는군요."

"그걸 기억하세요?" 보네르의 아름다운 눈이 빛났다. 그러고는 갑자기 한숨을 내쉬었다. "추억 속에 빠지면 안 되겠죠." 미소를 지으며 여가수가 말했다. "늙은 여자한테 좋지 않으니까요."

"늙었다고요?" 린다가 소리쳤다. "어머나, 보네르 씨, 당신은……."

"상냥한 사람이군요. 하지만 내가 겪었던 일들은……." 보네르의 변덕스러운 얼굴이 굳어졌다. "사람을 늙게 만들어요. 특히나 여자를 더욱 더."

여가수가 도착하기 한 시간 전부터 현관에서 초조하게 서성거리던 헨드릭스 검사는 기침을 하면서 탐정을 바라보았다. 이 일은 엘러리에게 맡기기로 약속을 했지만, 검사는 쉽사리 질문이 시작되지 않자 인내심이 바닥난 듯했다.

서장도 역시 안절부절못하고 있었다. "보네르 씨, 궁금하군요." 엘러리가 물었다. "왜 12년 전 베이어드 폭스가 재판을 받는 동안 이곳으로 와서 이야기를 들려주지 않았습니까? 라이츠빌의 치안 분야에 종사하는 이 신사분들은 지극히 당연하게도 그에 대한 답변을 듣고 싶어 하십니다."

"아, 저는 여기 올 수가 없었어요." 보네르가 빠르게 대답했다. "첫째로, 다른 대륙에 있었거든요. 둘째로, 제시카가 살해당하고 그녀의 남편이 감옥에 들어갔다는 것도 몇 달이 지나도록 모르고 있었어요."

보네르는 '살인'과 '감옥'이라는 단어를 쉽게 사용했다. 일상 어휘까지는 아니더라도 머릿속에서는 아주 흔한 단어라는 것처럼……. 다른 나라의 언어처럼.

"보네르 씨, 이젠 있었던 이야기를 사실 그대로 해주셨으면 합니다."

이 우울한 여자가 탤보트 폭스 집 현관에서 조용한 어조로 풀어내는 이야기엔 어떠한 극적인 몸짓도, 심지어 감정도 없었다. 엘러리는 이야기에 귀를 기울이면서 그녀의 엄청난 권태감을 느낄 수 있었다. 그 권태감은 너무나 노골적이어서 그녀의

성격 일부처럼 보였다. 그녀는 습관적으로 일상생활의 순간순
간에서 죽음을 미리 맛보는 것 같았다.

가브리엘 보네르는 12년 전 사건이 벌어졌던 그 주에 뉴욕에
서 노래를 불렀다. 큰 성공을 거둔 미국 투어의 마지막 콘서트
였다. 제시카가 아프다는 걸 알고 있었지만 이미 잡힌 일정 때
문에 친구를 만나러 갈 수 없었다. 긴 투어에 지친 보네르는 몬
트리올 근교의 집에 어서 빨리 돌아가고 싶었다. 그럼에도 불
구하고 애틀랜틱 스테이트 급행열차가 라이츠빌에 정차하자
충동적으로 내리고 말았다.

보네르가 말했다. "정말 지치긴 했지만, 정신이 말짱한데 그
냥 지나칠 수가 없더군요. 제시카와 저는 친한 친구였고 여러
해 동안 정기적으로 편지를 주고받았어요.

급행열차에서 내린 뒤, 한 시간 뒤에 열차를 다시 탈 수 있다
는 소리를 들었죠. 최소한 30분은 시간 여유가 있었어요. 택시
가 역에서 제시카의 집까지 바로 데려다줬죠." 보네르의 검은
눈이 음산하고 어두운 옆집을 바라보고는 다시 시선을 돌렸다.
"열차 시간에 맞춰 데리러 와달라는 요청도 택시 기사에게 미
리 해뒀어요. 아마 제시카와는 35분 정도 이야기를 나눴던 것
같아요. 친구는 나를 보고 기뻐했죠. 하지만 저는 그녀가 마음
속으로 굉장히 고민을 하고 있다고 느꼈어요. 그러나 제시카가
폐렴에서 회복되어 요양 중이라는 얘기를 듣고서 정말 기뻤어
요."

보네르는 친구에게 몬트리올의 집에 놀러오라고 초대했다.
"제시카에게 웃으면서 이야기했죠. '여자들은 때때로 환경의
변화가 필요해. 게다가 넌 심각한 병도 이겨냈잖아. 우리 집 몽

시엘에 오면 넌 아무것도 하지 않아도 돼, 제시카, 귀부인처럼 지내보는 거야. 그럼 너도 더 빨리 회복될 거야. 집 안에는 너랑 나만 있을 거야. 너는 내가 지겨워질 때까지 우리 집에서 푹 쉬면 돼. 어때? 지금 나와 함께 가자. 내일도 좋고!'"

하지만 제시카는 희미하게 미소를 짓고 고맙지만 그럴 수 없다며 거절했다. 정말로 가고 싶지만 지금은 아니라고 했다. 보네르도 더 이상 권하지 않았다. 제시카가 고통스러워하는 데다 정신이 딴 데 팔린 것 같아 보였기 때문이다. 그 뒤로 몇 분 간 두 여자는 추억이 담긴 옛 이야기를 나누며 간간이 포옹을 했다. 보네르는 1시에 출발하는 기차를 타기 위해 떠났고 집으로 가는 여행을 다시 계속했다.

보네르는 그날 밤 몬트리올에 있는 집에 도착했고 자신을 기다리는 매니저를 보게 되었다.

"정말 미칠 것 같았죠." 보네르가 한숨을 내쉬었다. "그 짐승 같은 남자가 뉴욕에서 날아와 날 기다렸던 거예요. 그가 티켓과 계약서를 한 아름 내밀더군요. 생각지도 않았던 기회가 생겼다면서. 남미와 유럽을 순회하는 대규모 공연이었어요. 내가 여러 해 동안 바라던 기회가 아니냐며 막무가내였죠. 나는 지쳤으니 나중으로 미루자고 간청했지만 소용없더군요.

간단히 말하면, 짐을 풀 시간조차 없었어요. 바로 그날 밤 매니저는 나를 뉴욕으로 가는 비행기에 태웠어요. 거기서 환승해 플로리다행 비행기를 탔죠. 플로리다에 도착한 뒤엔 다시 남미로 가는 비행기를 탔고요. 숨 돌릴 틈도 없었어요. 그렇게 계속 다른 대륙으로 날아다녔으니 제시카가 죽은 것도 알지 못했죠. 그 뒤로 남미에서 노래를 부르고 있을 때도 친구 남편이 구속

됐다는 소리는 듣지 못했어요. 재판이 끝날 때쯤엔 유럽에 있었죠."

여가수는 말을 멈추고 어둠을 응시했다.

"이제 편지 말씀을 좀 해주시죠." 엘러리가 정중히 말했다.

"아, 편지 말이군요. 그렇게 급히 몬트리올을 떠난 지 몇 달이 지나고 저는 제시카의 편지를 받았어요. 제시카는 편지를 몽시엘로 부쳤더군요. 당연했죠. 제가 투어를 떠날지 몰랐을 테니까. 멍청한 관리인이 남미에 있는 다른 주소로 편지를 보냈고, 남미에서 유럽까지 편지는 저를 계속 따라다녔어요. 프라하에서 노래를 부를 때가 돼서야 겨우 받았어요. 심지어 그때까지도 저는 제시카가 죽었다는 것조차 모르고 있었죠. 갑자기 투어를 떠나게 된 것을 해명하기 위해 답장을 써야겠다고 생각은 가득했지만 답장은 하지 못했어요. 너무 바빠서 한 주가 어떻게 지나가는지 모르겠더군요. 아무튼 프라하에 있던 주에 그 사건을 알게 됐어요."

"어떻게 말입니까?" 검사는 약간 심기가 불편한 목소리로 물었다.

"우연히 〈파리 헤럴드〉를 보고, 거기서 라이츠빌 사건을 짧게 다룬 기사를 읽었어요. 베이어드 폭스가 아내인 제시카를 살해한 죄로 유죄 판결을 받았다는 거였어요. 세부적인 사항은 없고 날짜나 살해 방법 따위도 없었어요. 그저 몇 줄 적힌 작은 기사였어요. 그래서 저의 라이츠빌 방문과 제시카의 죽음을 서로 연결시키지 못했어요. 제시카가 죽어 묻혔다는 것을 알게 된 뒤엔 가슴이 너무나 아파 남은 프라하 공연을 취소했어요. 비엔나의 오페라 하우스에 설 때까지 그냥 쉬었고요."

보네르의 눈은 과거를 회상하고 있었다.

"물론 저는 답장을 쓰지 않았어요. 누구한테 보내겠어요? 그 일이 있고난 뒤 저는 계속 친구의 편지를 가지고 있었어요. 이런저런 일이 많았지만 여태까지 그 편지를 가지고 있었답니다. 친구에 대한 추억으로."

보네르는 얼룩지고 구겨진 리넨 봉투를 가방에서 꺼내 엘러리에게 넘겼다. 엘러리는 현관의 전등을 하나 더 켜고 집중하며 편지를 읽어 내려갔다. 검사와 서장도 엘러리의 어깨 너머로 편지를 함께 읽었다.

"그 이후에 그들이 밀어닥쳤죠." 가브리엘 보네르가 중얼거렸다.

"누구 말씀이세요, 보네르 씨?" 모두들 편지와 보네르에게 마음을 뺏긴 사이에 린다가 끼어들었다.

보네르가 어깨를 으쓱했다. "젊고 예쁜 아가씨에게 어울리는 멋진 이야기는 아니에요. 그냥 못 들은 걸로 해요."

"나치?" 데이비가 물었다.

보네르의 어두운 눈이 데이비를 압도했다. "최근에서야 캐나다의 제 집으로 돌아올 수 있었어요. 독일 강제 수용소에서 풀려나서요. 나치는 뚱뚱한 여자의 그림 말고는 예술에 관심이 없어요. 그나마 저는 다행이었죠. 도망질 수 있었으니까. 돌아온 몬트리올에서 아주 짧은 시간을 보냈는데, 정말 평화로워요."

"콘서트 무대로 돌아갈 생각은 없으세요?" 린다가 물었다. "언제부터 쉬신 거죠?"

보네르가 미소를 지었다. "피아노 연주로 전향했던 때부터일까, 아마도?"

"피아노요? 무슨 말씀이신지……."

"나치 외과 의사들이 제 목에 간단한 시술을 했거든요." 보네르가 말했다. "그들은 그게 재밌는 일이라고 생각한 모양이에요."

헨드릭스 검사가 헛기침을 하며 목소리를 가다듬었다. "저, 우리는……. 굉장히 감사하다는 말씀을 드리고 싶습니다, 보네르 씨. 이렇게 힘든 걸음을 해주셔서. 그러니까 제 말은……." 보네르는 대답하지 않았다. 검사는 갑작스레 엘러리에게 몸을 돌리고 말했다. "편지 이야기를 시작하세요, 퀸 씨."

엘러리는 여가수를 바라보며 말했다. "죄송합니다, 보네르 씨. 만약 문제가 될 것 같다면……."

"괜찮아요. 저는 신경 쓰지 마세요."

"감사합니다." 엘러리가 낮은 목소리로 말했다. 엘러리는 봉투를 가볍게 두드리며 사람들에게 말했다. "이 편지는 윌러비 박사님이 포도 주스 사건 직후 제시카를 왕진했을 때 그녀가 썼다고 증언한 편지입니다. 그녀가 사망하던 날 아침에 쓴 편지죠. 여러분께서 기억하신대로, 제시카는 박사님께 편지를 부쳐달라고 부탁했습니다. 물품 청구서와 그 외의 것들도 함께. 제 생각엔 박사님은 이 봉투를 제대로 살펴보지도 않았을 겁니다. 그저 가까운 우체통에다 넣으셨겠지요."

"아무튼 제시카 폭스가 쓴 편지가 맞습니다." 서장이 말했다. "날짜와 우체국 접수 도장이 찍혀 있어요."

엘러리가 고개를 끄덕였다. "이제 편지를 여러분께 읽어드리겠습니다." 엘러리가 조용히 듣고 있던 사람들에게 말했다.

"여기 계신 분들은 제시카 폭스가 사망하던 날 아침, 가장 친한 친구에게 쓴 편지 내용을 알아두어야 할 필요가 있으니까요."

엘러리가 빠르게 편지를 읽어 내려갔다.

사랑하는 가브리엘!

들른 지 얼마 안 됐는데 이렇게 빨리 편지를 받게 될 줄은 몰랐지? 그래도 나는 이 편지를 쓰지 않을 수가 없었어. 우선 알리고 싶은 것은, 네가 택시를 타고 떠난 뒤 몇 분도 안 지나서 몸이 너무 아프기 시작했어. 윌러비 박사님 말로는 병이 재발한 거래. 박사님은 폐렴이 나았으니 돌아다녀도 좋다고 말한 것을 굉장히 자책하시는 것 같아. 이러다 나는 침대에서 평생 지내게 되는 거 아닐까? 일어나서 흥분하며 여러 가지 일을 무리하게 한 게 탈이 난 것 같아. 게다가 내가 아무에게도 말하지 않은 고민이 또 다른 원인인 게 분명해. 너도 걱정과 분노가 사람에게 어떤 영향을 끼치는지 잘 알잖아?

사랑하는 가브리엘, 생각을 계속 해봤는데 마음이 변했어. 같이 몽시엘에서 당분간 지내자는 멋진 초대를 바로 어제 거절해놓고 다시 수락하겠다고 하면 날 변덕스럽다고 생각하겠지? 너만 좋다면 너와 함께 몇 주를 보내고 싶어. 금방 여행을 준비할 수 있을 거야. 데이비는 곧 방학이 될 거고 여름 내내 소년 캠프에 가 있을 거거든. 그러니 애 걱정은 안 해도 돼. 사실 남편은 내 '문제'의 일부야. 그래도 남편은 내가 가족과 집을 걱정하지 않아도 될 곳에 가서 요양을 해야 한다고 열심히 권하고 있어.

사랑하는 가브리엘, 나한테는 말 못할 고민이 있어! 어제 너하고 대화를 나누었을 때에도 난 이 문제를 어떻게 풀어야 할지 결정을 못 내린 상태였어. 그래서 네 초대를 거절한 거야. 그런데 네가 떠난 뒤 갑자기 아프기 시작하니까 지난밤엔 시간을 들여 깊이 생각해봤어. 문제를 분명히 바라볼 수 있게 되니 할 수 있는 건 하나밖에 없다는 것을 깨달았어. 내 '문제'에 대해 말이야. 그렇지만 행동에 옮기기 전에 너한테 한번 물어보고 싶어. 너처럼 세상 경험이 많은 여자가 내 이야기를 듣고, 나의 결론이 유일한 선택이라며 동의해줄 것인지 말이야. 내가 널 얼마나 멋진 여자로 생각하는지 너도 잘 알지? 이건 내가 마음이 약한 탓도 있는데, 어쨌든 네가 그건 올바르지 못한 방향이라고 말하더라도 난 내 생각대로 할 작정이야. 하지만······. 아, 가브리엘, 내가 듣고 싶은 말을 네가 해주면 좋겠어!

의사 선생님이 왕진을 오셨어. 병원으로 돌아가시는 길에 이 편지를 부쳐주실 거야. 내일이면 네가 받아볼 수 있겠지. 내가 와도 된다고 편지를 보내주거나 아니면 전보를 쳐주겠니? 어느 편이 더 좋을까? 가브리엘, 정말 너밖엔 말할 사람이 없어.

사랑을 가득 담아,

제시카

가브리엘 보네르가 현관 너머 어둠을 바라보며 말했다. "물론 저는 그 애에게 무슨 문제가 있는지 알 수 없었죠. 가끔 무슨 일이었을까 궁금하기는 해요."

"제시카는 결심했던 거야." 에밀리 폭스가 말했다.

에밀리는 말을 마친 후 자신의 남편을 봤다. 시동생을 보고 다시 남편을 봤다. 그러고 난 뒤에는 어둠에 덮인 힐 지역의 거리를 응시했다.

가브리엘 보네르는 에밀리의 시선을 좇더니 슬프지만 뭔가 알겠다는 표정을 지었다.

"이젠 상관없는 일이야, 여보." 탤보트가 쉰 목소리로 말했다. "이젠 아무것도 아니라고, 여보……."

"난 괜찮아요, 탤보트."

"우리는 제시카가 어떤 결심을 했는지 몰라." 탤보트가 중얼거렸다. "그리고 모르는 게 최선이야."

베이어드가 고개를 끄덕인 뒤 말했다. "그래, 형. 그럴지도 모르지."

잠시 뒤에 에밀리 역시 고개를 끄덕였다.

하지만 엘러리는 일어서서 야윈 얼굴을 가브리엘 보네르의 피폐한 얼굴 쪽으로 돌렸다.

"보네르 씨, 오로지 당신의 증언만이 12년 전의 사건에 결론을 내려줄 수 있습니다." 엘러리가 빠르게 말했다. "이제 여기 오셨으니 굉장히 중대한 질문을 하나 드리겠습니다. 우린 당신이 35분 정도 방문하는 동안 거실 소파 앞 탁자의 보라색 주전자에서 따른 포도 주스를 드셨을 거라고 생각합니다. 그게 사실인가요? 주전자에서 따른 포도 주스를 드셨습니까?"

"네."

검사가 숨이 막히는 듯한 표정을 지었다.

"좀 더 자세히 말씀해주시겠습니까?" 엘러리가 낮은 목소리로 말했다. 그의 눈이 빠르게 움직이기 시작했다.

보네르는 고개를 끄덕였다. "소파에 앉아서 이야기를 나눌 때 제시카가 포도 주스를 마시겠느냐고 묻더군요. 보라색 주전자를 가리키며 남편이 외출하기 전에 준비해주었다고 했어요.

이미 자기는 한 잔 마셨다고도 했고요. 포도 주스가 그녀의 기운을 북돋워주었던 모양이에요. 그래서 저도 한 잔 달라고 했고 친구는 소파에서 일어나며 깨끗한 잔을 하나 가져오겠다고 하더군요.

저는 제시카를 소파에 다시 앉게 했어요. 무리하면 안 된다고, 잔을 어디다 놓아 두는지 물었죠. 제시카가 웃더니 위치를 알려주더군요. 찬장으로 가서 같은 보라색 잔을 들고 거실로 돌아왔죠. 그녀는 제게 포도 주스를 따라줬어요."

"주전자에서 말입니까?" 엘러리가 재빨리 말을 끊었다.

"네, 그랬죠."

"드셨습니까? 얼마나요?"

여가수가 어깨를 으쓱였다. "한 잔 가득 따라주더군요. 남기지 않고 다 마셨어요."

사람들은 마치 유령이라도 본 것처럼 보네르를 보며 놀랐다.

"아니, 그럼 대체 우린 왜 그 잔을 못 찾아낸 거지?" 서장이 중얼거렸다.

"제가 마셨던 잔?" 보네르가 웃으며 말했다. "집을 떠나기 바로 전에 물을 마시려고 부엌으로 갔죠. 잔을 가지고 가서 싱크대에서 씻고 난 뒤 물을 좀 마시고, 그 뒤엔……." 보네르가 어깨를 한번 들썩했다. "여자는 가정적인 존재 아니겠어요? 그 뒤엔 잔을 다시 씻고 물기를 닦아낸 뒤 찬장에 도로 넣어두었죠."

엘러리는 깊은 숨을 내쉬면서 물었다. "보네르 씨, 주전자에서 따른 포도 주스를 한 잔 가득 드셨다고 했죠. 마신 뒤에 아팠습니까?"

"아팠느냐고요?" 보네르의 눈이 커졌다.

"네, 보네르 씨. 그 뒤 바로 역으로 갔고 1시 기차를 타셨죠. 몬트리올로 돌아가는 차 안에서 아프지 않았습니까?"

"아뇨."

"집에 가서 속이 울렁거리지 않았나요?"

"아뇨."

"심장 박동에 이상한 점은?"

"제 심장이요? 아무 일도 없었어요!"

"그렇다면 제시카가 따라준 포도 주스를 마시고 48시간 뒤에도 여전히 건강하셨다는 말씀이죠?"

"물론이죠. 왜 제가 아파야 하죠?"

엘러리가 소리쳤다. "왜냐하면, 그 주전자의 내용물 때문에 한 남자가 무기징역에 처해졌기 때문입니다." 탐정은 린다와 가까이 앉은 데이비 쪽으로 성큼성큼 걸어갔다. 데이비는 뺨이 창백하게 변해 엘러리를 쳐다보았다. "내 말 잘 들어요, 데이비." 엘러리가 말했다. "지금 내가 말하는 걸 당신이 정확하게 이해하길 바랍니다. 지금까지 드러난 사실을 이해했습니까?"

"네, 물론이죠, 퀸 씨."

"당신 어머니는 보네르 씨가 도착하기 전에 포도 주스 한 잔을 마셨어요. 보네르 씨에게도 그렇게 말했고, 또 그건 당신 아버지의 증언과 일치해요. 반대로 생각해보자고요. 보네르 씨는 당신 어머니가 포도 주스를 한 잔 마신 후에 같은 포도 주스를 마셨어요. 같은 주전자에서 따른 포도 주스를 마셨다고요. 데이비, 보네르 씨가 마신 것은 '같은' 포도 주스였어요."

데이비가 벌떡 일어섰다. "하지만 보네르 씨는 주스를 마시고 아무 일도 없었어요!"

"맞아요, 데이비. 보네르 씨는 주전자의 내용물을 마신 뒤에 그 어떤 부작용도 없었어요. 그러니까 주전자의 내용물에는 독이 없었어요. 이해하겠어요?"

"이해하고말고요!" 데이비가 소리쳤다.

"보네르 씨가 그 주스를 마신 뒤 본인의 건강 상태를 증언한 것에 따르면, 주전자 안의 포도 주스에는 디기탈리스나 다른 독이 들어 있지 않았습니다. 사정이 이런데도 법원은 포도 주스 주전자에 독이 들어 있었고, 베이어드 씨가 그 주전자에 독을 넣어 아내를 죽인 살인범이라고 선고한 겁니다. 알겠습니까?"

"완전히 파악했습니다!" 데이비가 목이 탁 막힌 듯 말을 뱉어냈다. "아버지, 그들이 틀렸어요. 가백 검사, 데이킨 서장, 배심원단, 판사, 모두가 틀렸어요! 주전자의 포도 주스에는 독이 없었어요. 아버지가 독을 넣은 게 아니라고요! 아버지는 죄가 없었어요. 여태껏 내내 주장했던 것처럼! 아버지는 결코 살인자가 아니었어요!"

폭스 대위는 자기 아버지에게로 달려가 그 연약한 어깨를 두드리며 미친 듯이 주위를 껑충껑충 뛰었다.

베이어드는 아들이 자신의 어깨를 두드리는데도 엘러리를 쳐다보며 멍한 표정으로 앉아 있을 뿐이었다.

린다는 울었다 웃었다를 반복하면서, 역시 멍한 표정을 짓고 있는 에밀리와 탤보트를 껴안았다.

하위 형사는 막 잡힌 물고기처럼 입을 쩍 벌리고 앉아 있었다.

그의 눈은 엘러리를 빤히 바라보고 있었다.

"젠장, 지랄 같네." 형사가 말했다. "저자가 해냈어. 제길, 해냈다고!"

22
죄 있는 폭스

가브리엘 보네르는 그날 밤 헨드릭스 검사의 사무실에서 속기사를 앞에 두고 자신의 이야기를 반복 진술함으로써 공술서를 작성했다.

공술서에 서명하고 나서 보네르는 이렇게 말했다. "개인적으로든, 법정에서든, 혹은 다른 공적인 자리에서든 기꺼이 증언하겠어요. 언제든 전화만 걸어주세요."

서장은 보네르에게 호위 경찰관을 붙여서 그녀가 묵을 어펌 하우스까지 안내했다.

"정말 믿기 어렵군요." 헨드릭스 검사는 못생긴 여가수가 떠난 뒤 엘러리에게 투덜댔다. "참 난처한 입장이 됐어요. 베이어드는 새로 재판을 열 것을 주장할 거고, 보네르라는 여자는 법정 한가운데 서서 증언을 하겠지요. 그럼 예전 정황 증거는 쓸모없는 휴지 조각이 될 거고, 베이어드는 풀려날 겁니다. 감옥에서. 12년 만에!"

"필 검사, 사실 관계를 주지사님께 보고하고, 그 뒤엔 폭스에게 사면령을 내려 공식적으로 무죄를 선언해야 될 것 같군요. 그게 제일 쉬운 방법일 겁니다." 서장이 제안했다.

"그래요. 그렇게 하는 게 덜 당황스럽겠지요. 주지사님은 내가 건의를 올리면 받아주실 겁니다. 죄수가 라이츠빌 전쟁 영웅의 아버지라는 점도 일부 참작될 수 있겠지요." 헨드릭스 검사가 창피스럽다는 표정으로 베이어드에게 시선을 돌렸다. "물론 사면 형식으로 말입니다……."

"저는 아무에게도 폐를 끼치고 싶지 않습니다, 검사님." 베이어드가 천천히 말했다. "재심을 할 수도 있겠지요." 베이어드가 약간 몸을 떨었다. "그러나 저는 사면령에 동의하겠습니다."

"글쎄." 검사가 안심하는 표정을 지었다. "그렇게 하는 것이 아무래도 편리하겠죠. 아무래도 그것이 당신, 아니, 베이어드 씨도 좋을 거예요. 아직까지는 내 관리 하에 있다는 걸 잊으시면 안 됩니다. 하지만 이제 상황이 이렇게 바뀌었으니……." 검사가 가라는 듯이 손을 저었다. "댁으로 돌아가도 좋습니다, 베이어드 씨. 신의 가호가 있길 바랍니다."

"하위 형사 없이 말이죠." 엘러리가 말했다.

검사의 얼굴이 붉어졌다. "아, 물론이지요. 하위는 이제 필요 없습니다."

다음 날 아침 엘러리가 옷가방에 셔츠를 밀어 넣고 있을 때 문을 가볍게 두드리는 소리가 들렸다.

"들어오시죠." 엘러리가 말했다.

베이어드 폭스였다.

"아, 안녕히 주무셨습니까, 베이어드 씨. 짐을 싸고 있었습니다."

베이어드가 문을 닫았다. "네, 데이비가 오늘 떠나신다고 전해주더군요."

"서장님이 슬로컴까지 차로 데려다주신다는군요. 뉴욕행 1시 5분 급행을 탈 수 있을 것 같습니다."

베이어드가 주저했다. "퀸 씨, 검사 사무실에서 돌아온 뒤 지난밤에 뵈려고 했습니다만 보이지 않으셔서……."

"막상 뉴욕으로 돌아가려니 여기 있는 친구들을 만나보지 않을 수 없더군요. 라이트 가문과 브래드퍼드 가문 사람들하고 몇 시간 보냈습니다. 새벽 3시가 넘어서야 돌아왔죠."

"저, 그런데 말입니다……." 베이어드가 다시 주저했다.

"무슨 일이죠?" 엘러리가 무뚝뚝하게 말했다. "내게 감사하다고 말하거나 그 비슷한 것을 하실 생각이시라면……."

"감사합니다."

엘러리가 베이어드를 바라보았다. 잠시 뒤 말없이 엘러리는 그가 내민 손을 잡았다.

베이어드는 흔들의자에 앉아 손수건을 꺼내 거세게 코를 풀었다. 엘러리는 다시 가방을 싸기 시작했다.

"앞으로 계획은 있습니까?" 엘러리가 물었다.

"계획이요?" 베이어드가 창문을 통해 잔디밭, 힐 지역, 라이츠빌 전체를 바라보았다. "뭐랄까, 그냥 마을을 무작정 걸을 생각입니다. 〈라이츠빌 레코드〉에 들러 피니 베이커 영감과 잡담도 하고, 앨 브라운 아이스크림 가게에서 아이스크림 소다도 마시고. 그리고 다른 가게들도……."

"법적인 마무리가 정리되면 하던 일을 다시 하셔야죠?"

"형이 그러길 바라더군요."

"좀 힘들지도 모르겠네요." 엘러리가 낮은 목소리로 말했다.

"어쨌든 12년이나…… 지났으니까요."

베이어드가 얼굴을 붉히며 턱을 삐죽 내밀었다. "그래도 여긴 제 고향인걸요."

"그렇죠. 다 잘될 겁니다." 빙긋 웃으며 엘러리가 말했다. "그런데 여기 이런 이야기나 나누자고 들른 건 아닐 텐데요."

"그렇습니다."

엘러리가 베이어드를 쳐다보았다.

"누가 제 아내를 죽인 겁니까?" 베이어드가 나직하게 물었다.

엘러리가 입을 떼려는데 다시 문을 두드리는 소리가 났다. 탐정은 문을 열고 미소를 지었다.

"아, 폭스 가족 총출동이로군요."

문 앞엔 린다와 데이비, 탤보트와 에밀리가 서 있었다. 모두 한결같이 표정이 심각했다.

대변인처럼 먼저 말을 꺼낸 건 데이비였다.

"퀸 씨, 우린 아직 다 말하지 않은 것이……."

"있겠지요. 어쨌든 다들 들어오시죠." 모두가 심각한 표정을 풀지 않은 채 들어왔고, 베이어드는 일어서서 아들 옆에 섰다. "기분은 좀 어때요, 데이비?"

"아주 좋아요."

"손이 따끔거리면서 떨리는 증세는 어떻습니까?"

"바람처럼 사라졌어요."

"당신은 이제 남은 인생을 린다만을 위해서 살아야 돼요. 그것도 아주 제대로."

"그럴 생각입니다."

린다는 엘러리를 두 팔로 꺼안고 뺨에 키스를 했다. "어머, 너무 기뻐서 그만……. 데이비, 너무 질투하지는 마!"

"누가 질투한다고 그래? 다시 한 번 제대로 해드려, 리니!"

모두가 웃음을 터뜨렸다. 그러나 그 웃음은 곧 사라지고 침묵이 찾아왔다.

탐정은 폭스 가문 사람들을 자세히 살펴보았다.

탤보트는 바닥 깔개 위에서 발을 비볐다. 탤보트가 중얼거리듯 말했다. "퀸 씨, 일이 끝난 마당에 주제넘게 나서는 것 같습니다만, 그러니까…… 데이비와 리니와 에밀리와 저는, 이 일에 대해 이야기를 좀 나눠봤는데……."

"누가 제시카를 독살했는지 알고 싶다는 거군요. 베이어드 씨가 아니라면 누가 그랬는지."

"맞아요!" 말이라도 맞춘 것처럼 폭스 가문 사람들이 일제히 소리쳤다.

엘러리가 말했다. "아무도 독살하지 않았습니다."

폭스 가문 사람들은 충격을 받은 표정이었다.

"아주 간단한 겁니다." 엘러리가 말했다. "제시카는 그날 아침 몸이 아파지기 전 포도 주스 한 잔만을 마셨습니다. 우린 이미 주전자 안에는 독이 들지 않았다는 걸 알고 있습니다. 하지만 포도 주스를 마신 뒤 제시카는 중독이 되었습니다. 그렇다면 오로지 한 가지밖에는 답이 없습니다. 바로 잔에 독이 들어 있었어요. 그녀가 주스를 마신 바로 그 잔 말입니다.

누가 잔을 다뤘습니까? 되돌려 생각해보시죠. 거실에서 베이어드 씨가 가져온 잔이 깨지고 난 뒤 부엌 찬장에서 잔을 꺼낸 사람은 바로 제시카였습니다. 부엌에서 포도 주스 주전자가 있는 거실로 잔을 가져온 것도 그녀였습니다. 베이어드 씨가 포도 주스를 따를 때 잔을 쥐고 있던 것도, 그 잔으로 포도 주스를 마신 것도 그녀였습니다. 그 잔은 처음부터 끝까지 제시카의 손에 있었습니다. 따라서 그녀만이 잔에 디기탈리스를 넣을 수 있었습니다.”

“제시카가 스스로!” 에밀리가 놀라움에 내뱉듯 말했다.

“하지만 그럴 수는 없습니다.” 베이어드 폭스가 인상을 찌푸리며 말했다. “법정에서도, 퀸 씨한테도 제가 그럴 가능성은 없다고 말씀드리지 않았습니까. 정말 그랬다면 제가 봤을 겁니다. 저는 제시카가 잔에 뭔가를 넣는 건 못 봤어요! 제가 내내 함께 있었다고요.”

엘러리가 고개를 저었다. “그렇다면 잘못 알고 계신 겁니다, 베이어드 씨. 논리적으로 독은 잔에 있었던 게 틀림없어요. 주전자에 들어 있을 가능성이 사라졌으니까요. 그리고 논리적으로 잔에 독을 넣을 수 있는 사람은 제시카뿐입니다. 그녀가 직접 한 겁니다.”

“하지만 어떻게 그럴 수 있었을까요? 언제요?”

“당신이 깨진 유리를 부엌 쓰레기통에 버리고 있을 때나 제시카가 부엌 찬장에서 잔을 꺼내려고 했던 순간이나 다 가능성이 있죠. 정확하게는 모르겠습니다. 하지만 객관적 사실을 따져보면 제시카라는 결론이 나옵니다. 당신이 보는 앞에서 그랬겠지요.”

“그렇다면…….” 데이비가 끔찍한 표정을 지었다. “어머니가 자살을 했다는 겁니까, 퀸 씨?”

“답은 그것뿐입니다.”

"하지만 왜요?" 린다가 소리쳤다.

"린다, 데이비의 어머니는 이러지도 저러지도 못하는 상황에 몰려 있었어요. 베이어드 씨를 떠나 탤보트 씨와 결혼하게 된 다면 두 가정이 박살나게 되어 있었어요. 당연히 스캔들이 될 테고 아들도 잃어버리겠죠. 만약 남편과 그대로 살기로 한다면 다른 남자를 비밀스럽게 갈망하면서 여생을 보내게 되겠죠. 게 다가 그녀는 오랜 기간 심하게 앓은 뒤라 심신이 허약해진 상 태였어요. 자살이 분명 탈출구처럼 보였을 겁니다. 하지만 어 머니를 너무 비난하지는 말아요, 데이비." 엘러리가 정중하게 말했다. "베이어드 씨도, 탤보트 씨도, 에밀리 씨도요. 여러분 모두에게 해주고 싶은 조언은 이제 그 일을 잊어버리라는 겁니 다. 그게 제시카도 바라는 바일 겁니다. 그녀의 히스테리컬한 행동이 이처럼 엄청난 불행과 비극, 불의를 가져왔으니까요."

폭스 가문 사람들이 방을 떠난 뒤, 엘러리는 담배를 꺼내 불을 붙이고 길게 연기를 내뿜었다.

이제 끝났군. 엘러리는 생각했다. 힘든 일 중 가장 힘든 부분 이 끝났다. 이어 엘러리는 다시 가방을 꾸리기 시작했다.

하지만 가방을 다 싸기도 전에 문에서 아주 조심스러운 노크 소리가 들렸다. 그는 하던 일을 멈췄다.

문을 두드린 사람은 그의 허락을 기다리지도 않았다. 문은 소리 없이 빠르게 열렸고 같은 식으로 닫혔다.

다시 베이어드 폭스였다.

하지만 이번에 이 쇠약한 남자는 문에 등을 기대고 아주 단 호한 표정을 짓고 있었다. "이젠 제게 진실을 말해주시죠, 퀸 씨."

베이어드가 침착하게 말을 이어나갔다. 아무도 이 대화를 듣지 않기를 바라는 듯 낮은 목소리였다. "납득이 되지 않습니다. 제시카는 자살하지 않았습니다. 퀸 씨도 알고 계시잖아요."

엘러리가 눈을 깜박였다.

"저는 퀸 씨가 왜 모든 걸 아내 탓으로 돌렸는지 이해합니다. 데이비, 린다, 탤보트, 에밀리, 모두를 만족시켜야만 했겠죠. 그리고 실제로 다들 만족해 하고 있습니다. 모두 1층에서 미래의 계획을 말하며 즐거워하고 있어요. 하지만 제시는 제 아내입니다. 누구보다 제가 잘 알아요. 저는 납득할 수 없습니다."

엘러리가 조심스럽게 말했다. "죄송합니다만 뭐가 그렇게 마음을 괴롭히는지 모르겠네요, 베이어드 씨."

"아내가 죽던 날 보네르 씨한테 쓴 편지 말입니다." 베이어드가 집요하게 말을 이었다. "퀸 씨가 주장한 대로 스스로 독을 마셨다면, 다음 날 그런 말을 친구에게 쓸 수가 있었을까요? 제시는 병이 '재발'되었다고 썼습니다. 갑자기 몸이 아파온 원인을 '흥분', 그리고 걱정과 분노라고 했어요. 자기 친구에게 몇 주 동안 몬트리올에 가도 되겠느냐고 묻기까지 했습니다. 그게 자살할 사람이 할 말입니까? 그뿐만이 아닙니다! 편지에서 제시는 무엇을 해야 할지 분명히 결심했다고 썼습니다. 물론 저와 형과 관련된 일이었겠죠."

"꼭 그렇지도 않습니다." 엘러리가 말했다. "자살을 '해야 할 일'로 생각했을 수도 있죠."

"아니, 자살에 대한 '조언'을 받기 위해 보네르 씨를 만나러 간다는 겁니까?" 베이어드가 소리쳤다. "조언이요? 자살을 하는데 무슨 조언? 퀸 씨! 절대 그렇지 않습니다! 보네르 씨에게 편지를 쓸 때 제시는 자살 같은 건 조금도 생각하지 않았습니다. 지금의 제가 그런 생각을 안 하는 것처럼요. 그건 엘러리 씨도 잘 알잖습니까."

"몸이 약해지자 마음도 약해져서 독을 마셨을 수도 있습니다. 하지만 그 뒤에 후회한 거겠죠. 자살하는 사람들에게 흔히 있는 일입니다. 그리고 독을 마신 다음 날에도 여전히 살아 있자 충동적인 행동으로부터 구원받은 기분이었을 겁니다. 제시카는 얼마나 자신이 어리석었는지 깨닫고 마치 자살은 아예 생각하지 않은 사람처럼 보네르 씨에게 편지를 보냈습니다. 이것이 실제로 내가 검사와 서장님께 드린 설명입니다. 그분들도 수긍하셨습니다."

"그래도 저는 납득할 수 없습니다." 베이어드 폭스가 고집스럽게 말했다. "그것이 퀸 씨의 대답이라면, 다시 묻겠습니다. 제시가 잔에 독을 넣을 기회가 언제 있었다는 거죠? 저는 제시가 그러지 않았다고 말씀드렸습니다! 아무것도 그 잔에 넣지 않았다고요. 퀸 씨의 답은 틀렸습니다. 모든 게요. 제 아내는 자살을 하지 않았고 시도조차 하지 않았습니다. 살해당한 게 분명합니다. 그래서 저는 누가 그랬는지 알고 싶습니다."

엘러리는 베이어드를 한참 동안 쳐다보았다.

그러고는 한숨을 내쉰 뒤 이 쇠약한 남자의 팔을 잡고 의자로 이끌었다. 엘러리는 문을 잠갔다.

베이어드는 의자의 가장자리에 앉아 대답을 기다렸다.

엘러리가 고개를 돌리고 말했다. "말씀하신 것이 맞습니다. 제시카는 자살하지 않았습니다."

"누가 그런 겁니까?" 베이어드가 따지듯 물었다.

"아직도 모르겠습니까?"

"모르겠느냐고요?" 베이어드가 화를 냈다. "여전히 제가 독을 넣었다는 겁니까? 데이비와 린다를 안심시키려고 자살로 얘기를 몰고 간 건 아니겠죠!"

"아닙니다. 당신은 독을 넣지 않았습니다."

"그럼 대체 누가, 퀸 씨? 증명하신대로 디기탈리스는 제시가 마셨던 잔에 틀림없이 들어 있었습니다. 제시가 자살하지 않았다면 잔에 독을 넣지 않은 겁니다. 그럼에도 제시는 잔을 만진 유일한 사람입니다. 그 부분을 저는 이해할 수가 없습니다. 설명을 해주세요."

엘러리가 침대에 앉았다. "이 얘기는 하지 않게 되길 바랐지만…… 정말로 듣길 원하십니까?"

"알기 전까진 마음이 편치 못할 겁니다."

엘러리가 한숨을 쉬었다. "독은 틀림없이 잔에 들어 있었습니다. 그리고 제시카만 그 잔을 다뤘죠. 찬장에서 꺼내는 순간부터요. 하지만 그녀는 독을 넣지 않았습니다. 바로 여기에 핵심이 숨겨져 있습니다. 약간 뒤로 시간을 돌려보죠. 제시카가 잔을 가져온 곳이 어딥니까?"

"부엌 진열장입니다."

"진열장에 놓아둔 잔들 중 하나였던 셈이군요."

"맞습니다."

"제시카는 진열장 문을 열고 손을 뻗었습니다. 그 뒤에는요?"

"보라색 잔들 중 하나를 집었겠지요."

"보라색 잔들 중 하나, 맞습니다. 아무 거나 선택한 것이었습니다. 세상 누구라도 그녀가 선택할 잔을 예측할 수는 없었을 겁니다. 마찬가지로 아무도 그녀가 잔을 깨뜨려 하나를 새로 가져와야만 할 거라고 예측할 수도 없었지요. 그녀는 진열장에서 그 잔을 집었습니다. 그리고 그 잔엔 틀림없이 독이 들어 있었습니다. 두 가지 사실이 있는 셈입니다. 독은 그녀가 집기 전에 잔 속에 들어 있었다. 또 아무도 그녀가 그 잔을 집을 거라고 미리 알 수 없었다. 결론은 그녀가 우연히 독을 마셨다는 겁니다. 베이어드 씨." 베이어드는 그저 눈만 껌벅거렸다.

"우연히?" 베이어드가 되물었다. "하지만…… 왜 아내가 독을 보지 못했을까요? 거실에 돌아와서야 포도 주스를 따랐는데!"

"생각해보시죠." 엘러리가 한숨을 쉬었다. "잔은 짙은 보라색입니다. 실제로 불투명하기까지 했죠. 바닥에 차 있는 디기탈리스 팅크제는 외부를 덮은 포도 무늬에 가려졌을 겁니다. 제시카가 독을 알아보려면 잔 내부를 일부러 들여다보아야 했을 겁니다. 팅크제는 어두운 녹색이라 진한 보라색 잔의 밖에서는 거의 보이지 않았을 겁니다. 잔은 다른 잔들과 함께 진열장 선반에 있었고 당연히 제시카는 그게 깨끗한 잔일 거라고 생각했겠지요."

베이어드가 신음하며 말했다. "사실 저도 보지 못했습니다. 제가 바보처럼 디기탈리스 위에 포도 주스를 부어버린 거군요!"

"베이어드 씨, 불운한 상황들이 겹친 거죠."

"하지만…… 퀸 씨는 우연이라고 말했지만, 어떻게 디기탈리스가, 그러니까 거의 30cc나 되는 양이 그 잔에 우연히 들어 갈 수가 있죠?"

"아주 중요한 질문입니다." 엘러리가 침실 창문 밖의 체리 나무를 찡그린 얼굴로 바라보며 말했다. "사건이 해결됐을 때 그 질문에 대한 대답도 가지고 있었죠." 엘러리는 미소를 지었 다. "아마 '실종된 아스피린의 신비'라고 불러야 할지도 모르겠 습니다."

베이어드가 멍한 표정을 지었다.

"제시카가 중독되기 전날 앨빈 케인이 배달했던 100정들이 아스피린 병을 기억하십니까?" 베이어드가 고개를 끄덕였다. "우리가 그 잃어버린 그 병을 찾아낸 곳이 어디였죠?"

"다락방이죠. 잡동사니 사이에 있었잖습니까."

엘러리가 말했다. "좀 더 정확히 말하면, 데이비가 어린 시절 갖고 놀던 화학 놀이 세트에서죠. 베이어드 씨, 원래 아스피린 병을 어디다가 두셨습니까?"

"욕실의 의약품 상자에 뒀습니다."

"그러니까 데이비가 의약품 상자에 '화학물'을 가지러 갔었 다는 겁니다. 열 살 아이의 생각으론 의약품이 화학물 같았겠 죠. 데이비처럼 명랑하고 재빠르고 진취적이고 호기심 왕성한 소년이라면 마그네슘 유제 알약이나 다른 소화제도 녹여봤을 테고, 아스피린을 화학 놀이 세트의 시험관이나 집에 있는 유 리잔에 다른 화학품과 함께 녹여보기도 했을 겁니다. 굉장히 중요한 화학 실험을 한다고 생각했겠죠."

"데이비가 화학 놀이 세트를 열심히 가지고 놀았던 것은 사 실입니다." 베이어드가 당혹스러워하며 말했다. "아이들 대부분이 그러잖습니까. 그런데 그게 무슨 문제가 됩니까, 퀸 씨?"

"아스피린 정도라면 별 문제가 없겠죠. 하지만 그것은 다른 방향에서 엄청난 파장을 일으키게 됩니다. 데이비는 의약품 상자를 열고 자신의 실험용으로 쓸 아스피린 병을 들여다보다가, 틀림없이 다른 것도 보았을 겁니다."

"다른 것?" 베이어드가 희미한 목소리로 말했다. "설마⋯⋯."

"맞습니다." 엘러리가 굳은 얼굴로 말했다. "디기탈리스 팅크제 병도 의약품 상자에 같이 있었던 거죠. 거의 꽉 채워진 상태로요. 더 이상 사용하지 않는 것이었습니다. 제시카는 전에는 열다섯 방울씩 세 번 그 약을 복용했지만, 그때는 그만둔 상태였죠. 따라서 데이비는 그 물건이 없어지더라도 아무도 눈치채지 못할 거라고 생각했을 겁니다.

데이비는 디기탈리스 병을 들고 갔습니다. 세상을 놀라게 할 열 살 소년의 실험에 보라색 잔도 하나 사용되었습니다. 데이비는 그 잔에 디기탈리스 용액을 모두 붓고 의미 없는 장난을 쳤습니다⋯⋯. 그리고 주방 진열장에 잔을 돌려놓으면서, 그 치명적인 내용물을 버리는 것을 깜빡했던 겁니다. 아마 당신이 근처에 있어서, 그걸 버리다가는 자신의 소행을 들킬지도 모른다는 심리적인 압박도 있었을지 모릅니다.

데이비는 그렇게 디기탈리스가 든 잔을 진열장 선반에 올려놓았습니다. 그러고는 잊어버렸습니다. 아이들이 그렇듯이. 디기탈리스가 든 잔은 그렇게 진열장 선반 위에 놓이게 되었습니다. 아마 며칠 간 그 상태로 있었을지도 모르죠. 기억하시겠지만, 제시카는 집안일을 돌볼 수 없는 형편이었습니다. 당신이 대신 집안일을 했지만, 남자는 여자만큼 완벽하게 해낼 수 없죠. 선반 위의 잔은 그렇게 누군가가 집어서 사용하기만을 기다리고 있었습니다. 당신이 포도 주스를 준비하는 과정에서 독이 든 잔을 피해 깨끗한 두 잔을 꺼낸 것은 우연이었습니다. 하나는 계량하는데 썼고, 다른 하나는 제시카가 떨어뜨려서 깨졌죠. 제시카가 잔을 깨뜨리고 부엌으로 당신과 함께 돌아와 스스로 독이 든 잔을 선택한 것도 역시 우연이었습니다. 어떤 면에선, 우연이 제시카를 살해한 겁니다. 하지만 다른 면으로 보면, 열 살 소년 데이비가 자신의 어머니를 죽였다고 결론을 내려야만 합니다…… 그리고 데이비는 그걸 아직 모르고 있죠."

"아아, 데이비." 베이어드가 탄식했다.

엘러리가 얼굴을 찌푸리며 말했다. "분명 데이비는 누구에게도 피해를 입힐 생각은 없었어요. 자기가 무슨 일을 하는지도 몰랐을 겁니다. 어머니가 심하게 앓고, 그 뒤 사망했지만 누구도 자세한 이야기를 아이에게 해주지 않았을 겁니다. 자연스럽게 어머니의 죽음에 관한 일은 아이에게 비밀이 되었겠죠. 그래서 데이비는 자신의 부주의한 행동이 어머니의 죽음과 관련이 있다는 것조차 몰랐을 겁니다. 여러 해 뒤, 그런 일들을 이해할 나이가 되었을 때는 디기탈리스 용액으로 몰래 했던 화학 실험과 독이 든 잔을 허겁지겁 부엌 진열장에 가져다놓았다는 건 까맣게 잊었을 겁니다."

"아아, 데이비가 제시를 죽게 만들었구나. 데이비." 베이어드가 중얼거렸다.

어깨를 으쓱이며 엘러리가 말했다. "이제 내가 왜 진상을 숨기려고 했는지 아시겠죠, 베이어드 씨. 데이비가 스스로 살인자의 아들이라고 생각하면서 어떤 일을 벌였는지 잘 아실 겁니다. 본인이 살인자라는 말을 들었을 때 데이비의 반응을 상상해보세요. 정서적으로 불안정한 데이비는 자기 때문에 어머니가 죽었다는 것을 알게 되면 미쳐버릴 겁니다. 진실을 알려주는 건 데이비에게 아무 도움도 되지 않아요. 어머니를 죽게 한 것이 데이비였다고 해도, 도덕적으로는 아무 죄도 물을 수 없습니다. 모든 일이 우연에 의한 것이었으니까."

"그래요." 베이어드가 천천히 일어나며 말했다. "그래요, 그럴 수는 없습니다. 절대 알지 못하게 해야 합니다."

"린다에게도 마찬가집니다."

"어느 누구도 알지 못할 겁니다."

"옳은 말씀입니다. 만약 데이비가 알게 된다면 본인의 삶뿐만 아니라 린다의 삶까지 끝장나는 겁니다. 온 세상이 우연이라고 말해줘도 데이비는 온전한 정신을 유지하지 못할 겁니다."

베이어드는 마치 벽과 창문 너머에서 뭔가를 찾는 것처럼 시선을 다른 곳으로 돌렸다. 엘러리는 갑자기 그 노쇠한 체구에 힘이 들어간 것을 볼 수 있었다.

"남은 삶에서 진짜 제가 해야 할 일이 생겼군요, 그렇지 않습니까?" 베이어드가 말했다. 그는 미소를 짓고 있었다. "제 아들에게 끝까지 이 일을 감추는 것 말입니다."

"그건 엄청난 책임이지요."

"그 때문에 아버지가 있는 거 아닙니까, 퀸 씨."

베이어드가 방을 떠나자 엘러리는 다시 가방을 꾸리기 시작했다. 갑자기 피곤이 밀려왔다. 탐정은 담배에 불을 붙이고 창문으로 가서 밖을 내다보았다.

제시카 폭스는 쌍둥이 언덕 공동묘지에 묻혀 있다……. 앨빈 케인은 지방 법원 건물 꼭대기에 있는 구치소 감방에서 서성이고 있다……. 탤보트 부부는 잠시 삐걱거렸던 부부 관계를 고쳐나가고 있다……. 데이비 부부는 이제 제대로 부부의 삶을 시작하고 있다……. 석방된 베이어드는 은밀한 비밀을 지키려는 각오로 스스로를 지탱하며 라이츠빌과 맞서고 있다…….

이제 모든 것이 질서를 잡은 듯했고, 왠지 그것이 올바른 일처럼 보였다.

다시 가방을 꾸리려는 엘러리의 눈에 힐 지역을 허둥지둥 오르며 탤보트와 베이어드의 집 쪽으로 올라오는 누군가가 보였다. 오지랖 넓은, 별로 매력적이지 않은 여성이었다.

에멀린 뒤프레.

엘러리는 커튼 뒤로 몸을 숨기며 미소를 지었다.

귀한 시간을 낭비하는군, 에멀린. 탐정은 빙긋 웃으며 생각했다. 이 비밀은 당신, 아니 라이츠빌의 어느 누구도 절대 알 수 없을 거야.

역자후기

단순하면서도 의미심장한
엘러리 퀸

엘러리 퀸의 추리소설은 비가 오거나 눈이 오는 날, 딱히 외출할 데는 없고 집 안에서 뭔가 하며 시간을 보내야 할 때 집어들기에 안성맞춤인 책이다. 먼저 책을 하나의 사람이라고 상상해보자. 우리가 사람에 대해 가장 알고 싶어 하는 것은 그의 개인적 사정이다. 가령 그가 결혼은 했는지 학교는 어디를 나왔으며 하는 일은 무엇인지 등을 알고 싶은 것이다. 하지만 이런 개인적 사항에 대해 너무 관심을 표시하면 그것은 상대방의 오해를 불러일으키기 딱 좋다. 그래서 이런 개인적 호기심을 대신 배출시킬 수 있는 수단을 찾아보게 되는데 그것이 추리소설이다.

추리소설에서는 보통 살인사건이 벌어진다. 살인은 우리 주위에서 날마다 벌어지는 일이 아니기 때문에, 상대방의 사소한 개인적 상황과는 다르게 아주 폭발적인 관심을 불러일으킨다. 실제로 추리소설은 독자들이 그런 관심을 노골적으로 가져주기를 요청한다. 그렇게 해서 작가는 독자가 알고 싶은 모든 개인적 사항을 다 말해주게 되는데, 이때 그것을 어떻게 말해주는가 하는 것이 수준급 추리소설의 핵심적 과제이다.

이 소설은 12년 전에 있었던 살인사건의 재수사를 다루고 있다. 그리고 소설의 제목이 보여주듯 살인자는 한 가문에 소속된 어떤 사람이라고 예고되어 있다. 소설은 서서히 그날의 사건이 어떻게 벌어졌는지 양파 껍질을 벗기듯이 세세하게 벗겨나간다. 비유적으로 말해서 처음 보는 사람에게 그의 예금통장에 잔액이 얼마 남아 있는지 물어보는 수준까지 철저하게 파헤친다. 그리고 재수사가 진행될수록 이미 범인으로 지목되어 실형을 살고 있는 사람이 범인일 것이라는 심증이 점점 굳어진다.

도저히 빠져나갈 길 없는 상황에서 엘러리는 포도 주스 잔과 주전자, 갑자기 사라진 아스피린 병, 서명 수집, 폭스 형제의 불안한 기류 등 온갖 사소한 것들에 대한 관심을 표명한다. 그런데 이 단순한 것들을 말해주는 엘러리 퀸의 솜씨가 일품이다. 연암 박지원은 "우주 만물은 단지 문자나 글월로 표현되지 않았을 뿐 그것 자체로 하나의 문장이다"라는 말을 했는데, 퀸 역시 이런 단순한 물건들이 묵언하는 가운데 사건 해결의 핵심적 단서가 될지 모르니 주의 깊게 귀 기울일 것을 우리에게 요청하는 것이다. 그리하여 우리도 엘러리를 닮아서 침묵에서 말을 이끌어내고 어둠에서 생각을 비틀어내고 싶은 욕구에 빠져든다. 바로 이 탐구의 과정이 우리에게 커다란 즐거움을 준다. 단순한 사물들이 발언하는 리듬은 가랑비가 내리는 저녁 바다의 물결소리 또는 가을의 소슬한 바람 소리처럼 잔잔한 음악이지만 그것이 오히려 편안한 읽기를 도와준다.

소설은 끝에 가면 전혀 예기치 못한 방향에서 결론으로 나아간다. 우리가 그동안 의심해 왔던 용의자들은 죄다 틀린 것으로 판명된다. 앞에서 나온 말들은 곧바로 전복된다. 이처럼 앞에서 나왔던 말을 뒤집어 하는 것을 안티메타볼레(antimetabole)라고 하는데, 가령 "길이 있어 내가 가는 것이 아니라, 내가 감으로써 길이 생긴다"라고 하는 수사법이다. 엘러리 퀸의 소설은 바로 이 안티메타볼레의 전형이다.

일찍이 독일의 문필가 빌헬름 셰퍼는 이 수사법을 구사하여 이런 말을 남겼다. "작가의 임무는 단순한 것을 의미심장하게 말하는 것이 아니라, 의미심장한 것을 단순하게 말하는 것이다." 여기서 말하는 작가는 아마도 단테, 셰익스피어, 괴테 같은 사람들이리라. 그러나 엘러리 퀸의 추리소설은 이 말을 다시 역전시킨다. 추리소설 작가의 임무는 단순한 것을 의미심장하게 말하는 것이다. 그렇다. 의미심장한 것을 단순하게 말하는 것도 어렵지만, 그 반대도 역시 어렵다. 엘러리 퀸은 12년 전 살인사건의 재수사 이야기를 의미심장하게 끌고 나가면서 전혀 예측하지 못한 결말을 유도하고, 그럼으로써 비 오는 날 혹은 눈 오는 날 이 책을 선택하신 독자의 기대를 결코 배반하지 않는다.

이종인

옮긴이 이종인

1954년 서울에서 태어나 고려대학교 영어영문학과를 졸업했다. 한국 브리태니커 편집국장과 성균관대학교 전문번역가 양성과정 겸임교수를 지냈다. 주로 인문사회과학 분야의 교양서를 번역했고 최근에는 현대 영미 작가들의 소설을 번역하고 있다. 지은 책으로 《전문 번역가로 가는 길》, 《번역은 글쓰기다》 등이 있고, 옮긴 책으로 《폰더 씨의 위대한 하루》, 《팅커, 테일러, 솔저, 스파이》, 폴 오스터의 《보이지 않는》, 《어둠 속의 남자》 등 다수가 있다.

The Murderer is a Fox

폭스가의 살인

2014년 5월 12일 초판 1쇄 인쇄
2014년 5월 20일 초판 1쇄 발행

지은이 | 엘러리 퀸
옮긴이 | 이종인
발행인 | 이원주

책임편집 | 김수현
책임마케팅 | 조용호

발행처 | (주)시공사
출판등록 | 1989년 5월 10일(제3-248호)
브랜드 | 검은숲

주소 | 서울 서초구 사임당로 82(우편번호 137-879)
전화 | 편집 (02)2046-2817·영업 (02)2046-2800
팩스 | 편집 (02)585-1755·영업 (02)588-0835
홈페이지 | www.sigongsa.com

ISBN 978-89-527-7135-3 04840
       978-89-527-6337-2(set)

검은숲은 (주)시공사의 브랜드입니다.
본서의 내용을 무단 복제하는 것은 저작권법에 의해 금지되어 있습니다.
파본이나 잘못된 책은 구입한 곳에서 교환해 드립니다.

국명 시리즈
Country Series

로마 모자 미스터리 The Roman Hat Mystery
로마 극장, 가장 인기 있던 연극의 2막이 끝나갈 무렵 발견된 한 남자의 시체.
두 사촌 형제의 역사적인 첫 공동 작업.

프랑스 파우더 미스터리 The French Powder Mystery
프렌치 백화점 전시실에서 튀어나온 시체. 용의자를 모으고 소거한 후
범인을 지적하다. 미스터리 역사상 가장 멋진 결말.

네덜란드 구두 미스터리 The Dutch Shoe Mystery
네덜란드 기념 병원, 이동식 침대에서 발견된 시체. 흰색 바지와 흰색 신발
한 켤레를 바탕으로 펼쳐지는 놀라운 추리.

그리스 관 미스터리 The Greek Coffin Mystery
미술품 중개업자의 죽음, 사라진 유언장. 최강의 적과 맞닥뜨린
엘러리 퀸의 당혹. 미국 미스터리를 대표하는 걸작.

이집트 십자가 미스터리 The Egyptian Cross Mystery
T자형 십자가에 매달린 목이 잘린 시체. 희생자는 더 늘어날 수 있는 상황.
엘러리 퀸의 치열한 추적이 시작되다.

미국 총 미스터리 The American Gun Mystery
2만 명이 모인 로데오 경기장에서 발생한 죽음. 25구경 자동권총의 행방은?
두 번째 살인 사건 이후 마침내 도달한 진상은?

샴 쌍둥이 미스터리 The Siamese Twin Mystery
화재에 쫓겨 산 정상에 있는 은퇴한 의사의 집에 도착한 퀸 부자.
다음 날 발생한 기이한 살인. 피해자의 손에 쥐어진 스페이드 6 카드의 비밀은?

중국 오렌지 미스터리 The Chinese Orange Mystery
모든 것이 뒤집어진 이상한 사무실에서 뒤집어진 차림새의 시체가 발견된다.
신원을 알 수 없는 이 시체는 왜 이상한 차림으로 죽어 있는가?

스페인 곶 미스터리 The Spanish Cape Mystery
대서양을 향한 반도, 월스트리트 약탈자의 거대한 저택에서 발견된
목 졸린 시체. 그는 왜 망토로 온몸을 감싸고 있었을까?